ARCHE

Flannery O'Connors Storys spielen in den Südstaaten, dem Kernland des konservativen Amerika. Mit meisterhafter Präzision entwirft sie Schauplätze und Figuren – engstirnige, selbstgerechte Provinzler, deren gottesfürchtige Existenz durch Eindringlinge gestört wird: Wie der Outlaw, der im vollen Bewusstsein seiner Niedertracht eine wehrlose Dame erschießt. Oder der Landstreicher, der die taubstumme Farmerstochter heiratet, um das Auto der Farmerin zu ergaunern. Mit unbestechlichem Blick für groteske Situationen und mit beißender Ironie legt Flannery O'Connor den Finger in Wunden ihrer Zeit, die heute wieder aufgebrochen sind: Rassismus, und eine diffuse Angst vor dem Fremden.

Flannery O'Connor, 1925 in Savannah im US-Bundesstaat Georgia geboren, studierte zunächst Soziologie. Mit dem Schreiben begann sie im berühmten Iowa Writer's Workshop. 1951 wurde bei ihr die Autoimmunerkrankung Lupus erythematodes diagnostiziert, woraufhin sie auf die Farm ihrer Vorfahren zurückkehrte und dort Hühner, Enten, Gänse und 100 asiatische Pfauen hielt. Ihr Werk umfasst zwei Romane und 31 Kurzgeschichten. Flannery O'Connor starb am 3. August 1964 im Alter von 39 Jahren an den Folgen ihrer Krankheit.

FLANNERY O'CONNOR

KEINER MENSCHENSEELE KANN MAN NOCH TRAUEN

STORYS

Aus dem amerikanischen Englisch von
Anna Leube und Dietrich Leube

Mit einem Nachwort von Willi Winkler

ARCHE

INHALT

EIN GUTER MENSCH IST SCHWER ZU FINDEN

Die Großmutter wollte nicht nach Florida. Sie wollte ein paar Verwandte im östlichen Tennessee besuchen und ergriff jede Gelegenheit, um Bailey umzustimmen. Bailey war der Sohn, bei dem sie wohnte, ihr einziger Junge. Er saß auf der Stuhlkante am Tisch und beugte sich über den orangefarbenen Sportteil des *Journal.* »Schau doch mal her, Bailey«, sagte sie, »sieh dir das an und lies«, und sie stand da, die eine Hand auf ihre magere Hüfte gestützt, und mit der anderen wedelte sie ihm mit ihrem Teil der Zeitung vor der Glatze herum. »Dieser Kerl da, der sich selber Outlaw nennt, ist aus dem Zuchthaus ausgebrochen und in Richtung Florida unterwegs, und hier steht, was er den ganzen Leuten angetan hat. Lies es einfach mal. Ich würde mit meinen Kindern nirgends hinfahren, wo sich so ein Krimineller frei herumtreibt. Ich könnt das nicht vor meinem Gewissen verantworten.«

Bailey hob nicht die Augen von seiner Lektüre, also drehte sie sich schnell um und wandte sich an die Mutter der Kinder, eine junge Frau in langen Hosen, deren Gesicht so rund und harmlos wie ein Kohlkopf war; sie hatte ein grünes Kopftuch umgebunden, von dem oben zwei Zipfel abstanden wie Hasenohren. Sie saß auf dem Sofa und fütterte das Baby mit Aprikosen aus einem Glas. »Die

Kinder waren schon mal in Florida«, sagt die alte Dame. »Ihr solltet sie zur Abwechslung mal irgendwo anders hin mitnehmen, damit sie verschiedene Teile der Welt sehen und ihren Horizont erweitern. Sie sind noch nie in Ost-Tennessee gewesen.«

Die Mutter der Kinder schien sie nicht zu hören, aber der achtjährige Junge, John Wesley, ein stämmiges Kind mit Brille, sagte: »Wenn du nicht nach Florida willst, warum bleibst denn dann nicht daheim?« Er und das kleine Mädchen, June Star, saßen auf dem Fußboden und lasen die Comicseiten.

»Sie würd nicht daheimbleiben, auch wenn sie dafür einen Tag lang Königin wär«, sagte June Star, ohne den blonden Kopf zu heben.

»Ja, und was würdet ihr machen, wenn dieser Bursche, dieser Outlaw, euch schnappen würde?«, fragte die Großmutter.

»Ich tät ihm eine schmieren«, sagte John Wesley.

»Die bleibt nicht mal für ne Million Mäuse daheim«, sagte June Star. »Hat Angst, sie könnt was verpassen. Sie muss überall dabei sein, wo wir hingehn.«

»In Ordnung, mein Fräulein«, sagte die Großmutter. »Denk nur dran, wenn ich dir das nächste Mal wieder Locken machen soll.«

June Star sagte, ihr Haar sei von Natur aus lockig.

Am nächsten Morgen war die Großmutter die Erste, die abfahrbereit im Wagen saß. Sie hatte ihren großen schwarzen Koffer, der wie der Kopf eines Nilpferds aussah, in einer Ecke verstaut, und darunter hatte sie den Korb mit Pitty Sing, ihrem Kater, versteckt. Sie wollte das Tier nicht drei Tage allein im Haus lassen, denn es würde sie zu sehr vermissen, und sie fürchtete, es könnte zufällig einen der Gasbrenner streifen und ersticken. Ihr Sohn Bailey mochte es nicht, wenn man mit einer Katze in einem Motel ankam.

Sie saß mitten auf dem Rücksitz, rechts und links von ihr John Wesley und June Star. Bailey und die Mutter der Kinder mit dem Baby saßen vorn, und sie verließen Atlanta um acht Uhr fünfundvierzig mit 55 890 Meilen auf dem Tacho. Die Großmutter notierte den Stand, weil sie meinte, es sei interessant, bei der Rückkehr sagen zu können, wie viele Meilen sie gefahren waren. Sie brauchten zwanzig Minuten, bis sie am Stadtrand waren.

Die alte Dame machte es sich bequem, zog die weißen Baumwollhandschuhe aus und legte sie zusammen mit ihrer Handtasche hinten auf die Ablage. Die Mutter der Kinder trug noch immer ihre Hose und das grüne Tuch um den Kopf, aber die Großmutter trug einen marineblauen Strohhut mit einem Bund weißer Veilchen auf der Krempe und ein marineblaues Kleid, bedruckt mit weißen Pünktchen. Kragen und Manschetten waren aus weißem, mit Spitzen besetztem Organdy, und an den Ausschnitt hatte sie sich einen Strauß aus violetten Stoffveilchen gesteckt, der ein Duftkissen enthielt. Sollten sie verunglücken, würde jeder, der sie tot auf der Landstraße liegen sah, sofort wissen, dass sie eine Dame war.

Sie sagte, sie hätten heute bestimmt ein gutes Ausflugswetter, nicht zu heiß und nicht zu kalt, und sie erinnerte Bailey daran, dass die Höchstgeschwindigkeit fünfundfünfzig Meilen in der Stunde betrug und die Streifenpolizisten sich hinter Reklameschildern und kleinen Baumgruppen versteckten und hinter einem herjagten, noch bevor man abbremsen konnte. Sie wies auf Sehenswürdigkeiten hin: auf Stone Mountain; auf den blauen Granit, den man manchmal zu beiden Seiten der Straße sehen konnte; auf die hellviolett gestreiften, leuchtend roten Lehmböschungen und auf die verschiedenen Sorten von Getreide, das in grünen Spitzenmustern den Boden bedeckte. Die Bäume glänzten silbrig weiß im Sonnenlicht, und noch der unscheinbarste Baum funkelte. Die Kinder lasen Comichefte, und ihre Mutter war wieder eingeschlafen.

»Fahren wir schnell durch Georgia, damit wirs nicht so lang sehn müssen«, sagte John Wesley.

»Wenn ich ein kleiner Junge wäre«, sagte die Großmutter, »dann würde ich nicht so von meinem Heimatstaat reden. Tennessee hat Berge, und Georgia hat Hügel.«

»Tennessee ist bloß ne Müllhalde für Hinterwäldler«, sagte John Wesley, »und Georgia ist genauso ein blöder Staat.«

»Du sagst es«, pflichtete June Star ihm bei.

»Zu meiner Zeit«, sagte die Großmutter und faltete ihre dünnen, stark geäderten Hände, »hatten Kinder mehr Respekt vor ihrem Heimatstaat und vor ihren Eltern und vor allem Übrigen. Damals wussten die Leute, was sich gehört. Oh, schaut mal, das niedliche kleine Negerlein!«, sagte sie und zeigte auf ein Negerkind, das an der Tür einer Hütte stand. »Gäb das jetzt nicht ein gutes Bild?«, fragte sie, und alle drehten sich um und sahen durchs Rückfenster auf den kleinen Neger. Er winkte ihnen zu.

»Er hatte gar keine Hose an«, sagte June Star.

»Wahrscheinlich hat er keine«, erklärte die Großmutter. »Kleine Nigger auf dem Land haben nicht so Sachen wie wir. Wenn ich malen könnt, würd ich so was malen«, sagte sie.

Die Kinder tauschten ihre Comichefte aus.

Die Großmutter bot an, das Baby zu halten, und die

Mutter der Kinder reichte es ihr über die Lehne nach hinten. Sie setzte es auf ihre Knie, ließ es reiten und erzählte ihm von den Dingen, an denen sie vorbeikamen. Sie rollte die Augen und schnitt Gesichter und stupste mit ihrem ledrigen mageren Kopf leicht gegen das weiche Kindergesicht. Manchmal lächelte es sie vage an. Sie fuhren an einem großen Baumwollfeld vorbei, in dem eingezäunt fünf oder sechs Gräber lagen, wie eine kleine Insel. »Seht doch den Friedhof!«, sagte die Großmutter und deutete hinüber. »Das war früher das Familiengrab. Es gehörte zur Plantage.«

»Wo ist die Plantage?«, fragte John Wesley.

»Vom Winde verweht«, sagte die Großmutter. »Ha, ha!«

Als die Kinder alle mitgebrachten Comichefte ausgelesen hatten, packten sie ihren Proviant aus. Die Großmutter aß ein Sandwich mit Erdnussbutter und eine Olive, und sie ließ nicht zu, dass die Kinder ihre leere Schachtel und die Papierservietten aus dem Fenster warfen. Als es für sie nichts mehr zu tun gab, spielten sie ein Spiel, bei dem sie sich eine Wolke aussuchten und die beiden anderen raten ließen, woran ihre Form erinnerte. John Wesley wählte eine, die wie eine Kuh aussah, und June Star erriet es, und John Wesley sagte, nein, ein Auto, und June Star sagte, er habe gemogelt, und sie gerieten sich über die Großmutter hinweg in die Haare.

Die Großmutter sagte, sie würde ihnen eine Geschichte erzählen, wenn sie sich ruhig verhielten. Beim Geschichtenerzählen rollte sie immer die Augen, wackelte mit dem Kopf und wurde sehr dramatisch. Sie erzählte, als sie noch ein junges Fräulein gewesen sei, habe ihr einmal ein Mr. Edgar Atkins Teagarden aus Jasper in Georgia den

Hof gemacht. Sie sagte, er habe sehr gut ausgesehen und sei ein Gentleman gewesen und habe ihr jeden Samstagnachmittag eine Wassermelone gebracht, in die er seine Initialen geschnitzt hatte, also E. A. T. Und eines Samstags, sagte sie, brachte Mr. Teagarden die Wassermelone vorbei, aber niemand war zu Hause, und er legte sie auf der Vorderveranda ab und fuhr mit seinem Einspänner nach Jasper zurück, aber sie bekam nie ihre Wassermelone, sagte sie, weil ein Niggerjunge sie aß, als er die Initialen gesehen hatte: E. A. T.! Diese Geschichte reizte John Wesley so zum Lachen, dass er gar nicht aufhören konnte zu kichern, aber June Star fand sie überhaupt nicht komisch. Sie sagte, sie würde keinen Mann bloß deshalb heiraten, weil er ihr jeden Samstag eine Wassermelone bringe. Die Großmutter sagte, sie hätte gut daran getan, Mr. Teagarden zu heiraten, weil er ein Gentleman gewesen sei und Coca-Cola-Aktien gekauft habe, gleich nachdem sie zum ersten Mal ausgegeben worden seien, und dass er erst vor ein paar Jahren als sehr wohlhabender Mann gestorben sei.

Am Tower machten sie halt wegen der gegrillten Sandwiches. Der Tower war Tankstelle und Tanzdiele in einem, teils aus Stuck und teils aus Holz, und lag in einer Lichtung außerhalb von Timothy. Er gehörte einem dicken Mann namens Red Sammy Butts, und am Gebäude waren Schilder, und an der Straße verkündeten meilenweit in beiden Richtungen weitere Plakate: »PROBIERT RED SAMMYS BERÜHMTES BARBECUE! NICHTS GEHT ÜBER RED SAMMYS BERÜHMTEN GRILL! RED SAM! DER DICKE BURSCHE MIT DEM LUSTIGEN LACHEN! EIN KRIEGSVETERAN! RED SAMMY IST FÜR EUCH DA!«

Red Sammy lag vor dem Tower auf dem Erdboden mit dem Kopf unter einem Lastwagen, während ein grauer, etwa einen Fuß großer Affe, der an einem kleinen Zedrachbaum angekettet war, in seiner Nähe zeterte. Sobald der Affe die Kinder aus dem Wagen springen und auf sich zulaufen sah, flüchtete er sich in den Baum und kletterte auf den höchsten Ast.

Das Innere des Tower war ein langer dunkler Raum mit einer Theke an dem einen Ende und Tischen am anderen, und in der Mitte war die Tanzfläche. Sie nahmen an einem Holztisch neben dem Musikautomaten Platz, und Red Sams Frau, eine große, braungebrannte Frau, deren Haar und Augen heller waren als ihre Haut, kam und nahm ihre Bestellung auf. Die Mutter der Kinder steckte ein Zehncentstück in den Automaten und spielte den Tennessee-Walzer, und die Großmutter sagte, bei der Melodie bekomme sie immer Lust zu tanzen. Sie fragte Bailey, ob er tanzen wolle, aber er sah sie nur grimmig an. Er hatte kein so sonniges Gemüt wie sie, und Ausflüge machten ihn nervös. Die braunen Augen der Großmutter strahlten. Sie wiegte den Kopf im Takt und tat, als tanzte sie auf ihrem Stuhl. June Star wollte ein Stück, zu dem sie steppen konnte, und so warf die Mutter der Kinder noch eine Münze ein und spielte ein schnelles Stück, und June Star ging auf die Tanzfläche und tanzte ihre Stepptanz-Nummer.

»Ist sie nicht süß?«, sagte Red Sams Frau und lehnte sich über die Theke. »Willst du nicht dableiben und mein kleines Mädchen sein?«

»Nein, ganz bestimmt nicht«, sagte June Star. »Nicht für ne Million Mäuse möcht ich in soner Bruchbude wohnen!«, und damit rannte sie zurück an den Tisch.

»Ist sie nicht süß?«, wiederholte die Frau und verzog höflich den Mund.

»Schämst du dich gar nicht?«, zischte die Großmutter.

Red Sam kam herein und sagte zu seiner Frau, sie solle nicht länger an der Theke herumlungern, sondern sich mit der Bestellung beeilen. Seine Kakihose reichte bis knapp unter die Hüftknochen, und sein Bauch hing wie ein Mehlsack darüber und schwabbelte unter seinem Hemd hin und her. Er kam näher und setzte sich an einen Nachbartisch, wobei er einen Laut zwischen Seufzer und Jodler von sich gab. »Man hat keine Chance«, sagte er. »Einfach keine Chance«, und er wischte sich das verschwitzte rote Gesicht mit einem grauen Taschentuch ab. »Heutzutage weiß man nicht mehr, wem man trauen kann«, sagte er. »Oder etwa nicht?«

»Die Leute sind auf jeden Fall nicht mehr so nett wie früher«, erklärte die Großmutter.

»Zwei Kerle sind letzte Woche vorbeigekommen«, sagte Red Sammy, »in nem Chrysler. Es war ne alte Karre, aber sie lief noch gut, und diese Jungs sahen für mich auch okay aus. Sagten, sie arbeiten in der Mühle, und wissen Sie, was? Hab ich für ihr Benzin etwa kassiert? Warum hab ich das bloß gemacht?«

»Weil Sie ein guter Mensch sind!«, sagte die Großmutter spontan.

»Ja, Ma'am, da könnten Sie recht haben«, sagte Red Sam, als hätte ihn die Antwort überrascht.

Seine Frau brachte das bestellte Essen; sie trug alle fünf Teller auf einmal ohne ein Tablett, zwei in jeder Hand, und einen balancierte sie auf dem Arm. »Keiner Menschenseele auf Gottes Erdboden kann man noch trauen«, sagte sie. »Und da kann ich niemand ausnehmen, niemand nicht«, wiederholte sie mit einem Blick auf Red Sammy.

»Haben Sie von dem Verbrecher gelesen, dem Outlaw, der ausgebrochen ist?«, fragte die Großmutter.

»Es würd mich kein bisschen wundern, wenn er den Laden hier überfallen tät«, sagte die Frau. »Wenn er davon hört, täts mich überhaupt nicht wundern, wenn er hier aufkreuzt. Wenn er hört, es sind auch nur zwei Cent in der Kasse, würds mich nicht die Spur wundern, wenn er – «

»Das reicht«, sagte Red Sam. »Bring jetzt den Leuten ihre Colas«, und die Frau zog ab, um die restlichen Sachen zu bringen.

»Ein guter Mensch ist schwer zu finden«, sagte Red Sammy. »Alles wird schlimmer. Ich kann mich noch an die Zeit erinnern, da konnte man aus dem Haus gehen, ohne die Fliegentür zu verriegeln. Aber das ist vorbei.«

Er und die Großmutter unterhielten sich über die guten alten Zeiten. Die alte Dame sagte, ihrer Meinung nach sei allein Europa schuld an den jetzigen Verhältnissen. Sie sagte, so, wie Europa sich aufführe, könnte man denken, wir seien aus Geld gemacht, und Red Sam sagte, es sei zwecklos, darüber zu reden, sie habe vollkommen recht. Die Kinder rannten in das weiße Sonnenlicht hinaus und beobachteten den Affen in dem filigranen Zedrachbaum. Er war damit beschäftigt, sich zu flöhen, und zerknackte jeden einzelnen Floh zwischen den Zähnen, als wäre es ein Leckerbissen.

Dann fuhren sie weiter, in den heißen Nachmittag hinein. Die Großmutter döste immer wieder ein und wachte alle paar Minuten von ihrem eigenen Schnarchen auf. Hinter Toomsboro wachte sie auf, und ihr fiel eine alte Plantage ein, die sie in dieser Gegend einmal besucht hatte, als sie noch eine junge Dame gewesen war. Sie sagte, das Haus habe an der Fassade sechs weiße Säulen gehabt und eine Eichenallee habe bis zum Haus geführt, und rechts und links von der Haustür hätten zwei kleine hölzerne Lauben gestanden, und da konnte man sich mit seinem Verehrer nach einem Spaziergang durch den Garten niederlassen. Sie erinnerte sich noch genau, wo man abbiegen musste, wenn man dort hinwollte. Sie wusste, Bailey würde keine Zeit verlieren wollen, bloß um sich ein altes Haus anzusehen, aber je länger sie darüber sprach, desto mehr wünschte sie sich, es noch einmal wiederzusehen und festzustellen, ob die kleinen Zwillingslauben noch existierten. »Es gab einen Geheimschrank in dem Haus«, sagte sie listig, was nicht stimmte, doch sie wünschte, es wäre wahr, »und man hat sich erzählt, dass dort das ganze Familiensilber versteckt worden ist, als Sherman hier durchkam, aber es ist nie gefunden worden …«

»He!«, sagte John Wesley. »Gehn wir doch nachsehn! Wir findens bestimmt! Wir klopfen die ganze Holztäfelung ab und findens! Wer wohnt jetzt da? Wo biegt man ab? He, Pop, können wir nicht dort abbiegen?«

»Wir haben noch nie ein Haus mit einem Geheimschrank gesehn!«, kreischte June Star. »Fahrn wir doch zu dem Haus mit dem Geheimschrank! He, Pop, können wir nicht zu dem Haus mit dem Geheimschrank fahrn?«

»Es ist nicht weit von hier, das weiß ich«, sagte die Großmutter. »Man braucht nicht mehr als zwanzig Minuten.«

Bailey schaute ungerührt geradeaus. Sein Unterkiefer war so hart wie ein Hufeisen. »Nein«, sagte er.

Die Kinder fingen an zu johlen und zu krakeelen, sie wollten das Haus mit dem Geheimschrank sehen. John Wesley stieß mit dem Fuß gegen die Lehne des Fahrersitzes, und June Star hing über der Schulter ihrer Mutter und jammerte ihr verzweifelt ins Ohr, nie dürften sie sich amüsieren, nicht einmal in den Ferien, und nie dürften sie machen, was *sie* gern machen wollten. Das Baby fing an zu plärren, und John Wesley stieß so heftig gegen die Lehne des Vordersitzes, dass sein Vater die Stöße in den Nieren spürte.

»In Gottes Namen«, schrie er, fuhr den Wagen an den Straßenrand und hielt an. »Wollt ihr mal alle den Mund halten? Wollt ihr mal alle nur für eine Sekunde den Mund halten? Wenn ihr nicht aufhört, fahren wir überhaupt nirgendshin.«

»Es wäre sehr lehrreich für sie«, murmelte die Großmutter.

»In Gottes Namen«, sagte Bailey, »aber damit das klar ist: Das ist das einzige Mal, dass wir wegen so was haltmachen. Nur dieses eine Mal.«

»Die Staubstraße, die man nehmen muss, liegt etwa eine Meile hinter uns«, wies ihn die Großmutter an. »Ich hab sie bemerkt, als wir vorbeigefahren sind.«

»Eine Staubstraße«, stöhnte Bailey.

Als sie gewendet hatten und auf die Abzweigung zusteuerten, fielen der Großmutter noch andere Einzelheiten über das Haus ein, das schöne Oberlicht über der Eingangstür und der Kronleuchter in der Diele. John Wesley sagte, der Geheimschrank sei wahrscheinlich im Kamin.

»Ihr könnt nicht ins Haus rein«, sagte Bailey. »Ihr wisst doch gar nicht, wer dort jetzt wohnt.«

»Solange ihr mit den Leuten vor dem Haus redet, lauf ich hinten rum und steig durch ein Fenster ein«, schlug John Wesley vor.

»Wir bleiben alle im Wagen«, sagte seine Mutter.

Sie bogen in die Staubstraße ein, und der Wagen rumpelte in einer rötlichen Staubwolke vorwärts. Die Großmutter erinnerte an die Zeiten, als es noch keine asphaltierten Straßen gab und dreißig Meilen eine Tagesreise bedeuteten. Die Staubstraße führte durch hügeliges Gelände, und es gab abrupt auftauchende ausgewaschene Rillen und scharfe Kurven an gefährlichen Böschungen. Mitunter waren sie oben auf einem Hügel und blickten ringsum meilenweit über blaue Baumgipfel, und im nächsten Moment passierten sie eine rote Senke mit staubbedeckten Bäumen, die auf sie hinabsahen.

»Wenn jetzt nicht bald dieses Haus auftaucht«, sagte Bailey, »mache ich kehrt.«

Die Straße sah aus, als hätte sie seit Monaten niemand mehr befahren.

»Es ist nicht mehr sehr weit«, sagte die Großmutter, und noch indem sie es sagte, kam ihr ein schrecklicher Gedanke. Er war so peinlich, dass ihr Gesicht rot anlief, die Augen sich weiteten und die Füße zuckten, sodass ihr Koffer umfiel. Im selben Moment flog das Zeitungspapier, das sie über den Korb darunter gebreitet hatte, mit einem Fauchen in die Höhe, und Pitty Sing, der Kater, sprang auf Baileys Schulter.

Die Kinder fielen auf den Boden, ihre Mutter, die das Baby umklammert hielt, wurde aus der Tür und auf die Erde geschleudert, und die alte Dame kippte auf den Vordersitz. Der Wagen überschlug sich und landete mit der rechten Seite nach oben in einem Graben neben der Straße. Bailey blieb auf dem Fahrersitz, und der Kater – grau gestreift mit breitem weißem Gesicht und orangefarbener Nase – klammerte sich an seinen Hals wie eine Raupe.

Sobald die Kinder merkten, dass sie Arme und Beine bewegen konnten, krochen sie aus dem Wagen und schrien: »Wir haben einen *Unfall* gehabt!« Die Großmutter lag zusammengekrümmt unter dem Armaturenbrett und hoffte, sie habe sich verletzt, damit Bailey seine Wut nicht sofort an ihr auslassen würde. Der schreckliche Gedanke, der ihr vor dem Unfall gekommen war, war die Erkenntnis, dass sich das Haus, an das sie sich so lebhaft erinnerte, nicht in Georgia befand, sondern in Tennessee.

Bailey zerrte den Kater mit beiden Händen von seinem Hals und schleuderte ihn aus dem Fenster gegen den Stamm einer Kiefer. Dann stieg er aus dem Wagen und sah sich nach der Mutter der Kinder um. Sie saß am Rand des ausgewaschenen roten Grabens und hielt das schreiende Baby, doch sie hatte nur eine Schnittwunde im Gesicht und eine gebrochene Schulter. »Wir haben einen *Unfall* gehabt!«, schrien die Kinder, außer sich vor Begeisterung.

»Aber niemand ist tot«, sagte June Star enttäuscht, als die Großmutter aus dem Wagen humpelte; ihr Hut war immer noch an ihrem Haar befestigt, nur die abgerissene vordere Krempe stand keck in die Höhe und der Veilchenstrauß hing seitlich herunter. Bis auf die Kinder ließen sich alle im Graben nieder, um sich von dem Schock zu erholen. Sie zitterten am ganzen Leib.

»Vielleicht kommt ein Auto vorbei«, sagte die Mutter der Kinder mit heiserer Stimme.

»Ich glaube, ich habe eine innere Verletzung«, sagte die Großmutter und drückte eine Hand gegen die Seite, aber keiner antwortete ihr. Bailey klapperte mit den Zähnen. Er trug ein gelbes Sporthemd mit einem Muster aus leuchtend blauen Papageien, und sein Gesicht war so gelb wie das Hemd. Die Großmutter beschloss, nicht zu erwähnen, dass sich das Haus in Tennessee befand.

Die Straße lag etwa drei Meter über ihnen, und sie konnten nur die Gipfel der Bäume auf der anderen

Straßenseite sehen. Hinter dem Graben, in dem sie saßen, waren noch mehr Wälder, hoch und dunkel und tief. Nach kurzer Zeit sahen sie in einiger Entfernung auf der Kuppe eines Hügels einen Wagen, der langsam näher kam, als ob die Insassen sie beobachteten. Die Großmutter stand auf und wedelte dramatisch mit beiden Armen, um ihre Aufmerksamkeit auf sich zu lenken. Der Wagen kam immer noch langsam näher, verschwand hinter einer Biegung und tauchte wieder auf, noch langsamer, auf dem höchsten Punkt des Hügels, über den sie gerade gekommen waren. Es war ein großes, schwarzes, ramponiertes Auto, das aussah wie ein Leichenwagen. Drei Männer saßen darin.

Direkt über ihnen hielt es an, und eine ganze Weile blickte der Fahrer unbewegt und ausdruckslos zu ihnen hinunter, ohne ein einziges Wort zu sagen. Dann wandte er den Kopf und murmelte den beiden anderen etwas zu, und sie stiegen aus. Der eine war ein feister Junge in schwarzer Hose und rotem Sweatshirt, auf das vorn ein silberner Hengst aufgeprägt war. Er stellte sich rechts von ihnen an den Graben und glotzte sie mit halb offenem Mund an, das Gesicht zu einem vagen Grinsen verzogen. Der andere trug eine Kakihose, eine grau gestreifte Jacke und einen grauen Hut, den er so tief in die Stirn gezogen hatte, dass sein Gesicht weitgehend verdeckt war. Er bewegte sich langsam auf die linke Seite. Keiner sagte ein Wort.

Der Fahrer stieg aus dem Wagen, stellte sich daneben und sah zu ihnen hinunter. Er war älter als die beiden anderen. Sein Haar war schon leicht ergraut, und er trug eine Brille mit silberner Fassung, was ihn gebildet aussehen ließ. Er hatte ein langes, faltiges Gesicht und trug weder Hemd noch Unterhemd. Er hatte Bluejeans an, die ihm zu eng waren, und hielt in der Hand einen schwarzen Hut und eine Pistole. Auch die beiden jüngeren Typen hatten Pistolen.

»Wir haben einen *Unfall* gehabt«, schrien die Kinder.

Die Großmutter hatte das seltsame Gefühl, der bebrillte Mann sei jemand, den sie kenne. Sein Gesicht war ihr so vertraut, als hätte sie ihn ihr Leben lang gekannt, aber sie konnte sich nicht darauf besinnen, wer er war. Er entfernte sich vom Wagen und stieg langsam die Böschung hinunter, wobei er seine Füße vorsichtig aufsetzte, um nicht auszurutschen. Er trug braun weiße Schuhe und keine Socken, und seine Knöchel waren rot und dünn. »Guten Tag«, sagte er. »Wie ich sehe, hats euch ein bisschen durchgerüttelt.«

»Wir haben uns zweimal überschlagen!«, bekräftigte die Großmutter.

»Einmal«, korrigierte er sie. »Wir haben gesehn, wies passiert ist. Schau mal nach, ob die Karre noch läuft, Hiram«, sagte er gelassen zu dem Jungen mit dem grauen Hut.

»Für was haben Sie die Knarre?«, fragte John Wesley. »Was wolln Sie mit der Knarre machen?«

»Lady«, sagte der Mann zur Mutter der Kinder, »würde es Ihnen was ausmachen, den Kindern zu sagen, sie sollen sich neben Sie setzen? Kinder machen mich nervös. Ich möchte, dass Sie sich alle miteinander dort hinsetzen, wo Sie jetzt sind.«

»Wieso erzähln Sie *uns*, was wir tun sollen?«, fragte June Star.

Der Wald hinter ihnen klaffte wie ein dunkles offenes Maul.

»Kommt her«, sagte die Mutter.

»Hören Sie«, begann plötzlich Bailey, »wir sind in einer misslichen Lage. Wir sind – «

Die Großmutter stieß einen Schrei aus. Sie rappelte sich hoch und sah den Mann mit großen Augen an. »Sie sind der Outlaw!«, sagte sie. »Ich hab Sie gleich erkannt!«

»Jawohl, Ma'am«, sagte der Mann und lächelte leicht, als schmeichelte ihm das fast gegen seinen Willen, »aber es wäre besser für Sie alle gewesen, Lady, wenn Sie mich nicht erkannt hätten.«

Bailey drehte seinen Kopf heftig zur Seite und sagte etwas zu seiner Mutter, was sogar die Kinder schockierte. Die alte Dame begann zu weinen, und der Outlaw wurde rot. »Lady«, sagte er, »regen Sie sich nicht auf. Manchmal sagt der Mensch Sachen, die er gar nicht so meint. Ich glaub nicht, dass er das einklich hat sagen wollen.«

»Sie würden doch eine Dame nicht erschießen, nicht wahr«, sagte die Großmutter und holte ein sauberes Taschentuch unter ihrer Manschette hervor, mit dem sie sich die Augen betupfte.

Der Outlaw stocherte mit seiner Schuhspitze in der Erde, machte ein kleines Loch und scharrte es dann wieder zu. »Ich würds ungern tun«, sagte er.

»Hören Sie«, rief die Großmutter mit fast überschnappender Stimme, »ich weiß, dass Sie ein guter Mensch sind. Sie sehen kein bisschen so aus, als ob Sie aus einer ordinären Familie stammen. Sie kommen ganz bestimmt aus einem guten Elternhaus!«

»Ja, Ma'am«, sagte er, »meine Eltern sind die besten Menschen auf der Welt.« Wenn er lächelte, zeigte er eine Reihe kräftiger weißer Zähne. »Eine bessre Frau als meine Mutter gibts auf der ganzen Welt nicht, und mein Daddy hatte ein Herz aus purem Gold«, sagte er. Der Junge mit dem roten Sweatshirt war zu ihnen herübergekommen und stand da, die Pistole an der Hüfte. Der Outlaw hockte sich auf den Boden. »Pass auf die Kinder auf, Bobby Lee«, sagte er, »du weißt, sie machen mich nervös.« Er sah die sechs an, die zusammengekauert vor ihm saßen, und er wirkte betreten, als fiele ihm nichts ein, was er noch sagen könnte. »Keine Wolke am Himmel«, bemerkte er und sah nach oben. »Seh keine Sonne nicht, seh aber auch keine Wolke.«

»Ja, es ist ein wunderschöner Tag«, sagte die Großmutter. »Hören Sie«, fuhr sie fort, »Sie sollten sich nicht Outlaw nennen, ich weiß nämlich, dass Sie im Grunde Ihres Herzens ein guter Mensch sind. Ich brauch Sie nur ansehn, und ich weiß es.«

»Still jetzt!«, schrie Bailey. »Still! Haltet alle die Klappe und lasst mich machen!« Er kauerte sich nieder wie ein Läufer in Startposition, aber er rührte sich nicht von der Stelle.

»Vielen Dank für das Komplement«, sagte der Outlaw und zeichnete mit dem Griff seiner Pistole einen kleinen Kreis in die Erde.

»Es wird ne halbe Stunde dauern, bis der Wagen wieder in Ordnung ist«, rief Hiram und schaute über die aufgeklappte Kühlerhaube.

»Also, dann übernimmst du mit Bobby Lee erst einmal ihn und den kleinen Jungen und gehst mit ihnen nach drüben«, sagte der Outlaw und deutete auf Bailey und John Wesley. »Die Jungs wolln Sie was fragen«, sagte er zu Bailey. »Würden Sie bitte mit ihnen in den Wald rübergehn?«

»Aber hören Sie doch«, begann Bailey, »wir sind hier in einer ganz misslichen Lage! Niemand weiß, was los ist«, und die Stimme versagte ihm. Seine Augen waren so intensiv blau wie die Papageien auf seinem Hemd, und er rührte sich nicht.

Die Großmutter griff sich an den Kopf, um die Krempe ihres Huts zu richten, als wollte sie ihrem Sohn in den Wald folgen, doch auf einmal hatte sie das Ding in der Hand. Sie stand da und starrte es an, und dann ließ sie es zu Boden fallen. Hiram zog Bailey am Arm hoch, als würde er einem alten Mann beim Aufstehen helfen. John Wesley ergriff die Hand seines Vaters, und Bobby Lee ging hinter ihnen her. Sie gingen auf den Wald zu, und als sie den dunklen Waldrand erreicht hatten, drehte Bailey sich um, stützte sich gegen einen grauen nackten Kiefernstamm und rief: »Ich bin gleich wieder da, Mama, wart auf mich!«

»Komm sofort zurück!«, schrie seine Mutter mit gellender Stimme, aber sie verschwanden alle im Wald.

»Bailey, mein Junge!«, rief die Großmutter in melodramatischem Ton, merkte dann aber, dass sie den Outlaw ansah, der vor ihr auf dem Boden hockte. »Ich weiß einfach, dass Sie ein guter Mensch sind«, sagte sie verzweifelt. »Sie sind kein bisschen ordinär!«

»Nein, Ma'am, ich bin kein guter Mensch«, sagte der Outlaw nach einer Weile, als hätte er über ihre Äußerung ernsthaft nachgedacht, »aber ich bin auch nicht der schlechteste von der Welt. Mein Daddy hat immer gesagt, ich bin von ner anderen Rasse als meine Geschwister. Da gibts nämlich solche, hat Daddy gesagt, die leben einfach in den Tag hinein und stellen sich keine Fragen, und dann gibts andre, die wollen wissen, warum es so ist, und der Junge hier gehört zu der Sorte. Der will alles wissen!« Er setzte seinen schwarzen Hut auf, und plötzlich schaute er hoch und dann in die Ferne, tief in den Wald, und wirkte wieder betreten. »Tut mir leid, dass ich vor den Damen ohne Hemd dastehe«, sagte er und zog leicht die Schultern hoch. »Wir haben die Klamotten vergraben, die wir anhatten, als wir abgehauen sind, und jetzt müssen wir so zurechtkommen, bis wir was Bessres auftreiben. Die hier haben wir uns von Leuten geliehen, die wir getroffen haben«, erklärte er.

»Das macht doch überhaupt nichts«, sagte die Großmutter. »Vielleicht hat Bailey noch ein frisches Hemd in seinem Koffer.«

»Ich schau gleich selber nach«, sagte der Outlaw.

»Wo bringen Sie ihn hin?«, schrie die Mutter der Kinder.

»Daddy war selber ein Schlaumeier«, sagte der Outlaw, »dem hat man nichts anhängen können. Hat aber nie Ärger mit den Behörden gehabt. Kannte einfach die Tricks, um mit ihnen klarzukommen.«

»Auch Sie könnten ehrlich sein, wenn Sie es nur versuchen wollten«, sagte die Großmutter. »Stellen Sie sich vor, wie wunderbar es wäre, wenn Sie sich irgendwo niederlassen würden und ein schönes Leben hätten und nicht dauernd daran denken müssten, dass jemand hinter Ihnen her ist.«

Der Outlaw stocherte immer noch mit seinem Pistolengriff in der Erde herum, als dächte er darüber nach. »Ja, Ma'am, irgendwer ist immer hinter einem her«, murmelte er.

Die Großmutter bemerkte, wie seine knochigen Schulterblätter direkt unterhalb seines Huts hervorstanden, denn sie war aufgestanden und sah auf ihn hinunter. »Beten Sie jemals?«, fragte sie.

Er schüttelte den Kopf. Alles, was sie sah, war der

schwarze Hut, der zwischen den Schulterblättern hin und her wackelte. »Nein, Ma'am«, sagte er.

Aus dem Wald hörte man einen Pistolenschuss, gleich darauf einen zweiten. Dann Stille. Die alte Dame wandte abrupt den Kopf. Sie konnte hören, wie der Wind durch die Gipfel der Bäume strich; es klang wie ein tiefes, zufriedenes Atemholen. »Bailey, mein Junge!«, rief sie.

»Ich war mal ne Zeit lang Gospelsänger«, sagte der Outlaw. »Bin schon so ziemlich alles gewesen. War in der Armee, zu Land und zu Wasser, im Inland und im Ausland, war zweimal verheiratet, war Bestatter, war bei der Eisenbahn, hab Mutter Erde umgepflügt, war in nem Tornado, hab mal gesehn, wie ein Mensch bei lebendigem Leib verbrannt ist.« Und er sah zur Mutter der Kinder und zu dem kleinen Mädchen hoch, die dicht beieinandersaßen, mit weißem Gesicht und glasigen Augen. »Ich hab sogar mal gesehn, wie man ne Frau ausgepeitscht hat«, sagte er.

»Beten Sie«, fing die Großmutter wieder an, »beten, beten –«

»Soweit ich weiß, bin ich nie ein böser Junge gewesen«, sagte der Outlaw fast träumerisch, »aber irgendwann hab ich mal was Falsches gemacht und bin im Zuchthaus gelandet. Da war ich lebendig begraben.« Und er sah hoch und erzwang mit seinem starren Blick ihre Aufmerksamkeit.

»Damals hätten Sie anfangen sollen zu beten«, sagte sie. »Was haben Sie denn angestellt, dass man Sie das erste Mal ins Zuchthaus gesteckt hat?«

»Dreh ich mich nach rechts, ist da ne Wand«, sagte der Outlaw und schaute wieder hoch in den wolkenlosen Himmel. »Dreh ich mich nach links, ist da ne Wand. Seh ich nach oben, ist da die Decke, seh ich nach unten, ist da der Fußboden. Ich hab vergessen, was ich gemacht hab, Lady. Ich hab gesessen und gesessen und hab versucht, mich zu erinnern, was ich denn bloß gemacht hab, und es ist mir bis zum heutigen Tag nicht eingefallen. Ab und zu denk ich, es fällt mir wieder ein, aber es ist mir nie eingefallen.«

»Vielleicht hat man Sie aus Versehen eingesperrt«, sagte die alte Dame vorsichtig.

»Nein, Ma'am«, sagte er. »Es war kein Versehen. Sie hatten meine Papiere.«

»Sie müssen etwas gestohlen haben«, sagte sie.

Der Outlaw grinste ein wenig. »Kein Mensch hatte was, was ich hätt haben wollen«, sagte er. »Ein Kopfdoktor im Zuchthaus hat behauptet, ich hätt meinen Daddy umgebracht, aber ich weiß, das war ne Lüge. Mein Daddy ist neunzehnneunzehn an der Grippe gestorben, und damit hab ich überhaupt nix zu tun gehabt. Man hat ihn auf dem Friedhof der Baptisten von Mount Hopewell begraben, und Sie können hingehn und selber nachsehn.«

»Wenn Sie beten würden«, sagte die alte Dame, »würde Jesus Ihnen helfen.«

»Stimmt«, sagte der Outlaw.

»Warum beten Sie dann nicht?«, fragte sie und erbebte plötzlich vor Freude.

»Ich will keine Hilfe«, sagte er, »ich komm gut allein klar.«

Bobby Lee und Hiram kamen aus dem Wald zurückgeschlendert. Bobby Lee zog ein gelbes Hemd mit leuchtend blauem Papageienmuster hinter sich her.

»Wirf mir das Hemd rüber, Bobby Lee«, sagte der Outlaw. Das Hemd flog zu ihm rüber und landete auf seiner Schulter, und er zog es an. Die Großmutter konnte nicht sagen, woran das Hemd sie erinnerte. »Nein, Lady«, sagte der Outlaw, während er das Hemd zuknöpfte, »ich hab herausgefunden, dass es nicht auf das Verbrechen ankommt. Man kann das eine tun oder das andere, einen Mann umbringen oder einen Reifen von seinem Wagen mitgehn lassen, das ist ganz egal, weil früher oder später vergisst man, was man gemacht hat, und wird einfach dafür bestraft.«

Die Mutter der Kinder hatte angefangen, Würgelaute von sich zu geben, als bekäme sie keine Luft. »Lady«, fragte der Outlaw, »möchten Sie und das kleine Mädchen nicht mit Bobby Lee und Hiram zu Ihrem Mann rübergehn?«

»Ja danke«, sagte die Mutter mit schwacher Stimme. Ihr linker Arm pendelte hilflos nach unten, und mit dem andern hielt sie das Baby, das eingeschlafen war. »Hilf der Lady mal hoch, Hiram«, sagte der Outlaw, als sie sich bemühte, aus dem Graben herauszuklettern, »und Bobby Lee, du nimmst das kleine Mädchen an die Hand.«

»Ich will nicht seine Hand halten«, sagte June Star. »Er hat was von einem Schwein.«

Der feiste Junge wurde rot und lachte und packte sie am Arm und zerrte sie hinein in den Wald, Hiram und der Mutter hinterher.

Als sie mit dem Outlaw allein war, merkte die Großmutter, dass sie ihre Stimme verloren hatte. Am Himmel war nicht eine einzige Wolke und auch keine Sonne. Um sie herum war nichts als Wald. Sie wollte ihm sagen, er müsse beten. Sie öffnete und schloss ein paarmal den Mund, bevor sie einen Laut herausbrachte. Schließlich wurde ihr bewusst, dass sie »Jesus, Jesus« sagte, womit sie meinte, Jesus wird Ihnen helfen, aber so, wie sie es sagte, klang es wie ein Fluch.

»Ja, Ma'am«, sagte der Outlaw, als würde er ihr zustimmen. »Jesus hat alles durcheinandergebracht. Bei Ihm wars der gleiche Fall wie bei mir, bloß dass er kein Verbrechen begangen hat, und in meinem Fall konnten sie beweisen, dass ich eins begangen hab, weil sie die Papiere hatten. Allerdings«, sagte er, »haben sie mir meine Papiere nie gezeigt. Darum unterschreib ich jetzt immer selber. Vor langer Zeit hab ich mir gesagt, lern deine Unterschrift schreiben und unterschreib alles, was du machst, und heb dir ne Kopie davon auf. Dann weißt du, was du gemacht hast, und kannst das Verbrechen mit der Strafe vergleichen und siehst, ob beides zusammenpasst, und am Ende hast du was in der Hand, mit dem du beweisen kannst, dass man dich schlecht behandelt hat. Ich nenn mich den Outlaw«, sagte er, »weil ich außerhalb vom Gesetz steh.«

Vom Wald her kam ein durchdringender Schrei und gleich darauf der Knall einer Pistole. »Halten Sies für richtig, Lady, dass der eine ganz furchtbar bestraft wird und der andere überhaupt nicht?«

»Jesus!«, rief die alte Dame. »Sie sind aus einem anständigen Elternhaus! Ich weiß, Sie würden keine Dame erschießen! Ich weiß, Sie kommen aus einer guten Familie! Beten Sie! Jesus, Sie sollten keine Dame erschießen! Ich geb Ihnen auch mein ganzes Geld!«

»Lady«, sagte der Outlaw und sah weit über sie hinweg in den Wald, »noch nie hat ne Leiche dem Leichenbestatter Trinkgeld gegeben.«

Zwei weitere Pistolenschüsse ertönten, und die Großmutter hob den Kopf wie eine verschrumpelte alte Truthenne, die nach Wasser kräht, und rief: »Bailey, mein Junge, Bailey, mein Junge!«, als bräche ihr das Herz.

»Jesus war der Einzige, der die Toten auferweckt hat«, fuhr der Outlaw fort, »und Er hätts nicht tun sollen. Er hat alles durcheinandergebracht. Wenn er getan hat, was er behauptet hat, dann bleibt einem nix andres übrig, als dass man alles fortwirft und ihm folgt, und wenn ers nicht getan hat, dann bleibt einem nix andres übrig, als dass man die paar Minuten, die einem bleiben, genießt, so gut man kann – nämlich man bringt jemand um oder zündet sein Haus an oder tut ihm sonst was Gemeines an; es gibt kein andres Vergnügen, als wenn man was Gemeines tut«, sagte er, und jetzt knurrte er fast.

»Vielleicht hat Er die Toten gar nicht auferweckt«, murmelte die alte Dame, die nicht mehr wusste, was sie sagte, und ihr wurde so schwindlig, dass sie mit verrenkten Beinen in den Graben rutschte.

»Ich bin nicht dabei gewesen, deshalb kann ich nicht sagen, Er hats nicht getan«, sagte der Outlaw. »Ich wollt, ich wär dabei gewesen«, sagte er und schlug mit der Faust auf den Boden. »Es ist nicht recht, dass ich nicht dabei gewesen bin, weil, wenn ich dabei gewesen wär, dann wüsste ichs. Hören Sie, Lady«, sagte er mit hoher Stimme, »wär ich dabei gewesen, dann hätt ichs gewusst und wär nicht so, wie ich jetzt bin.« Es klang, als würde seine Stimme gleich brechen, und die Großmutter kam für einen Augenblick zu sich. Dicht vor ihrem Gesicht sah sie das des Mannes, verzerrt, als wäre er den Tränen nahe, und sie murmelte: »Nicht doch, du bist doch eins von meinen Babys. Du bist eins von meinen eigenen Kindern!« Sie streckte die Hand aus und berührte ihn an der Schulter. Der Outlaw zuckte zurück wie von einer Schlange gebissen und schoss ihr dreimal in die Brust. Dann legte er seine Pistole auf den Boden, nahm seine Brille ab und begann sie zu putzen.

Hiram und Bobby Lee kamen aus dem Wald zurück und stellten sich an den Rand des Grabens. Sie sahen auf die Großmutter hinunter, die in einer Blutlache halb saß und halb lag, die Beine wie ein Kind unter sich gekreuzt und das Gesicht lächelnd zum wolkenlosen Himmel erhoben.

Ohne seine Brille waren die Augen des Outlaws rot gerändert und blass und wirkten wehrlos. »Schafft sie weg und werft sie dorthin, wo ihr die andern hingeworfen habt«, sagte er und hob den Kater hoch, der sich an seinem Bein rieb.

»Die konnte vielleicht reden, wie?«, sagte Bobby Lee und rutschte mit einem Jauchzer in den Graben.

»Sie wär ne gute Frau gewesen«, sagte der Outlaw, »wenn jemand da gewesen wär, der sie in jeder Minute ihres Lebens erschossen hätte.«

»Das wär lustig gewesen«, sagte Bobby Lee.

»Halt die Schnauze, Bobby Lee«, sagte der Outlaw. »Es gibt kein echtes Vergnügen im Leben.«

EINE SPÄTE FEINDBEGEGNUNG

General Sash war einhundertvier Jahre alt. Er lebte bei seiner Enkelin, Sally Poker Sash, die zweiundsechzig Jahre alt war und jeden Abend auf Knien betete, er möge noch bis zu ihrem College-Abschluss am Leben bleiben. Der General scherte sich den Teufel um ihren Abschluss, doch er zweifelte nicht daran, dass er ihn noch erleben würde. Zu leben war für ihn so sehr zur Gewohnheit geworden, dass er sich einen anderen Zustand nicht vorstellen konnte. Eine Abschlussfeier entsprach nicht gerade seiner Vorstellung von vergnüglicher Unterhaltung, auch dann nicht, wenn man, wie sie sagte, damit rechnen konnte, dass er in seiner Uniform auf der Bühne sitzen würde. Sie sagte, es werde einen großen Festzug von Lehrern und Studenten im Talar geben, aber nichts, was es mit *ihm* in seiner Uniform aufnehmen könnte. Aber das wusste er schließlich, auch ohne dass sie es ihm sagte, und was den verdammten Festzug betraf, so konnte der ruhig zur Hölle und zurück marschieren, es würde ihn nicht aus der Ruhe bringen. Ihm gefielen Paraden mit Umzugswagen voller Miss Americas und Miss Daytona Beaches und Miss Queen Cotton Products. Mit Festzügen konnte er nichts anfangen, und ein Festzug mit lauter Lehrern war aus seiner Sicht etwa so tödlich wie der Styx. Trotzdem war er bereit, in seiner

Uniform auf der Bühne zu sitzen, sodass ihn jedermann sehen konnte.

Sally Poker war sich nicht so sicher wie er, dass er noch bis zu ihrer Abschlussfeier leben würde. Er hatte sich in den letzten fünf Jahren nicht merklich verändert, aber sie hatte das Gefühl, dass sie um ihren Triumph betrogen werden könnte, weil ihr das schon so oft passiert war. In den letzten zwanzig Jahren hatte sie alljährlich an den Sommerkursen teilgenommen, denn zu Beginn ihrer Lehrtätigkeit hatte es so etwas wie akademische Grade noch nicht gegeben. Damals, erklärte sie, sei alles normal gewesen, aber nichts war mehr normal, seit sie sechzehn war, und in den vergangenen zwanzig Sommern musste sie, statt sich zu erholen, in der Gluthitze immer einen Koffer ins staatliche Lehrerseminar schleppen. Und wenn sie auch nach ihrer Rückkehr im Herbst immer ganz genau so unterrichtete, wie nicht zu unterrichten man ihr beigebracht hatte, so war das nur eine unzulängliche Rache, die ihren Gerechtigkeitssinn nicht befriedigte. Sie wollte den General an ihrer Abschlussfeier dabeihaben, weil sie zeigen wollte, wofür sie stand, oder, wie sie es ausdrückte, was ihr »familiärer Hintergrund« war, den die anderen nicht hatten. Diese *anderen* waren niemand Bestimmtes. Es waren einfach all die Emporkömmlinge, die die Welt auf den Kopf gestellt und jede anständige Lebensform aus dem Gleichgewicht gebracht hatten.

Sie hatte vor, im August auf diesem Podium zu stehen, hinter ihr auf der Bühne der General in seinem Rollstuhl, und sie hatte vor, erhobenen Hauptes dazustehen, so, als würde sie sagen: »Schaut ihn an! Schaut ihn euch an! Das ist mein Verwandter, ihr Emporkömmlinge! Dieser stattliche, rechtschaffene alte Mann, der die alten Traditionen vertritt! Würde! Ehre! Tapferkeit! Schaut ihn an!« Eines Nachts rief sie im Schlaf: »Schaut ihn an! Schaut ihn an!«, und als sie den Kopf zur Seite drehte, sah sie ihn hinter sich in seinem Rollstuhl sitzen mit einem schrecklichen Ausdruck im Gesicht und aller Kleider ledig bis auf den Generalshut, und sie war aufgewacht und hatte nicht gewagt, noch einmal einzuschlafen in jener Nacht.

Der General hingegen hätte nicht im Traum daran gedacht, an ihrer Abschlussfeier teilzunehmen, hätte sie nicht versprochen, dafür zu sorgen, dass er auf der Bühne saß. Er liebte es, auf einer Bühne zu sitzen. Er hielt sich noch immer für einen sehr ansehnlichen Mann. Als er noch hatte stehen können, war er nicht viel mehr als einen Meter sechzig groß gewesen, ein rassiger kleiner Kampfhahn. Er hatte weißes Haar, das ihm hinten bis zu den Schultern reichte, und er wollte kein Gebiss tragen, weil er meinte, sein Profil sei markanter ohne Zähne. Wenn er seine Galauniform trug, dann konnte nichts und niemand es mit ihm aufnehmen, das wusste er.

Es war nicht die gleiche Uniform, die er im Bürgerkrieg getragen hatte. Genau genommen war er in jenem Krieg gar kein General gewesen. Vermutlich Infanterist; er erinnerte sich nicht mehr, was er gewesen war; eigentlich erinnerte er sich überhaupt nicht mehr an jenen Krieg. Es war wie mit seinen Füßen, die nun verkümmert herabhingen, ohne Gefühl und mit einer blaugrauen Wolldecke zugedeckt, die Sally Poker gehäkelt hatte, als sie noch ein kleines Mädchen war. Er erinnerte sich nicht mehr an den Spanisch-Amerikanischen Krieg, in dem er einen Sohn verloren hatte; er erinnerte sich nicht einmal mehr an den Sohn. Mit Geschichte konnte er nichts anfangen, weil er nicht damit rechnete, ihr jemals wieder zu begegnen.

Für ihn hatte Geschichte mit Festzügen zu tun und Leben mit Paraden, und er mochte Paraden. Die Leute fragten ihn immer, ob er sich an dies oder jenes erinnere – ein öder schwarzer Aufzug von Fragen nach der Vergangenheit. Nur ein einziges Ereignis in der Vergangenheit war überhaupt für ihn von Bedeutung, und von dem erzählte er gern: Das war, als er vor zwölf Jahren die Generalsuniform bekommen und an der Premiere teilgenommen hatte.

»Ich war damals bei dieser Premjere in Atlanta«, pflegte er Besuchern zu erzählen, die auf seiner vorderen Veranda saßen. »Unter lauter schönen Mädels. Daran war überhaupt nichts Provinzjelles. Gar nichts Provinzjelles. Hört zu. Es war ein absolut nationales Ereignis, und ich war dabei – oben auf der Bühne. Da waren keine Landeier dabei. Jeder musste zehn Dollar zahlen, um reinzukommen, und einen Smoking anziehen. Ich hab diese Uniform getragen. Ein bildschönes Mädel hatte sie mir am Nachmittag in einem Hotelzimmer übergeben.«

»Das war in einer Suite in dem Hotel, und ich war auch dabei, Papa«, sagte Sally Poker dann immer und zwinkerte den Besuchern zu. »Du warst nie allein mit irgendeiner jungen Dame in einem Hotelzimmer.«

»Und wenn, ich hätt schon gewusst, was tun«, erwiderte dann der alte General pfiffig, und die Besucher schütteten sich aus vor Lachen. »Das war ein Mädel aus Hollywood, Kalifornien, und sie war nicht beim Kintopp. Die haben dort so viele schöne Mädels, die sie nicht brauchen, sie nennen sie Statistinnen, und sie müssen bloß den Leuten Sachen übergeben und sich knipsen lassen. Sie haben mich mit ihr geknipst. Nein, es waren zwei. Eine auf jeder Seite und ich in der Mitte mit meinen Armen um die

Taille von jeder von ihnen, und ihre Taille war kein bisschen breiter als ein halber Dollar.«

Und dann unterbrach ihn Sally Poker wieder. »Das war Mr. Govisky, der dir die Uniform gegeben hat, Papa, und mir hat er das allerfeinste Ansteckstäußchen geschenkt. Ich wünschte wirklich, Sie hätten es gesehen. Es war aus Blütenblättern von Gladiolen gemacht, die man golden angemalt und so zusammengesteckt hatte, dass sie aussahen wie eine Rose. Es war ganz reizend. Ich wollte, Sie hätten es gesehen. Es war –«

»Es war so groß wie ihr Kopf«, knurrte der General. »Wie gesagt, sie verpassen mir diese Uniform und geben mir den Säbel, und sie sagen: ›Also, General, wir wollen jetzt aber nicht, dass Sie gegen uns in den Krieg ziehen. Wir wollen nur, dass Sie schnurstracks auf diese Bühne marschieren, wenn man Sie heute Abend vorstellt, und ein paar Fragen beantworten. Glauben Sie, Sie können das?‹ ›Und ob ich das kann!‹, sage ich. ›Hören Sie mal, ich hab schon Dinger gemacht, da waren Sie noch gar nicht auf der Welt‹, und sie haben gebrüllt vor Lachen.«

»Er war der Hit der ganzen Show«, pflegte Sally Poker dann zu sagen, aber sie erinnerte sich nicht besonders gern an diese Premiere wegen dem, was dabei mit ihren Schuhen passiert war. Sie hatte für diesen Anlass ein neues Kleid gekauft – ein langes, schwarzes Abendkleid aus Seidenkrepp mit einer Gürtelschnalle aus Strass und einem Bolero – und dazu ein Paar Silberschühchen, weil sie mit ihm auf die Bühne sollte und aufpassen, dass er nicht hinfiel. Alles war für sie organisiert worden. Eine echte Limousine holte sie zehn Minuten vor acht ab und brachte sie zum Theater. Sie fuhr genau zur richtigen Zeit unter der Markise vor, gleich nach den großen Stars und dem Direktor und dem Autor und dem Gouverneur und dem Bürgermeister und einigen weniger wichtigen Stars. Die Polizei regelte den Verkehr, damit es zu keinem Stau kam, und da waren Seile, um die Leute fernzuhalten, die keinen Zutritt hatten. Alle Leute, die nicht hineindurften, schauten zu, wie sie aus der Limousine stiegen und in den Schein der Lampen traten. Dann schritten sie durch das rotgoldene Foyer, und eine Platzanweiserin mit einer Mütze in den Farben der Konföderierten und kurzem Röckchen führte sie zu ihren reservierten Sitzen. Das Publikum war bereits da, und eine Gruppe der Vereinigten Töchter der Konföderation begann Beifall zu klatschen, als sie den General in seiner Uniform sahen, und daraufhin fingen alle anderen auch an zu klatschen. Einige weitere Prominente folgten hinter ihnen, und dann wurden die Türen geschlossen und die Lichter gelöscht.

Ein junger Mann mit welligem blondem Haar, der sagte, er vertrete die Filmindustrie, trat auf und begann alle vorzustellen, und jeder, der vorgestellt wurde und auf die Bühne kam, sagte, wie glücklich er sei, an diesem großartigen Ereignis teilnehmen zu dürfen. Der General und seine Enkelin wurden im Programm als Nummer siebzehn vorgestellt. Er wurde als General Tennessee Flintrock Sash von den Konföderierten vorgestellt, obwohl Sally Mr. Govisky darauf hingewiesen hatte, dass er George Poker Sash heiße und nur Major gewesen sei. Sie half ihm beim Aufstehen, aber ihr Herz schlug so heftig, dass sie nicht sicher war, ob sie es selbst schaffen würde.

Der alte Mann bewegte sich langsam durch den Mittelgang, den imposanten weißen Kopf stolz erhoben und den Hut ans Herz gedrückt. Das Orchester begann gedämpft die Schlachthymne der Konföderierten zu spielen, und die

Töchter der Konföderation standen gleichzeitig auf und setzten sich erst wieder, als der General auf der Bühne angekommen war. Sobald er mitten auf der Bühne stand, direkt vor Sally Poker, die ihn am Ellbogen führte, fing das Orchester wieder an, die Schlachthymne zu spielen, aber nun ganz laut, und prompt salutierte der alte Mann etwas zittrig, aber kraftvoll, und stand stramm, bis der letzte Trompetenton verklungen war. Zwei der Platzanweiserinnen mit Konföderiertenmütze und kurzem Rock hielten die Fahnen der Konföderierten und der Union gekreuzt hinter ihnen in die Höhe.

Der General stand genau in der Mitte des Scheinwerferkegels, der einen sonderbaren mondförmigen Ausschnitt von Sally Poker erfasste – das Ansteckstäußchen, die Strassschnalle und eine Hand, die einen weißen Handschuh und ein Taschentuch festhielt. Der junge Mann mit dem welligen blonden Haar trat in den Lichtkegel und sagte, er sei überglücklich, dass an diesem Abend und bei diesem großartigen Ereignis jemand zugegen sei, der, sagte er, in den Schlachten gekämpft und sein Blut vergossen habe, die sie jetzt gleich so grandios auf der Leinwand nachgespielt sehen würden, und fragte dann: »Sagen Sie mir, General, wie alt sind Sie?«

»Zweiundneunzig!!«, schrie der General.

Der junge Mann sah aus, als sei dies so ziemlich das Umwerfendste, was an dem ganzen Abend bisher gesagt worden war. »Meine Damen und Herren«, sagte er, »wir wollen dem General einen ganz, ganz großen Applaus spenden!«, und sofort klatschten alle, und der junge Mann machte Sally Poker mit dem Daumen ein Zeichen, den alten Mann an seinen Platz zurückzubringen, damit die nächste Person vorgestellt werden konnte; aber der

General war noch nicht fertig. Er stand unbeweglich genau in der Mitte des Scheinwerferkegels, den Hals vorgestreckt, den Mund leicht geöffnet, und seine grauen Augen tranken gierig den Glanz und den Applaus. Er schubste seine Enkelin mit dem Ellbogen grob zur Seite. »Warum ich so jung bleibe?«, kreischte er. »Weil ich all die hübschen Mädels küsse!«

Das löste spontan tosenden Beifall aus, und genau in diesem Moment schaute Sally Poker auf ihre Füße und entdeckte, dass sie im Trubel des Aufbruchs vergessen hatte, die Schuhe zu wechseln: Zwei braune Pfadfinder-Schnürschuhe ragten unter dem Saum ihres Kleids hervor. Sie versetzte dem General einen Stoß und verließ im Eilschritt mit ihm die Bühne. Er war sehr aufgebracht, weil er nicht dazu gekommen war, zu sagen, wie sehr er sich freue, bei diesem Ereignis dabei zu sein, und auf dem Weg zurück zu seinem Platz sagte er ständig, so laut er konnte: »Ich freue mich, auf dieser Premjere hier mit all den schönen Mädels zu sein!«, doch eine weitere Berühmtheit kam den anderen Gang nach vorn, und niemand beachtete ihn mehr. Er schlief während des ganzen Films, nur ab und zu brummte er grimmig im Schlaf.

Seither war sein Leben nicht mehr sehr ereignisreich gewesen. Seine Füße waren nun vollkommen taub, seine Knie bewegten sich wie alte Türangeln, seine Nieren funktionierten nur dann und wann, doch sein Herz beharrte stur darauf, zu schlagen. Vergangenheit und Zukunft waren für ihn ein und dasselbe, das eine vergessen und das andere nicht erinnert; ans Sterben dachte er so wenig wie eine Katze. Jedes Jahr am Confederate Memorial Day wurde er warm eingepackt und ans Capitol-City-Museum ausgeliehen, wo er von eins bis vier in einem muffigen

Raum voll mit alten Fotografien, alten Uniformen, alten Kanonen und historischen Dokumenten präsentiert wurde. Alle diese Dinge wurden sorgfältig in Glaskästen zur Schau gestellt, damit Kinder sie nicht anfassen konnten. Er trug dann immer seine Generalsuniform von der Premiere und saß mit starrem düsterem Blick in einem kleinen, durch ein Seil abgetrennten Winkel. Nichts an ihm ließ erkennen, dass er noch am Leben war, außer gelegentlich eine Bewegung seiner milchig grauen Augen, nur einmal, als ein freches Kind seinen Säbel berührte, schnellte sein Arm nach vorn und schlug im Nu die Hand fort. Im Frühling, wenn die alten Herrenhäuser für Besucher geöffnet hatten, wurde er aufgefordert, seine Uniform anzuziehen und an einer auffälligen Stelle Platz zu nehmen, um dem Ort etwas Farbe zu verleihen. Manchmal kam es vor, dass er die Besucher nur anknurrte, aber andere Male erzählte er auch von der Premiere und den schönen Mädels.

Wenn er vor Sally Pokers Abschlussfeier sterben würde, dachte sie, würde sie wohl selber sterben. Zu Beginn des Sommersemesters, noch ehe sie wusste, ob sie die Prüfung bestehen würde, teilte sie dem Dekan mit, dass ihr Großvater Tennessee Flintrock Sash, General der Konföderierten, an der Abschlussfeier teilnehmen werde und dass er einhundertvier Jahre alt und noch ganz und gar klar im Kopf sei. Prominente Besucher waren immer willkommen, durften auf der Bühne sitzen und wurden vorgestellt.

Sie vereinbarte mit ihrem Neffen John Wesley Poker Sash, einem Pfadfinder, dass er mitkam, um den Rollstuhl des Generals zu schieben. Sie stellte sich vor, wie reizvoll es wäre, den alten Mann in seinem heldenhaften Grau und den Jungen in seinem sauberen Kaki zu sehen – Alt und Neu, dachte sie passenderweise –, und sie würden hinter ihr auf der Bühne stehen, wenn sie ihre Urkunde erhielt.

Alles lief fast genau so, wie sie es vorgesehen hatte. Solange sie in das Sommerseminar ging, wohnte der General bei anderen Verwandten, und die brachten ihn und John Wesley, den Pfadfinder, zu der Feier. Ein Reporter kam in das Hotel, in dem sie abgestiegen waren, und fotografierte den General mit Sally Poker auf der einen Seite und John Wesley auf der anderen. Der General, der schon mit schönen Mädchen fotografiert worden war, machte sich nicht viel daraus. Er hatte vergessen, an welchem Ereignis er eigentlich teilnehmen würde, aber er erinnerte sich, dass er seine Uniform und den Säbel tragen musste.

Am Morgen der Abschlussfeier sollte Sally Poker sich mit den anderen Bachelors in Grundschulausbildung für den Festzug aufstellen und konnte nicht selbst dafür sorgen, dass der General auf die Bühne gebracht wurde, doch John Wesley, ein dicker blonder Zehnjähriger mit forscher Miene, versicherte, er werde sich um alles kümmern. Sie kam in ihrem akademischen Talar ins Hotel und zog dem alten Mann seine Uniform an. Er war so fragil wie eine vertrocknete Spinne. »Bist du nicht ganz aufgeregt, Papa?«, fragte sie. »Ich bin wahnsinnig aufgeregt.«

»Leg mir den Säbel auf den Schoß, verdammt noch mal«, sagte der alte Mann, »damit man sieht, wie er glänzt.«

Das tat sie und trat dann zurück, um ihn zu mustern. »Du siehst einfach toll aus«, sagte sie.

»Gottverdammt«, sagte der alte Mann langsam und in ausdruckslosem Ton, so als sagte er es im Takt seines Herzschlags. »Verdammt, zur Hölle mit all dem gottverdammten Mist!«

»Nicht doch, nicht doch«, sagte sie und machte sich glücklich auf den Weg, um sich dem Festzug anzuschließen.

Die Studenten hatten sich hinter dem Gebäude der Naturwissenschaftlichen Fakultät aufgereiht, und sie fand ihren Platz, gerade als der Zug sich in Bewegung setzte. Sie hatte in der Nacht davor nicht viel geschlafen, und wenn doch, hatte sie von den Aufgaben geträumt und dabei im Schlaf gemurmelt: »Seht ihr ihn, seht ihr ihn?«, war aber jedes Mal gerade dann aufgewacht, wenn sie sich hatte umdrehen wollen, um sich nach ihm umzuschauen. Die Absolventen mussten in ihren schwarzen wollenen Talaren in der glühenden Sonne zwei Häuserblocks weit gehen, und während sie stur voranstapfte, dachte sie, wenn jemand diesen akademischen Festzug für einen imposanten Anblick hielte, dann sollte er erst einmal warten, bis er den alten General in seinem heldenhaften Grau und den properen jungen Pfadfinder gesehen hätte, wie er wacker den Rollstuhl über die Bühne steuerte, wo sich das Sonnenlicht im Säbel spiegelte. Sie nahm an, dass John Wesley sich bereits mit dem alten Mann hinter der Bühne bereithielt.

Der schwarze Festzug wand sich um dic beiden Häuserblocks und bog in den Hauptweg ein, der zum Auditorium führte. Die Besucher standen auf dem Rasen und hielten Ausschau nach ihren Angehörigen. Männer schoben sich den Hut ins Genick und wischten sich die Stirn, und Frauen hoben ihre Kleider leicht über den Schultern hoch, damit sie nicht am Rücken klebten. Die Absolventen in ihren schweren Talaren sahen aus, als schwitzten sie die letzten Schweißperlen an Unwissenheit aus. Die Sonnenstrahlen flammten von den Kotflügeln der Autos, wurden von den Säulen der Gebäude zurückgeworfen und zogen den Blick von einem blendenden Lichtfleck zum anderen. Sie zogen Sally Pokers Blick zu dem großen roten Coca-Cola-Automaten, den man neben dem Auditorium aufgestellt hatte. Hier sah sie den General in seinem Stuhl geparkt, missmutig und ohne Hut in der prallen Sonne, während John Wesley, dem die Pfadfinderbluse locker hinten heraushing, Hüfte und Wange an den roten Automaten presste und eine Coca-Cola trank. Sie verließ abrupt ihre Reihe, stürzte zu ihnen hin und entriss dem Jungen die Flasche. Sie schüttelte ihn, stopfte ihm das Hemd in die Hose und setzte dem alten Mann den Hut auf. »Jetzt schaffst du ihn dort rein!«, sagte sie und wies mit ausgestrecktem Finger auf die Seitentür des Gebäudes.

Der General hatte das Gefühl, als beginne sich ein kleines Loch oben in seinem Kopf auszudehnen. Der Junge fuhr ihn zügig einen Gang entlang und eine Rampe hoch und hinein in ein Gebäude und stieß den Rollstuhl unsanft durch den Bühneneingang an die Stelle, die man ihm angewiesen hatte, und der General starrte geradeaus auf Köpfe, die alle zusammenzufließen schienen, und auf Augen, die von einem Gesicht zum anderen wanderten. Mehrere Gestalten in schwarzen Talaren traten näher, griffen nach seiner Hand und drückten sie. Eine schwarze Prozession wallte durch die beiden Gänge heran und bildete zu getragener Musik vor ihm einen Teich. Die Musik schien durch das kleine Loch in seinen Kopf einzudringen, und eine Sekunde lang meinte er, dass auch der Umzug dort einzudringen versuchte.

Er wusste nicht, was für ein Umzug das war, aber irgendetwas daran war ihm vertraut. Vertraut musste er ihm sein, da man ihn ja begrüßt hatte, aber schwarze

Umzüge mochte er nicht. Ein Umzug, der ihn begrüßte, dachte er gereizt, sollte Wagen mit schönen Mädels darauf haben wie die Wagen vor der Premjere. Der hier musste etwas mit Geschichte zu tun haben, wie auch sonst immer. Doch damit konnte er nichts anfangen. Was damals passiert war, sagte einem jetzt lebenden Menschen gar nichts, und er lebte jetzt.

Als die ganze Prozession in den schwarzen Teich geströmt war, stellte sich eine schwarze Gestalt davor hin und begann eine Rede zu halten. Die Gestalt erzählte etwas über Geschichte, und der General beschloss, nicht hinzuhören, aber die Worte sickerten fortwährend durch das kleine Loch in seinem Kopf. Er hörte, wie sein eigener Name genannt wurde, sein Stuhl wurde mit einem Ruck nach vorn gerollt, und der Pfadfinder machte eine tiefe Verbeugung. Sie riefen seinen Namen auf, und der dicke Bengel verbeugte sich!

Gottverdammmich, versuchte der alte Mann zu sagen, geh mir aus dem Weg, ich kann aufstehen! Aber er wurde wieder zurückgezerrt, bevor er aufstehen und sich verbeugen konnte. Er glaubte, der Lärm, den sie machten, gelte ihm. Wenn sein Auftritt vorbei war, dann hatte er nicht die Absicht, noch länger zuzuhören. Wäre da nicht das kleine Loch in seiner Schädeldecke gewesen, hätte ihn keines der Worte erreicht. Er wollte den Finger in das Loch oben stecken, um sie aufzuhalten, aber das Loch war etwas zu weit für den Finger, und es fühlte sich an, als würde es noch tiefer.

Ein anderer schwarzer Talar hatte den Platz des ersten eingenommen und redete nun, und er hörte, wie sein Name erneut genannt wurde, aber von ihm war nicht die Rede, sie sprachen immer noch über Geschichte. »Wenn wir unsere Vergangenheit vergessen«, sagte der Redner, »dann werden wir uns auch nicht an unsere Zukunft erinnern, und das ist dann auch einerlei, denn wir werden keine haben.« Nach und nach hörte der General einige dieser Worte. Er hatte die Geschichte vergessen, und er hatte nicht vor, sich wieder daran zu erinnern. Er hatte Namen und Gesicht seiner Frau vergessen und die Namen und Gesichter seiner Kinder oder ob er überhaupt Frau und Kinder gehabt hatte, und er hatte die Namen von Orten und die Orte selbst vergessen und was sich dort zugetragen hatte.

Das Loch in seinem Kopf störte ihn ziemlich. Er hatte nicht erwartet, bei dieser Veranstaltung ein Loch im Kopf zu haben. Die langsame schwarze Musik war daran schuld, und obwohl die Musik draußen fast ganz aufgehört hatte, war in dem Loch doch noch immer ein wenig zu hören, sie sank tiefer und wanderte durch seine Gedanken und ließ die Worte, die er hörte, in die dunklen Winkel seines Gehirns eingehen. Er hörte die Worte Chickamauga, Shiloh, Johnston, Lee, und er wusste, dass all diese Worte, die ihm nichts mehr sagten, mit ihm zu tun hatten. Er fragte sich, ob er bei Chickamauga oder bei Lee General gewesen war. Dann versuchte er, sich und das Pferd inmitten schöner Mädchen auf einem Festwagen aufgestellt zu sehen, der langsam durch das Zentrum von Atlanta gefahren wurde. Stattdessen begannen sich die alten Worte in seinem Kopf zu regen, als versuchten sie, sich herauszuwinden und wieder lebendig zu werden.

Der Redner war mit diesem Krieg fertig und zum nächsten übergegangen, und nun näherte er sich einem weiteren, und all seine Worte waren, wie die schwarze Prozession, vage vertraut und verwirrend. Da bohrte Musik wie ein langer Finger im Kopf des Generals allerlei Flecken, die Worte waren, und warf ein wenig Licht auf die Worte und verhalf ihnen zum Leben. Die Worte kamen auf ihn zu, und er sagte: Verdammt! Das lasse ich mir nicht bieten! Und er begann, nach hinten auszuweichen. Dann sah er die Gestalt im schwarzen Talar Platz nehmen, und es erhob sich ein Lärm, und der schwarze Teich vor ihm begann zu grollen und zu der schwarzen langsamen Musik von beiden Seiten auf ihn zuzufließen, und er sagte: Halt, verdammt! Ich kann nicht mehr als eine Sache auf einmal tun! Er konnte sich nicht vor den Worten schützen und gleichzeitig auf die Prozession achten, und die Worte kamen rasch auf ihn zu. Er merkte, dass er rückwärtslief, und die Worte stürmten auf ihn ein wie Musketenkugeln, verfehlten ihn knapp, kamen aber immer näher. Er drehte sich um und begann zu rennen, so schnell er konnte, bemerkte aber, dass er auf die Worte zulief. Er rannte in eine wahre Salve hinein und reagierte mit kurzen Flüchen. Als die Musik auf ihn zu schwoll, öffnete sich vor ihm aus dem Nirgendwo die gesamte Vergangenheit, und ihm war, als würde sein Körper an hundert Stellen mit scharfen, schmerzhaften Stichen durchbohrt, und er stürzte zu Boden und antwortete auf jeden Stich mit einem Fluch. Er sah das schmale Gesicht seiner Frau, das ihn kritisch durch die runde, goldgeränderte Brille betrachtete; er sah einen seiner schielenden, kahlköpfigen Söhne; und seine Mutter lief mit angstvollem Blick auf ihn zu; dann brauste ihm eine Folge von Orten – Chickamauga, Shiloh, Marthasville – entgegen, als ob die Vergangenheit jetzt die einzige Zukunft sei und er sie ertragen müsse. Dann sah er plötzlich, dass die schwarze Prozession ihn fast schon eingeholt hatte. Er erkannte sie wieder, denn sie war sein

Leben lang hinter ihm her gewesen. Er mühte sich so verzweifelt, darüber hinwegzusehen und herauszufinden, was nach der Vergangenheit kam, dass seine Hand den Säbel so fest umklammerte, bis die Klinge auf den Knochen traf.

Die Absolventen überquerten die Bühne in einer langen Reihe, um ihre Urkunden entgegenzunehmen und dem Präsidenten die Hand zu geben. Als Sally Poker als eine der Letzten vorüberging, warf sie einen kurzen Blick auf den General und sah ihn unbeweglich und grimmig mit weit offenen Augen dasitzen, und sie drehte ihren Kopf wieder nach vorn und reckte ihn merklich höher und nahm ihre Urkunde entgegen. Als dann alles vorbei war und sie aus dem Auditorium wieder draußen in der Sonne war, machte sie ihre Verwandtschaft ausfindig, und gemeinsam warteten sie auf einer Bank im Schatten auf John Wesley, der den alten Mann herausschieben würde. Der clevere Pfadfinder hatte ihn ratternd durch den Hinterausgang ins Freie befördert, ihn mit hohem Tempo über einen Plattenweg geschoben und wartete nun mit dem Leichnam in der langen Schlange vor dem Coca-Cola-Automaten.

DAS LEBEN, DAS DU RETTEST, KÖNNTE DEIN EIGENES SEIN

Die alte Frau und ihre Tochter saßen auf ihrer Veranda, als Mr. Shiftlet zum ersten Mal die Straße heraufkam. Die alte Frau rutschte an die Stuhlkante und beugte sich vor, während sie die Augen mit der Hand vor den Strahlen der untergehenden Sonne beschattete. Die Tochter konnte nicht so weit nach vorne sehen und spielte nach wie vor mit ihren Fingern. Obwohl die alte Frau allein mit ihrer Tochter an diesem menschenleeren Ort lebte und Mr. Shiftlet nie zuvor gesehen hatte, erkannte sie selbst aus der Entfernung, dass er ein Landstreicher war und niemand, vor dem man sich ängstigen müsste. Sein linker Rockärmel war hochgeschlagen, sodass man sehen konnte, dass nur ein halber Arm darin steckte, und seine magere Gestalt war leicht geneigt, als würde ihn der leichte Wind vor sich hertreiben. Er trug einen schwarzen Straßenanzug und einen braunen Filzhut, vorn hochgestülpt und hinten heruntergeklappt, und in der Hand einen Werkzeugkasten aus Blech mit einem Griff daran. Er schlenderte bedächtig ihre Straße hoch, das Gesicht der Sonne zugewandt, die sich auf der Kuppe eines kleinen Bergs im Gleichgewicht zu halten schien.

Die alte Frau verharrte in ihrer Stellung, bis er fast in ihrem Vorgarten stand; dann erhob sie sich, eine Faust auf die Hüfte gestützt. Die Tochter, ein korpulentes Mädchen in einem kurzen blauen Organdykleid, sah ihn erst jetzt, sprang hoch und begann aufzustampfen und mit dem Finger auf ihn zu deuten und aufgeregte, unartikulierte Laute von sich zu geben.

Mr. Shiftlet blieb knapp am Eingang zum Vorgarten stehen, setzte seinen Kasten auf die Erde und begrüßte sie, indem er an den Hut tippte, als ob ihr nicht das Mindeste fehlte; dann drehte er sich der alten Frau zu und zog schwungvoll den Hut. Er hatte langes, glattes schwarzes Haar, das vom Mittelscheitel nach beiden Seiten flach über die Spitzen der Ohren hing. Seine Stirn nahm mehr als die Hälfte seines Gesichts ein und ging abrupt in das Tellereisen eines vorspringenden Kinns über. Er schien noch jung, trug aber eine Miene gelassenen Missmuts zur Schau, als kenne er das Leben in- und auswendig.

»Guten Abend«, sagte die alte Frau. Sie war ungefähr so groß wie ein Zaunpfahl aus Zedernholz und hatte sich einen grauen Männerhut tief in die Stirn gezogen.

Der Landstreicher sah sie an und antwortete nicht. Er drehte sich um und wandte den Blick der untergehenden Sonne zu. Dann hob er seine Arme, den intakten und den Stumpf, langsam in die Höhe, sodass sie ein großes Stück vom Himmel vermaßen und seine Gestalt ein schiefes Kreuz bildete. Die alte Frau beobachtete ihn, die Arme vor der Brust verschränkt, als gehöre ihr die Sonne, und auch die Tochter sah ihn an, den Kopf vorgestreckt, wobei ihre dicken Arme hilflos von den Gelenken baumelten. Sie hatte langes rotgoldenes Haar und Augen, so blau wie ein Pfauenhals.

Er blieb fast eine Minute lang in dieser Haltung stehen, dann hob er seinen Kasten wieder hoch, ging auf die Veranda zu und ließ sich auf die unterste Stufe fallen. »Lady«, sagte er mit fester, näselnder Stimme, »ich würd ein Vermögen dafür geben, wenn ich wo leben könnt, wo ich mir jeden Abend sonen Sonnenuntergang anschaun könnt.«

»Kann man hier jeden Abend«, sagte die alte Frau und setzte sich wieder. Auch die Tochter setzte sich und beobachtete ihn mit vorsichtig verstohlenem Blick, als wäre er ein Vogel, der sehr nahe herangekommen war. Er lehnte sich ein Stück weit zur Seite, kramte in seiner Hosentasche und holte gleich darauf ein Päckchen Kaugummi hervor und bot ihr einen Streifen an. Sie nahm ihn, wickelte ihn aus und fing an zu kauen, ohne den Mann aus den Augen zu lassen. Er bot auch der alten Frau einen Streifen an, doch sie zog nur die Oberlippe hoch, um zu zeigen, dass sie keine Zähne mehr hatte.

Mr. Shiftlets fahle scharfe Augen hatten bereits alles auf dem Hof gemustert – die Pumpe nahe der Hausecke und den großen Feigenbaum, in dem sich gerade drei oder vier Hühner zum Schlafen niederließen – und sich nun einem Schuppen genähert, in dem die rechteckige verrostete Rückfront eines Autos zu sehen war. »Fahren die Damen Auto?«, fragte er.

»Die Karre fährt schon seit fünfzehn Jahren nich mehr«, sagte die alte Frau. »Am Tag, wo mein Mann gestorben ist, hat sie den Geist aufgegeben.«

»Nichts ist mehr, wies mal war, Lady«, sagte er. »Die Welt ist praktisch verrottet.«

»Stimmt genau«, sagte die alte Frau. »Sind Sie aus der Gegend?«

»Tom T. Shiftlet mein Name«, murmelte er, während er die Reifen musterte.

»Schön, Sie kennenzulernen«, sagte die alte Frau. »Ich heiße Lucynell Crater, und meine Tochter heißt auch Lucynell Crater. Was treiben Sie so in der Gegend, Mr. Shiftlet?«

Er schätzte, der Wagen war ein 1928er oder 29er Ford. »Lady«, sagte er, drehte sich um und richtete seine ganze Aufmerksamkeit auf sie, »ich will Ihnen mal was erzählen. Da gibts einen Doktor in Atlanta, der hat ein Messer genommen und jemand das Herz rausgeschnitten – jawohl, das Herz«, wiederholte er und beugte sich nach vorn, »hat er einem Mann aus der Brust geschnitten und hats in der Hand gehalten«, und dabei streckte er seine Hand aus, die Handfläche nach oben, als wäre sie leicht beschwert mit dem Herzen eines Menschen, »und er hat es untersucht, als wärs ein Eintagsküken, und, Lady«, sagte er und legte eine lange, vielsagende Pause ein, wobei er den Kopf nach vorn reckte und seine lehmfarbenen Augen aufleuchteten. »Er weiß genauso wenig darüber wie Sie oder ich.«

»Stimmt genau«, sagte die alte Frau.

»Und wenn er das Messer hernehmen und überall reinschneiden würde, er wüsste immer noch nicht mehr als Sie oder ich. Was sollen wir wetten?«

»Nichts«, sagte die alte Frau vorsichtig. »Woher kommen Sie, Mr. Shiftlet?«

Er antwortete nicht, sondern griff in seine Tasche, holte einen Beutel mit Tabak und ein Päckchen Zigarettenpapier heraus und drehte sich gekonnt mit der einen Hand eine Zigarette und klebte sie sich schief an die Oberlippe. Dann nahm er eine Schachtel Streichhölzer aus der Tasche und zündete eines davon an der Schuhsohle an. Er hielt das brennende Streichholz in der Hand, als wollte er das Rätsel der Flamme studieren, während sie sich gefährlich seinem Finger näherte. Die Tochter begann laute Töne von sich zu geben und warnte ihn mit erhobenem Finger, aber kurz bevor die Flamme ihn berührte, beugte er sich über die hohle Hand, als wollte er seine Nase in Brand stecken, und zündete die Zigarette an.

Er schnippte das erloschene Streichholz von sich und blies einen grauen Rauchschwall in den Abend. Seine Miene bekam etwas Durchtriebenes. »Lady«, sagte er, »heutzutage machen die Leute, was sie wollen. Ich kann Ihnen sagen, dass ich Tom T. Shiftlet heiße und aus Tarwater in Tennessee komm, aber Sie haben mich noch nie im Leben gesehn; wie wollen Sie wissen, ob ich nicht lüg? Woher wollen Sie wissen, ob ich nicht Aaron Sparks heiße, Lady, und aus Singleberry in Georgia komm, oder wer sagt, dass ich nicht George Speeds bin und aus Lucy in Alabama komm oder Thomson Bright aus Toolafalls in Mississippi?«

»Ich weiß gar nichts über Sie«, brummte die alte Frau irritiert.

»Lady«, sagte er, »die Leute lügen einfach, wies ihnen grad passt. Vielleicht ist das Beste, was ich Ihnen sagen kann: Ich bin ein Mann. Aber aufgepasst, Lady«, sagte er, unterbrach sich und fuhr fort in einem noch ominöseren Ton: »Was ist ein Mann?«

Die alte Frau fing an, an einem Sonnenblumenkern zu mümmeln. »Was haben Sie da in dem Blechkasten, Mr. Shiftlet?«

»Werkzeug«, sagte er ernüchtert. »Ich bin Schreiner.«

»Also, wenn Sie wegen Arbeit hierhergekommen sind, kann ich Ihnen Essen und einen Platz zum Schlafen anbieten, aber zahlen kann ich nichts. Das sag ich Ihnen gleich, bevor Sie noch anfangen«, sagte sie.

Er gab nicht sofort eine Antwort, und in seinem Gesicht zeigte sich kein besonderer Ausdruck. Er lehnte sich an den Vierkantpfosten, der das Dach der Veranda abstützte. »Lady«, sagte er langsam, »Männer gibts, denen sind manche Sachen wichtiger als Geld.« Die alte Frau wippte in ihrem Schaukelstuhl, ohne etwas darauf zu sagen, und die Tochter beobachtete, wie sich der Adamsapfel am Hals des Mannes auf und ab bewegte. Dann erklärte er der alten Frau, dass alles, wofür sich die meisten Leute interessierten, das Geld sei, aber für was, fragte er, sei der Mensch erschaffen worden. Er fragte sie, ob der Mensch für das Geld erschaffen worden sei oder für was. Er fragte sie, was sie meine, wofür sie erschaffen worden sei, aber sie gab keine Antwort, saß bloß da und schaukelte hin und her und fragte sich, ob ein einarmiger Mann wohl ein neues Dach für ihr Gartenhaus bauen könnte. Er stellte ihr noch viele Fragen, auf die sie nicht antwortete. Er sagte ihr, er sei achtundzwanzig Jahre alt und habe ein wechselvolles Leben gelebt. Er war Sänger im Kirchenchor gewesen, Vorarbeiter bei der Eisenbahn, Gehilfe in einem Bestattungsinstitut, er war drei Monate beim Radio gewesen mit Uncle Roy und seinen Red Creek Wranglers. Er sagte, er habe in der Armee seines Vaterlands gekämpft und geblutet und sei in jedem fremden Land gewesen, und überall habe er Leute getroffen, denen es gleich war, ob sie eine Sache gut oder schlecht machten. Er sagte, ihn habe man so nicht erzogen.

Ein dicker gelber Mond zeigte sich in den Zweigen des Feigenbaums, als ob er sich dort bei den Hühnern einen Schlafplatz suchte. Er sagte, ein Mann müsse sich aufs Land flüchten, um die Welt ganz zu sehen, und er würde am liebsten an einem so einsamen Ort wie diesem leben, wo er jeden Abend die Sonne untergehen sehen könnte, so wie Gott es haben wollte.

»Sind Sie verheiratet oder leben Sie allein?«, fragte die alte Frau.

Es folgte ein langes Schweigen. »Lady«, fragte er schließlich, »wo würde man heutzutage eine unschuldige Frau finden? Ich möchte kein son Miststück, was ich an jeder Ecke aufgabeln könnte.«

Die Tochter lehnte sich weit nach unten, sodass ihr Kopf fast zwischen den Knien lag, und beobachtete ihn durch eine dreieckige Öffnung in ihrem herabhängenden Haar; und plötzlich sackte sie zu Boden und fing an zu wimmern. Mr. Shiftlet richtete sie auf und half ihr zurück auf den Stuhl.

»Ist sie Ihre Jüngste?«, fragte er.

»Meine Einzige«, sagte die alte Frau, »und sie ist das feinste Mädchen, was es gibt. Um nichts auf der Welt würd ich sie hergeben. Und was sie alles kann: putzen, kochen, waschen, die Hühner füttern und mit einer Hacke umgehen. Nicht für eine ganze Schatztruhe würd ich sie hergeben.«

»Recht so«, sagte er freundlich. »Lassen Sie nicht zu, dass ein Mann sie Ihnen wegnimmt.«

»Ich muss immer in der Nähe sein, für den Fall, dass irgendein Mann hinter ihr her ist.«

Mr. Shiftlets Augen waren in der Dunkelheit auf einen Fleck auf der Autostoßstange gerichtet, der von Weitem glänzte. »Lady«, sagte er und hob seinen Armstumpf ruckartig in die Höhe, als könnte er damit auf Haus, Hof und Wasserpumpe zeigen, »da gibts nichts auf der Plantage hier, was ich nicht für Sie reparieren könnte, ob ich ein einarmiger Krüppel bin oder nicht. Ich bin ein Mann«, sagte er mit trotziger Würde, »auch wenn ich kein ganzer Mann bin. Ich hab nämlich«, sagte er und klopfte mit den Knöcheln auf die Stufe, um zu betonen, wie unerhört das war, was er gleich sagen würde, »eine moralische Intelligenz!« Sein Gesicht tauchte aus dem Dunkel auf, plötzlich erhellt von dem Lichtstrahl, der aus dem Türspalt fiel, und er starrte sie an, als wundere er sich selbst über diese unglaubliche Wahrheit.

Auf die alte Frau machte die Behauptung keinen Eindruck. »Ich hab Ihnen ja gesagt, dass Sie hierbleiben und sich Ihr Essen verdienen können«, sagte sie, »wenn es Ihnen nichts ausmacht, da drüben im Wagen zu schlafen.«

»Warum nicht, Lady«, sagte er mit einem erfreuten Grinsen, »die Mönche haben früher sogar in ihrem eignen Sarg geschlafen!«

»Die waren nicht so fortschrittlich wie wir«, sagte die alte Frau.

Am nächsten Morgen begann er mit der Arbeit auf dem Dach des Gartenhauses, während Lucynell, die Tochter, auf einem großen Stein saß und ihm zuschaute. Und er war noch keine Woche da, als die Veränderungen auf dem Anwesen nicht mehr zu übersehen waren. Er hatte die Stufen der Vorder- und der Hintertreppe ausgebessert, einen neuen Schweinepferch gebaut, einen Zaun erneuert und Lucynell, die völlig taub war und in ihrem ganzen Leben noch nie ein Wort gesagt hatte, das Wort »Vogel« beigebracht. Das große Mädchen mit dem rosigen Gesicht folgte ihm auf Schritt und Tritt, sagte »Voogell« und klatschte dabei in die Hände. Die alte Frau beobachtete sie von Weitem und freute sich im Stillen. Sie war erpicht auf einen Schwiegersohn.

Mr. Shiftlet schlief auf dem harten schmalen Rücksitz des Autos, die Füße zum Seitenfenster hinausgestreckt. Sein Rasiermesser und eine Wasserkanne standen auf einer Kiste, die ihm als Nachttisch diente, und an das Rückfenster lehnte er eine Spiegelscherbe. Die Jacke hängte er ordentlich auf einen Kleiderbügel vor eines der Fenster.

Abends saß er auf den Treppenstufen und redete, während die alte Frau und Lucynell rechts und links von ihm heftig auf ihren Stühlen schaukelten. Die drei Hügel, die zum Besitz der alten Frau gehörten, hoben sich schwarz gegen den tiefblauen Himmel ab und erhielten der Reihe nach Besuch von verschiedenen Planeten und vom Mond, nachdem er die Hühner verlassen hatte. Mr. Shiftlet betonte, dass er die Plantage deshalb so verschönert habe, weil sie ihm persönlich wichtig geworden sei. Er sagte, er werde sogar das Auto wieder in Gang bringen.

Er hatte schon die Kühlerhaube hochgestellt und die Mechanik untersucht, und er sagte, er könne erkennen, dass der Wagen in einer Zeit gebaut worden sei, als man noch anständige Autos gebaut habe. Heute dagegen, sagte er, da setze ein Mann einen Bolzen ein und ein anderer Mann noch einen und dann noch ein dritter, also für jeden Bolzen ein Mann. Deshalb musste man so viel für ein Auto bezahlen, weil man alle diese Männer bezahlte. Wenn man nun aber nur für einen Mann zahlen musste, bekam man ein billigeres Auto, dazu eines, das jemand persönlich wichtig war, und es wäre ein besseres Auto. Die alte Frau war mit ihm einer Meinung.

Mr. Shiftlet sagte, die Probleme auf der Welt kämen daher, dass niemand sich mehr Mühe gebe oder sich die Zeit nehme und sich um etwas kümmere. Er sagte, nie hätte er Lucynell beibringen können, auch nur ein einziges Wort zu sprechen, wenn er sich nicht die Mühe gemacht und lang genug Zeit genommen hätte.

»Bringen Sie ihr noch was andres bei«, sagte die alte Frau.

»Was soll sie als nächstes Wort lernen?«, fragte Mr. Shiftlet.

Die alte Frau lächelte breit und zahnlos und vielsagend. »Bringen Sie ihr das Wort ›Schätzchen‹ bei«, sagte sie.

Mr. Shiftlet war schon klar, was sie sich dabei dachte.

Am nächsten Tag begann er am Auto zu tüfteln, und am selben Abend teilte er ihr mit, dass er den Wagen wieder in Gang bringen könnte, wenn sie einen Keilriemen kaufen würde.

Die alte Frau sagte, sie werde ihm das Geld geben. »Sehn Sie das Mädchen da?«, fragte sie und wies auf Lucynell, die ein paar Schritte entfernt auf dem Boden saß und ihn mit Augen beobachtete, die sogar im Dunkeln blau waren. »Wenn je ein Mann daherkommen würd und sie mir wegnehmen wollte, würd ich sagen, ›Kein Mann auf der Welt wird mir mein süßes Mädchen wegnehmen!‹ Wenn er aber sagen würd, ›Lady, ich will sie Ihnen nicht wegnehmen, ich will sie hier an Ort und Stelle haben‹, dann würd ich sagen, ›Mister, ich kanns Ihnen nicht übel nehmen. Ich tät mir auch die Schangse nicht entgehen lassen, wenn ich für immer an einem festen Ort leben könnt und das süßeste Mädchen von der Welt bekommen würd. Sie sind kein Dummkopf‹, würd ich zu ihm sagen.«

»Wie alt ist sie?«, fragte Mr. Shiftlet beiläufig.

»Zwischen fünfzehn und sechzehn«, sagte die alte Frau. Das Mädchen war fast dreißig, aber weil sie so arglos war, wäre man nie auf die Idee gekommen.

»Es wär auch nicht schlecht, ihn neu zu streichen«, bemerkte Mr. Shiftlet. »Sie wollen ihn doch bestimmt nicht verrosten lassen.«

»Das klären wir später«, sagte die alte Frau.

Am nächsten Tag ging er in die Stadt und kam mit den Ersatzteilen, die er brauchte, und einem Kanister Benzin zurück. Spät am Nachmittag waren schreckliche Töne aus dem Schuppen zu hören, und die alte Frau rannte aus dem Haus, weil sie meinte, Lucynell habe irgendwo einen Anfall. Lucynell saß auf einem Hühnerverschlag, stampfte mit den Füßen und kreischte »Voogell! Voogell!«. Aber ihr Geschrei ging im Motorenlärm unter. Unter einer Salve von knatternden Fehlzündungen fuhr der Wagen majestätisch aus dem Schuppen heraus. Mr. Shiftlet saß aufrecht am Steuer, auf seinem Gesicht ein Ausdruck ernster Bescheidenheit, als habe er soeben einen Toten auferweckt.

An diesem Abend kam die alte Frau, während sie in ihrem Schaukelstuhl auf der Veranda auf und ab wippte, sogleich zur Sache. »Sie wollen also ein unbescholtenes Mädchen zur Frau?«, fragte sie mitfühlend. »Nicht irgend so ein Miststück.«

»Ja, Ma'am, so ist es«, sagte Mr. Shiftlet.

»Eine, die nicht sprechen kann«, fuhr sie fort, »kann Ihnen auch nicht frech kommen oder unflätig daherreden. So eine ist für Sie die Richtige. Wie die da«, und sie zeigte auf Lucynell, die mit untergeschlagenen Beinen auf ihrem Stuhl saß und die Füße mit den Händen umklammerte.

»Richtig«, stimmte er zu, »mit der hätt ich keinen Ärger.«

»Am Samstag«, sagte die alte Frau, »können wir zu dritt in die Stadt fahren, dann wird geheiratet.«

Mr. Shiftlet machte es sich auf der Treppe bequem.

»Ich kann jetzt nicht einfach gleich heiraten«, sagte er. »Alles, was man machen will, kostet Geld, und ich hab keins.«

»Was wollen Sie mit Geld?«, fragte sie.

»So was kostet Geld«, sagte er. »Leute gibts heutzutage, die sind zu allem imstand, aber ich, ich würd keine Frau heiraten, die ich nicht ausführen kann, wie sichs gehört. Ich meine, in ein Hotel einladen und so. Ich würd nicht mal die Herzogin von Windsor heiraten«, sagte er mit Nachdruck, »wenn ich sie nicht in ein Hotel und zu 'nem anständigen Essen einladen könnt. So hab ichs eben gelernt, und daran kann ich nichts ändern. Das hat mir meine alte Mutter beigebracht.«

»Lucynell hat nicht den kleinsten Schimmer, was ein Hotel überhaupt ist«, murmelte die alte Frau. »Passen Sie auf, Mr. Shiftlet«, sagte sie und rutschte auf ihrem Stuhl nach vorn, »Sie könnten für immer in einem Haus wohnen und würden einen tiefen Brunnen bekommen und das unschuldigste Mädchen von der Welt. Sie brauchen kein Geld. Damit das klar ist: Für einen armen verkrüppelten Landstreicher, der keine Freunde hat und kein Zuhause, gibts keinen Platz auf der Welt.«

Die garstigen Worte landeten in Mr. Shiftlets Kopf wie eine Schar Bussarde im Gipfel eines Baums. Er antwortete nicht gleich. Er drehte sich eine Zigarette, steckte sie an und sagte dann mit gleichmütiger Stimme: »Lady, ein Mensch besteht aus zwei Teilen, aus Körper und Geist.«

Die alte Frau klemmte ihre Kiefer aufeinander.

»Aus Körper und Geist«, wiederholte er. »Der Körper, Lady, ist wie ein Haus: Er geht nirgendwohin; aber der Geist ist wie ein Automobil: ständig auf Achse, ständig –«

»Hören Sie, Mr. Shiftlet«, sagte sie, »mein Brunnen

hat immer Wasser, und mein Haus ist im Winter immer warm, und es gibt keine Hypothek auf irgendwas auf der Farm. Sie können aufs Gericht gehen und sich selber mit eignen Augen überzeugen. Und drüben im Schuppen steht ein schönes Automobil.« Mit Bedacht legte sie den Köder aus. »Sie könnens bis Samstag neu streichen. Ich komm für die Farbe auf.«

In der Dunkelheit dehnte sich Mr. Shiftlets Lächeln aus wie eine schläfrige Schlange, die von einem Feuer geweckt wird. Nach einer Sekunde hatte er sich besonnen und sagte: »Ich mein ja bloß, dass einem Mann sein Geist mehr bedeutet als irgendwas sonst. Ich möcht mit meiner Frau übers Wochenende irgendwohin fahren können, egal, was es kostet. Ich muss gehen, wohin mein Geist will.«

»Ich geb Ihnen fünfzehn Dollar für einen Wochenendausflug«, sagte die alte Frau mürrisch. »Mehr kann ich nicht tun.«

»Das reicht kaum fürs Benzin und das Hotel«, sagte er. »Für ihr Essen reichts nicht.«

»Siebzehn Dollar fünfzig«, sagte die alte Frau. »Das ist alles, was ich hab. Es hilft also gar nichts, wenn Sie mich weiter ausnehmen wollen. Sie können ja was zum Essen einpacken.«

Das Wort »ausnehmen« kränkte Mr. Shiftlet zutiefst. Er war sich sicher, dass sie mehr Geld in ihrer Matratze eingenäht hatte, aber er hatte ihr ja bereits gesagt, dass er nicht auf ihr Geld aus war. »Ich werd damit auskommen«, sagte er, erhob sich und zog los, ohne noch länger mit ihr zu verhandeln.

Am Samstag fuhren sie zu dritt in die Stadt, da war die Farbe auf dem Wagen noch kaum getrocknet, und Mr. Shiftlet und Lucynell wurden auf dem Standesamt getraut, wobei die alte Frau Trauzeugin war. Als sie das Gebäude verließen, begann Mr. Shiftlet den Hals im Kragen hin und her zu drehen. Er sah missmutig aus, als habe ihn jemand beleidigt, während ein anderer ihn festhielt. »Das hat mir überhaupt nicht gepasst«, sagte er. »Das war ja bloß was diese Frau in dem Büro gemacht hat, nichts als Papierkram und Blutproben. Was wissen die schon von meinem Blut? Und wenn sie mir das Herz rausschneiden täten«, sagte er, »würden sie trotzdem gar nichts von mir wissen. Mir hat das alles nicht genügt.«

»Dem Gesetz schon«, sagte die alte Frau scharf.

»Das Gesetz«, sagte Mr. Shiftlet und spuckte aus. »Es ist ja grade das Gesetz, was mir nicht genügt.«

Er hatte den Wagen dunkelgrün gestrichen mit einem gelben Streifen direkt unter den Fenstern. Die drei stiegen alle vorn ein, und die alte Frau sagte: »Sieht Lucynell nicht hübsch aus? Wie 'ne Puppe.« Lucynell hatte ein weißes Kleid an, das ihre Mutter aus einem Koffer gezogen hatte, und auf ihrem Kopf saß ein Panamahut mit einem Büschel hölzerner roter Kirschen auf der Krempe. Hin und wieder tauchte in ihrer friedlichen Miene ein schlauer kleiner Gedanke auf wie ein grüner Schössling in der Wüste. »Sie haben das große Los gezogen!«, sagte die alte Frau.

Mr. Shiftlet würdigte sie keines Blickes.

Sie fuhren zurück zum Haus, ließen die alte Frau aussteigen und packten den Proviant ein. Als sie bereit zum Aufbruch waren, starrte die alte Frau durch das offene Wagenfenster und hielt die Scheibe umklammert. Tränen sickerten ihr aus den Augenwinkeln und rannen die schmutzigen Runzeln ihres Gesichts entlang. »Noch nie bin ich auch nur zwei Tage von ihr getrennt gewesen«, sagte sie.

Mr. Shiftlet warf den Motor an.

»Und nie hätt ich sie einem anderen Mann als Ihnen gegeben, weil ich hab gesehn, dass Sie gut zu ihr sein werden. Leb wohl, Süße«, sagte sie und hielt den Ärmel des weißen Kleides fest. Lucynell sah ihr direkt in die Augen, schien sie aber gar nicht wahrzunehmen. Mr. Shiftlet fuhr langsam an, sodass sie den Ärmel loslassen musste.

Der frühe Nachmittag war hell und wolkenlos und von einem blassblauen Himmel überspannt. Obwohl der Wagen nicht schneller als dreißig Meilen in der Stunde fuhr, kam es Mr. Shiftlet wie ein rasantes Auf und Nieder und Schlingern vor, das ihm so sehr zu Kopf stieg, dass er seine morgendliche Verbitterung vergaß. Er hatte sich schon immer ein Automobil gewünscht, sich aber noch nie eines leisten können. Er fuhr sehr schnell, denn er wollte Mobile noch vor Einbruch der Nacht erreichen.

Gelegentlich unterbrach er seine Überlegungen und sah zu Lucynell hinüber, die neben ihm saß. Sie hatte den Proviant aufgegessen, kaum dass sie den Hof verlassen hatten, und nun rupfte sie die Kirschen nacheinander vom Hut und warf sie aus dem Fenster. Seine Stimmung sank, trotz des Wagens. Nach etwa hundert Meilen fand er, dass sie bestimmt wieder Hunger hatte. In der nächsten Kleinstadt hielt er vor einer mit Aluminiumfarbe gestrichenen Imbissbude namens The Hot Spot, führte sie hinein und bestellte für sie einen Teller Maisbrei mit Schinken. Die Fahrt hatte sie schläfrig gemacht, und sobald sie auf dem Hocker Platz genommen hatte, legte sie den Kopf auf den Tresen und schloss die Augen. Es war sonst niemand im Lokal außer Mr. Shiftlet und dem Jungen hinter dem Tresen, einem blassen jungen Mann, dem ein schmieriger Lappen über die Schulter hing. Noch bevor er ihr das Essen hinstellte, schnarchte sie bereits leise.

»Geben Sies ihr, wenn sie aufwacht«, sagte Mr. Shiftlet. »Ich bezahl jetzt gleich.«

Der Junge beugte sich über sie und begaffte die langen rotgoldenen Haare und die halb geschlossenen Augen. Dann schaute er hoch und sah Mr. Shiftlet an. »Sie sieht aus wie ein echter Engel«, sagte er leise.

»Eine Anhalterin«, erklärte Mr. Shiftlet. »Ich kann nicht warten. Ich muss heute noch bis Tuscaloosa.«

Der Junge beugte sich wieder vor und berührte mit dem Finger ganz vorsichtig eine Strähne des goldenen Haars, und Mr. Shiftlet machte sich davon.

Als er weiterfuhr, war er deprimierter denn je. Am späten Nachmittag war es heiß und schwül geworden, und das Land war flach wie ein Brett. In der Tiefe des Himmels braute sich ganz langsam ein Unwetter zusammen, kein Donner war zu hören, als wollte es jeden Lufthauch aus der Erde saugen, bevor es losbrach. Es gab Zeiten, da wollte Mr. Shiftlet lieber nicht allein sein. Auch hatte er das Gefühl, ein Mann mit Auto habe anderen Menschen gegenüber eine gewisse Verantwortung, und er hielt Ausschau nach einem Anhalter. Ab und zu sah er ein Warnschild mit der Aufschrift: »Fahr vorsichtig. Das Leben, das du rettest, könnte dein eigenes sein.«

Rechts und links der schmalen Straße ging der Damm über in dürre Felder, und hier und da stand eine Hütte oder eine Tankstelle auf freier Flur. Er fuhr direkt der sinkenden Sonne entgegen, einem immer röter werdenden Ball, der durch die Windschutzscheibe oben und unten leicht abgeflacht wirkte. Am Straßenrand sah er einen Jungen im Overall und mit grauem Hut stehen, und er bremste und hielt unmittelbar neben ihm an. Der Junge hatte nicht einmal die Hand gehoben und den Daumen ausgestreckt, er stand einfach bloß da, aber er hatte einen kleinen Pappkoffer dabei, und sein Hut saß so auf dem Kopf, dass klar war, er musste irgendwo für immer aufgebrochen sein. »Mein Sohn«, sagte Mr. Shiftlet, »wie ich sehe, willst du mitfahren.«

Der Junge sagte weder Ja noch Nein, doch er öffnete die Wagentür und stieg ein, und Mr. Shiftlet fuhr wieder los. Der Kleine hielt den Koffer auf dem Schoß und verschränkte die Arme darauf. Er drehte den Kopf zur Seite und sah aus dem Fenster, weg von Mr. Shiftlet. Mr. Shiftlet fühlte sich niedergeschlagen. »Mein Sohn«, sagte er nach kurzem Schweigen, »ich hab die beste alte Mutter auf der Welt, also schätz ich, du hast bloß die zweitbeste.«

Der Junge warf ihm einen finsteren Blick zu und drehte den Kopf wieder zum Fenster.

»Es gibt nichts Bessres als die eigne Mutter«, fuhr Mr. Shiftlet fort. »Sie hat dem Kind auf dem Schoß die ersten Gebete beigebracht. Sie schenkt ihm Liebe, wenn kein andrer es tut, sie lehrt es, was richtig ist und was nicht, und sie passt auf, dass es das Rechte tut. Mein Junge«, sagte er, »keinen Tag in meinem Leben hab ich so bereut wie den, wo ich meiner alten Mutter weggelaufen bin.«

Der Junge rutschte auf seinem Sitz hin und her, aber ohne Mr. Shiftlet anzusehen. Er nahm die Arme vom Koffer und legte eine Hand auf den Türgriff.

»Meine Mutter war der reinste Engel«, sagte Mr. Shiftlet mit gepresster Stimme, »Gott hat sie vom Himmel geholt und mir geschenkt, und ich bin ihr weggelaufen.« Im selben Augenblick waren seine Augen umwölkt von einem Tränenschleier. Der Wagen fuhr nur noch ganz langsam.

Der Junge drehte sich um. »Sie können mich mal«, schrie er wütend. »Meine Alte ist ein Flohsack und Ihre ein verdammtes Stinktier!« Und damit stieß er die Tür auf und sprang mit seinem Koffer hinaus und in den Graben.

Mr. Shiftlet war so fassungslos, dass er die nächsten dreißig Meter langsam mit geöffneter Tür weiterfuhr. Eine Wolke von der gleichen Farbe wie der Hut des Jungen und geformt wie eine Rübe hatte sich vor die Sonne geschoben, und eine andere, die noch schlimmer aussah, kroch hinter dem Auto her. Mr. Shiftlet kam es so vor, als ob die Verderbnis der Welt ihn gleich überkommen würde. Er hob den Arm und schlug sich damit gegen die Brust. »Mein Gott«, betete er, »brich auf und wasche den Schmutz von dieser Erde!«

Die Rübe sank langsam immer tiefer. Nach ein paar Minuten rollten hinter ihm dröhnende Donnerschläge, und phantastische Regentropfen, groß wie Blechdosendeckel, trommelten auf das Heck des Wagens. Rasch gab er Gas und raste, den Armstumpf aus dem Fenster gestreckt, mit dem galoppierenden Regenguss um die Wette nach Mobile hinein.

DER FLUSS

Das Kind stand schlaftrunken und verdrossen in der Mitte des dunklen Wohnzimmers, während sein Vater es in einen karierten Mantel steckte. Sein rechter Arm war im Ärmel hängen geblieben, aber der Vater knöpfte den Mantel trotzdem zu und schubste das Kind einer bleichen sommersprossigen Hand entgegen, die sich durch die halb offene Tür streckte.

»Er ist nicht richtig angezogen«, sagte eine laute Stimme vom Flur her.

»Dann ziehen Sie ihn doch in Gottes Namen selber an«, murmelte der Vater. »Es ist sechs Uhr früh!« Er war im Bademantel und barfuß. Als er das Kind zur Tür gebracht hatte und sie zu schließen versuchte, stand sie auf der Schwelle, ein sommersprossiges Gerippe mit langem erbsengrünen Mantel und Filzhut.

»Und sein und mein Fahrgeld für den Bus«, sagte sie. »Für den Hin- und den Rückweg.«

Er ging wieder ins Schlafzimmer, um das Geld zu holen, und als er zurückkam, stand sie mit dem Jungen mitten im Raum. Sie musterte die Umgebung. »Ich könnte den Gestank von diesen ganzen Zigarettenkippen nicht ertragen, wenn ich mal abends auf dich aufpassen müsste«, sagte sie und zog seinen Mantel zurecht.

»Hier ist das Fahrgeld«, sagte der Vater. Er ging zur Tür, machte sie weit auf und wartete.

Nachdem sie das Geld gezählt hatte, versenkte sie es irgendwo in ihrem Mantel und ging auf ein Aquarell zu, das über dem Grammophon hing. »Ich weiß, wie viel Uhr es ist«, sagte sie und schaute sich die schwarzen Linien, die quer über zersplitterte knallbunte Flächen liefen, aus der Nähe an. »Ich muss es ja wissen. Meine Schicht fängt um zehn Uhr abends an und dauert bis fünf Uhr früh, und mit dem Vine-Street-Bus brauch ich 'ne Stunde.«

»Verstehe«, sagte er. »Wir erwarten ihn also heute Abend zurück, so gegen acht oder neun?«

»Kann sein, noch später«, sagte sie. »Wir gehen an den Fluss zu einer Heilung. Der eine Prediger kommt nicht oft hierher. Dafür hätt ich kein Geld ausgegeben«, sagte sie und wies mit dem Kopf auf das Bild. »Das hätt ich selber malen können.«

»Schon gut, Mrs. Connin, wir sehen uns später«, sagte er und trommelte mit den Fingern gegen die Tür.

Eine tonlose Stimme rief aus dem Schlafzimmer: »Bring mir einen Eisbeutel.«

»Ein Jammer, dass seine Mama krank ist«, sagte Mrs. Connin. »Was hat sie denn?«

»Wir wissen es nicht«, murmelte er.

»Wir werden den Prediger bitten, dass er für sie betet. Er hat schon eine Menge Leute geheilt, dieser Reverend Bevel Summers. Vielleicht sollte sie mal zu ihm.«

»Vielleicht«, sagte er. »Wir sehen uns heute Abend.« Er ließ sie stehen und verschwand im Schlafzimmer, und so brachen sie auf.

Der kleine Junge starrte sie schweigend an, mit tropfender Nase und tränenden Augen. Er war vier oder fünf. Er hatte ein langes Gesicht und ein vorspringendes Kinn, und die halb geschlossenen Augen standen weit auseinander. Er wirkte stumm und geduldig, wie ein altes Schaf, das darauf wartet, ins Freie gelassen zu werden.

»Du wirst den Prediger mögen«, sagte sie. »Den Reverend Bevel Summers. Du müsstest ihn mal singen hören.«

Die Schlafzimmertür öffnete sich plötzlich, und der Vater streckte seinen Kopf heraus und sagte: »Auf Wiedersehen, Kleiner. Viel Spaß.«

Der kleine Junge zuckte zusammen, als sei auf ihn geschossen worden. »Auf Wiedersehen«, sagte er.

Mrs. Connin warf noch einmal einen Blick auf das Aquarell. Dann gingen sie hinaus auf den Flur und drückten auf den Fahrstuhlknopf. »Ich hätts nicht gemalt«, sagte sie.

Draußen hielten die unbeleuchteten leeren Gebäude auf beiden Seiten den grauen Morgen fern. »Später wirds aufklaren«, sagte sie, »aber heut ist es das letzte Mal in diesem Jahr, wo man zu einer Predigt am Fluss gehn kann. Putz dir die Nase, Schätzchen.«

Er war dabei, sie mit dem Ärmel abzuwischen, aber sie sagte: »Das gehört sich nicht«, sagte sie. »Wo ist dein Taschentuch?«

Er schob die Hände in die Taschen und tat, als suche er danach, während sie wartete. »Manchen Leuten ist es ganz egal, wie sie ihre Kinder losschicken«, murmelte sie mit einem Blick auf ihr Spiegelbild im Fenster des Cafés. »Man muss sich doch um alles selber kümmern.« Sie nahm ein rot und blau geblümtes Taschentuch aus ihrer Tasche, bückte sich zu ihm hinunter und machte sich an seiner Nase zu schaffen. »Jetzt schnäuzen!«, sagte sie, und er schnäuzte sich. »Du kannst es borgen. Stecks in deine Tasche.«

Er faltete es sorgfältig zusammen und steckte es in seine Tasche, und dann gingen sie weiter bis zur Straßenecke, lehnten sich an die Mauer neben einem geschlossenen Drugstore und warteten auf den Bus. Mrs. Connin stellte ihren Mantelkragen hoch, sodass er hinten den Rand des Huts berührte. Sie konnte kaum die Augen offen halten, und es sah aus, als würde sie, an die Mauer gelehnt, gleich einschlafen. Der kleine Junge drückte ihr leicht die Hand.

»Wie heißt du?«, fragte sie mit schläfriger Stimme. »Ich kenn bloß deinen Familiennamen. Ich hätt nach deinem Rufnamen fragen sollen.«

Sein Name war Harry Ashfield, und noch nie war es ihm in den Sinn gekommen, sich anders zu nennen. »Bevel«, sagte er.

Mrs. Connin richtete sich auf. »Was für ein Zufall!«, sagte sie. »Ich hab dir ja gesagt, dass der Prediger so heißt!«

»Bevel«, wiederholte er.

Sie stand da und schaute auf ihn hinunter, als wäre er für sie auf einmal zu einem Wunder geworden. »Ich muss zusehn, dass du ihn heute treffen kannst«, sagte sie. »Er ist kein gewöhnlicher Prediger. Er ist ein Heiler. Für Mr. Connin hat er allerdings nichts tun können. Mr. Connin hatte nicht den Glauben, aber er hat gesagt, er würd es mit allem versuchen. Er hatte so Krämpfe im Bauch.«

Der Trolley-Bus tauchte als gelber Fleck am Ende der menschenleeren Straße auf.

»Jetzt ist er im Bezirkskrankenhaus«, sagte sie, »und sie haben ein Drittel von seinem Magen weggemacht. Ich sag ihm, er soll Jesus lieber für den Rest danken, der ihm noch geblieben ist, aber er sagt, er dankt niemand. Also, so was aber auch!«, murmelte sie, »Bevel!«

Sie traten hinaus auf die Fahrbahn und warteten. »Heilt er mich auch?«, fragte Bevel.

»Was ist mit dir?«, fragte sie.

»Ich hab Hunger«, sagte er nach einer Pause.

»Hast du nicht gefrühstückt?«

»Da hab ich noch keine Zeit gehabt, Hunger zu haben«, sagte er.

»Also, wenn wir nach Hause kommen, essen wir beide was«, sagte sie. »Mir ist auch schon danach.«

Sie bestiegen den Bus und nahmen ein paar Sitze hinter dem Fahrer Platz, und Mrs. Connin nahm Bevel auf den Schoß. »Sei jetzt ein braver Junge«, sagte sie, »und lass mich ein wenig schlafen. Bleib schön sitzen.« Sie lehnte den Kopf zurück, und noch während er zusah, fielen ihr die Augen langsam zu, und ihr Mund ging auf, sodass man ein paar vereinzelte lange Zähne sah, einige aus Gold und andere, die dunkler waren als ihr Gesicht. Sie begann zu pfeifen und zu blasen wie ein musikalisches Gerippe. Außer ihnen und dem Fahrer saß niemand im Bus, und als das Kind sah, dass sie eingeschlafen war, zog es das geblümte Taschentuch heraus, faltete es auseinander und untersuchte es sorgfältig. Dann faltete er es wieder zusammen, öffnete einen Reißverschluss im Futter seiner Jacke und versteckte es darin, und wenig später war auch er eingeschlafen.

Ihr Haus lag eine halbe Meile hinter der Endhaltestelle, etwas von der Straße zurückgesetzt. Es war aus Teerpappeziegeln und hatte eine Veranda entlang der Frontseite und ein Blechdach. Auf der Veranda standen drei kleine, verschieden große Jungen mit den gleichen sommersprossigen Gesichtern und ein groß gewachsenes Mädchen, dessen Haar in so vielen Aluminium-Lockenwicklern aufgedreht war, dass es wie das Dach glänzte. Die drei Jungen folgten ihnen ins Haus und umringten Bevel. Sie betrachteten ihn schweigend, ohne zu lächeln.

»Das ist Bevel«, sagte Mrs. Connin, als sie ihren Mantel auszog. »Zufällig hat er den gleichen Namen wie der Prediger. Die Jungs sind J. C., Spivey und Sinclair, und die auf der Veranda ist Sarah Mildred. Zieh den Mantel aus und häng ihn an den Bettpfosten, Bevel!«

Die drei Jungen sahen ihm zu, wie er den Mantel aufknöpfte und auszog. Dann sahen sie zu, wie er ihn an den Bettpfosten hängte, und dann sahen sie den Mantel an. Unvermittelt machten sie kehrt, gingen hinaus und besprachen sich auf der Veranda.

Bevel stand da und blickte sich in dem Raum um. Er diente teils als Küche, teils als Schlafzimmer. Das ganze Haus bestand aus zwei Räumen und zwei Veranden. Nah an seinem Fuß bewegte sich zwischen zwei Dielenbrettern der Schwanz eines Hundes mit hellem Fell hin und her, der sich an der Unterseite des Hauses den Rücken rieb. Bevel wollte auf den Schwanz treten, aber der Hund war gewitzt und hatte sich schon zurückgezogen, als Bevels Fuß auf die Stelle trat.

Die Wände waren ganz mit Bildern und Kalendern bedeckt. Es gab zwei runde Fotografien eines alten Mannes und einer alten Frau mit eingefallenen Mündern und dann noch das Bild eines Mannes, dessen struppige Augenbrauen auf der Nasenwurzel zusammengewachsen waren; das übrige Gesicht sprang wie eine nackte Klippe hervor, von der man hätte fallen können. »Das ist Mr. Connin«, sagte Mrs. Connin, die kurz vom Herd zurücktrat, um gemeinsam mit Bevel das Gesicht zu bewundern, »aber er sieht ihm nicht mehr ähnlich.« Bevel wandte sich von Mr. Connin ab und dem farbigen Bild eines Mannes über dem Bett zu, der ein weißes Leintuch anhatte. Er hatte langes Haar und einen goldenen Kreis um den Kopf, und er sägte an einem Brett, wobei ihm einige Kinder zusahen. Er wollte gerade fragen, wer das sei, als die drei Jungen wieder hereinkamen und ihm bedeuteten, ihnen zu folgen. Er überlegte, ob er sich unter dem Bett verkriechen und sich dort an einem Bein festhalten sollte, aber die drei Jungen blieben einfach stehen und warteten, sommersprossig und stumm, und nach einer Sekunde folgte er ihnen mit einigem Abstand auf die Veranda hinaus und um die Ecke des Hauses herum. Sie gingen über ein Feld mit struppigem gelben Unkraut bis zu dem Schweinekoben, einem Bretterverschlag von anderthalb Metern Länge und Breite voller Ferkel, in den sie ihn hineinhieven wollten. Dort angekommen, drehten sie sich um, lehnten sich an die Seitenwand und warteten schweigend.

Er näherte sich ganz langsam und schlug dabei absichtlich die Hacken gegeneinander, als ob ihm das Gehen schwerfiele. Einmal war er im Park von ein paar fremden Jungen verprügelt worden, als die Frau, die auf ihn aufpassen sollte, ihn vergessen hatte, aber damals hatte er erst begriffen, was ihm zustieß, als es vorbei war. Mit der Zeit bemerkte er, dass es nach Abfall stank, und hörte Geräusche wie von einem wilden Tier. Er blieb ein paar Schritte vor dem Stall stehen und wartete, bleich, aber standhaft.

Die drei Jungen rührten sich nicht. Etwas schien mit ihnen geschehen zu sein. Sie blickten über ihn hinweg, als sähen sie etwas hinter ihm näher kommen, aber er hatte

Angst, sich umzuwenden und hinzuschauen. Ihre Sommersprossen waren blass und ihre Augen still und grau wie Glas. Nur ihre Ohren zuckten leicht. Nichts passierte. Schließlich sagte der in der Mitte: »Sie würd uns umbringen«, drehte sich entmutigt und besorgt um; er kletterte die Bretterwand hinauf, beugte sich darüber und starrte hinunter.

Bevel setzte sich, benommen vor Erleichterung, auf den Boden und grinste zu ihnen hoch.

Der, der auf der Bretterwand saß, sah ihn streng an. »Du da«, sagte er nach einer Weile, »wenn du nicht hochklettern und dir die Schweine ansehn kannst, brauchst du bloß das unterste Brett wegmachen und reinschauen.« Es klang nach einem freundlichen Vorschlag.

Bevel hatte noch nie ein echtes Schwein gesehen, aber aus einem Buch kannte er Schweine und wusste, dass es kleine fette rosa Tiere mit Ringelschwänzchen und runden grinsenden Gesichtern und Schleifen um den Hals waren. Er beugte sich vor und zog eifrig an dem Brett.

»Fester«, sagte der kleinste Junge. »Es ist schön morsch. Zieh einfach den Nagel raus.«

Er lockerte einen langen rötlichen Nagel und zog ihn aus dem weichen Holz.

»Jetzt kannst du das Brett anheben und den Kopf durch das ...«, begann eine ruhige Stimme.

Er tat es, und im selben Moment stieß ein anderer Kopf, grau, nass und mürrisch, gegen den seinen, er wurde umgeworfen und fiel nach hinten, als sich etwas unter der Planke hervorwälzte. Etwas über ihm grunzte und stürmte wieder zurück, rollte ihn herum und rammte ihn von hinten und jagte ihn vorwärts, sodass er schreiend über das gelbe Feld lief, das Ding ihm hinterher.

Die drei Connins blieben, wo sie waren, und sahen zu. Der eine, der auf dem Verschlag saß, hielt das lose Brett mit seinem herabbaumelnden Fuß zurück. Ihre ernsten Mienen hellten sich nicht auf, aber sie wirkten nun entspannter, so als ob ein großes Bedürfnis zu einem Teil befriedigt worden wäre. »Ma findet es bestimmt nicht gut, dass er die Sau rausgelassen hat«, sagte der Kleinste.

Mrs. Connin stand auf der hinteren Veranda und fing Bevel auf, als er an der Treppe ankam. Das Schwein rannte unter das Haus und blieb dort hechelnd stehen, aber das Kind schrie noch fünf Minuten lang weiter. Als sie ihn schließlich beruhigt hatte, brachte sie ihm sein Frühstück und hielt ihn auf dem Schoß, während er aß. Das Schwein kletterte die zwei Stufen zur hinteren Veranda hoch, verharrte vor der Fliegentür und schaute mit grimmig gesenktem Kopf nach drinnen. Es war hochbeinig und bucklig, und das eine Ohr war zum Teil abgebissen.

»Hau ab«, rief Mrs. Connin. »Das da sieht Mr. Paradise ähnlich, der die Tankstelle hat«, sagte sie. »Den siehst du heute bei der Versammlung. Er hat den Krebs am Ohr. Er kommt immer, weil er zeigen will, dass er nicht geheilt worden ist.«

Das Schwein blieb noch eine Weile stehen und schaute in die Küche, dann trollte es sich. »Ich will ihn nicht sehen«, sagte Bevel.

Sie wanderten zum Fluss, Mrs. Connin mit ihm voraus, die drei Jungen trotteten hinterher, und Sarah Mildred, das große Mädchen, als Letzte, denn sie musste rufen, falls einer von ihnen auf die Straße ausscherte. Sie wirkten wie ein altes Bootsgerippe mit zwei spitzen Enden, das langsam am Rande der Landstraße entlangsegelte. Die weiße Sonntagssonne folgte ihnen in kurzer Entfernung und stieg rasch durch den Schaum einer grauen Wolke, als wollte sie die Gruppe überholen. Bevel ging am äußeren Rand, hielt Mrs. Connins Hand und sah hinab in den orange- und violettfarbenen Straßengraben, der sich von der asphaltierten Fahrbahn absenkte.

Er dachte, dass er diesmal Glück hatte, weil sie Mrs. Connin gefunden hatten, die ihn den ganzen Tag über mitnahm, statt einer normalen Aufpasserin, die nur bei ihm in der Wohnung herumsaß oder mit ihm in den Park ging. Man konnte mehr erfahren, wenn man sein Zuhause verließ. An diesem Morgen hatte er bereits erfahren, dass ihn ein Zimmermann namens Jesus Christus gemacht hatte. Bisher hatte er gedacht, es sei ein Doktor namens Sladewall gewesen, ein dicker Mann mit gelbem Schnauzbart, der ihm Spritzen gab und glaubte, er heiße Herbert, aber das musste ein Witz gewesen sein. Bei ihm zu Hause wurde viel gewitzelt. Hätte er früher darüber nachgedacht, hätte er gemeint, Jesus Christus sei ein Wort wie »Oh« oder »verdammt« oder »mein Gott« oder vielleicht jemand, der sie irgendwann einmal um irgendetwas betrogen hatte. Als er Mrs. Connin gefragt hatte, wer der Mann im Leintuch auf dem Bild über ihrem Bett sei, hatte sie ihn eine Weile mit offenem Mund angesehen. Dann hatte sie gesagt: »Das ist Jesus«, und ihn weiterhin angesehen.

Ein paar Minuten später war sie aufgestanden und hatte aus dem anderen Zimmer ein Buch geholt. »Schau her«, sagte sie und schlug es auf, »das hat meiner Urgroßmutter gehört. Für nichts auf der Welt würde ich mich davon trennen.« Sie fuhr mit dem Finger die braune Schrift auf einer fleckigen Seite entlang. »Emma Stevens Oakley, 1832«, sagte sie. »Ist das nicht toll, wenn einem so was gehört? Und jedes Wort darin ist die reine Wahrheit.« Sie blätterte weiter und las ihm den Titel vor: »Das Leben Jesu Christi für Leser unter zwölf Jahren.« Dann las sie ihm aus dem Buch vor.

Es war ein kleines Buch, außen hellbraun mit goldenem Schnitt, und es roch wie alter Kitt. Es gab ganz viele Bilder, eines mit dem Zimmermann, der eine Herde Schweine aus einem Mann austrieb. Es waren richtige Schweine, grau und mürrisch, und Mrs. Connin sagte, Jesus habe sie alle aus diesem einen Mann ausgetrieben. Als sie mit dem Vorlesen aufhörte, durfte er sich auf den Boden setzen und die Bilder noch einmal ansehen.

Kurz bevor sie zur Versammlung mit dem Heiler aufbrachen, hatte er es geschafft, das Buch im Futter seines Mantels zu verstauen, ohne dass sie es merkte. Nun hing sein Mantel auf der einen Seite etwas tiefer herunter als auf der anderen. Unterwegs war ihm träumerisch und froh zumute, und als sie von der Landstraße auf eine lange rote Lehmstraße abbogen, die sich zwischen geißblattbewachsenen Böschungen dahinzog, begann er wie wild zu hüpfen und an ihrer Hand zu ziehen, als wollte er lospreschen und nach der Sonne haschen, die nun vor ihnen dahinrollte.

Eine Zeit lang folgten sie der Lehmstraße, und dann überquerten sie ein mit violettem Unkraut getüpfeltes Feld und traten in die Schatten eines Waldes, dessen Boden über und über mit Kiefernnadeln bedeckt war. Er war noch nie in einem Wald gewesen, und er bewegte sich vorsichtig und sah sich nach beiden Seiten um, als betrete er ein fremdes Land. Sie gingen einen Fußweg entlang, der durch raschelndes rotes Laub hügelabwärts führte, und einmal, als er nach einem Ast griff, um nicht zu straucheln, blickte er in zwei eisige grüngoldene Augen, die aus dem Dunkel eines hohlen Baums hervorblickten. Am Fuß des Hügels öffnete sich plötzlich der Wald auf eine Weide, die hier und da mit schwarz-weißen Kühen gesprenkelt war und sich in Stufen zu einem breiten rötlichen Fluss absenkte, auf dem sich die Sonne wie ein Diamant spiegelte.

Am nahen Ufer standen Leute in einer Gruppe zusammen und sangen. Lange Tische waren hinter ihnen aufgestellt worden, und ein paar Autos und Lastwagen parkten auf einer Straße, die bis zum Fluss führte. Rasch überquerten sie die Weide, denn Mrs. Connin, die mit der Hand ihre Augen beschirmte, sah den Prediger bereits draußen im Wasser stehen. Sie stellte ihren Korb auf einem der Tische ab und schob die drei Jungen vor sich her bis zu der Menschentraube, damit sie nicht bei dem mitgebrachten Proviant hängen blieben. Sie führte Bevel bei der Hand und bahnte sich einen Weg bis ganz nach vorn.

Der Prediger stand etwa ein paar Meter entfernt im Fluss, sodass ihm das Wasser bis an die Knie reichte. Er war ein groß gewachsener junger Mann in Kakihosen, die er so hochgekrempelt hatte, dass das Wasser sie nicht berührte. Er trug ein blaues Hemd und einen roten Schal um den Hals, aber keinen Hut, und sein helles Haar war zu Koteletten ausrasiert, die bis zu den Wangen reichten. Das knochige Gesicht spiegelte das rötliche Licht des Flusses wider. Er mochte ungefähr neunzehn Jahre alt sein. Er sang mit hoher, näselnder Stimme und übertönte den Gesang am Ufer; die Hände hielt er auf dem Rücken verschränkt, den Kopf in den Nacken geworfen.

Er beendete den Choral mit einem hohen Ton und stand schweigend da, schaute ins Wasser und wiegte sich leicht hin und her. Dann erhob er den Blick zu den Leuten am Ufer. Sie standen dicht beieinander. Ihre Mienen waren feierlich und voller Erwartung, und aller Augen waren auf ihn gerichtet. Erneut wiegte er sich hin und her.

»Vielleicht weiß ich, warum ihr gekommen seid«, sagte er in seinem näselnden Ton, »vielleicht auch nicht. Wenn ihr nicht wegen Jesus gekommen seid, dann seid ihr auch nicht wegen mir gekommen. Wenn ihr bloß gekommen seid, um zu sehen, ob ihr euren Kummer im Fluss lassen könnt, dann seid ihr nicht wegen Jesus gekommen. Ihr könnt euren Kummer nicht im Fluss lassen«, sagte er. »Das hab ich noch nie jemand versprochen.« Er brach ab und betrachtete seine Knie.

»Ich hab aber gesehn, wie Sie mal 'ne Frau geheilt haben!«, rief plötzlich laut eine hohe Stimme aus der Mitte des Menschenknäuels. »Hab gesehn, wie die Frau wieder aus dem Wasser rausgekommen ist und aufrecht weggegangen ist, wo sie grade noch hineingehumpelt war!«

Der Prediger wiegte sich hin und her. Er schien fast, aber doch nur fast zu lächeln. »Ihr könnt gleich wieder heimgehn, wenn ihr bloß wegen dem gekommen seid«, sagte er.

Dann hob er Kopf und Arme und rief: »Hört, was ich euch zu sagen habe, ihr Leute! Es gibt nur einen Fluss, und das ist der Fluss des Lebens, gemacht aus Jesu Blut. Das ist der Fluss, in den ihr euern Kummer versenken müsst, der Fluss des Glaubens, der Fluss des Lebens, der Fluss der Liebe, der heilsame rote Fluss von Jesu Blut, ihr Leute!«

Seine Stimme klang nun weich und melodisch. »Alle Flüsse kommen aus diesem einen Fluss und kehren zu ihm zurück, als wär's das weite Meer, und wenn ihr im Glauben steht, so könnt ihr euern Kummer in diesem Fluss versenken und ihn loswerden, weil das ist der Fluss, der geschaffen wurde, die Sünden hinwegzuschwemmen. Es ist ein Fluss, der selbst voll Kummer ist, Kummer, der zum Königreich Christi fließt, auf dass er fortgewaschen wird, langsam, ihr Leute, langsam wie dieser alte rote Wasserlauf um meine Füße. O höret«, sang er, »ich las bei Markus von einem unreinen Menschen, ich las bei Lukas von einem blinden Menschen, ich las bei Johannes von einem toten Menschen! O höret, ihr Leute! Das gleiche Blut, das diesen Fluss rötet, machte den Aussätzigen rein, machte den Blinden sehend, machte den Toten springlebendig! Ihr Mühseligen und Beladenen«, rief er, »legt eure Schmerzen in diesen Fluss des Blutes, legt sie in diesen Fluss des Kummers und seht, wie sie fortgetragen werden, dem Königreich Christi entgegen!«

Während er predigte, folgten Bevels Blicke schläfrig zwei stummen Vögeln, die hoch in der Luft langsam ihre Kreise zogen. Jenseits des Flusses war ein niedriges Gebüsch aus rotem und goldenem Sassafras, dahinter erhoben sich Hügel mit dunkelblauen Bäumen, und hie und da ragte eine Kiefer über den Horizont hinaus. In der Ferne lag die Stadt wie eine Ansammlung von Warzen an der Flanke des Bergs. Die Vögel kreisten tiefer, ließen sich sacht auf dem Gipfel der höchsten Kiefer nieder und saßen dort, die Hälse eingezogen, als trügen sie den Himmel.

»Wenn es der Fluss des Lebens ist, in den ihr euern Kummer versenken wollt, dann kommt herbei«, sagte der Prediger, »und ladet eure Sorgen hier ab. Aber denkt nicht, damit ist's vorbei, denn dieser alte rote Fluss endet noch nicht hier. Dieser alte rote Fluss der Leiden strömt weiter, ihr Leute, ganz langsam bis zum Königreich Christi. Dieser alte rote Fluss ist gut zum Taufen, gut, euern Glauben zu versenken, gut, euern Kummer zu versenken, aber es ist nicht dieses trübe Wasser hier, das euch rettet. Ich bin die ganze Woche lang stromauf, stromab gewesen«, sagte er. »Am Dienstag war ich in Fortune Lake, am nächsten Tag in Ideal, am Freitag sind meine Frau und ich nach Lulawillow gefahren, um dort einen Kranken zu besuchen. Die Leute da haben keine Heilung erlebt«, sagte er, und sein Gesicht flammte einen Moment lang noch röter auf. »Das hab ich nie versprochen.«

Während er redete, hatte sich eine Gestalt nach vorn bewegt, flatternd wie eine Art Schmetterling – eine alte Frau mit zittrigen Armen und wackelndem Kopf, der aussah, als könnte er jeden Moment abfallen. Es gelang ihr, sich am Uferrand niederzulassen und mit den Armen im Wasser herumzurudern. Dann beugte sie sich noch tiefer nach unten, tauchte ihr Gesicht hinein und richtete sich schließlich triefend nass wieder auf; und immer noch zitternd drehte sie sich ein- oder zweimal blindlings im Kreis, bis jemand den Arm ausstreckte und sie wieder in die Gruppe zurückzog.

»So gehts ihr schon seit dreizehn Jahren«, rief eine raue Stimme. »Lasst den Hut rumgehn und gebt dem Jungen sein Geld. Wegen dem ist er doch hier.« Der Zuruf, gerichtet an den jungen Mann im Fluss, kam von einem riesengroßen alten Mann, der wie ein buckliger Stein auf der Stoßstange eines langen, altertümlichen grauen Automobils saß. Er trug einen grauen Hut, der über das eine Ohr abgeklappt und über dem anderen hochgeschlagen war, sodass eine blaurote Geschwulst an seiner linken Schläfe zu sehen war. Er saß nach vorn gebeugt da, hatte die Hände zwischen den Knien hängen und die kleinen Augen halb geschlossen.

Bevel sah ihn kurz an und versteckte sich dann in den Falten von Mrs. Connins Mantel.

Der Junge im Fluss blickte rasch auf den alten Mann und hob die Faust. »Glaubt Jesus oder dem Teufel!«, rief er. »Legt Zeugnis ab für den einen oder den andern!«

»Ich weiß aus eigner Erfahrung«, meldete sich eine mysteriöse Frauenstimme aus dem Menschenknäuel, »aus eigner Erfahrung weiß ich, dass dieser Prediger heilen kann. Mir sind die Augen geöffnet worden! Ich lege Zeugnis ab für Jesus!«

Der Prediger hob augenblicklich die Arme und begann all das zu wiederholen, was er zuvor über den Fluss und das Königreich Christi gesagt hatte, und der alte Mann saß auf der Stoßstange und fixierte ihn mit zusammengekniffenen Augen. Bevel sah zu ihm hin und versteckte sich dann wieder unter Mrs. Connins Mantel.

Ein Mann in Overall und brauner Jacke beugte sich vor, tauchte seine Hand rasch ins Wasser und schüttelte sie und lehnte sich zurück, und eine Frau hielt einen Säugling über den Uferrand und besprengte seine Füße mit Wasser. Ein anderer Mann ging ein Stück zur Seite, setzte sich dann hin, zog seine Schuhe aus und watete in die Strömung hinaus; er blieb einige Minuten stehen, den Kopf so weit es ging in den Nacken gelegt, watete zurück und zog die Schuhe wieder an. Die ganze Zeit über wiederholte der Prediger seinen Singsang und schien nicht zu beachten, was vor sich ging.

Sobald er damit aufhörte, hob Mrs. Connin Bevel hoch und sagte: »Hören Sie, Prediger, ich hab hier einen Jungen aus der Stadt, den ich hüte. Seine Mama ist krank, und er möchte, dass Sie für sie beten. Und dann dieser Zufall – er heißt Bevel! Bevel«, sagte sie und blickte sich nach den

Leuten hinter ihr um, »genau wie er. Wenn das kein Zufall ist!«

Ein Raunen erhob sich, und Bevel drehte sich um und lächelte über ihre Schulter hinweg den Gesichtern zu, die ihn anschauten. »Bevel«, sagte er mit lauter, fröhlicher Stimme.

»Hör mal, Bevel«, sagte Mrs. Connin, »hat man dich überhaupt getauft?«

Er lächelte nur.

»Ich hab den Verdacht, er ist nie getauft worden«, sagte Mrs. Connin und sah den Prediger mit hochgezogenen Augenbrauen an.

»Werfen Sie ihn rüber«, sagte der Prediger, trat einen Schritt vor und fing ihn auf.

Er hielt ihn in der Armbeuge und blickte in sein lächelndes Gesicht. Bevel rollte komisch die Augen und hielt den Kopf ganz nah an den des Predigers. »Ich heiße Bevvvvuuuuul«, sagte er mit lauter, tiefer Stimme und fuhr sich mit der Zungenspitze über die Lippen.

Der Prediger lächelte nicht. Sein knochiges Gesicht war starr, und in seinen schmalen grauen Augen spiegelte sich der fast farblose Himmel. Der alte Mann, der auf der Stoßstange des Autos saß, lachte laut auf, und Bevel fasste den Prediger hinten am Kragen und hielt sich daran fest. Das Lächeln war schon aus seinem Gesicht gewichen. Er hatte plötzlich das Gefühl, dass dies kein Scherz war. Bei ihm zu Hause war alles ein Scherz. Dem Gesicht des Predigers sah er auf der Stelle an, dass nichts, was der Mann sagte oder tat, ein Scherz war. »Meine Mutter hat mich so genannt«, sagte er schnell.

»Bist du jemals getauft worden?«, fragte der Prediger.

»Was ist das?«, murmelte er.

»Wenn ich dich taufe«, erwiderte der Prediger, »dann kannst du ins Königreich Christi kommen. Du wirst im Fluss des Leidens gewaschen, mein Sohn, und dich vom tiefen Fluss des Lebens leiten lassen. Willst du das?«

»Ja«, antwortete das Kind und dachte: Ich geh dann nicht mehr in die Wohnung zurück, ich geh dann den Fluss hinunter.

»Du wirst nicht mehr derselbe sein«, sagte der Prediger. »Du wirst kein Niemand mehr sein.« Dann wandte er sein Gesicht der Menge zu und begann zu predigen, und Bevel schaute über seine Schulter auf die im Fluss verstreuten Scherben der weißen Sonne. Plötzlich sagte der Prediger: »So, jetzt taufe ich dich«, und ohne weitere Vorwarnung packte er ihn fester und schwenkte ihn kopfüber nach unten und tauchte seinen Kopf ins Wasser. Er hielt ihn dort so lange fest, bis er die Taufformel gesprochen hatte, dann zog er ihn mit einem Ruck wieder hoch und blickte streng auf das nach Atem ringende Kind. Bevels Augen waren dunkel und weit offen. »Jetzt bist du ein Jemand«, sagte der Prediger. »Vorher warst du ein Niemand.«

Der kleine Junge war zu verstört, um zu weinen. Er spuckte das schlammige Wasser aus und rieb sich mit dem nassen Ärmel über die Augen und das Gesicht.

»Vergessen Sie seine Mama nicht«, rief Mrs. Connin. »Er möchte, dass Sie für seine Mama beten. Sie ist krank.«

»O Herr«, sagte der Prediger, »wir beten für jemanden in Not, der nicht hier ist, um Zeugnis abzulegen. Liegt deine Mutter krank im Hospital?«, fragte er. »Hat sie Schmerzen?«

Das Kind starrte ihn an. »Sie ist noch nicht aufgestanden«, sagte er mit hoher, verstörter Stimme. »Sie hat einen

Kater.« Die Luft war so still, dass er hören konnte, wie die Scherben der Sonne im Wasser aufschlugen.

Der Prediger sah empört und bestürzt aus. Das Rot wich aus seinem Gesicht, und der Himmel schien sich in seinen Augen zu verdüstern. Vom Ufer ertönte schallendes Gelächter, und Mr. Paradise rief: »Ha! Heil doch die kranke Frau mit dem Kater!«, und begann sich mit der Faust aufs Knie zu schlagen.

»Er hat einen langen Tag hinter sich«, sagte Mrs. Connin. Sie stand mit ihm in der Wohnungstür und sah mit scharfem Blick in das Zimmer, in dem bereits gefeiert wurde. »Er gehört, glaub ich, längst ins Bett.« Eines von Bevels Augen war geschlossen, das andere halb geöffnet; seine Nase lief, und er atmete durch den offenen Mund. Die feuchte karierte Jacke hing an einer Seite nach unten.

Das musste sie sein, befand Mrs. Connin, die Frau in den schwarzen Hosen – lange schwarze Satinhosen und barfuß in Sandalen und mit rot lackierten Zehennägeln. Sie lag halb auf dem Sofa, die Beine in der Luft gekreuzt und den Kopf auf den Arm gestützt. Sie stand nicht auf.

»Hallo, Harry«, sagte sie. »Hast du's nett gehabt?« Sie hatte ein langes, blasses, ausdrucksloses Gesicht, das glatte Haar in der Farbe von Süßkartoffeln straff nach hinten gekämmt.

Der Vater ging hinaus, um das Geld zu holen. Es waren noch zwei andere Paare da. Einer der Männer, blond mit kleinen veilchenblauen Augen, beugte sich im Sessel vor und fragte: »Nun, Harry, alter Knabe, hast du's nett gehabt?«

»Er heißt nicht Harry. Er heißt Bevel«, sagte Mrs. Connin.

»Er heißt Harry«, sagte *sie* vom Sofa aus. »Wer hat denn je gehört, dass jemand Bevel heißt?«

Der kleine Junge schien im Stehen einzuschlafen, sein Kopf sank tiefer und tiefer; unvermittelt hob er ihn und öffnete ein Auge; das andere war verklebt.

»Er hat mir heute Morgen erzählt, dass er Bevel heißt«, erklärte Mrs. Connin entrüstet. »Genau wie unser Prediger. Wir waren den ganzen Tag am Fluss, und er hat gepredigt und Leute geheilt. Er hat gesagt, er heißt Bevel, genau wie der Prediger. Das hat er mir erzählt.«

»Bevel!«, sagte seine Mutter. »Gütiger Gott! Was für ein Name!«

»Der Prediger heißt Bevel, und es gibt weit und breit keinen besseren«, sagte Mrs. Connin. »Und im Übrigen«, fuhr sie in trotzigem Ton fort, »hat er das Kind heute Morgen getauft!«

Seine Mutter richtete sich auf. »So eine Frechheit!«, murmelte sie.

»Im Übrigen«, sagte Mrs. Connin, »ist er ein Heiler, und er hat für Sie gebetet, damit Sie geheilt werden.«

»Geheilt!« Sie schrie beinahe. »Geheilt wovon, du lieber Gott?«

»Von Ihrem Leiden«, sagte Mrs. Connin eisig.

Der Vater war inzwischen mit dem Geld zurückgekommen und stand wartend neben Mrs. Connin, um es ihr zu geben. Seine Augen waren von roten Äderchen durchzogen. »Nur zu, nur zu«, sagte er, »ich möchte mehr über ihr Leiden hören. Es ist mir bis jetzt entgangen, woran genau ...« Er wedelte mit dem Geldschein und verstummte. »Gesundbeten ist unwahrscheinlich billig«, murmelte er.

Mrs. Connin verharrte eine Sekunde und starrte ins Zimmer, wie ein Gerippe, dem nichts entgeht. Dann machte sie kehrt, ohne das Geld zu nehmen, und schloss die Tür hinter sich. Der Vater drehte sich abrupt um, lächelte unsicher und zuckte mit den Schultern. Die andern blickten auf Harry. Der Kleine begann in sein Zimmer zu tapsen.

»Komm her, Harry«, sagte seine Mutter. Automatisch wandte er sich in ihre Richtung, ohne die Augen weiter aufzumachen. »Erzähl mir, was heute passiert ist«, sagte sie, als er vor ihr stand. Sie begann ihm den Mantel auszuziehen.

»Ich weiß nicht«, murmelte er.

»Doch, du weißt es«, sagte sie und merkte dann, dass der Mantel auf einer Seite schwerer war. Sie öffnete den Reißverschluss des Futters und fing das Buch und ein schmutziges Taschentuch auf, die dabei herausfielen. »Wo hast du das her?«

»Ich weiß nicht«, sagte er und langte danach. »Sie gehören mir. Sie hat sie mir gegeben.«

Sie warf das Taschentuch zu Boden und hielt das Buch so weit in die Höhe, dass er es nicht ergreifen konnte, und begann zu lesen, wobei ihr Gesicht rasch einen übertrieben belustigten Ausdruck annahm. Die anderen kamen näher und blickten ihr über die Schulter. »Oh mein Gott«, sagte jemand.

Einer der Männer schaute es sich durch seine dicke Brille genauestens an. »Das ist wertvoll«, sagte er. »Das ist ein Sammlerstück.« Er nahm es ihr weg und zog sich in einen Sessel zurück.

»Passt auf, dass George nicht damit verschwindet«, sagte seine Freundin.

»Ich sag euch, es ist wertvoll«, erklärte George. »1832.«

Bevel drehte sich um und stolperte erneut auf den

Raum zu, in dem er schlief. Er schloss die Tür hinter sich, steuerte in der Dunkelheit langsam auf sein Bett zu, setzte sich, zog die Schuhe aus und kroch unter die Decke. Kurz danach erschien die schlanke Silhouette seiner Mutter in einem Lichtstrahl. Sie ging auf Zehenspitzen leise durch den Raum und setzte sich auf die Bettkante. »Was hat der Dummkopf von einem Prediger über mich gesagt?«, flüsterte sie. »Was für Lügen hast du denn heute erzählt, Schätzchen?«

Er machte das eine Auge zu und hörte ihre Stimme wie aus weiter Ferne, als befände er sich unter dem Fluss und sie darüber. Sie packte ihn an der Schulter. »Harry«, sagte sie, beugte sich herunter und hielt ihren Mund an sein Ohr, »erzähl mir, was er gesagt hat.« Sie zerrte ihn hoch in eine sitzende Haltung, und ihm war, als sei er vom Grund des Flusses nach oben gezogen worden. »Erzähl es mir«, flüsterte sie, und ihr bitterer Atem strich über sein Gesicht.

Er sah das blasse Oval ganz nah im Dunkeln vor sich. »Er hat gesagt, ich bin jetzt nicht mehr der Gleiche«, murmelte er. »Ich bin jemand.«

Gleich darauf fasste sie ihn vorn am Hemd und ließ dann wieder los. Einen Moment lang beugte sie sich über ihn und streifte mit den Lippen seine Stirn. Dann stand sie auf und entfernte sich, sich leicht in den Hüften wiegend, aus dem Lichtstrahl.

Er wachte nicht sehr früh auf, aber in der Wohnung war es trotzdem noch dunkel und stickig. Er blieb eine Weile liegen, bohrte in der Nase und rieb sich die Augen. Dann setzte er sich auf und sah zum Fenster hinaus. Die Sonne schien blass herein, grau gefärbt durch das Glas. Im Hotel Empire auf der anderen Straßenseite schaute ein farbiges

Zimmermädchen aus einem oberen Fenster nach unten, den Kopf auf die verschränkten Arme gestützt. Er stand auf, zog sich die Schuhe an und ging ins Bad und dann in das vordere Zimmer. Er aß zwei mit Sardellenpaste bestrichene Cracker, die er auf dem Couchtisch fand, trank etwas Gingerale, das in einer Flasche übrig geblieben war, und sah sich nach seinem Buch um, aber es war nicht da.

In der Wohnung war es still bis auf das schwache Summen des Kühlschranks. Er ging in die Küche, fand zwei Scheiben Rosinenbrot und bestrich sie mit einem halben Glas Erdnussbutter; dann kletterte er auf den hohen Küchenhocker, kaute langsam an seinem Sandwich und wischte sich ab und zu die Nase an seinem Ärmel ab. Als er fertig war, fand er etwas Schokoladenmilch und trank sie. Lieber wäre ihm das Gingerale gewesen, das noch herumstand, aber sie hatten die Flaschenöffner an einer Stelle abgelegt, an die er nicht herankam. Eine Weile untersuchte er, was noch im Kühlschrank übrig war – etwas verschrumpeltes Gemüse, das sie vergessen hatte, und eine Menge brauner Orangen, die sie gekauft und nicht ausgepresst hatte, drei oder vier Sorten Käse, etwas Fischiges in einer Papiertüte und dann noch einen Schinkenknochen. Er ließ die Kühlschranktür offen stehen, wanderte ins dunkle Wohnzimmer zurück und setzte sich auf das Sofa.

Er vermutete, dass sie wohl bis ein Uhr wie Tote schlafen würden und dann alle zum Mittagessen in ein Restaurant gehen müssten. Er war noch nicht groß genug, um am Tisch zu sitzen, und der Kellner würde einen Kinderstuhl bringen, und für einen Kinderstuhl war er schon zu groß. Er saß mitten auf dem Sofa und stieß mit dem Absatz dagegen. Dann stand er auf und spazierte im Zimmer umher und besah sich die Zigarettenkippen in den Aschenbechern, als wäre das eine Gewohnheit von ihm. In seinem eigenen Zimmer hatte er Bilderbücher und Malblöcke, aber die meisten waren zerrissen; er hatte herausgefunden, dass er neue bekam, wenn er die alten zerriss. Es gab für ihn selten anderes zu tun, als zu essen; dennoch war er nicht dick.

Er beschloss, ein paar Aschenbecher auf dem Fußboden auszuleeren. Wenn er nur ein paar ausleerte, würde sie denken, sie seien heruntergefallen. Er leerte zwei aus und rieb die Asche sorgfältig mit dem Finger in den Teppich. Dann lag er eine Weile auf dem Boden und musterte seine Füße, die er in die Luft gestreckt hielt. Seine Schuhe waren immer noch feucht, und ihm fiel der Fluss wieder ein.

Ganz langsam veränderte sich sein Gesichtsausdruck, als sähe er nach und nach etwas auftauchen, von dem er nicht wusste, dass er danach gesucht hatte. Dann erinnerte er sich auf einmal wieder an das, was er tun wollte.

Er stand auf, schlich auf Zehenspitzen in ihr Schlafzimmer, blieb dort im Dämmerlicht stehen und sah sich nach ihrer Handtasche um. Sein Blick wanderte über ihren langen blassen Arm, der von der Bettkante herabhing, und über den weißen Hügel, seinen Vater, und über die vollgestellte Kommode, bis er an der Handtasche haften blieb, die an einer Stuhllehne hing. Er zog eine Busfahrkarte heraus und ein halbes Röllchen Life-Saver-Drops. Dann verließ er die Wohnung und stieg an der Straßenecke in den Bus. Er hatte keinen Koffer mitgenommen, denn es gab nichts im Haus, was er behalten wollte.

Er stieg an der Endhaltestelle aus und folgte der Straße, die er und Mrs. Connin am Vortag entlanggegangen waren. Er wusste, dass niemand bei ihr zu Hause sein würde, denn die drei Jungen und das Mädchen waren in der Schule, und Mrs. Connin hatte ihm gesagt, dass sie putzen gehen würde. Er kam an ihrem Vorgarten vorbei und ging den Weg, den sie zum Fluss gegangen waren. Die Häuser aus Teerpappeziegel standen weit auseinander, und nach einer Weile endete der Fußweg, und er musste am Rand der Landstraße weitergehen. Die blassgelbe Sonne stand hoch am Himmel, und es war heiß.

Er kam an einer Bude vorbei, vor der eine orangefarbene Zapfsäule stand, doch er nahm den alten Mann nicht wahr, der in der Zufahrt stand und in die Ferne blickte. Mr. Paradise trank gerade eine Orangenlimonade. Langsam leerte er die Flasche und schielte dabei nach der kleinen Gestalt in der karierten Jacke, die sich die Straße hinunter entfernte. Dann stellte er die leere Flasche auf einer Bank ab und wischte sich, während er immer noch die Augen zusammenkniff, mit dem Ärmel über den Mund. Er ging in die Bude, nahm eine lange und dicke Pfefferminzstange vom Bonbonregal und steckte sie in seine Gesäßtasche. Dann stieg er in seinen Wagen und fuhr langsam auf der Landstraße dem Jungen hinterher.

Bis Bevel an dem Feld mit dem violett getüpfelten Unkraut ankam, war er staubbedeckt und verschwitzt. Er beeilte sich, um so schnell wie möglich in den Wald zu gelangen. Einmal im Wald, wanderte er von Baum zu Baum und versuchte, den Pfad zu finden, den sie gestern gegangen waren. Schließlich fand er eine in den Kiefernnadeln festgetretene Spur und folgte ihr, bis er den steilen Pfad sah, der sich zwischen den Bäumen abwärtsschlängelte.

Mr. Paradise hatte sein Auto irgendwo weiter hinten an der Straße abgestellt und war zu der Stelle gegangen, wo er fast jeden Tag zu sitzen pflegte, eine Angel ohne

Köder ins Wasser hielt und auf den Fluss starrte, der an ihm vorüberströmte. Jemand, der ihn aus der Entfernung gesehen hätte, hätte ihn für einen alten, halb in den Büschen versteckten Geröllbrocken gehalten.

Bevel sah ihn überhaupt nicht. Er sah nur den rötlich gelb schimmernden Fluss, sprang mit Schuhen und Jacke hinein und bekam den Mund voll Wasser. Er schluckte ein wenig hinunter und spuckte den Rest aus, und dann stand er im Wasser, das ihm bis zur Brust reichte, und schaute sich um. Der Himmel war von einem klaren blassen Blau und bildete, bis auf das Loch, das die Sonne bildete, eine einzige Fläche, die am unteren Rand rings von Baumwipfeln ausgefranst war. Sein Mantel trieb nach oben und umrahmte ihn wie ein merkwürdiges lustiges Seerosenblatt, und er stand in der Sonne und lachte. Er wollte sich nicht mehr von irgendwelchen Predigern täuschen lassen, sondern sich selber taufen und diesmal geradewegs weitergehen, bis er das Königreich Christi im Fluss gefunden hätte. Er wollte keine Zeit mehr vergeuden. Sofort steckte er den Kopf ins Wasser und stieß sich ab.

Gleich darauf tauchte sein Kopf wieder an der Oberfläche auf, und er begann prustend nach Luft zu schnappen; er tauchte erneut unter, und das Gleiche passierte. Der Fluss wollte ihn nicht haben. Er versuchte es ein weiteres Mal und kam würgend wieder hoch. Genau so war es gewesen, als der Prediger ihn unter Wasser gedrückt hatte – er hatte gegen etwas kämpfen müssen, was gegen sein Gesicht presste. Er gab auf und dachte plötzlich: Es ist wieder ein Scherz, bloß ein neuer Scherz! Er dachte daran, von wie weit her er wegen nichts und wieder nichts gekommen war, und begann, auf den gemeinen Fluss einzudreschen und zu strampeln. Schon hatte er keinen Boden mehr unter den Füßen. Vor Schmerz und Entrüstung stieß er einen leisen Schrei aus. Dann hörte er ein Gebrüll, drehte den Kopf und sah etwas wie ein gewaltiges Schwein hinter sich hertraben, das einen rot weißen Knüppel schwang und schrie. Er tauchte noch einmal unter, und diesmal nahm ihn die Strömung bereitwillig auf wie eine lange, sanfte Hand und zog ihn rasch mit sich und nach unten. Einen Augenblick lang war er von Staunen überwältigt; doch dann, weil er schnell abtrieb und wusste, es würde irgendwohin gehen, verließen ihn aller Zorn und alle Angst.

Der Kopf von Mr. Paradise tauchte ab und zu noch an der Wasseroberfläche auf. Schließlich, weit stromabwärts, erhob sich der alte Mann wie ein vorzeitliches Wasserungeheuer; mit leeren Händen stand er da und blickte starr den Flusslauf hinunter, so weit er mit seinen trüben Augen sehen konnte.

EIN KREIS IM FEUER

Manchmal war die letzte Baumreihe eine massive graublaue Wand, etwas dunkler als der Himmel, doch an diesem Nachmittag war sie beinahe schwarz, und der Himmel dahinter leuchtete in fahlem Weiß. »Erinnern Sie sich noch an die Frau, die in der eisernen Lunge ein Baby bekam?«, fragte Mrs. Pritchard. Sie und die Mutter des Kindes befanden sich unter dem Fenster, aus dem das Kind herabschaute. Mrs. Pritchard lehnte sich gegen den Schornstein, die Arme über dem Bauch wie über einer Ablage verschränkt, die Füße über Kreuz und eine Zehenspitze in die Erde gebohrt. Sie war eine korpulente Frau mit einem kleinen, spitzen Gesicht und einem unablässig bohrenden Blick. Mrs. Cope war genau das Gegenteil, sehr klein und adrett, mit einem breiten, runden Gesicht und schwarzen Augen, die hinter ihrer Brille beständig größer zu werden schienen, so als wäre sie unentwegt erstaunt. Sie hockte am Boden und rupfte Unkraut aus den Rabatten rings um das Haus. Die Sonnenhüte beider Frauen hatten einmal gleich ausgesehen, doch der Hut von Mrs. Pritchard war inzwischen formlos und verblichen, während der von Mrs. Cope immer noch steif und hellgrün war.

»Ich hab was über sie gelesen«, sagte sie.

»Sie war eine Pritchard, die einen Brookins geheiratet

hat, deshalb ist sie mit mir über ein paar Ecken verwandt, eine angeheiratete Cousine.«

»So, so«, murmelte Mrs. Cope und warf ein großes Büschel Zyperngras hinter sich. Sie war hinter dem Unkraut und dem Zyperngras her, als wäre es ein Übel, direkt vom Teufel geschickt, um die Farm zu zerstören.

»Weil sie verwandt mit uns war, sind wir hin und haben uns die Leiche angesehn. Auch das kleine Baby haben wir gesehn«, sagte Mrs. Pritchard.

Mrs. Cope erwiderte nichts. Sie war an diese Katastrophengeschichten gewöhnt; sie sagte, so was würde sie fix und fertig machen. Mrs. Pritchard würde dreißig Meilen weit fahren, bloß um der Befriedigung willen, zuzusehen, wie jemand beerdigt wurde. Mrs. Cope wechselte dann immer das Thema und kam auf etwas Erbaulicheres zu sprechen, doch das Kind hatte bemerkt, dass Mrs. Pritchard dann schlechte Laune bekam.

Das Kind fand, der leere Himmel sähe aus, als drückte er gegen die Festungsmauer im Versuch, sie zu durchbrechen. Die Bäume hinter dem nächsten Feld bildeten einen Flickenteppich in grauen und gelben Grüntönen. Mrs. Cope hatte immer Angst, dass es in ihrem Wald zu einem Brand kommen könnte. Wenn es nachts stark windete, sagte sie immer zu dem Kind: »Du lieber Gott, bete, dass es nicht brennt, es ist so windig«, und das Kind grummelte irgendetwas hinter seinem Buch oder reagierte überhaupt nicht, weil es das so oft gehört hatte. Wenn sie im Sommer abends auf der Veranda saßen, sagte Mrs. Cope oft zu dem Kind, das hastig las, um das letzte Licht auszunutzen: »Steh auf und schau dir den Sonnenuntergang an, er ist prachtvoll. Du solltest aufstehen und ihn dir anschauen.« Dann setzte das Kind eine finstere Miene auf und antwortete nicht oder blickte bloß einmal über den Rasen und zu den beiden Viehweiden vor dem Haus bis hin zu der graublauen Wachpostenkette der Bäume und las dann stoisch weiter, ohne dass sich ihre Miene veränderte. Und manchmal murmelte sie aus purer Bosheit: »Es sieht nach einem Feuer aus. Besser, du stehst auf und riechst, was es ist, und schaust nach, ob nicht der Wald brennt.«

»Im Sarg hatte sie den Arm um das Kind gelegt«, fuhr Mrs. Pritchard fort, doch ihre Stimme ging unter im Geräusch des Traktors, den der Neger, Culver, die Straße vom Stall her entlangfuhr. Der Kastenwagen war angehängt, und ein anderer Neger saß hintendrauf, die Füße einen halben Meter über dem Boden baumelnd, und wurde durchgerüttelt. Der Fahrer lenkte den Traktor am Gittertor vorbei, das zum Feld auf der Linken führte.

Mrs. Cope drehte sich um und sah, dass er nicht durch das Tor gefahren war, weil er zu faul war, abzusteigen und es aufzumachen. Er fuhr einen Umweg auf ihre Kosten. »Sagen Sie ihm, er soll anhalten und herkommen!«, rief sie.

Mrs. Pritchard hievte sich vom Schornstein hoch und ruderte heftig mit einem Arm im Kreis, aber er tat, als hörte er nicht. Sie stapfte zum Rand des Rasens und schrie: »Komm her, hab ich gesagt! Sie will dir was sagen!«

Er stieg ab und ging Richtung Schornstein; dabei schob er bei jedem Schritt Kopf und Schultern nach vorn, damit es aussah, als würde er sich beeilen. Sein Kopf war mit einem weißen Stoffhut bedeckt, gestreift in verschiedenen Schattierungen von Schweiß. Die Krempe war nach unten geschlagen, und man sah gerade noch seine rot geränderten Augen.

Mrs. Cope kniete auf dem Boden, den Unkrautstecher nach unten gerichtet. »Warum fährst du nicht durchs

Tor?«, fragte sie und wartete, die Augen geschlossen und den Mund zu einer schmalen Linie verzogen, als wäre sie auf jede noch so lächerliche Ausrede gefasst.

»Dann müsst ich aber den Mähausleger hochstellen«, antwortete er und sah gezielt an ihr vorbei. Ihre Neger waren genauso schädlich und unpersönlich wie das Zyperngras.

Sie öffnete die Augen, und es sah es aus, als würden sie immer größer, bis sie nur noch aus Augen bestünde. »Stell ihn hoch«, sagte sie und deutete mit dem Unkrautstecher zur Straße.

Er ging zum Traktor zurück.

»Ihnen ist das egal«, sagte sie. »Sie haben keine Verantwortung. Ich danke dem Herrgott, dass solche Sachen nicht alle auf einmal passieren. Es würde mich kaputtmachen.«

»Ja, bestimmt«, schrie Mrs. Pritchard, um den Lärm des Traktors zu übertönen. Der Neger öffnete das Tor, stellte den Ausleger hoch, fuhr hindurch und hinüber aufs Feld. Der Krach wurde leiser, je weiter sich der Traktor entfernte. »Ich versteh selber nicht, wie es in ihr drin hat sein können«, fuhr sie mit ihrer normalen Stimme fort.

Mrs. Cope hatte sich gebückt und jätete wieder wie wild. »Wir müssen für vieles dankbar sein«, sagte sie. »Jeden Tag sollte man dem Herrgott danken. Tun Sie das?«

»Ja, Ma'am«, sagte Mrs. Pritchard. »Sie war nämlich vier Monate in der eisernen Lunge drin, bis es dann passiert ist. Ich glaub, wenn mir so was passieren würd, ich würd draufgehen ... Wie haben sie überhaupt –«

»Jeden Tag spreche ich ein Dankgebet«, sagte Mrs. Cope. »Denk an das, was wir alles haben. Du lieber Gott«, sagte sie seufzend, »wir haben alles«, und sie sah sich um und schaute auf ihre üppigen Weiden und die Hügel mit dem reichen Baumbestand und schüttelte den Kopf, als wäre all das eine Bürde, die sie abzuschütteln versuchte.

Mrs. Pritchard sah nachdenklich hinüber zum Wald. »Alles, was ich hab, sind vier eitrige Zähne«, bemerkte sie.

»Seien Sie dankbar, dass es nicht fünf sind«, sagte Mrs. Cope bissig und warf ein Grasbüschel hinter sich. »Wir könnten alle von einem Hurrikan vernichtet werden. Ich finde immer was, wofür ich dankbar sein kann.«

Mrs. Pritchard griff nach einer Hacke, die an der Hauswand lehnte, und hieb damit leicht nach einem Unkraut, das zwischen zwei Ziegeln im Schornstein gesprossen war. »Ja, *Sie* schon«, sagte sie, und ihre Stimme klang vor Verachtung noch etwas nasaler als sonst.

»Denken Sie doch bloß an alle die armen Europäer«, fuhr Mrs. Cope fort. »Wie Vieh hat man sie in Güterwagen gesteckt und nach Sibirien geschafft. Gütiger Himmel, wir sollten eigentlich die halbe Zeit auf den Knien verbringen.«

»Ich weiß, was ich nicht tun tät, wenn ich in ner eisernen Lunge wär«, sagte Mrs. Pritchard und kratzte sich mit der Spitze der Hacke am nackten Knöchel.

»Sogar diese arme Frau hatte eine Menge, wofür sie dankbar sein musste«, sagte Mrs. Cope.

»Zum Beispiel dafür, dass sie nicht tot war.«

»Ganz gewiss«, sagte Mrs. Cope, deutete dann mit dem Unkrautstecher auf Mrs. Pritchard und sagte: »Von allen Farmen im County ist meine am besten in Schuss, und wissen Sie, warum? Weil ich arbeite. Ich habe arbeiten müssen, damit ich sie überhaupt erhalten konnte, und ich arbeite, damit ich sie in Schuss halten kann.« Sie betonte jedes Wort, indem sie den Unkrautstecher schwenkte.

»Ich lass mich von nichts unterkriegen, und ich bin auch nicht dauernd auf Ärger aus. Ich nehm es, wie es kommt.«

»Wenn manchmal aber alles auf einmal kommt –«, begann Mrs. Pritchard.

»Es kommt nicht alles auf einmal«, sagte Mrs. Cope scharf.

Das Kind konnte bis zu der Stelle sehen, wo der Feldweg in die Landstraße mündete. Sie sah, wie ein Pick-up am Gatter hielt und drei Jungen ausstiegen, die dann auf dem rötlichen Feldweg herankamen. Sie marschierten hintereinander, der mittlere, der einen schweinsförmigen schwarzen Koffer trug, leicht zur Seite geneigt.

»Aber wenn es doch passieren tät«, sagte Mrs. Pritchard, »dann könnte man nix tun als die Hände überm Kopf zusammenschlagen.«

Darauf antwortete Mrs. Cope gar nicht erst. Mrs. Pritchard verschränkte die Arme und blickte den Weg entlang, als könnte sie jetzt schon sehen, wie all die schönen Hügel platt gewalzt würden. Sie sah die drei Jungen, die inzwischen beinahe an der Zufahrt angekommen waren. »Schaun Sie mal«, sagte sie. »Was glauben Sie, wer die sind?«

Mrs. Cope lehnte sich zurück, stützte mit einer Hand den Rücken und sah hinüber. Die drei kamen auf sie zu, aber es sah aus, als wollten sie seitlich am Haus vorbeigehen. Der mit dem Koffer war jetzt vorn. Schließlich blieb er stehen, ein paar Meter von ihr entfernt, und setzte den Koffer ab. Die drei sahen sich ziemlich ähnlich, außer dass der mittelgroße, der den Koffer trug, eine Brille mit silberner Fassung hatte. Er schielte leicht auf einem Auge, sodass sein Blick aus zwei Richtungen gleichzeitig kam, als würde er die beiden Frauen einkreisen. Er hatte ein Sweatshirt an, bedruckt mit einem verblichenen Zerstörer, doch seine Brust war so eingefallen, dass der Zerstörer entzweigebrochen schien und es aussah, als ginge er unter. Das schweißnasse Haar klebte ihm an der Stirn. Er sah aus, als wäre er ungefähr dreizehn. Alle drei Jungen hatten den gleichen starren, durchdringenden Blick. »Ich glaub nicht, dass Sie noch wissen, wer ich bin, Mrs. Cope«, sagte der mittelgroße.

»Dein Gesicht kommt mir aber bekannt vor«, murmelte sie und musterte ihn genauer. »Ich überleg grade …«

»Mein Daddy hat früher mal bei Ihnen gearbeitet«, half er nach.

»Boyd?«, fragte sie. »Dein Vater war Mr. Boyd, und du bist J. C.?«

»Nein, Ma'am, ich bin Powell, der Zweite, bloß, ich bin größer geworden seitdem, und mein Daddy ist jetzt tot. Er ist gestorben.«

»Tot. Na, so was«, sagte Mrs. Cope, als wäre der Tod immer etwas Ungewöhnliches. »Was hat Mr. Boyd gehabt?«

Das eine Auge Powells schien die ganze Umgebung zu umkreisen, das Haus und den weißen Wasserturm dahinter und den Hühnerstall und die abfallenden Weideflächen zu taxieren, die sich zu beiden Seiten bis hin zum Waldrand ausdehnten. Das andere Auge sah Mrs. Cope an. »Ist in Florida gestorben«, sagte er und fing an, gegen den Koffer zu treten.

»Also so was«, murmelte sie. Und nach einer kurzen Pause fragte sie: »Und wie geht's deiner Mutter?«

»Hat wieder geheiratet.« Er sah dabei auf seinen Fuß, mit dem er gegen den Koffer kickte. Die beiden anderen Jungen blickten sie ungeduldig an.

»Und wo wohnt ihr jetzt alle?«, fragte sie.

»In Atlanta«, sagte er. »In einer von den Siedlungen.«

»Ich verstehe«, sagte sie, »verstehe.« Und nach einer Weile sagte sie es noch mal. Schließlich fragte sie: »Und wer sind die zwei anderen?«, und lächelte ihnen zu.

»Der da ist Garfield Smith und der andere ist W.T. Harper«, sagte er und nickte nach hinten, erst in Richtung des großen und dann in die des kleineren Jungen.

»Guten Tag, Jungs«, sagte Mrs. Cope. »Das ist Mrs. Pritchard. Mr. und Mrs. Pritchard arbeiten jetzt hier.«

Sie nahmen keine Notiz von Mrs. Pritchard, die sie unverwandt mit ihren Knopfaugen anstarrte. Die drei schienen wie festgenagelt auf irgendetwas zu warten und beobachteten Mrs. Cope.

»So, so«, sagte sie mit einem Blick auf den Koffer. »Nett von euch, dass ihr vorbeigekommen seid, um mir Guten Tag zu sagen. Das finde ich ganz reizend.«

Powells Blick schien sie in die Zange zu nehmen. »Hab mal sehn wollen, wies Ihnen geht«, sagte er heiser.

»Wissen Sie«, sagte der kleinste der Jungen. »Die ganze Zeit, wo wir ihn kennen, hat er erzählt von der Farm hier. Hat gesagt, hier gibts alles. Hat gesagt, hier gibts Pferde. Dass es die schönste Zeit in seinem ganzen Leben gewesen ist, hier auf der Farm. Redet dauernd davon.«

»Kann einfach nicht die Klappe halten«, grunzte der Große und fuhr sich mit dem Ärmel über die Nase, als wollte er seine Worte dämpfen.

»Hat immer über die Pferde geredet, auf denen er hier geritten ist«, fuhr der Kleine fort. »Und er hat gesagt, er würd uns auch reiten lassen. Er sagt, eins hat Gene geheißen.«

Mrs. Cope hatte immer Angst, dass jemand auf ihrer

Farm zu Schaden kommen und sie verklagen könnte, sodass ihr nichts mehr bliebe. »Sie sind nicht beschlagen«, sagte sie rasch. »Es hat eins gegeben, das hieß Gene, aber das ist inzwischen tot, doch ihr Jungs könnt leider nicht auf den Pferden reiten, weil was passieren könnte. Sie sind gefährlich«, sagte sie hastig.

Der große Junge setzte sich auf die Erde, schnaubte angewidert und fing an, Steinchen aus seinen Turnschuhen zu klauben. Der kleine sah sich nach allen Seiten um, und Powell starrte Mrs. Cope unentwegt an und sagte nichts.

Nach einer Weile sagte der kleine: »Lady, wissen Sie, was er mal gesagt hat? Er hat gesagt, wenn er stirbt, will er hierherkommen.«

Einen Augenblick lang schien es, als hätte Mrs. Cope ihn nicht verstanden; dann wurde sie rot; dann trat ein seltsam geschmerzter Ausdruck in ihr Gesicht, weil ihr klar wurde, dass diese Kinder Hunger hatten. Sie starrten sie so an, weil sie Hunger hatten! Sie musste beinahe nach Luft ringen, als sie ihnen ins Gesicht schaute, und dann fragte sie rasch, ob sie etwas zu essen wollten. Sie sagten Ja, doch ihre Mienen, gleichmütig und unzufrieden, hellten sich nicht auf. Sie sahen aus, als wären sie es gewohnt, Hunger zu haben, und als ginge das Mrs. Cope nichts an.

Das Kind im ersten Stock war rot vor Aufregung geworden. Sie kniete vor dem Fenster, sodass nur Augen und Stirn über dem Fensterbrett zu sehen waren. Mrs. Cope sagte den Jungen, sie sollten ums Haus herumgehen, wo die Gartenstühle standen; sie ging voraus, und Mrs. Pritchard folgte. Das Kind ging vom Schlafzimmer rechts über den Gang in das linke Schlafzimmer und sah hinunter auf die andere Seite des Hauses, wo drei weiße Gartenstühle standen und eine rote Hängematte zwischen zwei

Haselnussbäumen aufgespannt war. Es war ein dickes blasses Mädchen von zwölf Jahren mit ständig gerunzelter Stirn und zusammengekniffenen Augen und einem breiten Mund voll silberner Spangen. Sie kniete vor dem Fenster nieder.

Die drei Jungen kamen um die Hausecke, und der große warf sich in die Hängematte und zündete sich einen Zigarettenstummel an. Der kleine ließ sich neben dem schwarzen Koffer ins Gras fallen und legte den Kopf darauf, und Powell setzte sich auf die Kante eines Stuhls und sah aus, als wollte er die ganze Umgebung mit einem einzigen Blick erfassen. Das Kind hörte, wie sich die Mutter und Mrs. Pritchard mit gedämpfter Stimme in der Küche berieten. Sie stand auf, ging hinaus auf den Gang und lehnte sich über das Geländer.

Die Beine von Mrs. Cope und Mrs. Pritchard standen einander in der hinteren Diele gegenüber. »Die armen Kinder haben Hunger«, sagte Mrs. Cope mit tonloser Stimme.

»Haben Sie den Koffer gesehn?«, fragte Mrs. Pritchard. »Was ist, wenn sie bei Ihnen übernachten wollen?«

Mrs. Cope stieß einen leisen Schrei aus. »Ich kann nicht drei Jungs hier haben, wo ich allein mit Sally Virginia bin«, sagte sie. »Bestimmt gehen sie wieder, wenn ich ihnen was zu essen gegeben habe.«

»Ich weiß bloß, dass sie einen Koffer dabeihaben«, sagte Mrs. Pritchard.

Das Kind ging rasch wieder ans Fenster. Der große Junge lag ausgestreckt in der Hängematte, hatte die Hände unter dem Kopf verschränkt und mitten im Mund die Kippe. Genau in dem Moment, als Mrs. Cope mit einem Teller voll Cracker um die Ecke kam, spuckte er sie in hohem

Bogen aus. Sie blieb auf der Stelle stehen, als hätte man ihr eine Schlange in den Weg geworfen. »Ashfield!«, sagte sie. »Heb das bitte auf. Ich habe Angst vor Bränden.«

»Garfield!«, rief der kleine Junge entrüstet. »Garfield!«

Der große erhob sich wortlos und schlenderte zu dem Stummel, hob ihn auf und steckte ihn in die Tasche. Dann drehte er ihr den Rücken zu und studierte das tätowierte Herz auf seinem Unterarm. Mrs. Pritchard erschien mit drei Coca-Colas, die sie mit einer Hand am Flaschenhals umfasst hielt, und gab jedem von ihnen eine.

»Ich erinnere mich an alles hier«, sagte Powell und sah in die Öffnung seiner Flasche.

»Wo seid ihr alle hin, als ihr von hier weggegangen seid?«, fragte Mrs. Cope und setzte den Teller mit den Crackern auf seiner Armlehne ab.

Er sah auf den Teller, nahm aber nichts. Er sagte: »Ich weiß noch, eins hat Gene geheißen und ein andres George. Wir sind nach Florida, und da ist mein Daddy gestorben und dann sind wir zu meiner Schwester gezogen und dann hat meine Mutter ja wieder geheiratet, und da sind wir seitdem geblieben.«

»Hier sind ein paar Cracker«, sagte Mrs. Cope und setzte sich auf den Stuhl ihm gegenüber.

»Gefällt ihm nicht in Atlanta«, sagte der Kleine, setzte sich auf und griff gelangweilt nach einem Cracker. »Es hat ihm nie wo gefallen, außer hier. Ich erklär Ihnen, was ich mein, Lady. Wir spielen zum Beispiel Ball, verstehn Sie, auf dem Platz in der Siedlung, wo wir immer spielen, und dann hört er plötzlich auf und sagt: ›Gottverdammmich, da hats ein Pferd gegeben, das hat Gene geheißen, und wenn ich das jetzt hier hätt, würd ich so lang drauf reiten, bis der Zement hier zerkracht.‹«

»Bestimmt benutzt Powell keine solchen Wörter, oder, Powell?«, fragte Mrs. Cope.

»Nein, Ma'am«, sagte Powell. Er hatte den Kopf ganz zur Seite gedreht, so als horchte er auf die Pferde auf dem Feld.

»Ich mag die Art Cracker nicht«, sagte der Kleine, legte seinen wieder auf den Teller und stand auf.

Mrs. Cope rutschte ein bisschen auf ihrem Stuhl hin und her. »Ihr Jungs wohnt also in einer von diesen hübschen neuen Siedlungen«, fragte sie.

»Man kann die eigne Wohnung bloß am Geruch erkennen«, erklärte der Kleine. »Die Häuser sind vier Stock hoch, zehn sinds im Ganzen, eins hinter dem andern. Schaun wir uns jetzt die Pferde an«, sagte er.

Wieder sah Powell Mrs. Cope durchdringend an. »Wir haben gedacht, wir könnten einfach in Ihrer Scheune übernachten«, sagte er. »Mein Onkel hat uns mit seinem Pick-up bis hierher gebracht, und morgen holt er uns wieder ab.«

Einen Augenblick sagte sie überhaupt nichts, und das Kind am Fenster dachte: Gleich fliegt sie aus dem Stuhl und gegen den Baum.

»Ich fürchte, das geht nicht«, sagte sie und stand plötzlich auf. »Die Scheune ist voll Heu, und ich habe Angst, ihr könntet es mit euren Zigaretten in Brand setzen.«

»Wir werden nicht rauchen«, sagte er.

»Ich fürchte, ihr könnt dort trotzdem nicht übernachten«, wiederholte sie, als spräche sie höflich zu einem Gangster.

»Dann können wir draußen im Wald schlafen«, sagte der Kleine. »Wir haben sowieso unsere Decken dabei. Die sind nämlich in dem Koffer. Jetzt kommen Sie schon!«

»Im Wald!«, rief sie. »O nein! Da ist es zurzeit ganz trocken. Das geht nicht, dass jemand in meinem Wald raucht. Ihr müsst draußen auf der Wiese übernachten, gleich hier neben dem Haus, wo es keine Bäume gibt.«

»Wo sie euch im Auge behalten kann«, flüsterte das Kind.

»In ihrem Wald«, murmelte der große Junge und kletterte aus der Hängematte.

»Wir schlafen im Feld«, sagte Powell, aber nicht direkt an Mrs. Cope gewandt. »Heut Nachmittag führ ich sie hier rum.« Die beiden anderen waren schon vorausgegangen, und er stand auf und rannte ihnen hinterher, während die beiden Frauen sitzen blieben, den schwarzen Koffer zwischen sich.

»Kein Danke, kein gar nichts«, bemerkte Mrs. Pritchard.

»Sie haben bloß mit dem gespielt, was wir ihnen zu essen gegeben haben«, sagte Mrs. Cope, und sie klang gekränkt.

Mrs. Pritchard äußerte die Ansicht, dass sie vielleicht keine alkoholfreien Getränke mochten.

»Auf jeden Fall haben sie so *ausgesehen,* als hätten sie Hunger«, sagte Mrs. Cope.

Gegen Sonnenuntergang tauchten sie wieder aus dem Wald auf, schmutzig und verschwitzt erschienen sie an der hinteren Veranda und fragten nach Wasser. Sie fragten nicht nach etwas zum Essen, aber Mrs. Cope sah ihnen an, dass sie welches wollten. »Ich habe bloß ein bisschen kaltes Perlhuhn«, sagte sie. »Möchtet ihr Jungs ein bisschen Perlhuhn und ein paar Sandwiches?«

»Ich würd nix essen, was so einen kahlen Kopf hat wie ein Perlhuhn«, sagte der Kleine. »Ich würd Huhn oder Truthahn essen, aber kein Perlhuhn.«

»Nicht mal ein Hund würd so was fressen«, sagte der Große. Er hatte sein Hemd ausgezogen und es hinten in die Hose gesteckt, wie einen Schwanz. Mrs. Cope vermied es peinlich, ihn anzusehen. Der Kleine hatte sich am Arm geschnitten.

»Ihr Jungs seid aber nicht geritten, wo ich euch doch gesagt habe, dass ihr es nicht tun sollt, oder?«, fragte sie argwöhnisch, und wie aus einem Mund sagten sie »Nein, Ma'am«, und es klang laut und enthusiastisch wie das Amen in einer Dorfkirche.

Sie ging ins Haus und machte ein paar Brote, und dabei unterhielt sie sich mit ihnen von der Küche aus, fragte, was ihre Väter taten und wie viele Geschwister sie hatten und wo sie zur Schule gingen. Sie antworteten in kurzen, explosiven Sätzen, schlugen sich auf die Schulter und krümmten sich vor Lachen, als hätten die Fragen eine Bedeutung, von der sie nichts ahnte. »Und habt ihr Lehrer oder Lehrerinnen an eurer Schule?«, fragte sie.

»Teils, teils, und bei manchen weiß mans nicht«, sagte der Große höhnisch.

»Und geht deine Mutter arbeiten, Powell?«, fragte sie rasch.

»Sie fragt, ob deine Mutter arbeiten geht!«, kreischte der Kleine. »Er denkt an nix andres als die Pferde, dabei hat er sie bloß gesehn«, sagte er. »Seine Mutter, die arbeitet in der Fabrik, und er muss auf die andern aufpassen, bloß dass er nicht richtig aufpasst. Ich sag Ihnen, Lady, einmal hat er seinen kleinen Bruder in ne Kiste gesperrt und hat die dann angezündet.«

»Bestimmt hat Powell so was nicht getan«, sagte Mrs. Cope, als sie den Teller mit den Broten heraustrug und auf der Treppe abstellte. Sie leerten den Teller sofort, und sie nahm ihn, stand da und blickte zur Sonne, die vor ihren Augen unterging, fast direkt über den Bäumen. Sie war prall und flammenfarben und hing in einem Netz gezackter Wolken, als könnte sie jeden Moment durch die Wolken brennen und in den Wald fallen. Vom Fenster im ersten Stock aus sah das Kind, wie sie erschauerte und die Arme eng an den Körper presste. »Wir haben für so vieles zu danken«, sagte sie plötzlich in einem traurigen, erstaunten Ton. »Dankt ihr Jungs auch jeden Abend Gott für alles, was Er für euch getan hat? Dankt ihr Ihm für alles?«

Daraufhin wurde es ganz still. Sie bissen in ihre Brote, als hätten sie den Geschmack am Essen verloren.

»Tut ihr das?«, fragte sie eindringlich.

Sie waren stumm wie Diebe, die sich verstecken. Sie kauten geräuschlos.

»Ich tu's jedenfalls«, sagte sie nach einiger Zeit, wandte sich um und ging wieder ins Haus; das Kind sah, wie sich die Jungen auf einmal entspannten. Der große streckte die Beine aus, als hätte er sich aus einer Falle befreit. Die Sonne brannte so stark, dass es schien, als wollte sie weit und breit alles in Sichtweite in Brand stecken. Der weiße Wasserturm schimmerte rosafarben, und das Gras war unnatürlich grün, als würde es gleich zu Glas werden. Plötzlich streckte das Kind den Kopf weit aus dem Fenster und machte laut »Igitttt«, verdrehte die Augen und streckte so weit wie möglich die Zunge heraus, als müsste sie sich gleich übergeben.

Der große Junge sah hoch und starrte sie an. »Herrjemine«, knurrte er, »noch ein Weib!«

Sie zog sich rasch vom Fenster zurück, stellte sich mit dem Rücken zur Wand und zwinkerte heftig, als wäre sie ins Gesicht geschlagen worden und könnte nicht sehen, von wem. Sobald die Jungen die Treppe geräumt hatten, ging sie in die Küche hinunter, wo Mrs. Cope das Geschirr abwusch. »Wenn ich den großen Dicken erwischen würd, ich würd ihn zu Brei schlagen«, sagte sie.

»Du hältst dich fern von diesen Jungen«, sagte Mrs. Cope und wandte sich brüsk um. »Eine Dame schlägt niemand zu Brei. Du gehst ihnen aus dem Weg. Morgen früh werden sie fort sein.«

Aber am nächsten Morgen waren sie nicht fort.

Als Mrs. Cope nach dem Frühstück auf die Veranda trat, lungerten sie an der Küchentür herum und kickten gegen die Stufen. Sie rochen den Speck, den sie sich zum Frühstück gebraten hatte. »Was ist los, Jungs!«, sagte sie. »Ich habe gedacht, euer Onkel holt euch ab.« Sie sahen noch genauso verhärmt und hungrig aus, aber während sie ihr gestern leidgetan hatten, fühlte sie sich nun leicht provoziert.

Der große Junge drehte ihr sofort den Rücken zu, während sich der kleine hinhockte und im Sand scharrte. »Nein, jetzt doch nicht«, sagte Powell.

Der Große drehte den Kopf so, dass er gerade einen kleinen Teil von ihr sehen konnte, und sagte: »Wir stören Sie ja nicht.«

Er sah nicht, wie ihre Augen größer wurden, doch die vielsagende Stille konnte ihm nicht entgehen. Nach einer Weile sagte sie mit veränderter Stimme: »Hättet ihr Jungs gern was zum Frühstück?«

»Wir haben selber jede Menge zu essen«, sagte der Große. »Wir brauchen nix von Ihnen.«

Sie hielt den Blick auf Powell gerichtet. Sein dünnes weißes Gesicht schien sie herausfordern zu wollen, aber gleichzeitig sah er sie gar nicht. »Ich freue mich, dass ihr hier seid, Jungs, das wisst ihr«, sagte sie, »aber ich erwarte, dass ihr euch benehmt. Ich erwarte, dass ihr euch wie Gentlemen aufführt.«

Sie standen da, und jeder sah in eine andere Richtung, als warteten sie darauf, dass sie ging. »Schließlich ist das hier meine Farm«, sagte sie mit einer plötzlich ganz hohen Stimme.

Der Große gab einen zweideutigen Laut von sich, und sie drehten sich um und gingen in Richtung Scheune. Sie blieb zurück, schockiert, so als hätte man sie mitten in der Nacht mit einem Suchscheinwerfer angestrahlt.

Nach einer Weile kam Mrs. Pritchard herüber und stellte sich in die Küchentür, die Wange an den Türrahmen gelehnt. »Sie wissen wahrscheinlich, dass sie gestern den ganzen Nachmittag auf den Pferden geritten sind«, sagte sie. »Sie haben ein Zaumzeug aus der Sattelkammer gestohlen und sind ohne Sattel geritten, Hollis hat sie nämlich gesehn. Er hat sie gestern Abend um neun aus der Scheune gejagt und heut Morgen hat er sie aus dem Melkraum gejagt und sie hatten Milchränder um den Mund, weil sie bestimmt aus den Kannen getrunken haben.«

»Das geht zu weit«, sagte Mrs. Cope; sie stand an der Spüle, die Fäuste in die Seite gestemmt. »Das geht zu weit«, und sie sah genau so aus, wie wenn sie Unkraut jätete.

»Da können Sie gar nix machen«, sagte Mrs. Pritchard. »Ich denk, sie werden Ihnen eine Woche oder so auf der Pelle sitzen, bis die Schule wieder anfängt. Die wollen einfach eine Woche Ferien auf dem Land machen, und da können Sie nix tun, als in Ruhe abwarten.«

»Das werde ich nicht tun«, sagte Mrs. Cope. »Sagen Sie Mr. Pritchard, er soll die Pferde in den Stall bringen.«

»Das hat er schon getan. Ein dreizehnjähriger Junge kanns an Gemeinheit mit einem Mann aufnehmen, wo doppelt so alt ist. Man weiß nie, was er sich alles ausdenkt. Und man weiß auch nie, was er als Nächstes anstellt. Heut Morgen hat Hollis sie hinter dem Bullengehege gesehn und der Große da hat gefragt, obs irgendwo eine Stelle gibt, wo sie sich waschen können, und Hollis hat gesagt, nein, das gibts nicht und dass Sie nicht wollen, dass irgendwelche Jungs Zigarettenkippen in Ihrem Wald wegschmeißen, und er hat gesagt: Der Wald gehört ihr nicht, und Hollis hat gesagt, doch, der gehört ihr auch, und dann hat der Kleine gesagt, Mann, der Wald gehört Gott und sie gehört ihm auch, und dann hat der mit der Brille gesagt, ich glaub, ihr gehört auch der Himmel über der Farm, und dann sagt der Kleine, ihr gehört der Himmel und kann kein Flugzeug drüber fliegen, wenn sies nicht will, und dann sagt der Große, ich hab noch nie eine Farm gesehn, wos so viel verdammte Weiber gibt, wie halten Sie das bloß aus? Und Hollis hat gesagt, er hat dann genug gehabt von ihrem frechen Geschwätz und er hat sich umgedreht und ist weg und hat nix mehr gesagt.«

»Ich geh jetzt raus und sag den Jungs, dass sie mit dem Milchwagen mitfahren können«, sagte Mrs. Cope und ging durch die Küchentür ins Freie, während Mrs. Pritchard und das Kind allein in der Küche zurückblieben.

»Ha!«, sagte das Kind. »Mit denen würd ich schneller fertig.«

»Ach ja?«, murmelte Mrs. Pritchard und bedachte sie mit einem langen, hämischen Blick. »Und wie würdest du mit denen fertig?«

Das Kind presste beide Hände zusammen und verzerrte das Gesicht, als würde sie jemand erwürgen.

»Sie würden mit *dir* fertig«, sagte Mrs. Pritchard befriedigt.

Das Kind zog sich zu dem Fenster im ersten Stock zurück, um ihr aus dem Weg zu gehen, und sah, wie sich seine Mutter von den drei Jungen entfernte, die am Fuß des Wasserturms hockten und etwas aus einer Keksdose aßen. Das Kind hörte, wie sie wieder die Küche betrat und erklärte: »Sie sagen, sie fahren mit dem Milchwagen. Und es ist kein Wunder, dass sie keinen Hunger haben, der halbe Koffer ist voller Lebensmittel.«

»Vermutlich samt und sonders gestohlen«, sagte Mrs. Pritchard.

Als der Milchwagen kam, waren die drei Jungen weit und breit nirgends zu sehen, doch sobald er ohne sie abgefahren war, erschienen ihre Gesichter oben in der Luke des Kälberstalls. »Ist das denn zu fassen?«, rief Mrs. Cope, die, die Hände auf den Hüften, an einem der Fenster im oberen Stock stand. »Es ist ja nicht so, dass ich mich nicht freuen würde, sie hier zu haben – es ist einfach ihre Haltung.«

»Dir gefällt nie die Haltung von irgendwem«, sagte das Kind. »Ich geh jetzt und sag ihnen, dass sie in fünf Minuten verschwinden müssen.«

»Du gehst auch nicht mal in die Nähe von diesen Jungs, hast du verstanden?«, sagte Mrs. Cope.

»Warum nicht?«, fragte das Kind.

»Ich geh jetzt hin und sag ihnen gehörig Bescheid«, erklärte Mrs. Cope.

Das Kind nahm wieder seine Position am Fenster ein, und nach einer Weile sah sie den steifen grünen Hut im Sonnenlicht aufleuchten, als ihre Mutter den Weg zum Kälberstall überquerte. Sofort verschwanden die drei Gesichter in der Öffnung, und gleich darauf rannte der Große über den Hof, wenig später gefolgt von den beiden anderen. Mrs. Pritchard kam aus dem Haus, und die Frauen gingen auf das Wäldchen zu, wo die Jungen verschwunden waren. Nun verschwanden auch die beiden Sonnenhüte im Gehölz, während die drei Jungen links davon wiederauftauchten und über das Feld zu einem anderen Waldstück schlenderten. Bis Mrs. Cope und Mrs. Pritchard das Feld erreicht hatten, war niemand mehr da, und es blieb ihnen nichts übrig, als wieder ins Haus zu gehen.

Mrs. Cope war noch nicht lang wieder zurück, als Mrs. Pritchard angerannt kam und etwas rief. »Sie haben den Bullen rausgelassen!«, schrie sie. »Den Bullen!« Und auf dem Fuße folgte ihr ganz gemächlich der schwarze Bulle, während vier Gänse zischend hinter ihm herliefen. Er war nicht bösartig, außer wenn man ihn zur Eile antrieb, und Mr. Pritchard und die beiden Neger brauchten eine halbe Stunde, bis sie ihn wieder in sein Gehege gelotst hatten. Während die Männer damit beschäftigt waren, ließen die Jungen den Treibstoff aus den drei Traktoren ab und verschwanden dann wieder im Wald.

Zwei blaue Adern zeigten sich auf einmal über Mrs. Copes Schläfen, und Mrs. Pritchard sah es mit Genugtuung. »Habs Ihnen ja gesagt«, bemerkte sie, »da können Sie nix dagegen machen.«

Mrs. Cope aß eilig ihr Mittagessen und ohne zu bemerken, dass sie noch ihren Sonnenhut aufhatte. Jedes Mal, wenn sie ein Geräusch hörte, fuhr sie hoch. Mrs. Pritchard kam gleich nach dem Essen herüber und fragte: »Wolln Sie wissen, wo sie jetzt sind?« Und dabei lächelte sie, allwissend und zufrieden.

»Ja, jetzt sofort!«, sagte Mrs. Cope, beinahe in Habachtstellung.

»Drunten an der Straße, sie schmeißen Steine auf Ihren Briefkasten«, sagte Mrs. Pritchard, lässig an den Türrahmen gelehnt. »Haben ihn schon beinah vom Pfosten runtergestoßen.«

»Ins Auto«, sagte Mrs. Cope.

Auch das Kind stieg ein, und zu dritt fuhren sie bis zum Gatter. Die Jungen saßen auf der Böschung auf der anderen Seite der Landstraße und zielten mit Steinen auf den Briefkasten. Mrs. Cope brachte den Wagen fast direkt unterhalb von ihnen zum Stehen und sah aus dem Fenster nach oben. Die drei starrten sie an, als hätten sie sie noch nie gesehen, der Große mit übellaunigem Blick, der Kleine mit funkelnden Augen und ohne zu lächeln, Powell, der über dem kaputten Zerstörer auf seinem Sweatshirt vage ins Leere schielte.

»Powell«, sagte sie, »deine Mutter würde sich bestimmt wegen dir schämen.« Dann hielt sie inne und wartete darauf, dass das Wirkung zeigte. Er schien leicht das Gesicht zu verziehen, aber er sah noch immer durch sie hindurch ins Blaue.

»Jetzt habe ich mir das lang genug angesehen«, sagte sie. »Ich habe mich bemüht, nett zu euch Jungs zu sein. War ich etwa nicht nett zu euch?«

Sie hätten genauso gut drei Statuen sein können, hätte nicht der Große gesagt, fast ohne den Mund aufzumachen: »Wir sind ja nicht mal auf Ihrer Straßenseite, Lady.«

»Da können Sie gar nix gegen machen«, zischte Mrs. Pritchard laut. Das Kind saß auf dem Rücksitz, ganz nah am Fenster. Sie wirkte wütend und empört, doch hielt sie den Kopf vom Fenster abgekehrt, um nicht von den Jungen gesehen zu werden.

Mrs. Cope sprach jetzt langsam und betonte jedes einzelne Wort. »Ich finde, ich bin sehr nett zu euch gewesen. Zweimal habe ich euch was zu essen gegeben. Jetzt fahre ich in die Stadt, und wenn ihr immer noch da seid, wenn ich zurück bin, hole ich den Sheriff.« Und dann fuhr sie davon. Das Kind wandte sich rasch um, und als sie aus dem Heckfenster schaute, sah sie, dass die drei sich nicht gerührt hatten; sie hatten nicht einmal den Kopf umgedreht.

»Jetzt haben Sie sie in Rage gebracht«, sagte Mrs. Pritchard, »und niemand kann sagen, was sie jetzt anstellen.«

»Sie werden weg sein, wenn wir zurück sind«, sagte Mrs. Cope.

Für Mrs. Pritchard war eine Antiklimax unerträglich. Um ihr seelisches Gleichgewicht zu bewahren, brauchte sie von Zeit zu Zeit den Geschmack von Blut. »Ich hab mal einen Mann gekannt, dem seine Frau ist vergiftet worden von einem Kind, was sie aus purer Menschenfreundlichkeit adoptiert hatte«, sagte sie. Als sie aus der Stadt zurückkamen, saßen die Jungen nicht mehr auf der Böschung, und sie sagte: »Mir wär lieber, wir würden sie sehn, als wir würden sie nicht sehn. Wenn man sie sieht, weiß man wenigstens, was sie tun.«

»Lächerlich«, murmelte Mrs. Cope. »Ich habe ihnen Angst gemacht, und jetzt sind sie weg, und wir können sie vergessen.«

»Ich vergess sie nicht«, sagte Mrs. Pritchard. »Ich würd mich kein bisschen wundern, wenn sie nicht ne Knarre in dem Koffer da hätten.«

Mrs. Cope hielt sich etwas darauf zugute, wie sie mit Leuten umging, die von ähnlicher Denkart wie Mrs. Pritchard waren. Da, wo Mrs. Pritchard Zeichen und Vorbedeutungen sah, legte sie diese ganz gelassen als die Ausgeburten der Phantasie bloß, die sie waren, aber an diesem Nachmittag lagen ihre Nerven blank, und sie erklärte: »Jetzt reicht's mir aber. Die Jungs sind weg, und damit hat's sich.«

»Warten wirs ab«, sagte Mrs. Pritchard.

Den restlichen Nachmittag über war es ruhig, doch um die Zeit des Abendessens kam Mrs. Pritchard herüber und berichtete, sie habe ein grelles, lästerliches Lachen aus den Büschen nahe dem Schweinepferch gehört, ein boshaftes Lachen voll abgefeimter Gemeinheit, und sie hatte es selber dreimal gehört, ganz deutlich.

»Ich habe überhaupt nichts gehört«, sagte Mrs. Cope.

»Ich rechne damit, dass sie zuschlagen, sobald es dunkel ist«, sagte Mrs. Pritchard.

Am Abend saßen Mrs. Cope und das Kind bis fast um zehn auf der Veranda, und nichts passierte. Die einzigen Laute kamen von Baumfröschen und einem Ziegenmelker, der in immer schnellerer Folge aus derselben dunklen Ecke herüberrief. »Sie sind weg«, sagte Mrs. Cope, »die armen Dinger.« Und sie begann dem Kind aufzuzählen, was sie alles hatten, wofür sie beide dankbar sein mussten, es hätte ja zum Beispiel sein können, dass sie selber in einer Wohnsiedlung leben müssten, oder sie hätten Neger sein können oder in einer eisernen Lunge sein können oder hätten Europäer sein können, die wie Vieh in Güterwagen verschickt wurden, eine lange Litanei, wie gut sie es doch hätten, mit kummervoller Stimme vorgetragen, der das Kind, das angespannt auf einen plötzlichen Schrei im Dunkeln wartete, nicht zuhörte.

Auch am nächsten Morgen war keine Spur von ihnen zu sehen. Die Festungsmauer der Bäume war von einem harten Granitblau, ein Wind hatte sich über Nacht erhoben, und die Sonne war blassgolden aufgegangen. Eine neue Jahreszeit kündete sich an. Schon für eine kleine Wetterveränderung war Mrs. Cope dankbar, doch wenn die Jahreszeiten wechselten, schien sie sich fast vor ihrem Glück zu fürchten, dem entkommen zu sein, was auch immer sie verfolgt haben mochte. Wie auch andere Male, wenn etwas beendet war und etwas Neues anfing, wandte sie nun ihre Aufmerksamkeit dem Kind zu. Es hatte einen Overall über das Kleid gezogen, einen alten Männerfilzhut so tief es ging ins Gesicht gedrückt und bewaffnete sich nun mit zwei Pistolen, die in einem verzierten Halfter steckten, das sie um die Taille gebunden hatte. Der Hut saß so fest, dass es ihr die Röte ins Gesicht trieb, und reichte fast bis zur Brille. Mrs. Cope beobachtete sie mit tragischer Miene. »Warum musst du aussehen wie ein Idiot?«, fragte sie. »Und wenn jetzt jemand zu Besuch käme! Wann wirst du endlich erwachsen? Was soll bloß aus dir werden? Ich schaue dich an und möchte am liebsten weinen! Manchmal siehst du aus, als würdest du zu Mrs. Pritchard gehören!«

»Lass mich in Ruhe«, sagte das Kind mit hoher, gereizter Stimme. »Lass mich in Ruhe. Lass mich einfach in Ruhe. Ich bin nicht du«, und sie zog los Richtung Wald, als würde sie sich an einen Feind heranpirschen, den Kopf vorgereckt und in jeder Hand eine Pistole.

Mrs. Pritchard kam herüber, schlecht gelaunt, weil sie keine Hiobsbotschaften zu überbringen hatte. »Mein Gesicht tut überall weh«, sagte sie in dem Versuch, zu retten, was zu retten war. »Diese Zähne! Jeder fühlt sich an wie eine einzige Eiterbeule.«

Das Kind trampelte mit Getöse durch den Wald, sodass die welken Blätter unter ihren Füßen unheilvoll raschelten. Die Sonne stand jetzt etwas höher, war nur ein weißes Loch, eine Öffnung in einem kaum dunkleren Himmel, durch die der Wind fahren konnte, und die Gipfel der Bäume waren schwarz vor dem gleißenden Licht. »Ich krieg euch, einen nach dem andern, und schlag euch grün und blau. Antreten! ANTRETEN!«, sagte sie und wedelte im Vorbeigehen mit einer Pistole zu einer Ansammlung schlanker Kiefern mit nacktem Stamm hinüber, viermal so hoch wie sie selbst. Sie marschierte weiter, grummelte und schimpfte vor sich hin und drosch ab und zu mit einer der Pistolen auf einen Zweig ein, der ihr in die Quere kam. Von Zeit zu Zeit blieb sie stehen, entfernte die Dornranken, die sich in ihrem Kleid verfangen hatten, und sagte: »Lass mich in Ruhe, hab ich dir gesagt, lass mich bloß in Ruhe«, schlug mit der Pistole danach und stapfte weiter.

Dann setzte sie sich auf einen Baumstumpf, um sich abzukühlen, doch sie setzte die Füße mit Bedacht fest auf dem Boden auf. Sie hob sie mehrmals und setzte sie wieder hin und bohrte sie so heftig in die Erde, als würde sie etwas unter den Absätzen zerquetschen. Auf einmal hörte sie Gelächter.

Sie setzte sich auf und bekam eine Gänsehaut. Das Gelächter ertönte erneut. Sie hörte Geplätscher und stand auf, unsicher, in welche Richtung sie davonlaufen sollte. Sie war nicht weit entfernt von der Stelle, wo der Wald aufhörte und das hintere Weideland begann. Sie schlich in Richtung Weide, bemüht, keinen Lärm zu machen, und als sie auf einmal am Waldrand stand, sah sie, keine zehn Meter entfernt, die drei Jungen, die sich an der Viehtränke wuschen. Ihre Kleider hatten sie auf dem schwarzen Koffer abgelegt, der weit genug vom Wasser entfernt war, das über den Rand des Trogs abfloss. Der große Junge stand aufrecht da, und der kleine versuchte, auf seine Schultern zu klettern. Powell saß da und sah geradeaus vor sich hin durch eine Brille, die mit Wasser bespritzt war. Er achtete nicht auf die beiden anderen. Die Bäume mussten ihm durch die nassen Gläser hindurch wie grüne Wasserfälle vorkommen. Das Kind stand, nur halb versteckt, hinter einem Kiefernstamm, die Wange gegen die Rinde gepresst.

»Hier würd ich gern leben!«, rief der Kleine, hielt den Kopf des Großen mit den Knien umklammert und versuchte, das Gleichgewicht zu halten.

»Ich nicht, verdammmich«, keuchte der Große und sprang hoch, um den anderen abzuschütteln.

Powell saß da, ohne sich zu rühren und scheinbar ohne zu wissen, dass die beiden anderen hinter ihm waren, und sah starr geradeaus wie ein Gespenst, das sich aufrecht aus dem Sarg erhoben hatte. »Wenns den Ort nicht mehr geben würd, bräucht man nie mehr dran denken«, sagte er.

»Hör zu«, sagte der Große und setzte sich ruhig in den Trog, während der Kleine immer noch auf seinen Schultern thronte, »der Ort gehört niemand.«

»Es gehört uns«, sagte der Kleine.

Das Kind hinter dem Baum rührte sich nicht.

Powell sprang aus dem Trog und begann loszurennen. Er rannte um das ganze Feld herum, als wäre etwas hinter ihm her, und als er wieder an dem Trog vorbeikam, sprangen auch die beiden anderen heraus und rannten mit ihm um die Wette, und die Sonne glänzte auf ihren langen nassen Leibern. Der Große rannte am schnellsten und lief vorneweg. Zweimal preschten sie um das Feld, ließen sich schließlich neben ihren Kleidern fallen und blieben da liegen, und ihr Brustkorb hob und senkte sich. Nach einer Weile sagte der Große heiser: »Wisst ihr, was ich hier draus machen tät, wenn ich könnte?«

»Nein, was?«, fragte der Kleine und richtete sich auf, um ihn besser ins Auge fassen zu können.

»Ich würd einen großen Parkplatz drauf bauen oder so was Ähnliches«, murmelte er.

Sie begannen sich anzuziehen. Die Sonne malte zwei weiße Flecken auf Powells Brille, sodass seine Augen nicht mehr zu sehen waren. »Ich weiß, was wir machen können«, sagte er. Er holte einen kleinen Gegenstand aus seiner Tasche und zeigte ihn ihnen. Sie saßen eine ganze Weile da und betrachteten das, was er in der Hand hielt. Dann nahm Powell ohne weitere Erklärungen den Koffer, sie standen auf, gingen an dem Kind vorbei und in den Wald, nur ein paar Meter von ihr entfernt, inzwischen etwas weiter weg vom Baum und mit dem roten und weißen Abdruck der Rinde auf einer Wange.

Wie betäubt sah sie zu, als sie stehen blieben und alle ihre Streichhölzer einsammelten und dann das Gestrüpp in Brand setzten. Sie fingen an zu johlen und zu grölen und schlugen sich mit der Hand auf den Mund, und in wenigen Sekunden war zwischen dem Kind und ihnen eine schmale Feuerlinie, die zusehends breiter wurde. Während sie zuschaute, loderte das Feuer vom Gestrüpp zu den untersten Zweigen hoch, haschte und schnappte danach. Der Wind trieb einzelne Fetzen in die Höhe, und die Jungen verschwanden kreischend dahinter.

Sie drehte sich um und wollte über das Feld rennen, aber ihre Beine waren zu schwer, und sie stand da, niedergedrückt von einem neuen, unbekannten Elend, das sie noch nie zuvor empfunden hatte. Trotzdem begann sie schließlich zu rennen.

Mrs. Cope und Mrs. Pitchard waren in dem Feld hinter der Scheune, als Mrs. Cope sah, wie Rauch aus dem Wald jenseits der Weide emporstieg. Sie kreischte auf, und Mrs. Pritchard zeigte auf den Weg, wo das Kind schwerfällig dahertrabte und schrie: »Mama, Mama, sie wollen hier einen Parkplatz machen!«

Mrs. Cope fing an, nach den Negern zu rufen, während Mrs. Pritchard, nun in Fahrt, schreiend den Weg entlangrannte. Mr. Pritchard kam aus der offenen Seite des Stalls, und die beiden Neger hörten auf, den Dungstreuer im Hof zu befüllen, und gingen mit ihren Schaufeln auf Mrs. Cope zu. »Schnell, schnell«, schrie sie, »werft Erde drauf!« Fast ohne sie anzusehen, gingen sie an ihr vorbei und dann langsam über das Feld, dem Rauch entgegen. Sie rannte ein Stück weit hinter ihnen her und rief mit schriller Stimme: »Schnell, schnell, seht ihr nicht? Seht ihr es nicht?«

»Bis wir da sind, ist es auch noch da«, sagte Culver, und sie reckten die Schultern ein wenig vor und gingen im gleichen Tempo weiter.

Das Kind blieb stehen, als es bei seiner Mutter war, und starrte in ihr Gesicht, als hätte sie es noch nie gesehen. Es war das Gesicht des neuen Elends, das sie empfand, aber bei ihrer Mutter sah es alt aus und als könnte es jemand x-Beliebigem gehören, einem Neger oder einem Europäer oder auch Powell. Das Kind drehte rasch den Kopf und sah, wie die Rauchsäule hinter den gemächlich dahinschlendernden Gestalten der Neger innerhalb der granitfarbenen Baumreihe unbehindert höher und breiter wurde. Angespannt stand sie da und horchte und konnte gerade noch in der Ferne ein paar hohe, wilde Freudenschreie hören, als tanzten die Propheten im Feuerofen, in dem Kreis, den der Engel für sie gelichtet hatte.

DER FLÜCHTLING

Der Pfau folgte Mrs. Shortley die Straße zum Hügel hinauf, wo sie sich hinstellen wollte. Wie sie so hintereinander hergingen, sah es aus wie eine richtige Prozession. Sie hatte die Arme verschränkt, und als sie zu der Anhöhe hinaufstieg, hätte sie die Riesenfrau der Gegend sein können, die auf ein Warnsignal hin hervorgekommen war, um nachzusehen, was los war. Sie stand auf zwei gewaltigen Beinen da, mit der majestätischen Selbstsicherheit eines Berges, erhob sich von schmaler werdenden Granitbuckeln zu zwei eisblauen Lichtpunkten, die Ausschau hielten und alles überwachten. Sie nahm die weiße Nachmittagssonne nicht zur Kenntnis, die sich gerade hinter einer gezackten Wolkenwand verkroch und tat, als wäre sie ein Eindringling, und heftete den Blick auf den roten Lehmweg, der von der Landstraße abbog.

Der Pfau blieb direkt hinter ihr stehen, den grüngolden und blau in der Sonne funkelnden Schwanz gerade so weit angehoben, dass er nicht den Boden berührte. Er fiel auf beiden Seiten herab wie eine Schleppe, und sein Kopf auf dem langen, röhrenähnlichen blauen Hals war nach hinten gebogen, als wäre seine Aufmerksamkeit auf irgendetwas in der Ferne gerichtet, das außer ihm niemand sehen könnte.

Mrs. Shortley beobachtete ein schwarzes Auto, das von der Landstraße abbog und durchs offene Gatter fuhr. Drüben beim Werkzeugschuppen, wenige Meter entfernt, hatten die beiden Neger, Astor und Sulk, die Arbeit unterbrochen, um zuzuschauen. Sie waren von einem Maulbeerbaum verdeckt, aber Mrs. Shortley wusste, dass sie da waren.

Mrs. McIntyre kam die Treppe vor ihrem Haus herunter, um die Ankömmlinge zu begrüßen. Sie hatte ihr breitestes Lächeln aufgesetzt, doch Mrs. Shortley konnte sogar aus dieser Entfernung erkennen, dass sie ein wenig nervös war. Die Leute, die da ankamen, waren nur Lohnarbeiter wie die Shortleys selber und auch die Neger. Doch hier stand die Besitzerin der Farm persönlich, um sie zu empfangen. Hier stand sie in ihrem Sonntagsstaat und mit einer Perlenkette um den Hals, und nun eilte sie mit breitem Lächeln den Leuten entgegen.

Das Auto hielt auf der Zufahrt, im selben Moment wie sie, und der Priester stieg als Erster aus. Er war ein langbeiniger alter Mann mit schwarzem Anzug, weißem Hut und nach hinten gedrehtem Kragen. So trugen ihn Priester, wie Mrs. Shortley wusste, die als Priester erkannt werden wollten. Er war es, der dafür gesorgt hatte, dass diese Leute herkamen. Er öffnete die hintere Tür des Wagens, und heraus sprangen zwei Kinder, ein Junge und ein Mädchen, und dann stieg, langsamer, eine Frau in Braun aus mit einer Figur wie eine Erdnuss. Dann ging die vordere Tür auf, und heraus stieg der Mann, der Flüchtling. Er war untersetzt, hatte ein Hohlkreuz und trug eine Brille mit Goldfassung.

Mrs. Shortleys Blick konzentrierte sich zunächst auf ihn und erfasste dann auch die Frau und die beiden Kinder in einem Gruppenbild. Das Erste, was ihr als sehr sonderbar auffiel, war, dass sie aussahen wie andere Leute auch. Jedes Mal, wenn sie sie sich vorgestellt hatte, hatte sie das Bild von drei Bären vor sich gehabt, die hintereinander hergingen, in Holzschuhen, wie sie Holländer trugen, und mit Matrosenmützen und hellen Jacken mit vielen Knöpfen. Doch die Frau trug ein Kleid, wie auch sie selbst es hätte tragen können, und die Kinder waren angezogen wie alle anderen Leute aus der Gegend hier. Der Mann trug eine Kakihose und ein blaues Hemd. Als Mrs. McIntyre ihm die Hand hinhielt, knickte er plötzlich in der Taille ein und küsste ihr die Hand.

Mrs. Shortley fuhr mit ihrer Hand zum Mund, ließ sie nach einem Moment wieder sinken und rieb sie heftig an ihrem Hinterteil ab. Hätte Mr. Shortley versucht, Mrs. McIntyres Hand zu küssen, so hätte sie ihm einen Hieb verpasst, dass er die Engel hätte singen hören. Aber Mr. Shortley hätte es natürlich gar nicht versucht. Er hatte keine Zeit für solche Faxen.

Sie sah genauer hin, kniff die Augen zusammen. Der Junge stand in der Mitte der Gruppe und redete. Angeblich sprach er am besten von ihnen Englisch, weil er ein bisschen was in Polen gelernt hatte, also musste er dem zuhören, was sein Vater auf Polnisch sagte, und es dann auf Englisch sagen und sich dann Mrs. McIntyres Englisch anhören und es auf Polnisch sagen. Der Priester hatte Mrs. McIntyre erzählt, er heiße Rudolph und sei zwölf Jahre alt, und das Mädchen heiße Sledgewig und sei neun. Sledgewig klang für Mrs. Shortley nach einem Namen, den man einem Käfer geben würde, oder umgekehrt, als würde man einen Jungen Baumwollkäfer nennen. Ihr Familienname war etwas, was nur sie selbst und der Pfarrer aussprechen konnten. Für sie klang es so wie Gobblehook. Während der ganzen Woche, als sich die beiden Frauen auf die Ankunft der Familie vorbereiteten, nannten sie sie die Gobblehooks.

Sie hatten eine ganze Menge für sie vorbereiten müssen, denn selber besaßen sie gar nichts, nicht das kleinste Möbelstück, kein Laken, keinen Teller, und man hatte lauter Dinge zusammenklauben müssen, die Mrs. McIntyre nicht mehr gebrauchen konnte. Sie hatten hier und da irgendein Möbel aufgetrieben, und aus ein paar geblümten Säcken fürs Hühnerfutter hatten sie Vorhänge für die Fenster genäht, zwei rote und einen grünen, weil sie nicht genügend rote Säcke gehabt hatten. Mrs. McIntyre erklärte, das Geld wachse schließlich nicht auf Bäumen und sie könne es sich nicht leisten, Vorhänge zu kaufen. »Sie können ja gar nicht sprechen«, sagte Mrs. Shortley. »Glauben Sie, sie wissen überhaupt, was der Unterschied zwischen den Farben ist?« Und Mrs. McIntyre sagte, nach dem, was diese Leute durchgemacht hätten, sollten sie dankbar sein für alles, was sie kriegen könnten. Sie sagte, man solle bedenken, wie viel Glück sie gehabt hätten, dass sie von dort hätten fliehen und an einen Ort wie den hier hätten kommen können.

Mrs. Shortley erinnerte sich an eine Wochenschau, die sie einmal gesehen hatte. Da waren in einem kleinen Raum die Leichen vieler nackter Menschen auf einem Haufen gestapelt gewesen, Arme und Beine kreuz und quer, da ein Kopf und dort ein Kopf, ein Knie, etwas, was hervorragte und zugedeckt gehört hätte, eine Hand, die ins Leere griff. Bevor man erkannte, dass es echt war, und das Bild in sich aufnehmen konnte, kam das nächste, und eine hohl klingende Stimme sagte: »Die Zeit geht weiter!« Solche Dinge passierten tagtäglich in Europa, wo man nicht so fortschrittlich war wie in diesem Land hier, und als Mrs. Shortley von ihrem Aussichtspunkt aus zuschaute, überkam sie plötzlich die Ahnung, die Gobblehooks könnten wie Ratten mit vom Typhus verseuchten Flöhen möglicherweise all diese mörderischen Sitten und Gebräuche übers Meer und direkt hierher eingeschleppt haben. Wenn sie von dorther kamen, wo ihnen solche Sachen angetan worden waren, woher wusste man dann, ob sie nicht von der Sorte waren, die so etwas anderen auch antun würden? Die Tragweite dieser Frage erschütterte sie. Ihr Bauch erzitterte, als hätte es im Herzen des Berges ein leichtes Beben gegeben, und wie in Trance verließ sie ihren Aussichtspunkt und ging den Hügel hinunter, um den Fremden vorgestellt zu werden, als wollte sie auf der Stelle herausfinden, wozu sie imstande waren.

Sie kam näher, den Bauch vorgeschoben, den Kopf in den Nacken geworfen, mit verschränkten Armen und in Stiefeln, die leicht gegen ihre massigen Beine klatschten. Ein paar Meter von der gestikulierenden Gruppe entfernt blieb sie stehen und machte sich bemerkbar, indem sie den Blick auf Mrs. McIntyres Nacken heftete. Mrs. McIntyre war eine kleine Frau um die sechzig mit einem runden, faltigen Gesicht und rotem Pony, der fast bis zu den hohen, orangefarben gestrichelten Augenbrauen reichte. Sie hatte einen kleinen Puppenmund und sanfte blaue Augen, wenn sie sie weit aufmachte, die aber mehr nach Stahl oder Granit aussahen, wenn sie sie zusammenkniff, um eine Milchkanne zu inspizieren. Sie hatte einen Ehemann begraben und sich von zweien scheiden lassen, und Mrs. Shortley respektierte sie als eine Person, die sich noch von niemandem hatte hereinlegen lassen – außer, ha, ha, vielleicht von den Shortleys. Sie streckte den Arm in Richtung Mrs. Shortley aus und sagte zu dem Jungen, zu Rudolph: »Und das ist Mrs. Shortley. Mr. Shortley ist mein Melker. Wo ist Mr. Shortley?«, fragte sie, als seine Frau näher trat, immer noch mit verschränkten Armen. »Ich möchte, dass er die Guizacs kennenlernt.«

Nun hießen sie also die Guizacs. Sie nannte sie nicht Gobblehooks direkt ins Gesicht. »Chancey ist im Stall«, antwortete Mrs. Shortley. »Er hat keine Zeit, sich hinterm Gebüsch auszuruhen wie die Nigger da drüben.«

Ihr Blick streifte erst die Häupter der Flüchtlingsfamilie und wandte sich dann langsam nach unten, so wie ein Bussard in der Luft schwebt und dann plötzlich herabstößt und auf dem Kadaver landet. Sie stand weit genug weg, sodass der Mann ihr nicht die Hand küssen konnte. Er sah ihr aus kleinen grünen Augen direkt ins Gesicht und schenkte ihr ein breites Lachen. Auf der einen Seite hatte er keine Zähne. Ohne zu lächeln, wandte Mrs. Shortley ihre Aufmerksamkeit dem kleinen Mädchen zu, das neben der Mutter stand und die Schultern hin und her bewegte. Sie hatte lange, zu zwei Affenschaukeln geflochtene Zöpfe und war fraglos ein hübsches Kind, auch wenn sie wie ein Käfer hieß. Sie sah besser aus als Annie Maude und Sarah Mae, die beiden fünfzehn- beziehungsweise siebzehnjährigen Töchter Mrs. Shortleys; Annie Maude war kurz geraten, und Sarah Mae schielte. Mrs. Shortley verglich den fremden Jungen mit ihrem eigenen Sohn, H. C., und H. C. schnitt weitaus besser ab. H. C. war zwanzig Jahre alt, hatte ihre Statur und trug eine Brille. Jetzt ging er in die Bibelschule, aber wenn er fertig war, würde er eine eigene Kirchengemeinde gründen. Er hatte eine kräftige, schöne Stimme für Choräle und konnte den Leuten alles verkaufen. Mrs. Shortley betrachtete den Priester, und dabei fiel ihr ein, dass diese Leute keine fortschrittliche Religion hatten. Man konnte nicht wissen, an was sie alles glaubten, da das ganze dumme Zeug nicht reformiert worden war. Wieder sah sie den Raum mit den aufgestapelten Leichen vor sich.

Auch der Priester sprach irgendwie fremdländisch, zwar Englisch, aber so, als hätte er den Mund voll Heu. Er hatte eine große Nase, ein glattes, rechteckiges Gesicht und einen kahlen Kopf. Während sie ihn beobachtete, sperrte er plötzlich seinen großen Mund auf, starrte an ihr vorbei und sagte »Arrr!« und deutete mit dem Finger auf etwas.

Mrs. Shortley drehte sich schnell um. Der Pfau stand mit geneigtem Kopf wenige Schritte hinter ihr.

»So ein scheenerr Vogel!«, murmelte der Priester.

»Ein Schnabel mehr, der gefüttert werden muss«, sagte Mrs. McIntyre und schaute in die Richtung des Pfaus.

»Und wann schlägt er sein prächtiges Rad?«, fragte der Priester.

»Dann, wenn's ihm passt«, sagte sie. »Früher hat's zwanzig oder dreißig von den Viechern hier gegeben, aber ich hab sie eingehn lassen. Ich mag's nicht, wenn sie mitten in der Nacht schreien.«

»Wunderscheen«, sagte der Priester. »Ein Schwanz voller Sonnen.« Und auf Zehenspitzen näherte er sich dem Vogel und blickte auf seinen Rücken, wo das glänzende goldgrüne Muster anfing. Der Pfau stand ganz still da, als wäre er gerade von einer sonnendurchtränkten Anhöhe gekommen, um sich bewundern zu lassen. Das rote, gewöhnliche Gesicht des Priesters, strahlend vor Freude, beugte sich über ihn.

Mrs. Shortley hatte ihren Mund säuerlich verzogen. »Bloß ein junger Pfau«, murmelte sie.

Mrs. McIntyre hob die orangefarbenen Augenbrauen und tauschte mit ihr einen Blick, der besagte, der alte Mann sei kindisch geworden. »Jetzt müssen wir aber den Guizacs ihr neues Zuhause zeigen«, sagte sie ungeduldig und scheuchte alle wieder ins Auto. Der Pfau stolzierte in Richtung Maulbeerbaum, wo sich die beiden Neger versteckten, und der Priester wandte sein fasziniertes Gesicht ab, stieg in den Wagen und fuhr die Fremden hinunter zu der Hütte, wo sie wohnen sollten.

Mrs. Shortley wartete, bis der Wagen außer Sicht war, ging dann bedächtig zu dem Maulbeerbaum und blieb wenige Meter entfernt hinter den beiden Negern stehen. Der eine war ein alter Mann und hielt einen halb vollen Eimer mit Futter für die Kälber, der andere war ein hellhäutiger Junge mit kurzem Kopf wie ein Murmeltier, auf den ein runder Filzhut gestülpt war. »Also«, sagte sie langsam. »Jetzt habt ihr genug geglotzt. Was haltet ihr von ihnen?«

Der alte Mann, Astor, richtete sich auf. »Wir haben zugeschaut«, sagte er, als wüsste sie das nicht. »Wer sind die?«

»Sie sind übers Wasser gekommen«, erklärte Mrs. Shortley und wedelte mit dem Arm. »Sie sind, was man Displaced Persons nennt, nämlich Flüchtlinge.«

»Displaced Persons«, sagte er. »Also so was. Und was heißt das?«

»Es heißt, sie sind nicht da, wo sie geboren sind, und sie können nirgendshin. Wie wenn man dich von hier davonjagen würde und keiner wollt dich haben.«

»Sieht aber so aus, als wärn sie jetzt hier«, sagte der

alte Mann nachdenklich. »Wenn sie hier sind, dann sind sie wo.«

»Stimmt«, pflichtete ihm der andere bei. »Sie sind hier.«

Es ärgerte Mrs. Shortley immer, wie unlogisch Neger dachten. »Sie sind nicht da, wo sie hingehören«, sagte sie. »Sie gehören wieder da drüben hin, wo noch alles so ist, wie sies gewöhnt sind. Hier bei uns ist es fortschrittlicher als da, wo sie herkommen. Aber ihr alle passt jetzt lieber auf«, sagte sie und nickte. »Da gibts noch zehn Millionen Milliarden mehr von ihrer Sorte, und ich weiß, was Mrs. McIntyre gesagt hat.«

»Was hat sie gesagt?«, fragte der Junge.

»Heutzutage ists nicht leicht, einen Job zu kriegen, nicht für Schwarze und nicht für Weiße, aber ich hab mit eignen Ohren gehört, was sie gesagt hat«, erklärte sie mit leiernder Stimme.

»Man hört so alles Mögliche«, sagte der alte Mann, ein wenig nach vorn gebeugt, als würde er gleich weggehen, wollte aber noch einen Moment warten.

»Ich hab gehört, wie sie gesagt hat: ›Das wird diese faulen Nigger die Furcht des Herrn lehren!‹«, sagte Mrs. Shortley mit lauter Stimme.

Der alte Mann machte sich auf den Weg. »So was sagt sie ab und zu. Ha, ha! Ja, stimmt.«

»Du gehst jetzt besser in den Stall und hilfst Mr. Shortley«, sagte sie zu dem Jungen. »Wofür bezahlt sie dich, was glaubst du?«

»Er hat mich ja hergeschickt. Hat mir was andres aufgetragen«, murmelte er.

»Dann tus aber auch«, sagte sie und blieb so lange stehen, bis er wegging. Dann blieb sie noch eine Weile länger stehen und dachte nach, mit dem Gesicht direkt vor dem

Schwanz des Pfaus, doch ohne ihn zu sehen. Er war auf den Baum geflogen, und sein Schwanz hing vor ihr herunter, voll feuriger Planeten mit grün geränderten Augen vor dem Hintergrund einer Sonne, die in der einen Sekunde im Licht golden schimmerten und in der nächsten lachsfarben. Sie hätte auch auf eine Karte des Universums schauen können, aber sie bemerkte es genauso wenig wie die Flecken Himmel, die zwischen dem monotonen Grün der Bäume hervorblitzten. Stattdessen hatte sie eine innere Vision. Sie sah die zehn Millionen Milliarden Fremde, die sich hier in neue Arbeitsstellen drängten, und sich selbst, einen riesigen Engel mit Flügeln, so breit wie ein Haus, die den Negern sagte, dass sie sich was Neues suchen müssten. Dann wandte sie sich in Richtung Stall und dachte darüber nach, mit hochmütiger und zufriedener Miene.

Sie näherte sich dem Stall in einem schrägen Winkel, sodass sie durch die Tür schauen konnte, bevor sie selbst gesehen wurde. Mr. Chancey Shortley hockte nahe der Stalltür neben einer großen, schwarz-weiß gefleckten Kuh und befestigte gerade die letzte Melkmaschine. Ein kurzer Zigarettenstummel klebte mitten auf seiner Unterlippe. Mrs. Shortley beobachtete ihn für den Bruchteil einer Sekunde ganz genau. »Wenn sie sehen oder hören würd, dass du hier im Stall rauchst, würd bei ihr die Sicherung durchbrennen«, sagte sie.

Mr. Shortley hob ein zerfurchtes Gesicht mit eingefallenen Wangen und zwei langen Falten zu beiden Seiten des mit Bläschen bedeckten Munds. »Und du bist die, wos ihr erzählt?«, fragte er.

»Sie kanns doch selber riechen«, sagte Mrs. Shortley.

Mr. Shortley hob den Zigarettenstummel mit der Zungenspitze an, nahm ihn in den Mund und schloss fest die Lippen, ohne dass es den Anschein hatte, er finde dieses Kunststück irgendwie bemerkenswert. Dann stand er auf, ging durch die Tür, musterte seine Frau eingehend und anerkennend und spuckte dann die noch glimmende Kippe ins Gras.

»He, Chancey«, sagte sie, »ha, ha!«, und sie grub mit der Zehenspitze ein kleines Loch für den Stummel in die Erde und scharrte ihn zu. Dieser Trick war nämlich seine Art, ihr seine Liebe zu bekunden. Als er am Anfang mit ihr gegangen war, hatte er nicht auf einer Gitarre herumgeschrummt, ihr auch nichts Hübsches mitgebracht, sondern hatte bloß stumm auf der Treppe zu ihrer Veranda gesessen und einen Gelähmten nachgemacht, den man im Rollstuhl aufgerichtet hatte, damit er eine Zigarette rauchen konnte. Wenn die Zigarette fast aufgeraucht war, sah er zu ihr hin, öffnete den Mund, steckte die Zigarette hinein und blieb dann sitzen, als hätte er sie verschluckt, und sah sie dabei so zärtlich an, wie man es sich nur vorstellen konnte. Das machte sie schier verrückt, und jedes Mal hätte sie ihm am liebsten den Hut ins Gesicht geschoben und ihn halb totgedrückt.

»So«, sagte sie und ging hinter ihm her in den Stall, »die Gobblehooks sind da, und sie will, dass du sie kennenlernst, und sie fragt: Wo ist Mr. Shortley?, und ich sag: Der hat keine Zeit …«

»Muss die Maschine anbringen«, sagte Mr. Shortley und hockte sich wieder neben die Kuh.

»Glaubst du, der kann einen Traktor fahren, wenn er kein Englisch spricht?«, fragte sie. »Ich glaub nicht, dass die ihr Geld wert sind. Der Junge kann Englisch, aber er sieht schwächlich aus. Der, wo arbeiten kann, kann nicht reden, und der, wo reden kann, kann nicht arbeiten. Sie wär nicht schlechter dran, als wenn sie mehr Nigger hätt.«

»Ich an ihrer Stelle hätt lieber einen Nigger«, sagte Mr. Shortley.

»Sie sagt, es gibt noch zehn Millionen mehr von diesen Flüchtlingen, sie sagt, der Priester kann ihr so viele besorgen, wie sie will.«

»Sie soll bloß nicht so viel mit dem Priester da rummachen«, sagte Mr. Shortley.

»Er sieht nicht besonders schlau aus«, sagte Mrs. Shortley, »eher irgendwie blöd.«

»Ich lass mir nicht vom Papst in Rom sagen, wie man eine Molkerei betreibt«, erklärte Mr. Shortley.

»Es sind keine Italjener, es sind Polacken«, sagte sie. »Aus Polen, wo die ganzen Leichen gestapelt worden sind. Erinnerst du dich an die ganzen Leichen?«

»Ich geb ihnen höchstens drei Wochen hier«, erklärte Mr. Shortley.

Drei Wochen später fuhren Mrs. McIntyre und Mrs. Shortley zum Zuckerrohrfeld hinunter, um zuzuschauen, wie Mr. Guizac die Futterschneidemaschine in Betrieb nahm, eine neue Maschine, die Mrs. McIntyre soeben gekauft hatte, weil sie zum ersten Mal jemand hatte, der sie bedienen konnte, sagte sie. Mr. Guizac konnte einen Traktor fahren, mit der Rundballenpresse, dem Mähdrescher, der Maismühle und jedem anderen Gerät auf der Farm umgehen. Er war ein erfahrener Mechaniker, war Zimmermann und Maurer. Er war sparsam und tüchtig. Mrs. McIntyre sagte, er werde ihr vermutlich zwanzig Dollar monatlich allein für Reparaturkosten einsparen. Sie erklärte, dass sie ihn eingestellt habe, sei das beste Geschäft, das sie je im Leben gemacht habe. Er konnte Melkmaschinen bedienen und war peinlich sauber. Er rauchte nicht.

Sie parkte ihr Auto am Rand des Zuckerrohrfelds, und sie stiegen aus. Sulk, der junge Neger, war dabei, den Kastenwagen an der Schneidemaschine anzuschließen, und Mr. Guizac schloss die Schneidemaschine am Traktor an. Er war als Erster fertig, schubste den farbigen Jungen beiseite und machte selbst den Wagen an der Schneidemaschine fest; wenn er den Hammer oder den Schraubenzieher brauchte, gestikulierte er mit zornig gerötetem Gesicht. Nichts ging ihm schnell genug. Die Neger machten ihn nervös.

In der Woche zuvor hatte er Sulk zur Essenszeit dabei erwischt, wie er sich mit einem Jutesack in den Stall mit den jungen Truthühnern schlich. Er hatte ihn beobachtet, wie er sich einen Truthahn, gerade groß genug zum Braten, geschnappt, in den Sack gesteckt und den Sack unter seine Jacke geschoben hatte. Dann war er ihm um den Stall herum nachgegangen, hatte sich auf ihn gestürzt und bis zu Mrs. McIntyres Küchentür gezerrt und ihr dort die ganze Szene nachgespielt. Der Neger hatte gemurrt und protestiert und gesagt, der liebe Gott solle ihn tot umfallen lassen, wenn er einen Truthahn habe stehlen wollen, er hatte ihn nur mitgenommen, um ein Geschwür auf seinem Kopf mit schwarzer Schuhwichse zu bestreichen. Gott solle ihn tot umfallen lassen, wenn das nicht die reine Wahrheit sei. Mrs. McIntyre trug ihm auf, den Truthahn zurückzubringen, und dann erklärte sie dem Polen ausführlich, dass alle Neger stahlen. Schließlich musste sie Rudolph holen und es ihm auf Englisch sagen, damit er seinem Vater das Ganze auf Polnisch erklärte, und Mr. Guizac war mit überraschter und enttäuschter Miene weggegangen.

Nun stand Mrs. Shortley dabei und hoffte, es würde Probleme mit der Schneidemaschine geben, doch es gab keine. Jeder Handgriff Mr. Guizacs war rasch und präzise. Wie ein Affe sprang er auf den Traktor und manövrierte die große orangefarbene Maschine in das Zuckerrohrfeld; im Handumdrehen spritzte die Silage in einer grünen Fontäne aus dem Rohr auf den Wagen. Holpernd fuhr er das Feld entlang, bis er außer Sicht und der Lärm nur noch von ferne zu hören war.

Mrs. McIntyre seufzte zufrieden. »Endlich«, sagte sie, »hab ich jemand, auf den ich mich verlassen kann. Jahrelang hab ich mich herumgeärgert mit Pack. Richtigem Pack. Armem weißen Gesindel und Niggern«, murmelte sie. »Sie haben mich bis aufs Blut ausgesaugt. Bevor Sie alle gekommen sind, hatte ich die Ringfields und die Collins und Jarrells und die Perkins und Pinkins und Herrins und weiß Gott wen noch alles, und nicht einer von ihnen ist gegangen, ohne etwas von hier mitzunehmen, was ihm nicht gehört hat. Nicht ein Einziger!«

Mrs. Shortley konnte sich das gelassen anhören, weil sie wusste, wenn Mrs. McIntyre sie als Gesindel betrachten würde, hätten sie nicht gemeinsam über weißes Gesindel reden können. Keine von beiden fand das Gesindel gut. Mrs. McIntyre fuhr mit dem Monolog fort, den Mrs. Shortley schon oft gehört hatte. »Ich betreib die Farm seit dreißig Jahren«, sagte sie und sah stirnrunzelnd über das Feld, »und ich hab mich immer nur so gerade über Wasser gehalten. Die Leute glauben, das Geld wächst auf den Bäumen. Ich muss Steuern zahlen. Ich muss die Versicherung zahlen. Und die Reparaturrechnungen. Und das Futter.« Es überwältigte sie schier, und sie stand da, mit herausgestreckter Brust, während sie mit ihren kleinen

Händen ihre Ellbogen umfasste. »Seit der Richter tot ist«, sagte sie, »hab ich grad das Nötige zum Überleben gehabt, und sie alle nehmen was mit, wenn sie gehen. Die Nigger gehen nicht – sie bleiben da und stehlen unentwegt. Ein Nigger glaubt, jeder ist reich, den er bestehlen kann, und dieses weiße Gesindel glaubt, jeder ist reich, der sich's leisten kann, so ein Pack wie sie einzustellen. Und ich hab nichts als den Dreck unter meinen Füßen!«

Du stellst die Leute ein, und du feuerst sie, dachte Mrs. Shortley, doch sie sagte nicht immer, was sie dachte. Sie stand daneben und ließ Mrs. McIntyre ausreden, aber diesmal endete der Monolog nicht so wie sonst. »Aber jetzt bin ich endlich gerettet!«, sagte Mrs. McIntyre. »Das Pech des einen ist das Glück des anderen. Dieser Mann da« – und sie deutete in die Richtung, in die der Pole verschwunden war –, »der muss arbeiten! Der will arbeiten!« Sie wandte ihr runzliges rotes Gesicht Mrs. Shortley zu. »Dieser Mann ist meine Rettung!«, sagte sie.

Mrs. Shortley schaute unbeirrt geradeaus, als könnte sie über das Zuckerrohrfeld und durch den Hügel hindurch bis dahinter sehen. »Ich wär misstrauisch, wenn die Rettung vom Teufel kommt«, sagte sie langsam und gelassen.

»Was meinen Sie damit?«, fragte Mrs. McIntyre und sah sie scharf an.

Mrs. Shortley wiegte den Kopf hin und her, mochte aber nichts dazu sagen. Tatsächlich hatte sie gar nichts weiter dazu zu sagen, denn diese Eingebung war ihr gerade erst gekommen. Sie hatte sich nie viel mit dem Teufel beschäftigt, denn sie hatte das Gefühl, Religion sei hauptsächlich etwas für Leute, die nicht genug Grips hatten, um ohne Religion dem Bösen aus dem Weg zu gehen. Für

Leute wie sie, Leute mit Köpfchen, war es ein geselliger Anlass, der Gelegenheit zum Singen bot. Hätte sie aber je gründlicher darüber nachgedacht, dann hätte sie den Teufel für das Oberhaupt gehalten und Gott für den Mitläufer. Mit der Ankunft dieser Flüchtlinge war sie gezwungen, eine ganze Menge Dinge neu zu überdenken.

»Ich weiß, was Sledgewig Annie Maude erzählt hat«, sagte sie, und als Mrs. McIntyre absichtlich nicht darauf reagierte, sondern sich bückte, einen Zweig Sassafras abbrach und darauf herumkaute, fuhr sie auf eine Art und Weise fort, die darauf schließen ließ, dass sie nicht alles sagte: »... dass sie, alle vier, nicht lang von siebzig Dollar im Monat leben könnten.«

»Er ist es wert, dass ich ihm den Lohn erhöhe«, sagte Mrs. McIntyre. »Er spart mir Geld.«

Genauso gut hätte sie sagen können, dass Chancey ihr noch nie Geld gespart hatte. Chancey stand jeden Morgen um vier auf, um ihre Kühe zu melken, im Winterwind und in der Sommerhitze, und zwar nun schon seit zwei Jahren. So lange war noch nie jemand bei ihr geblieben. Und der ganze Dank dafür waren diese Andeutungen, dass sie ihr kein Geld gespart hätten.

»Geht's Mr. Shortley heute besser?«, fragte Mrs. McIntyre.

Mrs. Shortley fand, es sei aber auch Zeit, dass sie sich danach erkundigte. Seit zwei Tagen lag Mr. Shortley mit einer Attacke im Bett. Mr. Guizac hatte seine Arbeit in der Molkerei zusätzlich zu seinen eigenen Aufgaben übernommen. »Nein, noch nicht«, sagte sie. »Der Doktor hat gesagt, er leidet unter Überanstrengung.«

»Wenn Mr. Shortley überanstrengt ist«, erklärte Mrs. McIntyre, »dann muss er noch einen Nebenjob haben«, und sie blickte Mrs. Shortley mit fast geschlossenen Augen an, als untersuchte sie den Boden einer Milchkanne.

Mrs. Shortley sagte kein Wort, doch wuchs ihr dunkler Verdacht wie eine schwarze Gewitterwolke. Tatsache war, dass Mr. Shortley wirklich einen Nebenjob hatte, und in einem freien Land ging Mrs. McIntyre das gar nichts an. Mr. Shortley stellte Whiskey her. Im hintersten Winkel der Farm hatte er eine kleine Destille, zwar auf Mrs. McIntyres Grund und Boden, doch es war Land, das ihr nur gehörte und auf dem nichts angebaut wurde, Brachland, das niemand etwas nützte. Mr. Shortley scheute nicht die Arbeit. Er stand morgens um vier auf und melkte ihre Kühe, und um die Mittagszeit, wenn er sich angeblich ausruhte, kümmerte er sich um seine Destille. Nicht jeder Mann würde so hart arbeiten. Die Neger wussten von seiner Destille, aber er wusste auch von ihrer, also hatte es nie irgendwelche Unannehmlichkeiten zwischen ihnen gegeben. Aber wo nun Ausländer auf der Farm waren, Leute, die ihre Augen überall hatten und nichts begriffen, die aus einem Land kamen, wo dauernd Krieg geführt wurde, wo die Religion nicht reformiert worden war – bei solchen Leuten musste man beständig aufpassen. Sie fand, es müsste ein Gesetz gegen sie geben. Es gab keinen Grund, warum sie nicht dort drüben bleiben und den Platz von ein paar derjenigen einnehmen konnten, die in ihren Kriegen und Gemetzeln umgebracht worden waren.

»Und außerdem«, sagte sie plötzlich, »hat Sledgewig gesagt, sobald ihr Papa genügend Geld gespart hat, kauft er sich ein gebrauchtes Auto. Und wenn sie mal ein gebrauchtes Auto haben, werden sie Sie verlassen.«

»Ich kann ihm nicht so viel Geld zahlen, dass er sparen könnte«, sagte Mrs. McIntyre. »Das macht mir keine Sorgen. Natürlich, wenn Mr. Shortley arbeitsunfähig würde, müsste ich Mr. Guizac die ganze Zeit in der Molkerei beschäftigen und müsste ihm mehr bezahlen. Er raucht nicht«, sagte sie, und es war das fünfte Mal in dieser Woche, dass sie darauf hingewiesen hatte.

»Es gibt keinen Mann«, erklärte Mrs. Shortley mit Nachdruck, »der so hart arbeitet wie Chancey und so gut mit Kühen umgeht und der so ein guter Christ ist wie er.« Und sie verschränkte die Arme und blickte angestrengt in die Ferne. Der Lärm des Traktors und der Schneidemaschine wurde lauter, als Mr. Guizac auf die andere Seite der Zuckerrohrreihe einbog. »Was man nicht von jedem behaupten kann«, murmelte sie. Sie fragte sich, ob der Pole, wenn er Chanceys Destille fand, überhaupt wissen würde, was das war. Das Problem mit diesen Leuten war, dass man nie sagen konnte, was sie wussten. Jedes Mal, wenn Mr. Guizac lächelte, breitete sich Europa in Mrs. Shortleys Phantasie aus, geheimnisvoll und böse, das Experimentierfeld des Teufels.

Der Traktor, die Schneidemaschine und der Kastenwagen fuhren ratternd und dröhnend und mahlend an ihnen vorbei. »Wenn man bedenkt, wie lange Männer und Maultiere dafür gebraucht hätten«, rief Mrs. McIntyre. »Und wir kriegen das ganze Tal bei dieser Geschwindigkeit in zwei Tagen geerntet.«

»Vielleicht«, murmelte Mrs. Shortley, »wenn nichts Schlimmes passiert.« Sie dachte daran, wie seit dem Traktor Maultiere nutzlos geworden waren. Heutzutage konnte man ein Maultier nicht einmal mehr verschenken. Als Nächstes würden die Nigger verschwinden, dachte sie.

Am Nachmittag erklärte sie Astor und Sulk, die im Kuhstall Mist aufluden, was mit ihnen passieren würde.

Sie setzte sich neben den Salzblock in einen kleinen Schuppen, den Bauch auf dem Schoß, die Arme daraufgelegt. »Ihr Farbigen solltet lieber aufpassen«, sagte sie. »Ihr wisst ja, wie viel man heutzutage für ein Maultier kriegt.«

»Nix«, sagte der alte Mann. »Rein gar nix.«

»Bevors den Traktor gegeben hat«, sagte sie, »konnte es ein Maultier sein. Und bevors einen Flüchtling gegeben hat, hats auch ein Nigger getan. Die Zeit wird kommen«, prophezeite sie, »wo man von Niggern gar nicht mehr reden wird.«

Der alte Mann lachte höflich. »Ganz genau«, stimmte er zu. »Ha, ha.«

Der Junge sagte nichts. Er sah nur verdrießlich drein, doch als sie ins Haus gegangen war, sagte er: »Die Dickmadam tut, als weiß sie alles.«

»Ist doch egal«, sagte der alte Mann, »dein Platz ist so weit unten, den nimmt dir keiner weg.«

Über ihre Befürchtungen wegen der Destille sprach sie mit Mr. Shortley erst, als er wieder in der Molkerei arbeiten konnte. Dann sagte sie eines Abends, als sie schon im Bett waren: »Der Mann schnüffelt rum.«

Mr. Shortley faltete die Hände über seiner knochigen Brust und stellte sich tot.

»Er schnüffelt rum«, fuhr sie fort und knuffte ihn mit dem Knie derb in die Rippen. »Wer kann schon sagen, was sie wissen und was nicht? Wer weiß, ob er nicht direkt zu ihr geht und ihrs erzählt, wenn er sie findet? Woher weißt du, dass sie nicht auch in Europa Schnaps brennen? Sie fahren Traktor. Sie haben alle möglichen Maschinen. Antworte mir!«

»Lass mich in Frieden«, sagte Mr. Shortley. »Ich bin fix und fertig.«

»Die kleinen Augen sinds, die so ausländisch sind«, murmelte sie. »Und die Art, wie er die Schultern zuckt.« Sie zuckte ein paarmal die Schultern. »Wegen was muss er die Schultern zucken?«, fragte sie.

»Wenn alle so fix und fertig wären wie ich, hätt kein Mensch ein Problem«, sagte Mr. Shortley.

»Dieser Priester«, murmelte sie und schwieg einen Moment. Dann sagte sie: »In Europa machen sie wahrscheinlich Schnaps auf andre Weise, aber sie kennen sich bestimmt damit aus. Sie kennen alle möglichen Tricks. Sie haben keine Fortschritte gemacht, und sie sind nicht reformiert. Sie haben noch die gleiche Religion wie vor tausend Jahren. Das kann nur am Teufel liegen. Streiten andauernd miteinander. Liegen sich in den Haaren. Und dann ziehn sie uns mit rein. Haben sie uns nicht schon zweimal mit reingezogen, und wir sind so dumm, dass wir rübergehn und die Sache für sie regeln, und dann kommen sie rüber zu uns und schnüffeln rum und finden deine Destille und gehn schnurstracks zu ihr. Und es ist ihm jeden Moment zuzutrauen, dass er hingeht und ihr die Hand küsst. Hörst du mir zu?«

»Nein«, sagte Mr. Shortley.

»Und ich sag dir noch was«, fuhr sie fort, »ich würd mich kein bisschen wundern, wenn er gar nicht alles versteht, was du sagst, ob auf Englisch oder nicht.«

»Ich kann keine andere Sprache«, murmelte Mr. Shortley.

»Ich glaub, früher oder später gibts keine Nigger mehr auf der Farm«, erklärte sie. »Und ich sag dir was. Mir wären Nigger lieber als diese Polacken. Und noch was. Ich halt zu den Niggern, wenn es so weit ist. Erinnerst du dich, als Gobblehook hergekommen ist, wie er ihnen die

Hand geschüttelt hat, als kennt er nicht den Unterschied, als wär er genauso schwarz wie sie? Aber als er rausgefunden hat, dass Sulk Truthennen stiehlt, da ist er hin zu ihr und hats ihr erzählt. Ich hab gewusst, dass er Truthennen stiehlt. Das hätt ich ihr auch selber sagen können.«

Mr. Shortley atmete leise, als ob er schliefe.

»Ein Nigger weiß nicht, wer seine Freunde sind«, fuhr sie fort. »Und ich sag dir noch was. Von Sledgewig krieg ich ne Menge mit. Sledgewig hat behauptet, dass sie in Polen in nem Backsteinhaus gewohnt haben, und eines Nachts ist ein Mann gekommen und hat gesagt, sie müssen raus, bevor es Tag wird. Glaubst du, dass die je in einem Backsteinhaus gewohnt haben? Die geben doch bloß an. Für mich ist ein Holzhaus allemal gut genug. Chancey«, sagte sie, »dreh dich zu mir her. Ich kanns nicht leiden, wenn Nigger schlecht behandelt und fortgeschickt werden. Nigger und arme Leute tun mir furchtbar leid. Stimmts etwa nicht?«, fragte sie. »Bin ich nicht schon immer gut Freund mit Niggern und armen Leuten gewesen? Wenns so weit ist, setz ich mich für die Nigger ein, das steht fest. Ich schau nicht zu, wenn dieser Priester alle Nigger vertreibt.«

Mrs. McIntyre kaufte eine neue Egge und einen Traktor mit Dreiseitenkipper, weil sie ja jetzt zum ersten Mal jemanden hatte, der mit Maschinen umgehen konnte. Sie und Mrs. Shortley waren zum hinteren Feld gefahren, um das zu inspizieren, was er am Tag zuvor geeggt hatte. »Gut gemacht!«, sagte Mrs. McIntyre und blickte über den welligen roten Boden.

Mrs. McIntyre hatte sich verändert, seit der Flüchtling für sie arbeitete, und Mrs. Shortley hatte diese Veränderung sehr genau beobachtet: Sie hatte begonnen, sich wie jemand zu verhalten, der heimlich reich wird, und sie vertraute sich Mrs. Shortley nicht mehr so an wie früher. Mrs. Shortley argwöhnte, dass der Priester hinter dieser Veränderung steckte. Das waren raffinierte Burschen. Zuerst würde er sie in seine Kirche locken und dann die Hand in ihren Geldbeutel stecken. Nun, dachte Mrs. Shortley, wenn sie eben so blöd war! Mrs. Shortley hatte selber auch ein Geheimnis. Sie wusste von etwas, was der Flüchtling tat und was Mrs. McIntyre die Sprache verschlagen würde. »Ich sag noch immer, der arbeitet nicht ewig für siebzig Dollar im Monat«, murmelte sie. Sie hatte die Absicht, ihr Geheimnis für sich und Mr. Shortley zu bewahren.

»Ich muss vielleicht ein paar von den anderen loswerden, damit ich ihm mehr bezahlen kann«, sagte Mrs. McIntyre.

Mrs. Shortley nickte zum Zeichen, dass sie das schon seit einiger Zeit wusste. »Ich sag nicht, dass die Nigger das nicht verdient haben«, bemerkte sie. »Aber sie machens, so gut sie können. Einem Nigger kann man immer sagen, was er tun soll, und man steht dann eben daneben, bis ers tut.«

»Das hat der Richter auch immer gesagt«, bemerkte Mrs. McIntyre und sah sie anerkennend an. Der Richter war ihr erster Mann, der, der ihr die Farm hinterlassen hatte. Mrs. Shortley hatte gehört, dass sie ihn geheiratet hatte, als sie dreißig und er fünfundsiebzig gewesen war, im Glauben, sie würde reich sein nach seinem Tod, aber der alte Mann war ein Gauner, und als sein Nachlass geregelt wurde, stellte sich heraus, dass er nicht einen einzigen Cent besaß. Alles, was er ihr hinterließ, waren die fünfzig Acre Land und das Haus. Doch sprach sie immer in ehrfürchtigem Ton von ihm und zitierte seine Aussprüche wie zum Beispiel: »Des einen Unglück ist des anderen Glück« oder »Der Teufel, den man kennt, ist besser als der, den man nicht kennt«.

»Jedenfalls«, bemerkte Mrs. Shortley, »ist der Teufel, den man kennt, besser als der, den man nicht kennt«, und sie musste sich abwenden, damit Mrs. McIntyre nicht sah, wie sie lächelte. Sie hatte von dem alten Astor erfahren, was der Flüchtling im Schilde führte, und das hatte sie nur Mr. Shortley erzählt. Mr. Shortley hatte sich im Bett erhoben wie Lazarus aus dem Grab.

»Halt den Mund!«, hatte er gesagt.

»Doch«, hatte sie gesagt.

»Nein«, hatte Mr. Shortley gesagt.

»Doch«, hatte sie gesagt.

Mr. Shortley hatte sich wieder auf den Rücken fallen lassen.

»Der Pole weiß es nicht besser«, hatte Mrs. Shortley gesagt. »Vermutlich hat der Priester ihn dazu angestiftet. Für mich ist er daran schuld.«

Der Priester besuchte die Guizacs häufig und sah dann auch bei Mrs. McIntyre vorbei, und dann spazierten sie auf der Farm herum, und sie zeigte ihm, was alles verbessert worden war, und hörte seiner schnarrenden Stimme zu. Plötzlich dämmerte Mrs. Shortley, dass er Mrs. MacIntyre überreden wollte, eine zweite polnische Familie aufzunehmen. Wenn zwei da wären, würde hier praktisch nur noch Polnisch gesprochen! Die Neger wären fort, und die beiden Familien würden sich gegen Mr. Shortley und sie selber verbünden! Sie begann sich einen Krieg der Wörter vorzustellen, sah, wie die polnischen und die englischen Wörter aufeinander losgingen, sich anpirschten, keine ganzen Sätze, bloß Wörter, Rhabarber Rhabarber Rhabarber, laut und schrill gingen sie aufeinander los und rauften dann miteinander. Sie sah, wie die polnischen Wörter, schmutzig, allwissend und unreformiert, Dreckklumpen auf die sauberen englischen Wörter warfen, bis alles gleichermaßen schmutzig war. Sie sah sie alle vor sich, in einem Raum aufgestapelt, all die toten schmutzigen Wörter, die von denen und auch ihre eigenen, aufgestapelt wie die nackten Leichen in der Wochenschau. Gott schütze mich, rief sie stumm, vor der stinkenden Macht Satans! Und von dem Tag an begann sie ihre Bibel mit neuer Aufmerksamkeit zu lesen. Sie grübelte über die Apokalypse nach und fing an, die Propheten zu zitieren, und es dauerte nicht lange, bis sie zu einem tieferen Verständnis ihres eigenen Daseins gelangte. Sie erkannte deutlich, dass der Sinn der Welt ein planvolles Geheimnis war, und es überraschte sie nicht, dass sie mutmaßlich eine besondere Rolle in diesem Plan hatte, denn sie war stark. Sie sah, dass Gott der Allmächtige die Starken erschaffen hatte, damit getan wurde, was getan werden musste, und sie spürte, dass sie bereit wäre, wenn sie berufen würde. Sie hatte das Gefühl, vorläufig sei es ihre Aufgabe, den Priester im Auge zu behalten.

Seine Besuche irritierten sie mehr und mehr. Beim letzten Mal war er herumspaziert und hatte Federn vom Boden aufgelesen. Er fand zwei Pfauenfedern und vier oder fünf Truthahnfedern und eine alte braune Hühnerfeder und nahm sie mit wie einen Blumenstrauß. Dieses alberne Theater täuschte Mrs. Shortley kein bisschen. Da war er, führte Ausländer in Horden an Orte, die nicht ihnen gehörten, säte Zank und Zwietracht, verjagte Nigger, setzte die Hure von Babylon mitten unter die Gerechten! Wann immer er auf die Farm kam, versteckte sie sich irgendwo und beobachtete ihn, bis er wieder ging.

Dann, an einem Sonntagnachmittag, hatte sie ihre Vision. Sie musste die Kühe in den Stall treiben anstelle von Mr. Shortley, dem das Knie wehtat, und sie ging langsam über die Weide, die Arme verschränkt und den Blick auf die fernen, tief hängenden Wolken gerichtet, die aussahen wie unendlich viele Reihen weißer Fische, an eine große blaue Bucht geschwemmt. Auf einer Anhöhe blieb sie stehen und stieß vor Erschöpfung einen Seufzer aus, denn sie hatte ein gewaltiges Gewicht zu tragen und war nicht mehr die Jüngste. Manchmal spürte sie ihr Herz, wie eine Kinderfaust, die sich in ihrer Brust verkrampfte und dann wieder öffnete, und wenn dieses Gefühl sie überkam, setzte ihr Denken völlig aus und sie ging umher wie die leere Hülle ihrer selbst und bewegte sich wie betäubt. Doch diesen kleinen Hügel hatte sie, ohne zu zittern, erklommen, und zufrieden mit sich stand sie nun oben. Während sie schaute, teilte sich der Himmel plötzlich wie ein Bühnenvorhang, und eine gigantische Gestalt stand ihr gegenüber. Sie war weißgolden wie die Sonne am frühen Nachmittag und hatte keine bestimmte Form, doch um sie herum drehten sich schnell feurige Räder mit glühenden dunklen Augen. Sie wusste nicht, ob die Gestalt vorwärts- oder rückwärtsging, so prächtig war sie. Mrs. Shortley schloss die Augen, um die Gestalt anzusehen, und sie wurde blutrot und die Räder wurden weiß. Eine klangvolle Stimme sprach das eine Wort: »Prophezeiung!«

Mrs. Shortley stand da, leicht schwankend, aber immer noch aufrecht, die Augen fest geschlossen, die Fäuste geballt und den Strohhut tief in die Stirn gezogen. »Die

Kinder sündiger Völker werden hingeschlachtet werden«, sagte sie laut. »Beine, wo Arme hingehören, Fuß am Gesicht, das Ohr auf dem Handteller. Wer wird ganz bleiben? Wer wird ganz bleiben? Wer?«

Dann öffnete sie die Augen. Der Himmel war voller weißer Fische, die von einer unsichtbaren Strömung gemächlich davongetragen wurden, und Bruchstückchen der Sonne, die in einiger Entfernung dahinter untergegangen war, tauchten von Zeit zu Zeit auf, als würden sie in die entgegengesetzte Richtung getrieben. Steif setzte sie einen Fuß vor den andern, bis sie die Weide überquert und den Hof erreicht hatte. Wie benebelt ging sie durch den Stall und sprach Mr. Shortley nicht an, ging weiter die Straße entlang, bis sie das Auto des Priesters vor Mrs. McIntyres Haus stehen sah. »Schon wieder hier«, murmelte sie. »Gekommen, um zu zerstören.«

Mrs. McIntyre und der Priester gingen im Hof umher. Um ihnen nicht zu begegnen, wandte sie sich nach links und betrat die Futterkammer, wo auf einer Seite geblümte Säcke mit Hühnerfutter aufgetürmt waren. In einem Winkel lagen Austernschalen verstreut, und an der Wand hingen ein paar verdreckte alte Kalender mit Werbung für Kälberfutter und verschiedene Medikamente. Auf einer Reklame war ein bärtiger Herr im Gehrock zu sehen, der eine Flasche hochhielt, und zu seinen Füßen die Aufschrift: »Diese wunderbare Entdeckung hat mich wieder auf die Beine gebracht.« Mrs. Shortley hatte sich diesem Mann stets nahe gefühlt, so als wäre er eine ihr gut bekannte Respektsperson, doch jetzt war sie in Gedanken ausschließlich bei der gefährlichen Anwesenheit des Priesters. Sie stellte sich vor eine Ritze zwischen zwei Brettern, durch die sie hinausschauen und beobachten konnte, wie er und Mrs. McIntyre in Richtung des Brutapparats gingen, der direkt vor dem Futterschuppen stand.

»Arrr«, sagte er beim Näherkommen. »Schauen Sie mal, die Vögelchen!«, und er bückte sich und spähte durch den Maschendraht.

Mrs. Shortley verzog den Mund.

»Glauben Sie, dass die Guizacs mich verlassen wollen?«, fragte Mrs. McIntyre. »Glauben Sie, dass sie nach Chicago oder sonst wohin wollen?«

»Aber warum sollten sie?«, fragte der Priester und wedelte, die große Nase dicht vor dem Gitter, mit dem Finger vor einem Truthahn hin und her.

»Wegen Geld«, sagte Mrs. McIntyre.

»Ach, dann geben Sie ihnen eben ein bisschen mehr«, sagte er gleichmütig. »Die müssen auch von was leben.«

»Das muss ich auch«, murmelte Mrs. McIntyre. »Das heißt, ich muss ein paar von den anderen loswerden.«

»Und sind Sie mit den Shortleys zufrieden?«, wollte er wissen, achtete dabei aber mehr auf die Truthähne als auf sie.

»Fünf Mal im letzten Monat habe ich Mr. Shortley beim Rauchen im Stall erwischt«, sagte Mrs. McIntyre. »Fünf Mal.«

»Und sind die Neger besser?«

»Sie lügen und stehlen und müssen dauernd überwacht werden«, sagte sie.

»So, so«, sagte er. »Wen wollen Sie entlassen?«

»Ich habe beschlossen, Mr. Shortley morgen zu kündigen, mit einer Frist von einem Monat«, sagte Mrs. McIntyre.

Der Priester schien sie kaum gehört zu haben, so beschäftigt war er damit, seinen Finger durch den Maschendraht zu stecken. Mrs. Shortley ließ sich mit dumpfem Gepolter auf einen offenen Sack voll Futtermehl fallen, und Wolken von Staub wirbelten um sie her auf. Sie starrte direkt auf die Wand gegenüber, wo der Herr auf dem Kalender seine wunderbare Entdeckung in die Höhe hielt, aber sie sah ihn nicht. Sie blickte geradeaus, als sähe sie gar nichts. Dann stand sie auf und rannte in ihr Haus hinüber. Ihr Gesicht war geradezu vulkanisch rot.

Sie öffnete alle Schubladen und zerrte Schachteln und ramponierte alte Koffer unter dem Bett hervor. Sie begann den Inhalt der Schubladen in die Schachteln zu entleeren, ohne eine Pause zu machen und ohne ihren Strohhut abzusetzen, den sie immer noch aufhatte. Sie hieß die beiden Mädchen das Gleiche tun. Als Mr. Shortley heimkam, sah sie ihn nicht einmal an, deutete nur mit einem Arm auf ihn, während sie mit dem anderen packte. »Fahr das Auto zur hinteren Haustür«, sagte sie. »Du wartest nicht drauf, dass man dich feuert.«

Noch nie in seinem Leben hatte Mr. Shortley an ihrer Allwissenheit gezweifelt. Im Bruchteil einer Sekunde erfasste er die ganze Situation, zog sich nur mit einem mürrischen Stirnrunzeln zurück und holte den Wagen.

Sie banden die beiden eisernen Bettgestelle oben auf dem Auto fest, stellten die beiden Schaukelstühle in die Betten und stopften die zusammengerollten beiden Matratzen zwischen die Schaukelstühle. Obendrauf banden sie einen Hühnerkäfig fest. Den Wagen selbst beluden sie mit den alten Koffern und Schachteln, sodass gerade noch Platz für Annie Maude und Sarah Mae war. Sie brauchten dafür den restlichen Nachmittag und die halbe Nacht, aber Mrs. Shortley war wild entschlossen, vor vier Uhr morgens loszufahren, damit Mr. Shortley nicht noch ein letztes Mal hier auf der Farm die Melkmaschine in Betrieb nehmen musste. In der ganzen Zeit wechselte ihre Gesichtsfarbe rasch von Rot zu Weiß und wieder zu Rot.

Kurz vor dem Morgengrauen, als es gerade anfing zu tröpfeln, waren sie abfahrbereit. Sie stiegen alle ins Auto und saßen zusammengepfercht zwischen Schachteln und Bündeln und zusammengerolltem Bettzeug. Das kantige schwarze Auto fuhr an, und es knirschte mehr als sonst, als beschwerte sich der Wagen über das Gewicht. Auf dem Rücksitz saßen die beiden hoch aufgeschossenen, knochigen Mädchen mit den gelben Haaren auf einem Stapel Schachteln, und unter den Decken lagen irgendwo ein junger Beagle und eine Katze mit zwei Jungen. Das Auto fuhr langsam, wie eine überfrachtete lecke Arche, entfernte sich von ihrer Hütte, fuhr vorbei an dem weißen Haus, wo Mrs. McIntyre fest schlief und nicht ahnte, dass ihre Kühe an diesem Morgen nicht von Mr. Shortley gemolken würden, vorbei an der Hütte des Polen oben auf dem Hügel und den Weg hinunter bis zum Gatter, wo die zwei Neger, einer hinter dem anderen, auf dem Weg zum Kuhstall waren. Sie blickten direkt hin zu dem Wagen und seinen Insassen, doch selbst als die schwachen gelben Scheinwerfer ihre Gesichter beleuchteten, übersahen sie sie höflich oder schienen zumindest dem, was sie sahen, keinerlei Bedeutung zuzumessen. Der vollgepackte Wagen hätte ebenso gut ein vorbeiziehender Nebelstreif im frühmorgendlichen Dämmerlicht sein können. Sie gingen im selben gleichmäßigen Tempo weiter, ohne zurückzuschauen.

Eine dunkelgelbe Sonne erhob sich langsam an einem Himmel von der gleichen glatten dunkelgrauen Farbe wie die Landstraße. Zu beiden Seiten erstreckten sich die

Felder, überwuchert von Unkraut. »Wohin fahren wir?«, fragte Mr. Shortley zum ersten Mal.

Mrs. Shortley hatte einen Fuß auf eine Kiste gestellt, sodass ihr Knie gegen ihren Bauch stieß. Mr. Shortleys Ellbogen berührte fast ihre Nase, und Sarah Maes nackter linker Fuß ragte über den Vordersitz bis zum Ohr ihrer Mutter.

»Wohin fahren wir?«, fragte Mr. Shortley noch einmal, und als sie nicht antwortete, drehte er sich um und sah sie an.

Eine heftige Hitze schien ihr langsam unmittelbar ins Gesicht zu steigen, als steigerte sie sich zu einem letzten Angriff. Sie saß aufrecht da, obwohl eines ihrer Beine unter ihr abgeknickt war und ein Knie fast den Hals berührte, doch merkwürdigerweise glänzten ihre eisblauen Augen kaum. Es war, als kehrte sich ihr Blick ganz in ihr Inneres. Plötzlich packte sie gleichzeitig Mr. Shortleys Ellbogen und Sarah Maes Fuß und zerrte daran herum, als wollte sie sich die beiden fremden Gliedmaßen aneignen.

Mr. Shortley begann zu fluchen und hielt sofort an, und Sarah Mae schrie, sie solle ihren Fuß loslassen, doch Mrs. Shortley hatte offenbar vor, das ganze Auto auf der Stelle umzupacken. Sie schlug nach vorn und nach hinten um sich, griff nach allem, was sie erwischen konnte, und presste es an sich, Mr. Shortleys Kopf, Sarah Maes Bein, die Katze, ein Bündel weißes Bettzeug, ihr eigenes Knie, das aussah wie der Mond; dann wich ihr wilder Gesichtsausdruck auf einmal einem erstaunten Blick, und ihr Griff lockerte sich. Ein Auge verschob sich zum anderen, bis es beinahe verschwand, dann war sie still.

Die beiden Mädchen, die nicht wussten, was mit ihr passiert war, fragten nun dauernd: »Wohin fahren wir,

Ma? Wohin fahren wir?« Sie glaubten, sie spiele ihnen etwas vor und ihr Vater, der sie direkt anstarrte, markiere einen Toten. Sie wussten nicht, dass sie ein großes Erlebnis gehabt hatte und noch nie zuvor von allem, was ihr gehörte, vertrieben worden war. Sie hatten Angst vor der regennassen grauen Straße vor ihnen und wiederholten mit immer schrillerer Stimme: »Wohin fahren wir, Ma? Wohin fahren wir?«, während ihre Mutter, den gewaltigen Körper noch immer gegen den Sitz gelehnt, die Augen wie blau gefärbtes Glas, zum ersten Mal die ungeheuren Grenzen ihres wahren Heimatlandes zu betrachten schien.

II

»Was soll's«, sagte Mrs. McIntyre zu dem alten Neger, »wir kommen auch ohne sie zurecht. Wir haben sie kommen und wieder gehen sehen – Schwarze und Weiße.« Sie stand mit einem Rechen in der Hand im Kälberstall, während er ausmistete, und zupfte hier und da einen Maiskolben aus einer Ecke oder wies ihn auf eine feuchte Stelle hin, die ihm entgangen war. Als sie entdeckt hatte, dass die Shortleys fort waren, war sie hocherfreut, weil es bedeutete, dass sie ihnen nun nicht kündigen musste. Die Leute, die sie einstellte, gingen immer von selbst – weil sie eben diese Sorte Leute waren. Von allen Familien, die sie je gehabt hatte, waren die Shortleys die Besten gewesen, wenn man den Flüchtling nicht mitzählte. Sie waren nicht typisches Gesindel; Mrs. Shortley war eine anständige Frau, und sie würde sie vermissen, aber wie der Richter immer gesagt hatte, man konnte sich nicht den Pelz waschen lassen, ohne nass zu werden, und sie war zufrieden mit dem Flüchtling. »Wir haben sie kommen und wieder gehen sehen«, wiederholte sie befriedigt.

»Und Sie und ich sind noch da«, sagte der alte Mann und bückte sich, um seine Hacke unter eine Futterkrippe zu schieben.

Sie begriff haargenau, was er ihr durch seinen Ton zu verstehen geben wollte. Streifen von Sonnenlicht fielen durch die Risse in der Decke auf seinen Rücken und teilten ihn in drei deutlich verschiedene Teile. Sie betrachtete seine langfingrigen, um die Hacke geklammerten Hände und, dicht darüber, sein krummes altes Profil. Du bist vielleicht schon vor mir hier gewesen, dachte sie, aber es ist sehr wahrscheinlich, dass ich noch da bin, wenn du nicht mehr da bist. »Mein halbes Leben lang hab ich mich mit nichtsnutzigen Leuten herumgeärgert«, sagte sie streng, »aber damit ist es jetzt vorbei.«

»Schwarz und Weiß«, sagte er, »das ist sich gleich.«

»Damit ist's vorbei«, wiederholte sie und zog rasch den dunklen Arbeitskittel, den sie sich wie ein Cape um die Schultern geworfen hatte, oben am Hals enger zusammen. Sie trug einen breitkrempigen schwarzen Strohhut, der sie vor zwanzig Jahren zwanzig Dollar gekostet hatte und den sie jetzt als Sonnenhut benutzte. »Geld ist die Wurzel allen Übels«, bemerkte sie. »Das hat der Richter jeden Tag gesagt. Er hat gesagt, das mit dem Geld ist ein Elend. Er hat gesagt, der Grund, warum ihr Nigger so aufmüpfig seid, ist der, dass so viel Geld im Umlauf ist.«

Der alte Neger hatte den Richter noch gekannt. »Der Richter hat gesagt, er freut sich auf den Tag, wenn er zu arm ist, um einen Nigger zu bezahlen«, sagte er. »Er hat gesagt, wenn der Tag kommt, dann ist die Welt wieder im Lot.«

Sie beugte sich vor, die Hände auf den Hüften und den Hals gereckt. »Der Tag ist bei uns hier fast schon gekommen!«, erklärte sie, »und ich sag jedem von euch, ihr passt jetzt lieber auf. Ich muss mich nicht mehr mit Tagedieben herumärgern. Ich hab jetzt jemand, der *muss* arbeiten!«

Der alte Mann wusste, wann eine Antwort angebracht war und wann nicht. Nach einer ganzen Weile sagte er: »Wir sehn sie kommen und sehn sie wieder gehn.«

»Die Shortleys waren jedenfalls längst nicht die Schlimmsten«, sagte sie. »Ich erinnere mich noch gut an die Garrits.«

»Die sind vor den Collins da gewesen«, sagte er.

»Nein, vor den Ringfields.«

»Gütiger Gott, die Ringfields!«, murmelte er.

»Keiner von denen hat arbeiten *wollen*«, sagte sie.

»Wir sehn sie kommen und sehn sie wieder gehn«, sagte er, als wäre es ein Refrain. »Aber wir haben noch nie wen gehabt wie den, wo wir jetzt haben.« Und dabei richtete er sich auf, bis er ihr gegenüberstand. Seine Haut war zimtfarben, seine Augen vom Alter so trüb, als wären sie von Spinnweben verschleiert.

Sie sah ihn scharf an und wandte den Blick erst ab, als der alte Mann die Hacke nahm, sich wieder bückte und einen Haufen Sägespäne neben den Schubkarren kehrte. Sie sagte kühl: »Er kann den ganzen Stall in der Zeit ausmisten, die Mr. Shortley gebraucht hat, um zu überlegen, ob er es machen musste oder nicht.«

»Er ist aus Poland«, murmelte der alte Mann.

»Aus Polen.«

»In Poland ists nicht wie bei uns«, sagte er. »Sie machens anders.« Und er murmelte etwas Unverständliches.

»Was sagst du?«, fragte sie. »Wenn du was gegen ihn zu sagen hast, dann sag's, und zwar laut.«

Er blieb stumm, beugte vorsichtig die Knie und zog den Rechen die Unterseite der Futterkrippe entlang.

»Wenn du von was weißt, was er gemacht hat und nicht hätte machen sollen, dann erwarte ich, dass du mir das erzählst.«

»Es war nix, was er machen oder nicht machen soll«, murmelte er. »Es war was, was sonst niemand macht.«

»Du kannst nichts gegen ihn sagen«, beschied sie ihn knapp. »Er ist hier, und hier bleibt er.«

»Es ist bloß, weil wir einen wie ihn hier noch nie gehabt haben«, murmelte er und lachte auf seine höfliche Art.

»Die Zeiten ändern sich«, sagte sie. »Weißt du, was mit dieser Welt passiert? Sie bläht sich auf. Sie wird so voll von Menschen, dass nur die Schlauen, Sparsamen, Tüchtigen überleben werden.« Und bei den Wörtern »die Schlauen, Sparsamen, Tüchtigen« klopfte sie jedes Mal mit dem Finger gegen den Handteller. Durch das hintere Ende des Stalls konnte sie den Feldweg entlangsehen, bis dahin, wo der Flüchtling in der offenen Tür des Kuhstalls stand mit dem grünen Schlauch in der Hand. Er wirkte irgendwie steif, sodass es ihr nötig schien, sich ihm langsam zu nähern, sogar in Gedanken, und zwar deshalb, meinte sie, weil es nicht leicht für sie war, mit ihm ein Gespräch zu führen. Wann immer sie etwas zu ihm sagte, merkte sie, dass sie laut sprach und übertrieben häufig nickte, und es war ihr bewusst, dass immer einer der Neger hinter dem nächsten Schuppen lehnte und sie beobachtete.

»Schluss jetzt!«, sagte sie, setzte sich auf eine Futterkrippe und verschränkte die Arme. »Ich weiß jetzt, dass ich genug Gesindel auf der Farm gehabt habe, dass es mir für den Rest meines Lebens reicht. Und ich werd mich meine letzten Jahre nicht herumärgern mit Shortleys und Ringfields und Collins, wenn die Welt voll ist von Leuten, die arbeiten *müssen.*«

»Wie kommts, dass es so viele sind?«, fragte er.

»Die Leute sind Egoisten«, sagte sie. »Sie haben zu viele Kinder. Das hat alles keinen Sinn mehr.«

Er hatte die Griffe des Schubkarrens gepackt und wollte rückwärts aus der Tür, hielt dann inne, halb in der Sonne, halb im Schatten, und stand da und kaute an seinen Backen herum, als hätte er vergessen, in welche Richtung er wollte.

»Was ihr Farbigen nicht kapiert«, sagte sie, »das ist, dass ich diejenige bin, die hier die Fäden in der Hand hält. Wenn ihr eure Arbeit nicht macht, verdiene ich kein Geld und kann euch nicht bezahlen. Ihr hängt alle miteinander von mir ab, aber jeder einzelne tut, als wär's umgekehrt.«

Aus seiner Miene ließ sich nicht ablesen, ob er sie gehört hatte. Schließlich schob er den Schubkarren aus dem Stall. »Der Richter hat immer gesagt, der Teufel, den man kennt, ist besser als der, den man nicht kennt«, sagte er leise, aber deutlich und schlurfte davon.

Sie stand auf und folgte ihm. Eine tiefe steile Falte erschien plötzlich mitten auf ihrer Stirn, direkt unter dem roten Pony. »Der Richter zahlt hier schon lang nicht mehr die Rechnungen«, rief sie in durchdringendem Ton.

Er war der einzige ihrer Neger, der noch den Richter gekannt hatte, und glaubte, er könnte sich deshalb etwas herausnehmen. Er hatte keine hohe Meinung von Mr. Crooms und Mr. McIntyre gehabt, ihren beiden anderen

Ehemännern, und auf seine höflich verschleierte Weise hatte er ihr jedes Mal nach der Scheidung gratuliert. Wenn er es für notwendig hielt, stellte er sich beim Arbeiten unter ein Fenster, an dem sie, wie er wusste, saß, und redete mit sich selbst – ein bedächtiges, umständliches Zwiegespräch mit Frage und Antwort und dann dem Refrain. Einmal war sie stumm aufgestanden und hatte das Fenster so fest nach unten gerammt, dass er rückwärts umgefallen war. Oder er sprach gelegentlich mit dem Pfau. Der Pfau folgte ihm überallhin, den Maiskolben, der aus der Gesäßtasche des alten Mannes ragte, fest im Blick, oder er setzte sich in seine Nähe und pickte. Einmal hatte sie ihn durch die offene Küchentür zu dem Vogel sagen hören: »Ich weiß noch, wo zwanzig von euch hier rumspaziert sind, und jetzt bist bloß noch du da und zwei Hennen. Bei Crooms warens zwölf, bei McIntyre fünf. Jetzt bloß noch du und zwei Hennen.«

Damals war sie aus der Tür auf die Veranda getreten und hatte gesagt: »MISTER Crooms und MISTER McIntyre! Und was anderes will ich von dir nie wieder hören. Und lass dir gesagt sein: Wenn das Küken da eingeht, gibt es keinen Ersatz.«

Sie hielt den Pfau nur aus der abergläubischen Angst, sonst den Richter im Grab zu erzürnen. Er hatte gern zugesehen, wie sie auf der Farm herumspazierten, weil sie ihm, wie er sagte, das Gefühl gaben, er sei reich. Von ihren drei Ehemännern war der Richter ihr am meisten gegenwärtig, obwohl er der einzige war, den sie beerdigt hatte. Er lag im Familiengrab, einem eingezäunten kleinen Stück Land in der Mitte des Maisfelds hinten, zusammen mit Mutter, Vater, Großvater, drei Großtanten und zwei kleinen Cousins. Mr. Crooms, ihr zweiter Mann, lebte vierzig Meilen weit entfernt im staatlichen Irrenhaus, und Mr. McIntyre, ihr letzter, schlief vermutlich in irgendeinem Hotelzimmer in Florida seinen Rausch aus. Der Richter aber, eingesunken im Maisfeld mit seiner Familie, war immer zu Hause.

Sie hatte ihn wegen seines Geldes geheiratet, als er schon ein alter Mann war, doch sie hatte noch einen anderen Grund gehabt, den sie seinerzeit nicht einmal vor sich selbst zugegeben hätte: Sie hatte ihn gemocht. Er war eine schmuddelige, Tabak schnupfende, im Gerichtssaal häufig gesehene Figur, in der ganzen Gegend als reich bekannt, ein Mann, der Schnürstiefel trug, eine schmale Krawatte, einen grauen Anzug mit schwarzem Nadelstreifen und einen vergilbten Panamahut, winters wie sommers. Zähne und Haar waren tabakfarben, sein Teint zwischen lehmfarben und rosa und sein Gesicht narbig und übersät von mysteriösen, prähistorisch wirkenden Malen – als hätte man ihn unter Fossilien ausgegraben. Er roch eigenartig nach verschwitzten, abgegriffenen Geldscheinen, doch trug er nie Geld bei sich und rückte nie auch nur einen Nickel heraus. Sie war ein paar Monate lang seine Sekretärin gewesen, und der alte Mann hatte mit seinem scharfen Auge sofort erkannt, dass diese Frau ihn um seiner selbst willen bewunderte. Die drei Jahre von der Hochzeit bis zu seinem Tod waren die glücklichsten und gedeihlichsten in Mrs. McIntyres Leben gewesen, aber als er starb, erwies es sich, dass seine Farm bankrott war. Er hinterließ ihr ein mit einer Hypothek belastetes Haus und fünfzig Acres, und er hatte es geschafft, vor seinem Tod den ganzen Baumbestand abzuholzen. Es war, als wäre es ihm gelungen, als letzten Triumph eines erfolgreichen Lebens, alles mit ins Grab zu nehmen.

Doch sie hatte überlebt. Sie hatte eine Reihe von Pächtern und Melkern überlebt, mit denen es selbst der alte Mann schwer gehabt hätte, und sie war in der Lage gewesen, damit fertigzuwerden, dass Horden launischer, unberechenbarer Neger ständig verschwanden, und sie hatte sich sogar gegen die hin und wieder auftauchenden Blutsauger behaupten können, Viehhändler und Holzhändler und Leute, die alles Mögliche kauften und verkauften und in zusammengeflickten Lastern angefahren kamen und im Hof laut hupten.

Sie stand leicht zurückgelehnt da, die Arme vor dem Kittel verschränkt und mit zufriedener Miene, während sie zusah, wie der Flüchtling den Schlauch zudrehte und im Stall verschwand. Es tat ihr leid, dass der Arme aus Polen vertrieben und durch ganz Europa gehetzt worden war und sich in einer Pächterbude in einem fremden Land hatte niederlassen müssen, aber für all das war sie nicht verantwortlich. Sie hatte selbst auch harte Zeiten mitgemacht. Sie wusste, was es hieß, sich abzurackern. Die Leute sollten sich abrackern müssen. Mr. Guizac hatte wahrscheinlich auf seinem Weg quer durch Europa bis hierher alles geschenkt bekommen. Wahrscheinlich hatte er sich nicht genug abrackern müssen. Sie hatte ihm einen Job gegeben. Sie wusste nicht, ob er dankbar war oder nicht. Sie wusste nichts von ihm, außer dass er seine Arbeit tat. Im Grunde war er für sie noch nicht ganz real. Er war eine Art Wunder, sie hatte gesehen, wie es geschah, und sprach darüber, aber sie konnte es immer noch nicht glauben.

Sie sah ihm zu, wie er aus dem Stall kam und Sulk, der vom Hof herüberkam, ein Zeichen gab. Er machte eine Geste mit der Hand und holte dann etwas aus seiner

Tasche, und die beiden standen da und sahen es sich an. Sie ging den Weg hinunter auf sie zu. Der Neger war groß und schlaksig, und er reckte seinen runden Kopf auf die übliche idiotische Weise. Er hatte einen leichten Dachschaden, aber die, die so waren, waren immer gute Arbeiter. Der Richter hatte oft gesagt: Stell einen Nigger mit einem Dachschaden ein, denn die haben nicht genug Verstand, um mit der Arbeit aufzuhören. Der Pole gestikulierte heftig. Er gab dem farbigen Jungen etwas und ging dann los, und bevor sie um die Kurve bog, hörte sie, wie er den Motor des Traktors anwarf. Er war unterwegs aufs Feld. Der Neger lungerte noch immer herum und glotzte auf das, was er in der Hand hielt.

Sie kehrte zurück auf den Hof, ging durch den Stall und besah sich beifällig den feuchten, makellos sauberen Zementboden. Es war erst halb zehn, und Mr. Shortley war mit dem Ausmisten nie vor elf fertig gewesen. Als sie den Stall hinten wieder verließ, sah sie den Neger ganz langsam den Weg vor ihr schräg überqueren, die Augen immer noch auf das gerichtet, was Mr. Guizac ihm gegeben hatte. Er sah sie nicht, blieb stehen, ging leicht in die Knie und beugte sich über seine Hand, wobei seine Zunge lauter kleine Kreise beschrieb. Er hielt eine Fotografie in der Hand, hob einen Finger und fuhr damit sacht über das Bild. Dann blickte er hoch, sah sie und schien zu erstarren: der Mund zu einem halben Grinsen gefroren, der Finger erhoben.

»Warum bist du nicht aufs Feld gegangen?«, fragte sie.

Er hob einen Fuß und machte den Mund weiter auf, während die Hand mit dem Foto zu seiner Gesäßtasche wanderte. »Was ist das?«, fragte sie.

»Nichts«, sagte er und reichte es ihr mechanisch.

Es war das Foto eines ungefähr zwölf Jahre alten Mädchens in einem weißen Kleid. Sie trug einen Kranz in ihrem blonden Haar und blickte aus hellen Augen geradeaus, ausdruckslos und gefasst. »Wer ist das Kind?«, fragte Mrs. McIntyre.

»Dem seine Cousine«, sagte der Junge mit hoher Stimme.

»Und was machst du damit?«, fragte sie.

»Sie wird mich heiraten«, sagte er mit noch höherer Stimme.

»Dich heiraten!«, rief sie schrill.

»Ich zahl die Hälfte, damit sie herkommt«, sagte er. »Ich zahl ihm drei Dollar die Woche. Jetzt ist sie älter. Sie ist seine Cousine. Es ist ihr egal, wen sie heiratet, sie will bloß weg von da.« Die hohe Stimme schien wie ein nervöser Klangstrahl in die Höhe zu schießen und dann, als er ihr Gesicht sah, dünner zu werden. Ihre Augen hatten die Farbe von blauem Granit, wenn gleißendes Licht darauf fällt, doch sie sah ihn nicht an. Sie sah die Straße hinunter, wo in der Ferne der Traktor zu hören war.

»Ich glaub nicht, dass sie jetzt noch kommt«, murmelte der Junge.

»Ich werde dafür sorgen, dass du dein Geld bis auf den letzten Cent zurückkriegst«, sagte sie tonlos, drehte sich um und entfernte sich, die gefaltete Fotografie in der Hand. Nichts an ihrer kleinen, steifen Gestalt ließ erkennen, dass sie aufgewühlt war.

Kaum war sie im Haus, legte sie sich aufs Bett, schloss die Augen und presste die Hand aufs Herz, als wollte sie es festhalten. Ihr Mund öffnete sich, und sie brachte ein paar trockene kleine Laute hervor. Kurz darauf setzte sie sich wieder auf und sagte laut: »Sie sind doch alle gleich.

So ist es schon immer gewesen«, und ließ sich wieder flach auf den Rücken fallen. »Zwanzig Jahre lang ausgenutzt und reingelegt, und dann haben sie auch noch sein Grab geplündert!« Bei dem Gedanken begann sie leise zu weinen und wischte sich ab und zu die Augen mit dem Saum des Kittels.

Ihr war der Engel am Grab des Richters eingefallen, ein nackter Cherub aus Granit, den der alte Mann eines Tages in der Stadt im Schaufenster eines Steinmetzen gesehen hatte. Der Engel hatte es ihm sofort angetan, einmal, weil ihn das Gesicht an seine Frau erinnerte, und dann, weil er ein echtes Kunstwerk auf seinem Grab haben wollte. Er war mit dem Zug heimgefahren, den Engel neben sich auf dem grünen Plüschbezug des Sitzes. Mrs. McIntyre war die Ähnlichkeit zwischen ihr und dem Engel nicht aufgefallen. Sie hatte ihn immer abscheulich gefunden, aber als ihn die Herrins vom Grab des alten Mannes gestohlen hatten, war sie schockiert und empört. Mrs. Herrin hatte ihn hübsch gefunden und den Friedhof oft besucht, um ihn sich anzusehen, und als die Herrins gingen, ging der Engel mit ihnen, ausgenommen die Zehen, denn der alte Herrin hatte die Axt, mit der er die Statue abgehackt hatte, ein wenig zu hoch angesetzt. Mrs. McIntyre hatte es sich nie leisten können, den Engel zu ersetzen.

Als sie sich ausgeweint hatte, stand sie auf und ging in die hintere Diele, einen abgetrennten Raum, dunkel und still wie eine Kapelle. Sie setzte sich auf die Kante des schwarzen Drehstuhls, der dem Richter gehört hatte, und stützte einen Ellbogen auf seinen Schreibtisch, ein riesiges Rollpult mit lauter Fächern voll verstaubter Papiere. Alte Kontobücher und Hauptbücher stapelten sich in den halb offen stehenden Schubladen, und ein leerer, doch verschlossener kleiner Safe stand wie ein Tabernakel in der Mitte. An diesem Teil des Hauses hatte sie nach dem Tod des alten Mannes nichts verändert. Es war eine Art Gedenkstätte für ihn und heilig, weil er von hier aus seine Geschäfte geführt hatte. Kippte man den Stuhl ganz leicht in die eine oder andere Richtung, gab er ein dumpfes, unheimliches Stöhnen von sich, das ganz ähnlich klang, wie wenn der alte Mann über seine Armut geklagt hatte. Es war sein wichtigster Grundsatz gewesen, so zu reden, als wäre er der ärmste Mann auf der Welt, und sie hatte sich ihn zu eigen gemacht, nicht nur weil er es getan hatte, sondern weil es stimmte. Als sie jetzt da saß, ihr konzentriertes, leicht verzerrtes Gesicht auf den leeren Safe gerichtet, wusste sie, dass es niemanden auf der Welt gab, der ärmer war als sie.

Zehn, fünfzehn Minuten lang saß sie reglos am Schreibtisch, dann stand sie auf, als wäre sie wieder ein wenig zu Kräften gekommen, stieg in ihr Auto und fuhr zum Maisfeld.

Der Weg führte durch ein schattiges Kieferndickicht und endete auf einem Hügel, der sich wie ein Fächer nach unten und dann wieder nach oben zu einer großen Fläche ausbreitete, wie mit grünen Quasten besetzt. Mr. Guizac fuhr vom Rand des Feldes in kreisförmigen Bahnen bis hin zur Mitte, wo der Friedhof lag, beinahe von den Maisstauden verdeckt, und sie konnte ihn auf dem Traktor sitzen sehen, mit der Schneidemaschine und dem Kastenwagen dahinter, oben auf der anderen Seite des Hangs. Ab und zu musste er vom Traktor absteigen und auf den Kastenwagen klettern und die Silage verteilen, weil der Neger noch nicht gekommen war. Sie stand da vor ihrem schwarzen Coupé, die Arme unter dem Kittel verschränkt, und beobachtete ihn ungeduldig, während er langsam um den Rand des Feldes herumfuhr, bis er allmählich so nahe herankam, dass sie ihm zuwinken konnte, er solle absteigen. Er stellte den Motor ab, sprang vom Traktor und rannte auf sie zu, während er sein gerötetes Kinn mit einem Lappen abwischte.

»Ich möchte mit Ihnen reden«, sagte sie und winkte ihn hin zum Rand des Dickichts, wo es Schatten gab. Er nahm die Mütze ab und folgte ihr lächelnd, doch das Lächeln verging ihm, als sie sich umdrehte und ihn ansah. Ihre Augenbrauen, dünn und drohend wie Spinnenbeine, waren unheilvoll zusammengezogen, und die tiefe, steile Falte hatte sich von dem roten Pony bis zur Nasenwurzel eingegraben. Sie holte das gefaltete Foto aus ihrer Tasche und reichte es ihm stumm. Dann trat sie einen Schritt zurück und sagte: »Mr. Guizac! Sie wollen dieses arme, unschuldige Kind hierherbringen und es mit einem diebischen, stinkenden schwarzen Nigger verheiraten, der nicht richtig im Kopf ist? Was sind Sie für ein Monster!«

Er nahm das Foto, und sein Lächeln kehrte langsam wieder. »Cousine«, sagte er. »Hier sie ist zwölf. Erste Kommunion. Jetzt sekzehn.«

Monster, sagte sie zu sich und blickte ihn an, als sähe sie ihn zum ersten Mal. Stirn und Schädel waren weiß, wo sie von der Mütze geschützt waren, doch das übrige Gesicht war rot und bedeckt mit kurzen gelben Stoppeln. Seine Augen waren wie zwei blinkende Nägel hinter der goldgefassten Brille, die über dem Nasenrücken mit Bindedraht geflickt war. Das ganze Gesicht sah aus, als wäre es aus verschiedenen anderen zusammengestückelt. »Mr. Guizac«, begann sie langsam und sprach dann immer schneller, bis sie mitten in einem Wort abbrechen musste, weil sie außer Atem geriet, »dieser Nigger kann keine weiße Frau aus Europa haben. So können Sie mit einem Nigger nicht reden. Sie regen ihn auf, und außerdem geht das nicht. Vielleicht geht so was in Polen, aber hier geht es nicht, und Sie müssen aufhören. Das ist alles Unfug. Dieser Nigger hat keinen Funken Verstand, und Sie regen ihn – «

»Sie war im Lager drei Jahre«, sagte er.

»Ihre Cousine«, sagte sie sehr entschieden, »kann nicht hierherkommen und einen meiner Neger heiraten.«

»Sekzehn Jahre«, sagte er. »Aus Polen. Mama tot, Papa tot. Sie wartet im Lager. Drei Lager.« Er zog eine Brieftasche aus der Hosentasche, blätterte darin und nahm ein anderes Bild desselben Mädchens heraus, ein paar Jahre älter und mit etwas Schwarzem, Formlosem bekleidet. Sie stand vor einer Wand mit einer kleinen Frau, die anscheinend keine Zähne mehr hatte. »Mama«, sagte er und zeigte auf die Frau. »Sie tot, im Lager zwei.«

»Mr. Guizac«, sagte Mrs. McIntyre und gab ihm das Foto zurück, »ich werde es nicht dulden, dass meine Nigger auf verrückte Gedanken kommen. Ohne meine Nigger kann ich die Farm nicht führen. Ohne Sie kann ich es, aber nicht ohne meine Nigger, und wenn Sie Sulk gegenüber noch einmal dieses Mädchen erwähnen, dann sind Sie Ihren Job bei mir los. Haben Sie verstanden?«

Man sah seinem Gesicht an, dass er nichts begriffen hatte. Er schien all diese Wörter im Kopf zusammenzusetzen, damit sie einen Sinn ergaben.

Mrs. McIntyre dachte an Mrs. Shortleys Worte: »Er versteht alles, er tut nur so, als ob er nichts versteht, und tut dann genau das, was ihm passt.« Und erneut malte sich in ihrem Gesicht Schock und Zorn. »Ich verstehe nicht«, sagte sie, »wie ein Mann, der sich ein Christ nennt, ein armes unschuldiges Mädchen hierherbringen und mit so was verheiraten will. Ich verstehe es nicht, nein, ich verstehe es nicht!« Und sie schüttelte den Kopf und sah mit gequältem blauem Blick in die Ferne.

Nach einem kurzen Moment zuckte er die Schultern und ließ die Arme sinken, als wäre er müde. »Schwarz ihr egal«, sagte er. »Sie drei Jahr in Lager.«

Mrs. McIntyre spürte eine merkwürdige Schwäche in den Kniekehlen. »Mr. Guizac«, sagte sie, »ich will nicht mehr mit Ihnen darüber sprechen müssen. Wenn ich es doch muss, müssen Sie sich eine andere Stelle suchen. Haben Sie verstanden?«

Das zusammengestückelte Gesicht sagte nichts. Sie hatte den Eindruck, er sähe sie gar nicht. »Das ist meine Farm«, sagte sie. »Ich bestimme, wer hierherkommt und wer nicht.«

»Ja«, sagte er und setzte wieder seine Mütze auf.

»Ich bin nicht verantwortlich für das Elend der Welt«, fügte sie hinzu, als sei ihr der Gedanke gerade erst gekommen.

»Ja«, sagte er.

»Sie haben einen guten Job. Sie sollten dankbar sein, dass Sie hier sind, aber ich bin mir nicht sicher, ob Sie's auch sind.«

»Ja«, sagte er, zuckte wieder leicht die Schultern und ging zum Traktor zurück.

Sie sah zu, wie er hinaufkletterte und die Maschine wieder ins Maisfeld manövrierte. Als er an ihr vorbei und um die Kurve gebogen war, stieg sie zum höchsten Punkt der Anhöhe hinauf, stand mit verschränkten Armen da und blickte grimmig über das Feld. »Sie sind sich alle gleich«, murmelte sie, »ob sie aus Polen kommen oder aus Tennessee. Ich bin mit den Herrins und den Ringfields und den Shortleys fertiggeworden, und ich werde auch mit einem Guizac fertig.« Und dann kniff sie die Augen zusammen, bis sie nur noch die kleiner werdende Gestalt auf dem Traktor sah, als beobachtete sie ihn durch ein Zielfernrohr. Ihr ganzes Leben lang hatte sie gegen die Überfüllung der Welt gekämpft, und nun hatte sie die Bescherung in Form eines Polen. »Du bist genau wie alle anderen«, sagte sie, »bloß schlau und sparsam und tüchtig, aber das bin ich auch. Und das hier gehört mir.« Und sie stand da, eine kleine Gestalt mit schwarzem Hut und schwarzem Kittel und dem Gesicht eines alternden Cherubs, und sie verschränkte die Arme, als könnte sie es mit allem aufnehmen. Doch ihr Herz klopfte, als hätte man ihr innerlich bereits Gewalt angetan. Sie öffnete die Augen, und ihr Blick umfasste das ganze Feld, sodass die Gestalt auf dem Traktor in diesem erweiterten Ausschnitt nicht größer als ein Grashüpfer war.

Eine Weile stand sie so da. Es ging eine leichte Brise, und auf beiden Seiten des Hangs erbebten die Maisstauden in großen Wellen. Die große, monoton dröhnende Schneidemaschine schoss weiterhin die zerkleinerte Masse in stetem Strahl in den Kastenwagen. Bis zum Anbruch der Dunkelheit würde der Flüchtling Runde um Runde so lange fahren, bis nur noch Stoppeln zu beiden Seiten der zwei Hügel zurückblieben und in der Mitte der Friedhof, leicht erhöht wie eine kleine Insel, wo der Richter grinsend unter seinem entweihten Grabmal lag.

III

Der Priester hatte, sein langes, freundliches Gesicht auf einen Finger gestützt, ungefähr eine Viertelstunde lang über das Fegefeuer gesprochen, während Mrs. McIntyre auf einem Stuhl ihm gegenübersaß und ihn wütend mit zusammengekniffenen Augen ansah. Sie tranken Gingerale auf ihrer vorderen Veranda, und sie ließ das Eis in ihrem Glas klirren, es klirrten auch ihre Halskette und ihr Armband wie bei einem ungeduldigen Pony, das sein Geschirr schüttelt. Es gibt keine moralische Verpflichtung, ihn zu behalten, sagte sie sich, es gibt keinerlei moralische Verpflichtung. Plötzlich fuhr sie auf, und ihre Stimme übertönte seinen Akzent, als würde ein Bohrer in eine mechanische Säge fahren. »Hören Sie«, sagte sie, »ich versteh nichts von theologischen Dingen. Ich bin fürs Praktische. Ich möchte über etwas Praktisches mit Ihnen reden!«

»Arrr«, ächzte er und unterbrach krächzend seinen Redefluss.

Sie hatte mindestens einen Fingerbreit Whiskey in ihr Gingerale gegeben, um seinen ausgedehnten Besuch zu überstehen, und nun setzte sie sich zimperlich wieder hin, weil sein Stuhl näher bei ihrem stand, als sie gedacht hatte. »Ich bin nicht zufrieden mit Mr. Guizac.«

Der alte Mann hob die Augenbrauen in gespieltem Erstaunen.

»Er kommt von außerhalb«, sagte sie. »Er passt nicht hierher. Ich muss jemand haben, der hierherpasst.«

Der Priester drehte bedächtig den Hut auf seinen Knien hin und her. Er hatte einen kleinen Trick, er wartete nämlich einen Augenblick stumm und lenkte dann das Gespräch in sein eigenes Fahrwasser zurück. Er war um die achtzig. Sie hatte keinen Priester gekannt, bis sie diesen hier aufgesucht hatte, damit er ihr den Flüchtling besorgte. Seit er ihr den Polen besorgt hatte, benutzte er den geschäftlichen Kontakt und versuchte, sie zu bekehren – genau wie sie es vorausgesehen hatte.

»Geben Sie ihm Zeit«, sagte der alte Mann. »Er wird lernen, sich anzupassen. Wo ist denn Ihr scheener Vogel?«, fragte er und sagte dann: »Arrr, ich seh ihn!« Und er stand auf und schaute über den Rasen, wo der Pfau und die beiden Hennen wie auf Kommando paradierten, die Federn an ihren langen Hälsen leicht gesträubt; in der späten Nachmittagssonne schimmerte der Hals des Hahns blitzblau, der Hals der Weibchen silbergrün.

»Mr. Guizac«, fuhr Mrs. McIntyre unerbittlich in ausdruckslosem, gleichmäßigem Ton fort, »ist sehr tüchtig, das gebe ich zu. Aber er versteht es nicht, mit meinen Niggern umzugehen, und sie mögen ihn nicht. Ich kann es nicht haben, dass mir meine Nigger davonlaufen. Und ich mag seine Haltung nicht. Er ist kein bisschen dankbar dafür, dass er hier sein kann.«

Der Priester hatte die Hand auf der Fliegentür und öffnete sie, bereit, sich aus dem Staub zu machen. »Arrr, ich muss weg«, murmelte er.

»Ich sage Ihnen, wenn ich einen Weißen hätte, der die Neger versteht, müsste ich Mr. Guizac entlassen«, erklärte sie und erhob sich.

Da drehte er sich um und sah ihr direkt ins Gesicht. »Er hat keinen Ort, wohin er gehen kann«, sagte er. »Meine liebe Dame, ich kenne Sie gut genug, um zu wissen, dass Sie ihn nicht wegen nichts und wieder nichts hinauswerfen würden.« Und ohne eine Antwort abzuwarten, hob er die Hand und gab ihr mit dröhnender Stimme seinen Segen.

Sie lächelte wütend und sagte: »Schließlich habe nicht ich diese Situation herbeigeführt.«

Der Priester ließ den Blick zu den Vögeln wandern. Sie waren jetzt in der Mitte des Rasens angekommen. Plötzlich blieb der Pfau stehen, bog den Hals nach hinten, stellte den Schwanz auf und schlug mit einem rasselnden Geräusch ein schimmerndes Rad. Ganze Reihen kleiner runder Sonnen schwebten in einem grüngoldenen Schleier über seinem Kopf. Der Priester stand mit offenem Mund wie verklärt da. Mrs. McIntyre fragte sich, ob sie schon je einmal einen derart idiotischen alten Mann gesehen hatte. »So wird Christus erscheinen!«, sagte er mit lauter, fröhlicher Stimme, fuhr sich mit der Hand über den Mund und stand staunend da.

Mrs. McIntyres Gesicht nahm einen strengen puritanischen Ausdruck an, und sie wurde rot. Wenn Christus im Gespräch auftauchte, machte sie das so verlegen wie einst ihre Mutter, wenn von Sex die Rede war. »Ich bin nicht dafür verantwortlich, dass Mr. Guizac nirgends hingehen kann«, sagte sie. »Ich glaube nicht, dass ich für all die viel zu vielen Menschen auf der Welt verantwortlich bin.«

Der alte Mann schien sie nicht zu hören. Seine Aufmerksamkeit war ganz auf den Pfau gerichtet, der in winzigen Schritten rückwärtstrippelte, den Kopf gegen den ausgebreiteten Schwanz geneigt. »Die Transfiguration«, murmelte er.

Sie hatte keine Ahnung, wovon er sprach. »Mr. Guizac hätte ja überhaupt nicht hierherkommen müssen«, sagte sie und musterte ihn scharf.

Der Pfau senkte den Schwanz und begann Gras zu picken.

»Er hätte ja überhaupt nicht hierherkommen müssen«, wiederholte sie und betonte dabei jedes Wort.

Der alte Mann lächelte geistesabwesend. »Er ist gekommen, uns zu erlösen«, sagte er, ergriff sanft ihre Hand, schüttelte sie und sagte, er müsse jetzt gehen.

Wäre Mr. Shortley nicht ein paar Wochen später zurückgekehrt, hätte sie sich nach einem neuen Mann umgetan. Sie hatte ihn nicht zurückhaben wollen, doch als sie das wohlbekannte schwarze Auto die Straße hochfahren sah und es dann neben dem Haus hielt, hatte sie das Gefühl, sie selbst wäre es, die nach einer langen, beschwerlichen Reise nach Hause zurückgekommen wäre. Mit einem Mal wurde ihr bewusst, dass es Mrs. Shortley war, die sie vermisst hatte. Sie hatte niemanden mehr zum Reden, seit Mrs. Shortley weg war, und sie rannte zur Tür in der Erwartung, zu sehen, wie sie sich die Treppe hinaufhievte.

Mr. Shortley stand allein da. Er trug einen schwarzen Filzhut und ein Hemd mit einem Muster aus roten und blauen Palmen, doch die Furchen in seinem langen, hageren, sonnenverbrannten Gesicht waren tiefer als noch vor einem Monat.

»So!«, sagte sie. »Wo ist Mrs. Shortley?«

Mr. Shortley sagte kein Wort. Die Veränderung in seinem Gesicht schien von innen hergekommen; er sah aus wie ein Mann, der lange Zeit ohne Wasser hatte leben müssen. »Sie war der reinste Engel Gottes«, sagte er laut. »Sie war die feinste Frau auf Gottes Erdboden.«

»Wo ist sie?«, murmelte Mrs. McIntyre.

»Tot«, sagte er. »Sie hat einen Schlaganfall gekriegt am Tag, als sie von hier weg ist.« Seine Miene war beherrscht, leichenhaft starr. »Ich glaub, der Pole hat sie auf dem Gewissen«, sagte er. »Sie hat ihn von Anfang an durchschaut. Sie hat gewusst, dass er vom Teufel kommt. Das hat sie mir gesagt.«

Mrs. McIntyre brauchte drei Tage, um über Mrs. Shortleys Tod hinwegzukommen. Sie sagte sich, man hätte sie für Verwandte halten können. Sie stellte Mr. Shortley für die Farmarbeit ein, obwohl sie ihn eigentlich ohne seine Frau nicht wollte. Sie sagte ihm, sie werde dem Flüchtling am Monatsende kündigen und dann könne er wieder seine Stelle in der Molkerei bekommen. Mr. Shortley war der Job in der Molkerei lieber, doch er war bereit zu warten. Er sagte, er wäre nicht unglücklich, wenn der Pole die Farm verließe, und Mrs. McIntyre sagte, sie wäre sogar außerordentlich glücklich. Sie bekannte, dass sie mit der Hilfe, die sie schon hatte, zufrieden hätte sein müssen, statt sich in anderen Teilen der Welt danach umzutun. Mr. Shortley sagte, er habe sich nie was aus Ausländern gemacht, seit er im Ersten Weltkrieg gewesen sei und gesehen habe, wie sie waren. Er sagte, er habe damals alle möglichen Sorten von Leuten gesehen, aber niemand, der so war wie wir. Er sagte, er erinnere sich an das Gesicht eines Mannes, der eine Handgranate auf ihn geworfen hatte, und der Mann hatte eine kleine runde Brille gehabt, genau wie Mr. Guizac.

»Aber Mr. Guizac ist Pole, er ist kein Deutscher«, sagte Mrs. McIntyre.

»Da gibts nicht viel Unterschied bei den beiden Sorten«, erklärte Mr. Shortley.

Die Neger freuten sich, dass Mr. Shortley wieder da war. Der Flüchtling hatte von ihnen erwartet, dass sie so hart arbeiteten wie er selbst, während Mr. Shortley ihre beschränkten Fähigkeiten akzeptierte. Er war selbst noch nie ein besonders guter Arbeiter gewesen, auch als ihn noch Mrs. Shortley in Trab gehalten hatte, doch jetzt, ohne sie, war er noch vergesslicher und langsamer. Der Pole schuftete wie eh und je und schien keine Ahnung zu haben, dass er gefeuert werden würde. Mrs. McIntyre sah, wie er in kürzester Zeit Arbeiten erledigte, von denen sie geglaubt hatte, sie würden nie fertig. Trotzdem war sie entschlossen, ihn loszuwerden. Der Anblick seiner steifen kleinen Gestalt, wenn er sich so flink hin und her bewegte, irritierte sie mittlerweile mehr als alles andere auf der Farm, und sie hatte das Gefühl, der alte Priester habe sie hereingelegt. Er hatte gesagt, es gebe keine gesetzliche Verpflichtung, den Flüchtling zu behalten, wenn sie nicht zufrieden mit ihm sei, aber dann war er ihr mit der moralischen Pflicht gekommen.

Sie wollte ihm sagen, *ihre* moralische Verpflichtung gelte ihren eigenen Leuten, also Mr. Shortley, der im Weltkrieg für sein Land gekämpft hatte, und nicht Mr. Guizac, der bloß hierhergekommen war, um möglichst alles zu seinem Vorteil auszunutzen. Sie fand, sie müsste das dem Priester klarmachen, bevor sie den Flüchtling feuerte. Als der Erste des Monats kam und der Priester noch nicht erschienen war, schob sie die Kündigung des Polen noch eine Weile auf.

Mr. Shortley sagte sich, er hätte von vornherein wissen müssen, dass keine Frau je das tat, was sie angeblich hatte tun wollen. Er wusste nicht, wie lange er es sich leisten konnte, ihre Wankelmütigkeit hinzunehmen. Er dachte, sie wäre mittlerweile vielleicht milder gestimmt und hätte Angst, den Polen rauszuwerfen, weil er es schwer haben würde, eine neue Stelle zu finden. Da konnte er ihr aber etwas anderes erzählen: Wenn sie ihn gehen ließe, hätte er in drei Jahren sein eigenes Haus und obendrauf eine Fernsehantenne. Aus diplomatischen Gründen kam Mr. Shortley nun allabendlich an die hintere Haustür, um ihr bestimmte Fakten darzulegen. »Ein Weißer wird nicht immer so respecktiert wie ein Nigger«, sagte er zum Beispiel, »aber das macht nix, weil er ist immer noch weiß. Aber manchmal« – und dann legte er eine Pause ein und sah in die Ferne – »wird ein Mann, der wo für sein eignes Land gekämpft und geblutet hat und gestorben ist, nicht so respecktiert wie einer von denen, gegen die er gekämpft hat. Und ich frage Sie: Ist das gerecht?« Wenn er solche Fragen stellte, konnte er von ihrem Gesicht ablesen, dass er Eindruck auf sie machte. Sie sah dieser Tage nicht besonders gut aus. Ihm fielen Falten um ihre Augen auf, die es nicht gegeben hatte, als er und Mrs. Shortley die einzigen weißen Angestellten auf der Farm gewesen waren. Wenn er an Mrs. Shortley dachte, spürte er sein Herz schwer werden, wie einen alten Eimer, den man in einen trockenen Brunnen hinunterließ.

Der alte Priester hielt sich fern, als hätte er bei seinem letzten Besuch Angst bekommen, doch als er feststellte, dass der Flüchtling noch nicht weggeschickt worden war, traute er sich, wieder herzukommen und mit den Belehrungen für Mrs. McIntyre da fortzufahren, wo er seiner Erinnerung nach stehen geblieben war. Sie hatte nicht darum gebeten, belehrt zu werden, doch er tat es trotzdem und insistierte auf einer kleinen Definition eines Sakraments oder eines Dogmas bei jedem Gespräch, einerlei, mit wem. Er saß auf ihrer Veranda und ignorierte ihre teils spöttische, teils empörte Miene, während sie dasaß und mit dem Fuß wippte und auf eine Gelegenheit wartete, seinen Redefluss zu unterbrechen. »Denn als Gott«, sagte er, als spräche er von etwas, was am Tag zuvor in der Stadt passiert war, »seinen eingeborenen Sohn, Jesus Christus Unseren Herrn« – und dabei neigte er leicht den Kopf –, »als Erlöser der Menschheit zu uns geschickt hat, da hat er – «

»Vater Flynn!«, sagte sie in einem Ton, der ihn auffahren ließ. »Ich möchte mit Ihnen über etwas Ernstes sprechen.«

Die Haut unter dem rechten Auge des alten Mannes zuckte.

»Was mich betrifft«, sagte sie und blickte ihn grimmig an, »so war Christus auch bloß ein Flüchtling.«

Er hob vorsichtig die Hand und ließ sie auf seine Knie fallen. »Arrr«, murmelte er, als dächte er darüber nach.

»Ich werde den Mann wegschicken«, sagte sie. »Ich habe keinerlei Verpflichtung ihm gegenüber. Meine Verpflichtung besteht gegenüber den Leuten, die etwas für ihr Land getan haben, nicht gegenüber denen, die einfach hierhergekommen sind und jede Gelegenheit nutzen, sich zu bereichern«, und sie begann schneller zu sprechen, weil ihr jetzt alle ihre Argumente wieder einfielen. Die Aufmerksamkeit des Priesters schien sich in irgendein privates Oratorium zurückzuziehen, wo er warten würde, bis sie fertig war. Ein- oder zweimal schweifte sein Blick über den Rasen, als suchte er nach einem Fluchtweg, aber sie hörte nicht auf. Sie erzählte ihm, wie sie sich dreißig Jahre lang abgestrampelt und es immer nur knapp geschafft hatte, während irgendwelche Leute aus dem Nirgendwo kamen und nach Nirgendwo gingen, die nichts anderes wollten als ein Automobil. Sie sagte, sie habe festgestellt, sie seien alle gleich, ob sie aus Polen kämen oder aus Tennessee. Wenn die Guizacs so weit seien, sagte sie, würden sie sie, ohne zu zögern, verlassen. Sie sagte ihm, dass die Leute, die aussahen, als seien sie reich, die ärmsten von allen seien, weil sie für das meiste aufkommen müssten. Sie fragte ihn, wie sie seiner Meinung nach ihre Futtermittelrechnungen bezahle. Sie erklärte, sie würde ihr Haus gern renovieren lassen, könne es sich aber nicht leisten. Sie konnte es sich nicht einmal leisten, das Grabmal ihres Mannes instand setzen zu lassen. Sie fragte ihn, ob er raten wolle, wie hoch ihre jährliche Versicherungsprämie sei. Schließlich fragte sie ihn, ob er glaube, das Geld wachse auf den Bäumen, und plötzlich stieß der alte Mann ein lautes, wüstes Gelächter aus, als wäre das eine komische Frage.

Als der Besucher gegangen war, hatte sie ein Gefühl der Enttäuschung, obwohl sie eindeutig über den Priester triumphiert hatte. Nun beschloss sie, dem Flüchtling am Monatsersten die Kündigung zu übergeben, und das teilte sie auch Mr. Shortley mit.

Mr. Shortley sagte nichts. Mrs. Shortley war die einzige Frau gewesen, die er je gekannt hatte, die sich nie davon hatte abschrecken lassen, das, was sie vorhatte, zu tun. Sie hatte gesagt, der Pole sei vom Teufel und von dem Priester geschickt worden. Mr. Shortley war sich sicher, dass der Priester irgendeinen merkwürdigen Einfluss auf Mrs. McIntyre ausübte und dass sie früher oder später anfangen würde, bei ihm in die Messe zu gehen. Sie sah aus, als würde etwas sie von innen her auslaugen. Sie war dünner und zappeliger und nahm es nicht so genau wie früher. Wenn sie sich jetzt eine Milchkanne besah, fiel ihr nicht auf, wie schmutzig sie war, und er hatte gesehen, wie sich ihre Lippen bewegten, ohne dass sie sprach. Der Pole machte nie etwas falsch, aber trotzdem irritierte er sie sehr. Mr. Shortley hingegen machte alles immer so, wie es ihm passte – nicht immer so, wie es ihr passte –, doch schien sie es nicht zu merken. Hingegen hatte sie gemerkt, dass der Pole und seine ganze Familie dicker wurden; sie machte Mr. Shortley darauf aufmerksam, dass ihre Wangen nicht mehr eingefallen waren und dass sie jeden Cent sparten, den sie verdienten. »Ja, Ma'am, und demnächst ist er in der Lage, Ihre Farm aufzukaufen«, hatte sich Mr. Shortley zu sagen getraut, und er konnte feststellen, dass diese Äußerung sie erschüttert hatte.

»Ich warte bloß auf den Ersten«, hatte sie gesagt.

Mr. Shortley wartete auch, und der Erste kam und ging, und sie warf ihn nicht raus. Er hätte jedem sagen können, wie es kommen würde. Er war kein Wüterich, aber er konnte es nicht mit ansehen, wie eine Frau von einem Ausländer hereingelegt wurde. Er hatte das Gefühl, dass das kein Mann seelenruhig mit ansehen konnte.

Es gab keinen Grund, warum Mrs. McIntyre Mr. Guizac nicht auf der Stelle feuern sollte, doch sie verschob es von einem Tag auf den anderen. Sie machte sich Sorgen wegen ihrer Rechnungen und wegen ihrer Gesundheit. Sie schlief nachts nicht, und wenn, träumte sie von dem Flüchtling. Sie hatte noch nie jemanden entlassen, sie waren alle von allein gegangen. Eines Nachts träumte sie, Mr. Guizac und seine Familie zögen in ihr Haus und sie zöge zu Mr. Shortley. Das war zu viel für sie, sie wachte auf und schlief mehrere Nächte lang nicht; und eines Nachts träumte sie, der Priester besuche sie und rede unaufhörlich auf sie ein: »Meine liebe Dame, ich weiß, Ihr weiches Herz lässt es nicht zu, dass Sie den arrmen Mann auf die Straße setzen. Denken Sie an die vielen Tausende, denken Sie an die Öfen und die Güterwagen und die Lager und die kranken Kinder und an Christus Unseren Herrn.«

»Er kommt von draußen, und er hat das Gleichgewicht hier durcheinandergebracht«, antwortete sie, »und ich bin eine logisch denkende und praktische Frau, und hier gibt es keine Öfen und keine Lager und keinen Herrn Christus, und wenn er fortgeht, verdient er noch mehr. Er wird in der Mühle arbeiten und sich ein Auto kaufen und nicht mehr mit mir reden – alles, was die wollen, ist ein Auto.«

»Die Öfen und die Güterwagen und die kranken Kinder«, psalmodierte der Priester weiter, »und unser lieber Herr Jesus Christus.«

»Einer zu viel«, sagte sie.

Am nächsten Morgen beschloss sie während des Frühstücks, ihm sofort zu kündigen, und sie stand auf, verließ die Küche und ging die Straße hinunter, die Serviette noch in der Hand. Mr. Guizac spritzte den Stall aus, stand wie sonst mit durchgedrücktem Rücken da, eine Hand auf der Hüfte. Er stellte das Wasser ab und wandte ihr etwas ungeduldig seine Aufmerksamkeit zu, als störte sie ihn bei der Arbeit. Sie hatte sich nicht überlegt, was sie ihm sagen würde, war einfach hergekommen. Sie stand in der Stalltür und schaute streng auf den feuchten, makellos sauberen Boden und die tropfenden Pfosten. »Ja gutt?«, fragte er.

»Mr. Guizac«, sagte sie, »ich kann inzwischen kaum mehr meinen Verpflichtungen nachkommen.« Dann, mit lauterer, kräftigerer Stimme, wobei sie jedes Wort betonte: »Ich habe Rechnungen zu bezahlen.«

»Ich auch«, sagte Mr. Guizac. »Viel Rechnungen, wenig Geld«, und er zuckte die Schultern.

Sie sah, wie am anderen Ende des Stalls ein langer Schatten mit schnabelartiger Nase wie eine Schlange die sonnenbeschienene offene Tür hinaufglitt und auf halber Höhe innehielt; und sie nahm irgendwo hinter sich eine

Stille wahr, dort, wo sie gerade noch die Neger mit ihren Schaufeln gehört hatte. »Das hier ist meine Farm«, sagte sie zornig. »Ihr habt hier alle nichts verloren. Jeder Einzelne von euch!«

»Ja«, sagte Mr. Guizac und drehte das Wasser wieder auf.

Sie wischte sich den Mund mit der Serviette ab, die sie in der Hand hielt, und ging fort, als hätte sie erledigt, weswegen sie gekommen war.

Mr. Shortleys Schatten zog sich von der Tür zurück, und er lehnte sich an die Stallwand, zog eine halbe Zigarette aus der Tasche und zündete sie an. Er brauchte jetzt nur noch darauf zu warten, dass die Hand Gottes zuschlug, aber eins wusste er: Er würde nicht warten und dabei den Mund halten.

Von diesem Morgen an beschwerte er sich bei jedem Menschen, den er traf, ob schwarz oder weiß, und legte seine Sicht der Dinge dar. Er beklagte sich im Lebensmittelladen, vor dem Gerichtsgebäude, an den Straßenecken und auch direkt bei Mrs. McIntyre, denn er hielt mit seiner Meinung nicht hinterm Berg. Hätte der Pole verstanden, was er zu sagen hatte, er hätte es auch zu ihm gesagt. »Alle Menschen sind frei und gleich geschaffen«, sagte er zu Mrs. McIntyre, »und ich habe Leib und Leben riskiert, um es zu beweisen. Bin rübergegangen und hab gekämpft und geblutet und bin gestorben und bin zurückgekommen und hab gesehn, wer meinen Job gekriegt hat: genau der, gegen den ich gekämpft hab. Eine Handgranate wars, die mir beinah das Leben gekostet hat, und ich hab gesehn, wer sie geworfen hat – ein kleiner Mann mit Brille, genau wie er. Hat sie vielleicht im gleichen Laden gekauft. Kleine Welt«, und er lachte kurz und bitter. Seit er Mrs.

Shortley nicht mehr hatte, die das Reden besorgte, hatte er selbst damit angefangen und festgestellt, dass er dafür begabt war. Er schaffte es, anderen Leuten seine Logik nahezubringen. Er redete ziemlich viel mit den Negern.

»Warum gehst du nicht zurück nach Afrika?«, fragte er Sulk eines Morgens, als sie den Silo sauber machten. »Das ist doch dein Land, oder?«

»Da geh ich nicht hin«, sagte der Junge. »Die fressen mich da vielleicht auf.«

»Wenn du dich gut benimmst, gibts keinen Grund, warum du nicht hierbleiben kannst«, sagte Mr. Shortley leutselig. »Weil du bist ja nicht von irgendwo weggelaufen. Deinen Großvater hat man gekauft. Er ist nicht von selber gekommen. Aber die Leute, die weglaufen, von wo sie herkommen, für die hab ich nix übrig.«

»Hab noch nie irgendwohin fahren wollen«, sagte der Neger.

»Also«, sagte Mr. Shortley, »wenn ich noch mal wohin fahren würd, dann nach China oder nach Afrika. Wenn du dahin gehst, dann merkst du sofort den Unterschied zwischen dir und denen. Wenn du anderswohin gehst, merkst dus erst, wenn die den Mund aufmachen. Und dann merkst dus auch nicht immer, weil die Hälfte davon kann Englisch. Das ist unser Fehler«, sagte er, »wir lassen zu, dass alle die Leute Englisch lernen. Es gäb viel weniger Ärger, wenn jeder bloß seine eigne Sprache könnt. Meine Frau hat immer gesagt, zwei Sprachen können, das ist, wie wenn man Augen hinten am Kopf hat. Der hat man nix vormachen können.«

»Das stimmt«, murmelte der Junge und fügte dann hinzu: »Sie war wirklich ne gute Frau. Ich hab keine feinere weiße Frau gekannt als wie sie.«

Mr. Shortley entfernte sich in die andere Richtung und arbeitete eine Weile stumm weiter. Dann richtete er sich auf und klopfte dem farbigen Jungen mit dem Stiel der Schaufel auf die Schulter. Einen Augenblick lang sah er ihn nur an, während sich in seinen feuchten Augen viel Bedeutsames sammelte. Dann sagte er leise: »Die Rache ist mein, spricht der Herr.«

Mrs. McIntyre stellte fest, dass jeder in der Stadt Mr. Shortleys Version ihrer Angelegenheit kannte und jeder ihr Verhalten missbilligte. Sie begriff allmählich, dass sie die moralische Verpflichtung hatte, dem Polen zu kündigen, und dass sie sich davor drückte, weil es ihr so schwerfiel. Sie konnte das wachsende Schuldgefühl nicht länger aushalten, und an einem kalten Samstagmorgen zog sie nach dem Frühstück los, um ihm zu kündigen. Sie ging zum Fahrzeugschuppen und hörte, wie er den Motor eines der beiden Traktoren anließ.

Dichter Reif bedeckte den Boden, sodass die Felder aussahen wie die Rücken ungeschorener Schafe; die Sonne war beinahe silbern, und die Bäume standen wie trockene Stoppeln vor dem Horizont. Es war, als ob sich die ganze Umgebung gleichsam von dem kleinen Mittelpunkt des Lärms um den Schuppen zurückzöge. Mr. Guizac hockte am Boden neben dem kleinen Traktor und setzte ein Teilstück ein. Mrs. McIntyre hoffte, dass die Äcker innerhalb der dreißig Tage, die er noch für sie würde arbeiten müssen, umgepflügt würden. Der farbige Junge stand mit Werkzeug daneben, und Mr. Shortley war im Schuppen dabei, auf den großen Traktor zu steigen und ihn rückwärts rauszufahren. Sie wollte warten, bis er und der Neger aus dem Weg waren, bevor sie mit ihrer undankbaren Aufgabe anfing.

Sie stand da und schaute Mr. Guizac zu, stampfte mit den Füßen auf dem harten Boden, denn die lähmende Kälte kroch von den Füßen zu den Beinen hoch. Sie trug einen dicken schwarzen Mantel und ein rotes Kopftuch, darüber ihren schwarzen Hut, tief ins Gesicht gezogen, um die Augen vor dem grellen Licht zu schützen. Unter der schwarzen Krempe wirkte ihr Gesichtsausdruck geistesabwesend, und ein-, zweimal bewegte sie stumm die Lippen. Um den Krach des Traktors zu übertönen, schrie Mr. Guizac dem Neger zu, er solle ihm einen Schraubenzieher reichen, und als er ihn hatte, drehte er sich auf dem eisigen Boden auf den Rücken und streckte sich zum Motor hinauf. Sie konnte sein Gesicht nicht sehen, nur Füße und Beine und Oberkörper, die ungeniert seitlich unter dem Traktor hervorragten. Er trug Gummistiefel, die rissig und verdreckt waren. Er hob ein Knie, streckte es wieder und drehte sich etwas zur Seite. Was sie ihm am meisten übel nahm, war, dass er nicht von allein gegangen war.

Mr. Shortley war inzwischen auf den großen Traktor gestiegen und fuhr ihn rückwärts aus dem Schuppen. Die Maschine schien ihn zu wärmen, als würde ihre Hitze und Stärke ihm Impulse geben, auf die er sofort reagierte. Er fuhr in Richtung des kleinen Traktors, bremste dann aber auf einer kleinen Anhöhe, sprang ab und schaute zurück zu dem Schuppen. Mrs. McIntyre hatte den Blick unentwegt auf Mr. Guizacs Beine gerichtet, die nun ausgestreckt am Boden lagen. Sie hörte, wie die Bremse des großen Traktors sich löste, und als sie aufschaute, sah sie, wie er abwärtsrollte, wie aus eigenem Antrieb. Später erinnerte sie sich, dass sie gesehen hatte, wie der Neger stumm aus dem Weg sprang, als hätte ihn eine Sprungfeder in der Erde hochgeschleudert, gesehen hatte, wie Mr. Shortley unglaublich langsam den Kopf gedreht und stumm über seine Schulter geschaut hatte, und dass sie im Begriff gewesen war, dem Flüchtling etwas zuzurufen, es aber doch nicht getan hatte. Sie hatte gespürt, wie ihre Augen und die Augen Mr. Shortleys und die Augen des Negers sich in einem einzigen Blick begegnet waren, der alle wie in geheimem Einverständnis für immer hatte erstarren lassen, und sie hatte das kleine Geräusch gehört, das der Pole machte, als ihm das Rad des Traktors das Rückgrat brach. Die beiden Männer rannten hin, um zu helfen, und sie fiel in Ohnmacht.

Sie erinnerte sich, dass sie irgendwohin gerannt war, als sie wieder zu sich kam, vielleicht ins Haus und wieder ins Freie, aber sie wusste nicht mehr, warum oder ob sie im Haus wieder ohnmächtig geworden war. Als sie schließlich wieder bei den Traktoren ankam, war der Krankenwagen da. Hingestreckt über Mr. Guizacs Körper lagen die gekrümmten Körper seiner Frau und der zwei Kinder, und eine schwarze Gestalt beugte sich über ihn und murmelte Worte, die sie nicht verstand. Zuerst dachte sie, es sei der Arzt, doch dann erkannte sie irritiert den Priester, der mit dem Krankenwagen gekommen war und dem zerquetschten Mann etwas in den Mund schob. Gleich darauf erhob er sich, und sie blickte zuerst auf seine blutigen Hosenbeine und dann auf sein Gesicht, das er nicht von ihr abgewandt hatte, das aber so in sich gekehrt und ausdruckslos war wie die ganze übrige Umgebung. Sie starrte ihn lediglich an, zu mitgenommen von dem Erlebnis, um ganz sie selbst zu sein. Ihr Geist erfasste nicht alles, was vor sich ging. Es kam ihr vor, als wäre sie in irgendeinem fremden Land und die Menschen, die sich über den Leichnam beugten, wären Eingeborene, und wie eine Fremde schaute sie zu, als der Tote im Krankenwagen fortgeschafft wurde.

Am selben Abend ging Mr. Shortley, ohne zu kündigen, fort, um sich nach einer neuen Stelle umzusehen, und Sulk, der Neger, wurde plötzlich vom Wunsch ergriffen, mehr von der Welt zu sehen, und machte sich in den südlichen Teil des Staates auf. Der alte Astor konnte ohne die Gesellschaft anderer Leute nicht arbeiten. Mrs. McIntyre merkte kaum, dass sie niemanden mehr hatte, denn sie musste wegen eines Nervenfiebers ins Spital. Nach ihrer Rückkehr erkannte sie, dass sie die Farm nicht allein führen konnte, und sie überließ ihre Kühe einem Auktionator (der sie mit Verlust verkaufte), setzte sich zur Ruhe und lebte von ihren Ersparnissen, während sie versuchte, sich um ihre schwindende Gesundheit zu kümmern. Ein Bein wurde langsam taub, Hände und Kopf begannen zu zittern, schließlich wurde sie bettlägerig, und nur eine farbige Frau war zu ihrer Pflege da. Ihre Augen wurden beständig schlechter, und sie verlor ihre Stimme. Nicht vielen Leuten fiel es ein, sie da draußen auf dem Land zu besuchen, bis auf den alten Priester. Er kam einmal in der Woche mit einer Tüte voll Brotkrumen, und nachdem er die an den Pfau verfüttert hatte, kam er ins Haus, setzte sich an ihr Bett und erklärte ihr die Lehren der Kirche.

ANSTÄNDIGE LEUTE VOM LAND

Außer dem neutralen Ausdruck, den sie annahm, wenn sie allein war, verfügte Mrs. Freeman noch über zwei andere, die sie für den Umgang mit ihren Mitmenschen benutzte: einen nach vorn und einen nach hinten gewandten. Der nach vorn gerichtete blieb stets gleich, und es war wie das Herannahen eines schweren Lastwagens. Ihre Augen schauten weder nach rechts noch nach links, sondern folgten dem Verlauf der Geschichte, als folgten sie einer gelben Linie bis ins Zentrum. Den anderen Ausdruck benutzte sie nur selten, denn sie musste nicht oft eine Aussage zurücknehmen, aber wenn sie es doch einmal tat, verzog sie keine Miene, und nur an einer fast unmerklichen Bewegung ihrer schwarzen Augen, die zurückzuweichen schienen, konnte ein Beobachter erkennen, dass Mrs. Freeman, auch wenn sie so unverrückt dastand wie ein paar übereinandergestapelte Säcke Korn, im Geiste nicht mehr zugegen war. In solchen Fällen gab Mrs. Hopewell es auf, sie von irgendetwas überzeugen zu wollen. Und wenn sie sich den Mund fusselig geredet hätte, Mrs. Freeman wäre nie davon zu überzeugen gewesen, dass sie in irgendeinem Punkt unrecht hatte. Sie stand dann da, und wenn man sie überhaupt dazu bringen konnte, irgendetwas zu sagen, dann so etwas wie: »Also, ich sag nicht Nein und ich sag auch nicht Ja«, oder sie ließ den Blick über das oberste Fach im Küchenregal schweifen, wo ein Sortiment verstaubter Gläser stand, und bemerkte zum Beispiel: »Viel haben Sie ja nicht gegessen von den Feigen, die Sie im letzten Jahr eingemacht haben.«

Die wichtigsten Dinge besprachen sie in der Küche beim Frühstück. Jeden Morgen stand Mrs. Hopewell um sieben auf und zündete ihren und Joys Gasofen an. Joy war ihre Tochter, ein dickes blondes Mädchen mit einem künstlichen Bein. Für Mrs. Hopewell war sie immer noch ein Kind, obwohl sie schon zweiunddreißig und bestens ausgebildet war. Joy stand meist erst auf, während ihre Mutter frühstückte, stapfte ins Badezimmer und schlug die Tür hinter sich zu, und wenig später stand dann Mrs. Freeman an der Hintertür. Joy konnte hören, wie ihre Mutter »Herein« sagte, und die beiden Frauen redeten eine Weile miteinander, aber so leise, dass man im Badezimmer nichts verstehen konnte. Bis Joy dann in die Küche kam, hatten sie meist den Wetterbericht durchgesprochen und waren bei einer der beiden Töchter von Mrs. Freeman angelangt, Glynese oder Carramae. Joy nannte sie Glyzerin und Karamell. Glynese, ein Rotschopf, war achtzehn und hatte viele Verehrer; Carramae, eine Blondine, war erst fünfzehn, aber bereits verheiratet und schwanger. Sie konnte nichts bei sich behalten. Jeden Morgen erzählte Mrs. Freeman Mrs. Hopewell, wie oft sie sich seit dem letzten Bericht übergeben hatte.

Mrs. Hopewell erzählte den Leuten gern, dass Glynese und Carramae zwei der feinsten Mädchen waren, die sie kannte, und dass Mrs. Freeman eine *Lady* war und sie sich nicht genieren würde, sie irgendwohin mitzunehmen oder wem auch immer vorzustellen. Sie erzählte auch, wie sie überhaupt dazu gekommen war, die Freemans anzustellen, und dass sie ein Geschenk des Himmels waren und sie sie nun schon seit vier Jahren beschäftigte. Der Grund, warum sie sie so lange behielt, war, dass sie kein Gesindel waren. Sie waren anständige Leute vom Land. Sie hatte den Mann angerufen, den sie als Referenz angegeben hatten, und der hatte ihr gesagt, Mr. Freeman sei ein guter Farmer, doch Mrs. Freeman sei die neugierigste Frau, die je auf Gottes Erdboden gewandelt sei. »Sie muss immer über alles Bescheid wissen«, hatte er gesagt. »Wenn sie einmal nicht Bescheid weiß, noch ehe sich der Staub gelegt hat, dann ist sie garantiert tot. Da können Sie Gift drauf nehmen. Sie wird über alles Bescheid wissen wollen, was nur Sie was angeht. Ihn kann ich gut leiden«, hatte er gesagt, »aber weder ich noch meine Frau hätten Mrs. Freeman noch eine einzige Minute länger ausgehalten.« Deshalb hatte Mrs. Hopewell ein paar Tage lang gezögert.

Schließlich hatte sie das Paar dann doch eingestellt, weil es keine anderen Bewerber gab, doch sie hatte sich vorher genau überlegt, wie sie die Frau behandeln würde. Da sie der Typ war, der über alles Bescheid wissen musste, würde sie, beschloss Mrs. Hopewell, nicht nur dafür sorgen, dass sie über alles Bescheid wusste, sondern würde ihr einfach die Verantwortung für alles übertragen, Mrs. Freeman würde sich um alles kümmern. Mrs. Hopewell hatte selbst keine schlechten Eigenschaften, doch sie konnte die schlechten Eigenschaften anderer Leute auf so konstruktive Weise nutzen, dass ihr ihr eigener Mangel gar nicht auffiel. Sie hatte die Freemans eingestellt und hatte sie nun seit vier Jahren.

Nichts ist vollkommen. Das war einer von Mrs. Hopewells Lieblingssprüchen. Ein anderer lautete: So ist nun mal das Leben! Und ein dritter, der wichtigste, hieß: Na ja, andere Leute haben auch eine eigene Meinung. Diese Äußerungen gab sie, meist bei Tisch, mit sanftem Nachdruck zum Besten, so als glaubte außer ihr niemand daran, und ihre dicke, ungeschlachte Tochter, so dauerhaft beleidigt, dass jeder andere Gesichtsausdruck wie gelöscht war, blickte dann mit eisblauen Augen knapp an Mrs. Hopewell vorbei, wie jemand, der durch einen Willensakt blind geworden ist und es auch bleiben will.

Wenn Mrs. Hopewell zu Mrs. Freeman sagte, so sei nun mal das Leben, pflegte Mrs. Freeman zu erwidern: »Das sag ich schon immer.« Nie hatte jemand etwas begriffen, was Mrs. Freeman nicht schon vorher begriffen hätte. Sie war schneller als Mr. Freeman. Nachdem das Paar schon eine Zeitlang bei ihr war, hatte Mrs. Hopewell ihr einmal zugezwinkert und gesagt: »Sie wissen schon, dass Sie das Rad hinterm Rad sind«, und Mrs. Freeman hatte erwidert: »Das weiß ich. Ich bin immer schon schnell gewesen. Manche sind eben schneller als andre.«

»Jeder ist nun mal verschieden«, hatte Mrs. Hopewell gesagt.

»Ja, die meisten«, hatte Mrs. Freeman geantwortet.

»Es gibt eben solche und solche.«

»Das sag ich schon immer.«

Das Mädchen war an diese Art Zwiegespräch beim Frühstück und die Fortsetzung beim Mittagessen und manchmal auch beim Abendessen gewöhnt. Wenn keine Gäste da waren, aßen sie in der Küche, das war einfacher. Mrs. Freeman schaffte es immer, irgendwann während des Mittagessens vorbeizukommen und ihnen zuzuschauen, bis sie fertig waren. Im Sommer blieb sie auf der Schwelle stehen, doch im Winter stellte sie sich neben den Kühlschrank, stützte sich mit dem Ellbogen ab und blickte auf Mutter und Tochter hinunter, oder sie stellte sich neben den Gasofen und hob hinten den Rock ein wenig hoch. Hin und wieder lehnte sie sich an die Wand und drehte den Kopf von einer Seite zur anderen. Nie hatte sie es mit dem Weggehen eilig. Das alles zehrte an Mrs. Hopewells Nerven, doch sie war eine sehr geduldige Frau. Ihr war bewusst, dass nichts vollkommen war und dass sie an den Freemans anständige Leute vom Land hatte und man es sich heutzutage, wenn man anständige Leute vom Land hatte, nicht mit ihnen verderben sollte.

Sie hatte reichlich Erfahrung mit Gesindel. Vor den Freemans hatte sie im Durchschnitt eine Pächterfamilie im Jahr gehabt. Mit den Frauen dieser Farmer wollte man nicht längere Zeit zu tun haben. Mrs. Hopewell, die sich vor langer Zeit hatte scheiden lassen, brauchte jemanden, mit dem sie über die Felder spazieren konnte. Und wenn sie Joy dazu überredet hatte, waren deren Bemerkungen meist so hässlich und ihre Miene so mürrisch, dass Mrs. Hopewell dann sagte: »Wenn du nicht gern mitkommst, will ich dich überhaupt nicht dabeihaben«, worauf das Mädchen antwortete, das breitbeinig und steif dastand, den Hals leicht nach vorn gestreckt: »Wenn du mich dabeihaben willst: Hier bin ich, *so, wie ich bin.*«

Mrs. Hopewell entschuldigte diese Haltung mit dem Bein (es war bei einem Jagdunfall durch einen Schuss zerschmettert worden, als Joy zehn war). Es war nicht leicht für sie, sich einzugestehen, dass ihr Kind inzwischen zweiunddreißig war und seit mehr als zwanzig Jahren nur ein Bein hatte. Sie betrachtete Joy immer noch als Kind, denn es zerriss ihr das Herz, sie als das arme, stämmige Mädchen in seinen Dreißigern sehen zu müssen, das nie im

Leben getanzt oder sich wie die anderen amüsiert hatte. Sie hieß tatsächlich Joy, doch kaum war sie einundzwanzig und fort von zu Hause, hatte sie den Namen gesetzlich ändern lassen. Mrs. Hopewell war sich sicher, dass sie lange und gründlich überlegt hatte, bis sie auf den hässlichsten Namen überhaupt gestoßen war. Dann war sie hingegangen und hatte den schönen Namen Joy ändern lassen und es ihrer Mutter erst hinterher gesagt. Ihr gesetzlicher Name war Hulga.

Wenn Mrs. Hopewell an den Namen Hulga dachte, dachte sie an den breiten, blanken Rumpf eines Kriegsschiffs. Sie nahm ihn nicht in den Mund und nannte ihre Tochter weiterhin Joy. Das Mädchen reagierte zwar darauf, doch rein mechanisch.

Hulga hatte gelernt, Mrs. Freeman zu tolerieren, die ihr die Spaziergänge mit der Mutter ersparte. Sogar Glynese und Carramae waren nützlich, wenn sie die Aufmerksamkeit auf sich zogen, die sich sonst auf sie gerichtet hätte. Zunächst hatte sie geglaubt, Mrs. Freeman nicht ausstehen zu können, weil sie gemerkt hatte, dass man zu ihr nicht unhöflich sein konnte. Mrs. Freeman war manchmal merkwürdig verstimmt und tagelang schlechter Laune, doch der Grund ihres Unmuts blieb stets unklar. Griff man sie aber direkt an, grinste höhnisch oder sagte ihr etwas Gemeines ins Gesicht, dann blieb sie ungerührt. Und ohne Vorwarnung fing sie eines Tages an, sie Hulga zu nennen.

Das tat sie nicht in Anwesenheit von Mrs. Hopewell, die sich empört hätte, doch wenn sie sich außerhalb des Hauses begegneten, dann sagte Mrs. Freeman irgendetwas und fügte am Schluss Hulgas Namen hinzu, und die beleibte Joy-Hulga mit ihrer Brille schaute dann finster und wurde rot, als hätte man ihre Privatsphäre verletzt. Sie betrachtete den Namen als ihre persönliche Angelegenheit. Zuerst war sie nur wegen seines hässlichen Klangs darauf gekommen, dann war ihr aufgegangen, wie genial er war, weil er so gut passte. In ihrer Vorstellung war es mit dem Namen so wie mit dem hässlichen, schwitzenden Vulkan in seiner Schmiede, zu dem die Göttin vermutlich kommen musste, wenn er nach ihr rief. Für sie war der Name ihre bedeutendste kreative Leistung. Einer ihrer größten Triumphe war es, dass es ihrer Mutter nicht gelungen war, ihren Staub in Joy zu verwandeln, aber der noch größere, dass es ihr selbst gelungen war, ihn in Hulga zu verwandeln. Trotzdem irritierte sie, dass Mrs. Freeman den Namen so genüsslich verwendete. Ihr kam es vor, als hätten Mrs. Freemans scharfe Knopfaugen hinter die Fassade geblickt und irgendein Geheimnis entdeckt. Etwas an ihr schien Mrs. Freeman zu faszinieren, und eines Tages wurde Hulga klar, dass es das künstliche Bein war. Mrs. Freeman hatte eine besondere Vorliebe für die Details geheimer Infektionen, versteckter Missbildungen, von Angriffen auf Kinder. Lang sich hinziehende oder unheilbare Krankheiten waren ihr am liebsten. Hulga hatte gehört, wie Mrs. Hopewell ihr die Einzelheiten über den Jagdunfall erzählt hatte, wie das Bein buchstäblich weggeschossen worden war, wie sie keinen Augenblick lang das Bewusstsein verloren hatte. Mrs. Freeman konnte es sich immer wieder anhören, so als wäre es erst eine Stunde zuvor passiert.

Wenn Hulga morgens in die Küche gestapft kam (sie konnte gehen, auch ohne dieses entsetzliche Geräusch zu machen, aber sie tat es, dessen war sich Mrs. Hopewell sicher, weil es so scheußlich klang), dann sah sie die beiden nur an, ohne ein Wort zu sagen. Mrs. Hopewell war dann noch in ihrem roten Kimono und hatte das Haar nachlässig hochgebunden. Sie saß am Tisch und beendete ihr Frühstück, während Mrs. Freeman am Ellbogen vom Kühlschrank hing und zum Tisch hinunterblickte. Hulga stand immer mit verschränkten Armen vor dem Herd, während ihre Eier kochten, und Mrs. Hopewell sah zu ihr hin – irgendwie indirekt mal zu ihr, mal zu Mrs. Freeman – und dachte regelmäßig, dass sie gar nicht so übel aussehen würde, wenn sie nur ein bisschen mehr auf sich achtete. Wenn sie freundlicher dreinschauen würde, sähe ihr Gesicht gleich viel hübscher aus. Mrs. Hopewell sagte immer, Leute, die die Dinge immer von der Sonnenseite betrachteten, seien schön, selbst wenn sie es gar nicht seien.

Wann immer sie Joy so ansah, dachte sie unweigerlich, es wäre besser gewesen, wenn das Kind nicht promoviert hätte. Es hatte ihr ganz bestimmt nichts genutzt, und nun, da sie den Abschluss hatte, gab es keinen Grund mehr für sie, wieder zur Schule zu gehen. Mrs. Hopewell fand, es sei ja ganz nett, wenn Mädchen zur Schule gingen, um sich einen schönen Lenz zu machen, aber Joy hatte es ernst genommen. Doch sie wäre so oder so nicht gesund genug gewesen, um weiterzumachen. Die Ärzte hatten Mrs. Hopewell erklärt, dass Joy selbst bei bester Pflege nicht älter als fünfundvierzig werden würde. Sie hatte ein schwaches Herz. Joy hatte klar zum Ausdruck gebracht, dass sie unter anderen Umständen ganz woanders wäre, weit weg von diesen roten Hügeln und den anständigen Leuten vom Land. Dann hielte sie jetzt an einer Universität Vorlesungen für Leute, die wussten, wovon sie redete. Und Mrs. Hopewell konnte sie sich sehr gut dort vorstellen; sie sähe aus wie eine Vogelscheuche und würde

Leuten Vorträge halten, die genau so ausschauten wie sie. Hier lief sie den ganzen Tag in einem Rock herum, den sie schon seit sechs Jahren trug, und einem gelben Sweatshirt mit dem verwaschenen Aufdruck eines Cowboys zu Pferd. Das fand sie lustig. Mrs. Hopewell fand es albern und dachte, das zeige nur, dass sie noch ein Kind war. Sie war blitzgescheit, aber ohne einen Funken Vernunft. Mrs. Hopewell kam es vor, als würde ihre Tochter von Jahr zu Jahr weniger so wie andere Leute und immer mehr wie sie selbst: aufgeschwemmt, unhöflich und scheelaugig. Und was sie für merkwürdige Dinge sagte! Ohne Vorwarnung, ohne sich zu entschuldigen, war sie einmal mitten beim Essen aufgestanden, mit gerötetem Gesicht und halb vollem Mund, und hatte zu ihrer eigenen Mutter gesagt: »Gute Frau, schaust du dich je genau an und siehst das, was du *nicht* bist? Großer Gott!«, hatte sie ausgerufen, war wieder auf ihren Stuhl gesunken und hatte starr auf ihren Teller geschaut. »Malebranche hat recht gehabt: Wir sind nicht unser eigenes Licht. Wie sind nicht unser Licht!« Mrs. Hopewell hatte bis zum heutigen Tag keine Ahnung, was diesen Ausbruch verursacht hatte. Sie hatte nur angemerkt, ein Lächeln habe noch nie jemand wehgetan, und gehofft, dass Joy sich das merken würde.

Das Mädchen hatte in Philosophie promoviert, und damit hatte Mrs. Hopewell größte Schwierigkeiten. Man konnte sagen: »Meine Tochter ist Krankenschwester«, »Meine Tochter ist Lehrerin« oder sogar »Meine Tochter ist Chemikerin«. Aber man konnte nicht sagen: »Meine Tochter ist Philosophin.« Das hatte mit den Griechen und Römern aufgehört. Den ganzen Tag saß Joy in einem tiefen Sessel und las. Manchmal ging sie spazieren, aber sie mochte keine Hunde, keine Katzen, Vögel oder Blumen und auch nicht die Natur oder nette junge Männer. Nette junge Männer sah sie an, als könnte sie ihre Dummheit riechen.

Einmal hatte Mrs. Hopewell ein Buch in die Hand genommen, das Joy gerade weggelegt hatte. Sie hatte es aufs Geratewohl aufgeschlagen und gelesen: »Dagegen muss die Wissenschaft ihre Nüchternheit und Seriosität von Neuem bestätigen und erklären, dass sie sich nur mit dem, was ist, befasst. Nichts – was kann es anderes für die Wissenschaft sein als ein Graus und ein Hirngespinst? Wenn die Wissenschaft recht hat, dann steht eines fest: Die Wissenschaft möchte nichts vom Nichts wissen. Dies ist letztlich die streng wissenschaftliche Haltung gegenüber dem Nichts. Wir wissen es, weil wir nichts über das Nichts wissen wollen.« Diese Sätze waren mit blauem Stift unterstrichen und wirkten auf Mrs. Hopewell wie ein böser, in irgendeinem Kauderwelsch verfasster Zauberspruch. Rasch schloss sie das Buch und verließ das Zimmer, als ob es sie fröstelte.

Als das Mädchen an diesem Morgen in die Küche kam, ging es gerade um Carramae. »Sie hat sich viermal übergeben nach dem Abendessen«, sagte Mrs. Freeman. »Und nach drei Uhr in der Nacht hat sie zweimal rausmüssen. Gestern hat sie nichts getan, hat bloß in der Schublade rumgesucht. Das war alles. Hat dagestanden und geschaut, was sie finden könnte.«

»Schließlich muss sie ja essen«, murmelte Mrs. Hopewell und nippte an ihrem Kaffee, während sie Joy betrachtete, die am Herd stand und ihr den Rücken zuwandte. Sie fragte sich, was das Kind dem Bibelverkäufer gesagt haben mochte. Sie konnte sich nicht vorstellen, worüber sie sich mit ihm unterhalten haben konnte.

Er war ein großer, magerer junger Mann ohne Hut, der sie am Tag zuvor aufgesucht hatte und ihnen eine Bibel verkaufen wollte. Er war auf einmal an der Tür erschienen mit einem großen schwarzen Koffer, der so schwer war, dass er ihn auf der einen Seite nach unten zog und er sich an den Türrahmen lehnen musste. Er schien kurz vor dem Umfallen, sagte aber in munterem Ton: »Guten Morgen, Mrs. Cedars!«, und setzte den Koffer auf der Fußmatte ab. Er sah gar nicht übel aus, obwohl er einen hellblauen Anzug und gelbe Socken trug, die er nicht weit genug hochgezogen hatte. Er hatte ausgeprägte Backenknochen, und eine fettige braune Haarsträhne fiel ihm in die Stirn.

»Ich bin Mrs. Hopewell«, sagte sie.

»Oh!«, sagte er und tat überrascht, doch seine Augen strahlten. »Ich hab ›The Cedars‹ auf dem Briefkasten gelesen, deshalb hab ich gedacht, Sie sind Mrs. Cedars.« Und er brach in ein sympathisches Lachen aus. Er hob den Koffer auf und fiel mit gespieltem Keuchen nach vorn in die Diele. Es sah fast so aus, als hätte sich der Koffer von allein bewegt und ihn mit sich gezogen. »Mrs. Hopewell!«, sagte er und ergriff ihre Hand. »Ich hoffe, Sie sind wohlauf!« Und wieder lachte er, bis sein Gesicht auf einmal ganz ernst wurde. Er wartete einen Moment, sah ihr direkt in die Augen und sagte: »Lady, ich möchte mit Ihnen über ernste Dinge sprechen.«

»Dann kommen Sie eben rein«, murmelte sie, nicht sonderlich erfreut, da das Essen fast fertig war. Er betrat das Wohnzimmer, setzte sich auf die Kante eines Stuhls mit gerader Rückenlehne und stellte den Koffer zwischen seinen Füßen ab. Dann sah er sich in dem Zimmer um, als wollte er sie danach taxieren. Auf den beiden Anrichten glänzte ihr Silber; sie war überzeugt, dass er noch nie in einem so eleganten Raum gewesen war.

»Mrs. Hopewell«, fing er an, und aus seinem Mund klang ihr Name beinahe intim. »Ich weiß, dass Sie an die christliche Kirche glauben.«

»Ja, stimmt«, murmelte sie.

»Ich weiß auch«, sagte er und hielt kurz inne, den Kopf zur Seite geneigt, sodass er sehr altersweise wirkte, »dass Sie eine gute Frau sind. Das haben mir Freunde gesagt.«

Mrs. Hopewell konnte es nicht leiden, wenn man sie zum Narren halten wollte. »Was verkaufen Sie?«

»Bibeln«, sagte der junge Mann und musterte blitzschnell den Raum, bevor er hinzufügte: »Ich sehe, Sie haben keine Familienbibel in Ihrem Wohnzimmer, das ist das Einzige, was Ihnen fehlt!«

Mrs. Hopewell konnte schlecht sagen: Meine Tochter ist Atheistin und will nicht, dass ich die Bibel im Wohnzimmer stehen habe. Sie straffte leicht die Schultern und sagte: »Meine Bibel liegt auf meinem Nachttisch.« Das stimmte nicht. Sie lag irgendwo auf dem Dachboden.

»Lady«, sagte er, »das Wort Gottes sollte im Wohnzimmer zu finden sein.«

»Das ist doch wohl eine Geschmacksfrage«, fing sie an. »Ich glaube – «

»Lady«, unterbrach er sie, »ein Christ sollte das Wort Gottes nicht nur im Herz haben, sondern in jedem Zimmer von seinem Haus. Ich weiß, Sie sind eine Christin, weil das erkenn ich ganz genau an Ihrem Gesicht.«

Mrs. Hopewell stand auf und sagte: »Nun, junger Mann, ich will keine Bibel kaufen, und ich rieche, dass mein Essen anbrennt.«

Er blieb sitzen und verkrampfte die Hände ineinander,

richtete den Blick darauf und sagte leise: »Lady, ich sag Ihnen die Wahrheit: Heutzutage wollen nicht viele Leute eine Bibel kaufen, und außerdem bin ich ein ganz einfacher Mensch. Ich sag nur, wies ist. Ich bin bloß ein Junge vom Land.« Er blickte auf zu ihrem unfreundlichen Gesicht. »Menschen wie Sie wollen sich nicht abgeben mit Leuten vom Land, so wie ich einer bin!«

»Warum denn?«, rief sie, »anständige Leute vom Land sind das Salz der Erde! Und schließlich sind wir nicht alle gleich, es braucht solche und solche, damit die Welt sich dreht. So ist nun mal das Leben!«

»Das kann man wohl sagen«, erwiderte er.

»Also, ich finde, dass es eigentlich gar nicht genügend anständige Leute vom Land auf der Welt gibt!«, sagte sie hitzig. »Das ist der Fehler!«

Seine Miene hellte sich auf. »Ich hab mich noch gar nicht vorgestellt«, sagte er. »Ich heiß Manley Pointer und bin aus der Gegend von Willohobie, da gibts noch nicht mal ein Dorf, es ist bloß in der Nähe von einem.«

»Warten Sie«, sagte sie, »ich muss mich um das Essen kümmern.« Sie ging in die Küche und stellte fest, dass Joy in der Nähe der Tür mitgehört hatte.

»Schmeiß das Salz der Erde raus, damit wir essen können«, sagte sie.

Mrs. Hopewell warf ihr einen gequälten Blick zu und drehte die Flamme unter dem Gemüse kleiner. »*Ich* kann zu keinem Menschen grob sein«, murmelte sie und ging wieder ins Wohnzimmer.

Der Mann hatte seinen Koffer geöffnet und saß da, eine Bibel auf jedem Knie.

»Die können Sie ruhig wieder wegpacken«, erklärte sie. »Ich will keine.«

»Ich weiß Ihre Aufrichtigkeit zu schätzen«, sagte er. »Man trifft keine wirklich ehrlichen Leute mehr, außer weit draußen auf dem Land.«

»Ich weiß«, sagte sie, »grundsolide Leute vom Land.« Durch den Türspalt hörte sie, wie Joy aufstöhnte.

»Vermutlich erzählen Ihnen jede Menge Jungs, dass sie sich so das Geld fürs College verdienen«, sagte er. »Aber ich will Ihnen nichts weismachen. Ich möchte gar nicht aufs College. Ich möchte mein Leben der christlichen Gemeinde weihen. Wissen Sie«, sagte er und senkte dabei die Stimme, »ich habs mit dem Herz. Wahrscheinlich hab ich nicht lang zu leben. Wenn Sie wissen, bei Ihnen stimmt was nicht und Sie haben wahrscheinlich nicht lang zu leben, ja dann, Lady ...« Er beendete den Satz nicht und starrte sie mit offenem Mund an.

Er und Joy hatten beide das gleiche Leiden! Sie wusste, dass sich ihre Augen mit Tränen füllten, doch sie fasste sich rasch und murmelte: »Wollen Sie nicht zum Essen dableiben? Wir würden uns freuen!« Noch indem sie es sagte, bereute sie es schon.

»Doch, Ma'am«, sagte er verlegen, »furchtbar gern.«

Joy warf ihm nur einen Blick zu, als sie ihm vorgestellt wurde, und sah dann während des ganzen Essens kein einziges Mal zu ihm hin. Er richtete mehrmals das Wort an sie, und sie tat, als hörte sie nicht. Mrs. Hopewell begriff nicht, wie jemand mit Absicht so unfreundlich sein konnte, obwohl sie damit ständig lebte, und sie hatte das Gefühl, sie müsste ganz besonders gastfreundlich sein als Ausgleich für Joys Mangel an Höflichkeit. Sie forderte den jungen Mann auf, von sich zu erzählen, und das tat er. Er erzählte, er sei das siebte von zwölf Kindern und sein Vater sei von einem Baum zerquetscht worden, als er selbst acht Jahre alt gewesen sei. Er war wirklich übel zerquetscht, beinahe in zwei Hälften geteilt worden und praktisch nicht mehr wiederzuerkennen gewesen. Seine Mutter hatte sich mit harter Arbeit durchgeschlagen und immer darauf geachtet, dass ihre Kinder zur Sonntagsschule gingen und jeden Abend in der Bibel lasen. Jetzt war er neunzehn und verkaufte seit vier Monaten Bibeln. In dieser Zeit hatte er siebenundsiebzig Bibeln verkauft und hoffte auf zwei weitere Verkäufe. Er wollte Missionar werden, weil er fand, so könne man am meisten für die Menschen tun. »Wer sein Leben verliert, der wird es finden«, sagte er schlicht, und er war so aufrichtig, so echt und ernsthaft, dass Mrs. Hopewell um keinen Preis hätte lächeln mögen. Mit einem Stück Brot, mit dem er später den Teller aufwischte, verhinderte er, dass die Erbsen vom Teller rutschten. Sie sah, dass Joy verstohlen beobachtete, wie er mit Messer und Gabel hantierte, und sie sah auch, wie der Junge alle paar Minuten das Mädchen wohlgefällig musterte, als versuchte er, ihre Aufmerksamkeit zu erregen.

Nach dem Essen räumte Joy das Geschirr ab und verschwand, und Mrs. Hopewell blieb allein mit dem Jungen zurück. Er erzählte ihr erneut von seiner Kindheit und dem Unfall seines Vaters und allem Möglichen, was er sonst noch erlebt hatte. Alle paar Minuten musste sie ein Gähnen unterdrücken. Zwei Stunden lang blieb er sitzen, bis sie ihm schließlich sagte, er müsse jetzt gehen, denn sie sei in der Stadt verabredet. Er packte seine Bibeln wieder ein, bedankte sich und war schon am Gehen, blieb dann aber unter der Tür stehen, schüttelte ihr lange die Hand und sagte, noch nie habe er auf seinen Reisen eine so nette Dame wie sie getroffen, und fragte, ob er wiederkommen dürfe. Sie erwiderte, sie würde sich immer freuen, ihn zu sehen.

Joy hatte solange auf der Straße gestanden und anscheinend irgendetwas in der Ferne betrachtet, als er, vom Gewicht des Koffers zur Seite gezogen, die Stufen herunterkam und auf sie zuging. Er blieb vor ihr stehen und sprach sie an. Mrs. Hopewell konnte nicht hören, was er sagte, aber sie zitterte bei dem Gedanken, was Joy antworten würde. Sie sah, dass Joy nach einer Weile etwas sagte und der Junge antwortete und aufgeregt mit der freien Hand gestikulierte. Gleich darauf sagte Joy wieder etwas, und erneut begann der Junge zu sprechen. Dann sah Mrs. Hopewell zu ihrer Verwunderung die beiden miteinander auf das Gatter zugehen. Joy ging den ganzen Weg bis zum Gatter mit, und Mrs. Hopewell konnte sich nicht vorstellen, was sie miteinander gesprochen haben mochten, und hatte noch nicht zu fragen gewagt.

Nun aber verlangte Mrs. Freeman ihre Aufmerksamkeit. Sie hatte sich vom Kühlschrank zum Gasofen bewegt, sodass sich Mrs. Hopewell zu ihr umdrehen musste, damit es so aussah, als hörte sie zu. »Glynese ist gestern Abend wieder mit Harvey Hill ausgegangen«, sagte sie. »Sie hatte ein Gerstenkorn.«

»Hill«, sagte Mrs. Hopewell geistesabwesend. »Ist das der, der in der Autowerkstatt arbeitet?«

»Nein, der, wo in eine Schule für Heilpraktiker geht«, sagte Mrs. Freeman. »Sie hatte dieses Gerstenkorn. Schon zwei Tage lang. Und sie hat erzählt, als er sie neulich abends heimgebracht hat, da sagt er zu ihr: Lass mich das Gerstenkorn wegmachen, und sie fragt, wie?, und er sagt, du legst dich einfach auf den Autositz und dann zeig ichs dir. Also legt sie sich hin, und er haut ihren Kopf gegen den Sitz. Und das macht er ein paar Mal, bis sie sagt, er soll aufhören. Und heut Morgen«, erzählte Mrs. Freeman, »da hat sie kein Gerstenkorn mehr. Nicht die kleinste Spur.«

»So was hab ich noch nie gehört«, sagte Mrs. Hopewell.

»Er hat sie aufm Standesamt heiraten wollen«, fuhr Mrs. Freeman fort, »und sie hat ihm gesagt, sie heiratet bestimmt nicht in einem *Büro*.«

»Glynese ist wirklich ein feines Mädchen«, sagte Mrs. Hopewell. »Glynese und Carramae sind beide feine Mädchen.«

»Carramae hat gesagt, als sie und Lyman geheiratet haben, da hat Lyman gesagt, für ihn war das ganz feierlich. Sie sagt, er hat gesagt, für keine fünfhundert Dollar lässt er sich von einem Pfarrer trauen.«

»Für wie viel würd er's tun?«, fragte das Mädchen vom Herd her.

»Nicht mal für fünfhundert Dollar würd ers tun«, wiederholte Mrs. Freeman.

»Jetzt sollten wir aber wieder an die Arbeit«, sagte Mrs. Hopewell.

»Lyman hat gesagt, für ihn wars einfach feierlicher so«, sagte Mrs. Freeman. »Der Doktor sagt, Carramae soll Backpflaumen essen. Statt Medikamente. Und dass die Krämpfe vom Drücken kommen. Wissen Sie, was ich glaub, wo es ist?«

»In ein paar Wochen geht es ihr besser«, sagte Mrs. Hopewell.

»Es ist im Eileiter«, sagte Mrs. Freeman. »Sonst wär ihr nicht so übel.«

Hulga hatte ihre zwei Eier in einer Untertasse aufgeschlagen und brachte sie zusammen mit einem Becher

Kaffee, den sie bis zum Rand gefüllt hatte, an den Tisch. Sie setzte sich vorsichtig hin und begann zu essen; sie legte es darauf an, Mrs. Freeman durch Fragen festzuhalten, falls sie aus irgendeinem Grund zu erkennen gab, gehen zu wollen. Sie merkte, dass der Blick ihrer Mutter auf ihr ruhte. Die erste unverfängliche Frage würde sich auf den Bibelverkäufer beziehen, und sie wollte das Thema nicht anschneiden. »Was hat er mit ihrem Kopf gemacht?«, fragte sie.

Mrs. Freeman beschrieb ausführlich, was er mit Glynese' Hals gemacht hatte. Sie sagte, er besitze einen Mercury, Baujahr 1955, aber Glynese habe erklärt, sie wolle lieber einen Mann mit einem Plymouth von 1936 heiraten, der aber von einem Pfarrer getraut werden wolle. Hulga fragte, was wäre, wenn er einen Plymouth von 1932 besitze, und Mrs. Freeman sagte, Glynese habe von einem Plymouth Baujahr 1936 gesprochen.

Mrs. Hopewell sagte, es gebe nicht viele Mädchen, die so einen gesunden Menschenverstand hätten wie Glynese. Sie sagte, was sie an den beiden Mädchen bewundere, sei ihr gesunder Menschenverstand. Sie sagte, das erinnere sie daran, dass sie gestern einen netten Besuch gehabt hätten, einen jungen Mann, der Bibeln verkaufte. »Gütiger Gott«, sagte sie, »er hat mich zu Tode gelangweilt, aber er war so aufrichtig und grundsolide, dass ich nicht unhöflich sein konnte. Er gehörte zu den anständigen Leuten vom Land, wissen Sie – einfach das Salz der Erde.«

»Ich hab ihn herkommen sehn«, sagte Mrs. Freeman, »und dann später … hab ich ihn weggehen sehn«, und Hulga hörte den leicht veränderten Klang in ihrer Stimme, die kaum merkliche Andeutung, dass er nicht allein weggegangen war, oder etwa nicht? Sie verzog keine Miene, doch die Röte stieg ihr bis zum Hals, und sie schien sie mit dem nächsten Löffel Ei hinunterzuschlucken. Mrs. Freeman sah sie an, als hätten sie beide ein Geheimnis miteinander.

»Es gibt eben solche und solche«, erklärte Mrs. Hopewell. »Gut, dass wir nicht alle gleich sind.«

»Manche Leute sind gleicher als andere«, sagte Mrs. Freeman.

Hulga stand auf, stapfte viel lauter als nötig in ihr Zimmer und verschloss die Tür. Um zehn war sie mit dem Bibelverkäufer am Gatter verabredet. Die halbe Nacht hatte sie darüber nachgedacht, zuerst, als wäre es ein einziger Witz, doch allmählich hatte sie eine tiefere Bedeutung darin gesehen. Sie hatte im Bett gelegen und sich Dialoge ausgedacht, die oberflächlich gesehen völlig verrückt waren, aber in Tiefen reichten, von denen kein Bibelverkäufer etwas ahnte. So war ihr gestriges Gespräch verlaufen.

Er war vor ihr stehen geblieben und hatte einfach gewartet. Er hatte ein knochiges, verschwitztes, hageres Gesicht und eine kleine spitze Nase, und sein Ausdruck war anders als am vorigen Tag am Esstisch. Er sah sie mit unverhohlener Neugier an, fasziniert wie ein Kind, das im Zoo ein ihm unbekanntes phantastisches Tier beobachtet, und er atmete so heftig, als wäre er eine weite Strecke bis zu ihr gerannt. Sein Blick kam ihr irgendwie bekannt vor, aber sie erinnerte sich nicht, wo sie schon einmal so angesehen worden wäre. Fast eine Minute lang sagte er kein Wort. Dann flüsterte er, als hole er dabei tief Atem: »Haben Sie schon mal ein Hühnchen gegessen, was zwei Tage alt war?«

Das Mädchen sah ihn mit steinerner Miene an. Es war, als stellte er die Frage bei der Tagung eines philosophischen

Vereins zur Diskussion. »Ja«, sagte sie nach einer Weile, als hätte sie die Frage von allen Seiten betrachtet.

»Es muss ganz klitzeklein gewesen sein!«, sagte er triumphierend, und er bebte am ganzen Leib vor nervösem Gekicher. Sein Gesicht wurde rot, und allmählich breitete sich ein Ausdruck vollkommener Bewunderung darauf aus, während die Miene des Mädchens ganz und gar unbewegt blieb.

»Wie alt sind Sie?«, fragte er leise.

Sie wartete eine Weile mit der Antwort. Dann sagte sie mit tonloser Stimme: »Siebzehn.«

Er lächelte, und es sah aus, wie wenn sich Wellen an der Oberfläche eines kleinen Sees kräuseln. »Wie ich seh, haben Sie ein Holzbein«, sagte er. »Ich find Sie tapfer. Ich find Sie echt süß.«

Das Mädchen stand ausdruckslos da, stumm und schwerfällig.

»Gehen Sie mit mir bis zum Gatter«, sagte er. »Sie sind ein tapferes, liebes kleines Ding, und ich hab Sie vom ersten Augenblick an gemocht, wo ich Sie zur Tür hab reinkommen sehen.«

Hulga begann weiterzugehen.

»Wie heißen Sie?«, fragte er und sah lächelnd auf sie hinunter.

»Hulga«, sagte sie.

»Hulga«, murmelte er, »Hulga. Hulga. Hab noch nie von jemand gehört, der Hulga heißt. Sie sind schüchtern, Hulga, oder?«

Sie nickte und blickte auf seine große rote Hand, die den Griff des riesigen Koffers hielt.

»Ich mag Mädchen, die eine Brille tragen«, sagte er. »Ich denke viel nach. Ich bin nicht so wie manche, die noch nie im Leben einen vernünftigen Gedanken gehabt haben. Deshalb, weil ich vielleicht sterben werde.«

»Ich vielleicht auch«, sagte sie auf einmal und sah zu ihm hoch. Seine winzigen braunen Augen glänzten wie im Fieber.

»Hören Sie mal«, sagte er, »glauben Sie nicht, es ist manchen Leuten bestimmt, dass sie sich begegnen, weil sie so viel gemeinsam haben und so? Zum Beispiel ernste Gedanken im Kopf haben und so?« Er nahm den Koffer in die andere Hand, sodass die Hand, die ihr näher war, frei war. Er fasste sie beim Ellbogen und schüttelte ihn ein wenig. »Am Samstag arbeite ich nicht«, sagte er. »Da geh ich gern im Wald spazieren und schau mir an, was Mutter Natur sich angezogen hat. Über die Hügel und in die Ferne. Picknicks und so was. Könnten wir nicht morgen ein Picknick machen? Sagen Sie Ja, Hulga«, und er warf ihr einen schmachtenden Blick zu, als fielen ihm gleich die Eingeweide heraus. Es sah sogar so aus, als schwanke er ganz leicht auf sie zu.

In der Nacht hatte sie sich vorgestellt, dass sie ihn verführen würde. Sie stellte sich vor, sie spazierten auf dem Farmgelände herum, bis sie an die alte Scheune jenseits der beiden hinteren Felder kämen, und dort, stellte sie sich vor, würde es so weit kommen, dass sie ihn mit Leichtigkeit verführen konnte und dann natürlich damit rechnen musste, dass er Gewissensbisse bekam. Das wahre Genie kann selbst einem minderbemittelten Geist einen Gedanken nahebringen. Sie stellte sich vor, sie würde sich seiner Gewissensbisse annehmen und sie in ein tieferes Verständnis vom Leben verwandeln. Sie würde ihn von seiner Scham befreien und etwas Nützliches daraus machen.

Punkt zehn machte sie sich zum Gatter auf und entkam der Aufmerksamkeit Mrs. Hopewells. Sie nahm nichts zum Essen mit, weil sie nicht daran dachte, dass man normalerweise für ein Picknick etwas zum Essen mitnimmt. Sie trug eine Hose und ein schmutziges weißes Hemd, und dann fiel ihr noch ein, etwas Vapex auf den Kragen zu tupfen, weil sie kein Parfüm besaß. Als sie ans Gatter kam, war niemand da.

Wütend sah sie die leere Straße entlang mit dem Gefühl, er hätte sie reingelegt, hätte nur beabsichtigt, sie der puren Vorstellung von ihm hinterher, und bis zum Gatter laufen zu lassen. Dann plötzlich stand er groß aufgerichtet da, hinter einem Gebüsch auf der anderen Straßenseite, und lüpfte lächelnd seinen Hut, der neu war und eine breite Krempe hatte. Gestern hatte er ihn noch nicht getragen, und sie fragte sich, ob er ihn für diesen Anlass gekauft hatte. Er hatte die Farbe von geröstetem Brot, ein rotweißes Hutband und war ein wenig zu groß für ihn. Er trat hinter dem Gebüsch hervor, immer noch den schwarzen Koffer in der Hand, hatte noch denselben Anzug an und dieselben gelben Socken, die beim Gehen hinuntergerutscht waren. Er überquerte die Straße und sagte: »Ich hab gewusst, dass Sie kommen würden!«

Das Mädchen fragte sich spöttisch, woher er das gewusst hatte, deutete auf den Koffer und fragte: »Warum haben Sie Ihre Bibeln mitgebracht?«

Er nahm sie beim Ellbogen und lächelte auf sie hinab, als könnte er damit gar nicht mehr aufhören. »Man weiß nie, wann man das Wort Gottes brauchen wird, Hulga.« Einen Augenblick lang bezweifelte sie, dass das, was gerade passierte, wirklich war, und dann begannen sie die Böschung hinunterzusteigen. Sie gingen ins Weideland hinunter, dem Wald entgegen. Der Junge ging leichtfüßig neben ihr her, auf den Zehen federnd. Der Koffer schien heute nicht schwer, er schwenkte ihn sogar hin und her. Stumm hatten sie die Weidefläche zur Hälfte überquert, als er ihr die Hand vorsichtig auf den Rücken legte und leise fragte: »An welcher Stelle ist Ihr Holzbein befestigt?«

Eine hässliche Röte stieg ihr ins Gesicht, und sie starrte ihn grimmig an. Einen Moment schien der Junge verlegen. »Ich hab Ihnen nicht wehtun wollen«, sagte er. »Ich hab nur gemeint, Sie sind so tapfer und so. Bestimmt sorgt der liebe Gott für Sie.«

»Nein«, sagte sie. Sie sah geradeaus und beschleunigte den Schritt. »Ich glaub überhaupt nicht an Gott.«

Daraufhin blieb er stehen und stieß einen Pfiff aus. »Nein so was!«, rief er, als wäre er zu verblüfft, um etwas anderes zu sagen.

Sie ging weiter, und im nächsten Moment stand er neben ihr und fächelte sich mit dem Hut Luft zu. »Das ist sehr ungewöhnlich für ein Mädchen«, bemerkte er und sah sie aus dem Augenwinkel an. Als sie am Waldrand angekommen waren, legte er ihr wieder die Hand auf den Rucken, zog sie wortlos an sich und küsste sie derb.

Der Kuss, in dem sich mehr Druck als Gefühl äußerte, löste bei dem Mädchen jenen zusätzlichen Adrenalinschub aus, der einen Menschen befähigt, eine vollgepackte Truhe aus einem brennenden Haus zu tragen, doch bei ihr ging diese Kraft direkt ins Gehirn. Noch bevor er sie losließ, betrachtete ihr Verstand, ohnehin klar, distanziert und ironisch, ihn aus großer Ferne, amüsiert, aber auch mitleidig. Sie war noch nie geküsst worden und stellte befriedigt fest, dass das kein außergewöhnliches Erlebnis und alles nur vom Verstand gesteuert war. Manche Leute tranken auch gern Abwasser, wenn man ihnen nur sagte, dass es Wodka sei. Als der Junge, der erwartungsvoll, aber auch unsicher wirkte, sie sacht von sich schob, drehte sie sich weg und ging stumm weiter, als wäre der Vorgang für sie etwas ganz Normales.

Keuchend kam er ihr nachgelaufen und versuchte ihr zu helfen, wenn er sah, dass sie womöglich über eine Wurzel stolpern könnte. Er packte die schwankenden langen Dornenranken und hielt sie zur Seite, bis sie vorbeigegangen war. Sie ging voraus, und schwer atmend kam er hinter ihr her. Dann landeten sie auf einem sonnenbeschienenen Hang, der sanft zu einem etwas niedrigeren Hügel abfiel. Dahinter sah man das rostige Dach der alten Scheune, wo der Heuvorrat gelagert war.

Der Hügel war übersät mit kleinen, rosafarbenen wilden Blumen. »Dann bist du also nicht erlöst?«, fragte der Junge auf einmal und blieb stehen.

Das Mädchen lächelte. Es war das erste Mal, dass sie ihn überhaupt angelächelt hatte. »Nach meinen Begriffen«, sagte sie, »bin ich erlöst und Sie sind verdammt, aber ich hab Ihnen ja gesagt, dass ich nicht an Gott glaube.«

Nichts konnte anscheinend dem bewundernden Blick des Jungen etwas anhaben. Nun sah er sie an, als hätte das phantastische Tier im Zoo eine Pfote durch die Gitterstäbe gesteckt und ihn liebevoll geknufft. Sie fand, er sähe aus, als wollte er ihr noch einmal einen Kuss geben, und ging weiter, bevor es dazu kommen konnte.

»Können wir uns nicht irgendwann wo hinsetzen?«, murmelte er, und seine Stimme klang am Ende des Satzes weicher.

»Da vorn in der Scheune«, antwortete sie.

Sie gingen rasch darauf zu, als könnte sie wie ein Zug an ihnen vorbeifahren. Die Scheune war groß und zweistöckig, und drinnen war es kühl und dunkel. Der Junge deutete auf die Leiter, die zum Heuboden hinaufführte, und sagte: »Schade, dass wir nicht raufkönnen.«

»Warum nicht?«, fragte sie.

»Dein Bein«, sagte er ehrfürchtig.

Das Mädchen warf ihm einen verächtlichen Blick zu, hielt sich mit beiden Händen an der Leiter fest und kletterte hoch, während er unten stehen blieb, allem Anschein nach sprachlos vor Bewunderung. Sie hangelte sich geschickt durch die Luke, sah dann zu ihm hinunter und sagte: »Na, dann kommen Sie doch, wenn Sie wollen.« Da begann er die Leiter hochzusteigen und bugsierte den Koffer nach oben.

»Die Bibel werden wir nicht brauchen«, befand sie.

»Das weiß man nie«, sagte er keuchend. Nachdem er den Heuboden erklommen hatte, brauchte er eine Weile, um wieder zu Atem zu kommen. Sie hatte sich auf einen Strohballen gesetzt. Ein breiter Streifen Sonnenlicht, in dem es von Staubkörnchen wimmelte, fiel schräg auf sie. Sie lehnte sich mit abgewandtem Gesicht gegen einen Strohballen und schaute aus der vorderen Luke der Scheune, durch die das Heu vom Wagen aus auf den Heuboden hochgeworfen wurde. Vor dem dunklen, bewaldeten Höhenzug hoben sich die beiden rosa gesprenkelten Hügel ab. Der Himmel war wolkenlos und von einem kalten Blau. Der Junge ließ sich neben sie fallen, legte einen Arm unter sie und den anderen über sie; dann begann er systematisch ihr Gesicht abzuküssen und machte dabei kleine Geräusche wie ein Fisch. Er behielt seinen Hut auf, hatte ihn aber so weit in den Nacken geschoben, dass er nicht im Weg war. Als ihn ihre Brille störte, nahm er sie ihr ab und ließ sie in seine Tasche gleiten.

Zunächst erwiderte das Mädchen keinen seiner Küsse, aber dann machte sie mit, und nachdem sie ihm etliche Küsse auf die Wangen gedrückt hatte, näherte sie sich seinen Lippen und verharrte da, küsste ihn immer wieder, als versuchte sie, ihm allen Atem auszusaugen. Sein Atem war rein und wohlriechend wie der eines Kindes, und die Küsse waren feucht wie die eines Kindes. Er murmelte, dass er sie liebe und das gleich gewusst habe, als er sie zum ersten Mal sah, aber das Gemurmel klang wie von einem schläfrigen, zappeligen Kind, das von seiner Mutter zu Bett gebracht wird. Ihr Verstand war die ganze Zeit über hellwach, verlor sich keinen Augenblick lang an ihre Gefühle. »Du hast noch gar nicht gesagt, dass du mich liebst«, flüsterte er schließlich und entzog sich ihr. »Das musst du sagen.«

Sie blickte weg von ihm in die Himmelskuppel und dann hinunter auf einen schwarzen Bergkamm und noch weiter hinunter zu zwei wogenden grünen Seen – zumindest sah es so aus. Sie merkte nicht, dass er ihr die Brille weggenommen hatte, doch die Landschaft kam ihr nicht ungewöhnlich vor, da sie ihre Umgebung selten genauer wahrnahm.

»Das musst du sagen«, wiederholte er. »Du musst sagen, dass du mich liebst.«

Sie achtete immer darauf, sich nicht zu sehr auf etwas einzulassen. »In gewisser Hinsicht«, fing sie an, »könnte man das so sagen, wenn man das Wort mit Vorsicht gebraucht. Aber ich gebrauche es nicht. Ich habe keine Illusionen. Ich gehöre zu den Leuten, die alles durchschauen, bis sie auf das Nichts stoßen.«

Der Junge runzelte die Stirn. »Du musst es sagen. Ich habs gesagt, und du musst es auch sagen.«

Das Mädchen sah ihn fast liebevoll an. »Du armes Kind«, murmelte sie. »Es macht gar nichts, dass du nicht verstehst«, und sie zog ihn am Hals, das Gesicht nach unten, zu sich her. »Wir sind alle verdammt«, sagte sie, »aber manche von uns haben die Binde von den Augen abgenommen und sehen, dass es nichts zu sehen gibt. Es ist eine Art Erlösung.«

Die erstaunten Augen des Jungen blickten verständnislos durch die Spitzen ihres Haars. »Von mir aus«, sagte er, beinahe weinerlich, »aber liebst du mich jetzt oder nicht?«

»Ja«, sagte sie, »in gewisser Hinsicht. Aber ich muss dir etwas sagen. Es darf zwischen uns nichts Unehrliches geben.« Sie hob seinen Kopf hoch und sah ihm in die Augen. »Ich bin dreißig Jahre alt. Ich habe mehrere Universitätsdiplome.«

Der Junge schien irritiert, gab aber nicht nach. »Das ist mir egal«, sagte er. »Es ist mir egal, was du alles gemacht hast. Ich möchte bloß wissen, ob du mich liebst oder nicht!« Und er zog sie an sich und drückte heftige Küsse auf ihr ganzes Gesicht, bis sie schließlich »Ja, ja« sagte.

»Also okay«, sagte er und ließ sie los. »Beweis es mir.«

Sie lächelte und schaute verträumt in die diffuse Landschaft. Sie hatte ihn verführt, ohne sich überhaupt zu einem Versuch entschlossen zu haben. »Wie denn?«, fragte sie, weil sie das Gefühl hatte, sie müsste ihn ein wenig hinhalten.

Er beugte sich zu ihr und näherte seine Lippen ihrem Ohr. »Zeig mir, wo dein Holzbein befestigt ist«, flüsterte er.

Das Mädchen stieß einen spitzen kleinen Schrei aus,

und auf der Stelle wich alle Farbe aus ihrem Gesicht. Nicht weil sein Vorschlag unanständig war, war sie schockiert. Als Kind hatte sie sich manchmal geschämt, aber ihre Ausbildung hatte auch die letzten Spuren dieser Scham entfernt, so wie ein guter Chirurg die Krebsgeschwulst ausschabt; sie hätte genauso wenig Scham wegen seiner Bitte empfunden, wie sie an seine Bibel glaubte. Aber wenn es um ihr künstliches Bein ging, war sie so empfindlich wie ein Pfau, wenn es um seinen Schwanz geht. Niemand außer ihr rührte es je an. Sie kümmerte sich darum, wie jemand anders sich um die eigene Seele kümmern mochte, nur wenn sie allein war und beinahe mit abgewandtem Blick. »Nein«, sagte sie.

»Ich habs ja gewusst«, murmelte er und richtete sich auf. »Du hältst mich bloß zum Narren.«

»Nein, nein!«, rief sie. »Es ist am Knie befestigt. Nur am Knie. Warum willst du es überhaupt sehen?«

Der Junge sah sie lange und durchdringend an. »Weils das ist, was dich besonders macht. Du bist nicht wie alle andern.«

Sie saß da und starrte ihn an. Nichts in ihrem Gesicht oder in ihren eisblauen runden Augen ließ erkennen, dass sie gerührt war, und doch hatte sie das Gefühl, ihr Herz wäre stehen geblieben und der Verstand müsste nun das ganze Blut pumpen. Sie stellte fest, dass sie zum ersten Mal in ihrem Leben wahrer Unschuld begegnete. Dieser Junge hatte sich mit einem Instinkt, der von jenseits aller Weisheit stammte, der Wahrheit über sie genähert. Als sie nach einem kurzen Augenblick mit hoher, heiserer Stimme sagte: »Von mir aus«, da war es, als lieferte sie sich ihm vollkommen aus. Als verlöre sie ihr eigenes Leben und fände es wie durch ein Wunder in seinem wieder.

Ganz behutsam begann er ihr Hosenbein hochzukrempeln. Das künstliche Glied, bekleidet mit einer weißen Socke und einem flachen braunen Schuh, war mit einem dicken, leinwandähnlichen Stoff umwickelt und endete in einem hässlichen Scharnier, wo es am Beinstumpf befestigt war. Die Miene wie auch die Stimme des Jungen waren voller Ehrfurcht, als er das Bein aufdeckte und sagte: »Jetzt zeig mir, wie man es an- und abmacht.«

Sie nahm es für ihn ab und legte es wieder an, und dann nahm er es selbst ab und fasste es so behutsam an, als wäre es ein echtes Bein. »Schau!«, sagte er, entzückt wie ein Kind. »Jetzt kann ichs auch allein!«

»Mach es wieder dran«, sagte sie. Sie stellte sich vor, dass sie mit ihm durchbrennen würde, und jeden Abend würde er das Bein abnehmen und jeden Morgen wieder anlegen. »Mach es wieder dran«, sagte sie.

»Noch nicht«, murmelte er und stellte es außerhalb ihrer Reichweite ab. »Lass es doch eine Weile weg. Jetzt hast du ja mich.«

Sie stieß einen kleinen erschrockenen Schrei aus, doch er drückte sie nach unten und begann sie wieder zu küssen. Ohne das Bein fühlte sie sich ganz und gar von ihm abhängig. Anscheinend hatte ihr Gehirn völlig zu denken aufgehört und eine andere Funktion übernommen, für die es nicht geeignet war. Ihr Gesichtsausdruck änderte sich in raschem Wechsel. Hin und wieder schaute der Junge mit Augen wie stählerne Spitzen hinter sich, wo das Bein stand. Schließlich schubste sie ihn weg und sagte: »Jetzt mach's mir wieder dran.«

»Warte«, sagte er. Er lehnte sich zur Seite, zog den Koffer zu sich heran und machte ihn auf.

Er hatte ein fleckiges blassblaues Futter, und nur zwei

Bibeln lagen darin. Er nahm eine heraus und schlug den Deckel auf. Sie war innen hohl und enthielt einen Flachmann mit Whiskey, einen Satz Spielkarten und eine kleine blaue bedruckte Schachtel. Er legte eins nach dem andern in gleichem Abstand voneinander vor sie hin wie jemand, der vor dem Schrein einer Göttin Opfergaben darbringt. Er gab ihr die blaue Schachtel in die Hand. NUR ZUR VORBEUGUNG GEGEN KRANKHEITEN las sie und ließ die Schachtel fallen. Der Junge schraubte den Verschluss der Flasche ab, wartete einen Moment und deutete lächelnd auf das Kartenspiel. Es war kein normaler Satz, sondern einer mit einem obszönen Bild auf der Rückseite jeder Karte. »Nimm einen Schluck«, sagte er und bot ihr die Flasche zuerst an. Er hielt sie ihr entgegen, aber sie rührte sich nicht, war wie hypnotisiert.

Als sie dann sprach, klang ihre Stimme beinahe flehentlich. »Gehörst du denn nicht«, murmelte sie, »zu den anständigen Leuten vom Land?«

Der Junge warf den Kopf zurück. Es sah aus, als dämmerte es ihm jetzt erst, dass sie ihn möglicherweise beleidigen wollte. »Ja«, sagte er und schürzte leicht die Lippen, »aber deshalb hab ich noch lang nix anbrennen lassen. Ich bin allemal so viel wert wie du.«

»Gib mir mein Bein wieder«, sagte sie.

Er schob es mit dem Fuß weiter weg. »Komm schon, jetzt fangen wir an, es uns gemütlich zu machen«, sagte er in schmeichlerischem Ton. »Wir kennen uns ja noch gar nicht richtig.«

»Gib mir mein Bein wieder!«, kreischte sie und wollte sich darauf stürzen, doch er stieß sie mühelos zu Boden.

»Was ist auf einmal mit dir los?«, fragte er mit gerunzelter Stirn, schraubte die Flasche zu und steckte sie rasch wieder in die Bibel. »Grad eben hast du noch gesagt, du glaubst an nix. Ich hab gedacht, du wärst was ganz Besonderes!«

Ihr Gesicht war jetzt beinahe puterrot. »Du bist mir ein Christ!«, zischte sie. »Ein schöner Christ bist du! Du bist genau wie alle andern, sagst das eine und tust das Gegenteil. Du bist der perfekte Christ, du bist –«

Der Junge verzog zornig den Mund. »Du denkst hoffentlich nicht, dass ich an diesen Mist glaub«, sagte er in stolzer Empörung. »Ich verkauf zwar Bibeln, aber man kann mich nicht für dumm verkaufen, und ich bin auch nicht von gestern. Ich weiß, wos langgeht!«

»Gib mir mein Bein zurück!«, schrie sie gellend. Er sprang so schnell auf, dass sie kaum sah, wie er die Karten und die blaue Schachtel in die Bibel fegte und die Bibel in den Koffer warf. Sie sah, wie er das Bein packte, und sah es dann, einsam und allein, schräg im Koffer liegen, an beiden Enden von einer Bibel festgeklemmt. Er schlug den Deckel zu, schnappte den Koffer und bugsierte ihn durch die Luke, ehe er selbst hindurchkroch.

Als nur noch sein Kopf zu sehen war, wandte er sich um und sah sie an mit einem Blick, in dem keinerlei Bewunderung mehr lag. »Ich hab ne Menge interessanter Sachen«, sagte er. »Einmal hab ich auf die Tour das Glasauge von ner Frau gekriegt. Und du brauchst nicht glauben, dass du mich erwischst, weil Pointer ist nämlich nicht mein richtiger Name. In jedem Haus, wo ich hinkomm, benutz ich einen anderen Namen, und ich bleib auch nirgends lang. Und ich sag dir noch das eine, Hulga« – und er sprach den Namen so, als hielte er nicht viel davon –, »so schlau bist du auch wieder nicht. Ich glaub an nix, seit dem Tag, wo ich geboren bin!« Und dann verschwand der toastfarbene Hut in der Luke, und das Mädchen blieb im staubigen Sonnenlicht auf dem Stroh zurück. Als sie ihr glühendes Gesicht der Öffnung zuwandte, sah sie, wie die blaue Gestalt mühelos über den grün gesprenkelten See vorwärtsstrebte.

Mrs. Hopewell und Mrs. Freeman, die auf dem Feld hinter dem Haus Zwiebeln ausgruben, sahen ihn wenig später aus dem Wald auftauchen und über die Wiese Richtung Landstraße gehen. »Ist das nicht der nette, tumbe junge Mann, der mir gestern eine Bibel hat verkaufen wollen?«, fragte Mrs. Hopewell und kniff die Augen zusammen. »Er hat sie wahrscheinlich an die Neger dahinten verkauft. Er war so einfältig«, sagte sie, »aber ich glaube, es stünde besser um die Welt, wenn wir alle so einfältig wären.«

Mrs. Freeman blickte auf und sah ihn gerade noch, bevor er hinter dem Hügel verschwand. Dann wandte sie ihre Aufmerksamkeit wieder dem fauligen Zwiebeltrieb zu, den sie vom Boden aufhob. »Nicht alle können so einfältig sein«, sagte sie. »Ich kann's jedenfalls nicht, das weiß ich.«

ALLES, WAS AUFSTEIGT, MUSS SICH BEGEGNEN

Der Arzt hatte Julians Mutter erklärt, sie müsse wegen ihres hohen Blutdrucks zwanzig Pfund abnehmen, deshalb musste Julian sie mittwochabends im Bus in die Stadt zu ihrem Abmagerungskurs im Y begleiten. Der Kurs war gedacht für berufstätige Frauen über fünfzig, die von fünfundsiebzig bis zu neunzig Kilo wogen. Seine Mutter gehörte zu den Dünneren, doch sie sagte, eine Lady verrate weder ihr Alter noch ihr Gewicht. Seit der Aufhebung der Rassentrennung fuhr sie abends nicht allein mit dem Bus, und weil der Kurs zu ihren wenigen Vergnügungen zählte, wichtig für ihre Gesundheit war und dazu noch kostenlos, meinte sie, Julian könne sich zumindest die Mühe machen, sie zu begleiten, wenn man bedachte, was sie alles für ihn tat. Julian hatte zwar keine Lust, zu bedenken, was sie alles für ihn tat, doch jeden Mittwochabend raffte er sich auf und begleitete sie.

Sie war schon fast fertig, stand vor dem Spiegel in der Diele und setzte den Hut auf, während er, die Hände auf dem Rücken, wie festgenagelt am Türrahmen stand wie der heilige Sebastian in Erwartung der Pfeile, die ihn durchbohren würden. Der Hut war neu und hatte sie siebeneinhalb Dollar gekostet. Wieder und wieder sagte sie: »Vielleicht hätte ich nicht so viel dafür bezahlen sollen.

Nein, bestimmt nicht. Ich setz ihn ab und geb ihn morgen zurück. Ich hätte ihn nicht kaufen sollen.«

Julian hob die Augen zum Himmel. »Doch, du hättest ihn kaufen sollen«, sagte er. »Setz ihn auf und lass uns gehen.« Der Hut war scheußlich. Eine dunkelrote Samtkrempe war auf der einen Seite nach unten gebogen und stand auf der anderen in die Höhe; alles andere war grün und sah aus wie ein Kissen ohne Füllung. Er fand ihn weniger komisch als neckisch und lächerlich. Alles, woran sie Vergnügen hatte, war unbedeutend und deprimierte ihn.

Sie hob den Hut noch einmal hoch und setzte ihn dann langsam auf. Zwei graue Haarsträhnen umrahmten ihr blühendes Gesicht, doch ihre himmelblauen Augen waren so unschuldig und unberührt von jeglicher Erfahrung wie wohl zu der Zeit, als sie zehn Jahre alt war. Wäre sie nicht eine Witwe gewesen, die sich die allergrößte Mühe gegeben hatte, ihn durchzufüttern und zu kleiden und auf die Schule zu schicken, und die ihn auch jetzt noch unterstützte, »bis er auf eigenen Füßen stehen konnte«, hätte sie ein kleines Mädchen sein können, das er in die Stadt begleiten musste.

»Es ist gut so, es ist gut«, sagte er. »Gehen wir.« Er öffnete die Tür und ging voran, damit sie sich endlich in Bewegung setzte. Der Himmel war von einem verblassenden Lila, und die Häuser hoben sich dunkel davor ab, knollenförmige, leberfarbene Monstrositäten von einförmiger Hässlichkeit, auch wenn keine zwei sich glichen. Da die Gegend vor vierzig Jahren schick gewesen war, war seine Mutter immer noch überzeugt, sie könnten sich glücklich schätzen, hier eine Wohnung zu besitzen. Jedes Haus war von einem schmalen Streifen Erde umgeben, und meist hockte ein schmuddeliges Kind darauf. Julian hatte die Hände in die Taschen gesteckt, den Kopf gesenkt und nach vorn gereckt, die Augen glasig vor Entschlossenheit, in der Zeit, die er sich für ihr Vergnügen opferte, auf nichts zu reagieren.

Die Tür ging zu, und er wandte sich nach der pummeligen Gestalt um, die, überragt von dem grauenhaften Hut, auf ihn zukam. »Man lebt ja doch nur einmal«, sagte sie, »und weil ich ein bisschen mehr dafür bezahlt habe, werd ich mir wenigstens nicht auf Schritt und Tritt selber begegnen.«

»Irgendwann werde ich Geld verdienen«, sagte Julian düster – er wusste, das würde nie passieren –, »und dann kannst du dir nach Lust und Laune komische Dinger leisten.« Vorher aber würden sie umziehen. Er stellte sich einen Ort vor, wo die nächsten Nachbarn in beiden Richtungen drei Meilen entfernt lebten.

»Ich finde, du machst dich gut«, sagte sie und zog sich die Handschuhe an. »Du bist erst seit einem Jahr mit der Schule fertig. Rom ist auch nicht an einem Tag erbaut worden.«

Sie war eine der wenigen Kursteilnehmerinnen, die in Hut und Handschuhen ankamen und einen Sohn hatten, der im College gewesen war. »Es braucht Zeit«, sagte sie, »und die Welt steht heutzutage kopf. Der Hut stand mir besser als alle andern, allerdings habe ich zuerst zu ihr gesagt, als sie ihn angebracht hat: ›Nehmen Sie das Ding wieder mit, so was setz ich mir nicht auf‹, und sie hat gesagt: ›Warten Sie erst mal, bis Sie ihn probiert haben‹, und als sie ihn mir aufgesetzt hat, hab ich gesagt: ›Gar nicht so übel‹, und sie hat gesagt: ›Wenn Sie mich fragen, der Hut macht was mit Ihnen und Sie machen was mit dem Hut, und außerdem‹, hat sie gesagt, ›mit dem Hut werden Sie sich nicht auf Schritt und Tritt selber begegnen.‹«

Julian glaubte, er hätte sein Los besser ertragen können, wenn sie eine selbstsüchtige alte Vettel gewesen wäre, die trank und ihn ankeifte. Er ging weiter voran, tief deprimiert, als hätte er inmitten seines Martyriums den Glauben verloren. Beim Anblick seines langen, hoffnungslosen, gereizten Gesichts blieb sie mit tief bekümmerter Miene auf einmal stehen und hielt ihn am Arm zurück. »Warte«, sagte sie. »Ich geh noch mal ins Haus und setz das Ding ab und geb es morgen zurück. Ich hab ja wohl den Verstand verloren. Mit den sieben Dollar fünfzig kann ich die Gasrechnung bezahlen.«

Er packte sie heftig am Arm. »Du gibst ihn nicht zurück«, sagte er. »Mir gefällt er.«

»Nun ja«, sagte sie, »ich glaube nicht, dass ich –«

»Halt den Mund und freu dich dran«, murmelte er, bedrückter denn je.

»Wo die Welt kopfsteht, ist es ein Wunder, dass wir uns an irgendwas freuen können«, erwiderte sie. »Ich sag dir, es geht alles drunter und drüber.«

Julian seufzte.

»Natürlich«, sagte sie, »wenn du weißt, wer du bist, kannst du überallhin.« Das sagte sie jedes Mal, wenn er sie zu ihrem Kurs begleitete. »Die meisten Leute gehören nicht zu unserer Art, aber ich kann höflich zu jedermann sein. Ich weiß, wer ich bin.«

»Deine Höflichkeit kümmert sie einen Dreck«, sagte Julian heftig. »Zu wissen, wer man ist, taugt nur für eine Generation. Du hast doch keine Ahnung, wo du heute stehst und wer du bist.«

Sie blieb stehen und gestattete sich, ihn mit funkelnden

Augen anzusehen. »Ich weiß ganz genau, wer ich bin«, sagte sie, »und wenn du nicht weißt, wer du bist, dann schäme ich mich für dich.«

»Ach du Schande«, sagte Julian.

»Dein Urgroßvater ist einmal Gouverneur von diesem Staat gewesen«, erklärte sie. »Dein Großvater war ein wohlhabender Grundbesitzer. Deine Großmutter war eine Godhigh.«

»Schau dich doch um, wo du jetzt bist«, sagte er gereizt, und er schwenkte ruckartig seinen Arm und deutete auf die Umgebung, die bei anbrechender Dunkelheit wenigstens nicht mehr ganz so schäbig wirkte.

»Du bleibst, was du bist«, sagte sie. »Dein Urgroßvater hatte eine Plantage und zweihundert Sklaven.«

»Es gibt keine Sklaven mehr«, sagte er aufgebracht.

»Es ist ihnen besser gegangen, als sie's noch waren«, sagte sie. Er stöhnte, weil sie jetzt wieder bei diesem Thema gelandet war. Alle paar Tage kam sie dabei in Fahrt, wie ein Zug auf offener Strecke. Er kannte jede Haltestelle, jeden Knotenpunkt, jeden Sumpf entlang der Strecke und wusste ganz genau, an welchem Punkt ihre Schlussfolgerung majestätisch in den Bahnhof einfahren würde: »Es ist lachhaft, es ist einfach nicht realistisch. Ja, ihre Lage müsste sich verbessern, aber auf ihrer eigenen Seite des Zauns.«

»Lassen wir das«, sagte Julian.

»Wer mir leidtut«, sagte sie, »das sind die, die halb weiß sind. Das sind die tragischen Fälle.«

»Jetzt lass das doch!«

»Stell dir mal vor, wir wären halb weiß. Wir hätten bestimmt gemischte Gefühle.«

»Ich hab schon jetzt gemischte Gefühle«, sagte er stöhnend.

»Ja, lass uns über was Erfreulicheres sprechen. Ich weiß noch, wie ich als kleines Mädchen den Großvater besucht habe. Damals hatte das Haus eine Doppeltreppe, die bis zum ersten Stock hinaufführte – gekocht wurde im Erdgeschoss. Ich blieb gern unten in der Küche, weil die Wände so gut rochen. Ich saß dann da, die Nase gegen den Putz gedrückt, und atmete den Geruch in tiefen Zügen ein. Eigentlich gehörte das Haus den Godhighs, aber dein Großvater Chestny zahlte die Hypothek, sodass sie es behalten konnten. Sie lebten in eingeschränkten Verhältnissen«, sagte sie, »aber eingeschränkt oder nicht, sie vergaßen nie, wer sie waren.«

»Das verfallende Herrenhaus hat sie bestimmt daran erinnert«, murmelte Julian. Nie sprach er ohne Verachtung davon, nie dachte er ohne Sehnsucht daran. Er hatte es einmal als Kind gesehen, bevor es verkauft worden war. Die doppelläufige Treppe war morsch geworden, und man hatte sie abgerissen. Damals wohnten dort Neger. Aber er hatte es so in Erinnerung, wie die Mutter es gekannt hatte. Es tauchte regelmäßig in seinen Träumen auf. Dann stand er auf der breiten Veranda und lauschte dem Rascheln der Eichenblätter, wanderte durch die hohe Halle in den angrenzenden Salon und betrachtete die abgenutzten Teppiche und die verblichenen Vorhänge. Er dachte, dass eigentlich er, nicht sie, das Haus zu schätzen gewusst hätte. Ihm gefiel diese fadenscheinige Eleganz mehr als alles andere, was er kannte, und gerade deshalb waren ihm alle anderen Häuser, in denen sie gewohnt hatten, so bedrückend vorgekommen – während ihr kaum ein Unterschied aufgefallen war. Ihren Mangel an Sensibilität nannte sie »Anpassungsfähigkeit«.

»Und ich erinnere mich noch an die alte Negerin, meine Kinderfrau Caroline. Sie war der beste Mensch auf der Welt. Ich hatte immer große Hochachtung für meine farbigen Freunde«, sagte sie. »Ich hätte alles für sie getan, und sie hätten – «

»Hör jetzt um Gottes willen damit auf«, sagte Julian. Wenn er allein mit dem Bus fuhr, legte er es darauf an, neben einem Neger zu sitzen, gewissermaßen als Wiedergutmachung der Sünden seiner Mutter.

»Du bist heute Abend aber empfindlich«, sagte sie. »Geht es dir nicht gut?«

»Doch«, sagte er. »Und jetzt hör auf damit.«

Sie zog einen Schmollmund. »Auf jeden Fall bist du in einer miserablen Laune«, bemerkte sie. »Ich werde einfach überhaupt nicht mit dir reden.«

Sie waren an der Haltestelle angekommen. Es war kein Bus in Sicht, und Julian, die Hände noch immer tief in den Taschen vergraben und den Kopf nach vorn gereckt, blickte finster die leere Straße entlang. Das deprimierende Gefühl, auf den Bus warten und dann auch damit fahren zu müssen, kroch ihm wie eine heiße Hand den Nacken hoch. Die Anwesenheit seiner Mutter machte sich überdeutlich bemerkbar, als sie gequält aufseufzte. Er sah sie düster an. Sie hielt sich kerzengerade unter dem lächerlichen Hut, den sie wie ein Banner ihrer eingebildeten Würde trug. Er empfand den bösartigen Drang, sie in Verlegenheit zu bringen. Auf einmal lockerte er seine Krawatte, nahm sie ab und steckte sie in die Tasche.

Sie erstarrte. »Warum musst du so aussehen, wenn du mich in die Stadt begleitest?«, fragte sie. »Warum musst du mich mit Absicht bloßstellen?«

»Wenn du schon nicht erfahren willst, wo du stehst, könntest du zumindest erfahren, wo ich stehe«, sagte er.

»Du siehst aus wie ein ... Strolch«, sagte sie.

»Dann muss ich wohl einer sein«, murmelte er.

»Ich gehe einfach wieder nach Hause«, sagte sie. »Bitte bemühe dich nicht. Wenn du mir nicht mal so einen kleinen Gefallen tun kannst ...«

Er verdrehte die Augen nach oben und band die Krawatte wieder um. »Jetzt gehöre ich wieder zu meiner Klasse«, murmelte er. Er reckte ihr das Gesicht entgegen und zischte: »Wahre Bildung geht vom Geist aus, vom Geist, und«, und er tippte sich an den Kopf, »vom Geist.«

»Vom Herzen«, sagte sie, »und sie zeigt sich an der Art, wie man bestimmte Dinge tut, und man tut diese Dinge, weil man ist, wer man ist.«

»Keiner in diesem verdammten Bus interessiert sich dafür, wer du bist.«

»Mich interessiert es«, sagte sie in eisigem Ton.

Der beleuchtete Bus tauchte auf dem Kamm des nächsten Hügels auf, und als er sich näherte, traten sie auf die Straße, um ihn anzuhalten. Er fasste sie beim Ellbogen und half ihr die knarzende Stufe hoch. Mit einem leichten Lächeln stieg sie ein, als betrete sie einen Salon, wo sie schon alle erwartet hatten. Während er die Wertmarken in den Apparat steckte, setzte sie sich auf eine der breiten Vorderbänke für drei Personen, die parallel zum Gang standen. Eine dünne Frau mit vorstehenden Zähnen und langen gelben Haaren saß am anderen Ende. Seine Mutter rückte neben sie und machte Julian an ihrer Seite Platz. Er setzte sich und schaute über den Gang auf den Boden, wo sich ein Paar dünner Füße in rot weißen Segeltuchsandalen befanden.

Sofort begann seine Mutter eine allgemeine Unterhaltung als Einladung an jedermann, der Lust dazu. »Kann es denn noch heißer werden?«, fing sie an und entnahm ihrer Handtasche einen schwarzen Klappfächer mit einer japanischen Szene drauf und fächelte sich damit zu.

»Könnt schon sein«, sagte die Frau mit den vorstehenden Zähnen, »aber eins weiß ich mit Sicherheit, dass es in meiner Wohnung nicht noch heißer werden kann.«

»Dann kriegt sie wohl die Nachmittagssonne ab«, sagte seine Mutter. Sie lehnte sich nach vorn und sah sich im ganzen Bus um. Er war halb voll. Alle Insassen waren weiß. »Wir haben den Bus für uns, wie ich sehe«, sagte sie. Julian zuckte zusammen.

»Ausnahmsweise«, sagte die Frau auf der anderen Seite des Gangs, die Besitzerin der rot weißen Segeltuchsandalen. »Ich hab neulich im Bus gesessen, und da haben sie gehockt wie die Fliegen, von vorn bis hinten.«

»Die Welt steht kopf, und zwar überall«, sagte seine Mutter. »Ich weiß nicht, wie wir es so weit haben kommen lassen.«

»Was mich auf die Palme bringt, das sind alle die Jungs aus anständigen Familien, die Autoreifen stehlen«, sagte die Frau mit den vorstehenden Zähnen. »Ich habs meinem Sohn erklärt, hab ihm gesagt, du bist vielleicht nicht reich, aber ich hab dich anständig erzogen, und wenn ich dich je bei so was erwische, können sie dich von mir aus in die Besserungsanstalt stecken. Da würdst du dann genau hingehören.«

»Man merkt jemand an, wie er erzogen worden ist«, sagte seine Mutter. »Ist Ihr Junge in der Highschool?«

»In der neunten Klasse«, sagte die Frau.

»Mein Sohn hat letztes Jahr das College beendet. Er möchte Schriftsteller werden, aber bis er so weit ist, verkauft er Schreibmaschinen«, sagte seine Mutter.

Die Frau lehnte sich vor und musterte Julian. Er warf ihr einen so bösen Blick zu, dass sie sich auf den Sitz zurücksinken ließ. Auf der anderen Seite des Gangs lag eine weggeworfene Zeitung auf dem Boden. Er erhob sich, holte sie sich und schlug sie auf. Seine Mutter führte diskret mit leiserer Stimme das Gespräch fort, doch die Frau auf der anderen Seite des Gangs sagte laut: »Das ist doch nett. Schreibmaschinen verkaufen ist fast wie schreiben. Er kann vom einen gleich zum anderen wechseln.«

»Ich sage ihm immer, Rom ist auch nicht an einem Tag erbaut worden«, erklärte seine Mutter.

Julian zog sich hinter der Zeitung in sein inneres Gehäuse zurück, wo er einen Großteil seiner Zeit verbrachte. Es war eine Art geistiger Luftblase, in der er sich einrichtete, wenn er es nicht mehr ertrug, ein Teil von dem zu sein, was um ihn her vorging. Er konnte hinausschauen und die Dinge beurteilen, aber innen drin war er vor jeder Einmischung von außen geschützt. Es war der einzige Ort, wo er sich nicht belästigt fühlte von der allgemeinen Dummheit seiner Mitmenschen. Nie hatte ihn seine Mutter betreten, doch er konnte sie von dort aus in aller Deutlichkeit sehen.

Die alte Dame war nicht dumm, und er dachte, unter den richtigen Voraussetzungen hätte man einiges von ihr erwarten können. Sie lebte nach den Gesetzen ihrer eigenen Phantasiewelt, und nie hatte er erlebt, dass sie einen Fuß ins Freie gesetzt hätte. Das oberste Gesetz bestand darin, dass sie sich für ihn aufopfern musste, was notwendig geworden war, nachdem sie die Sache zuvor verpfuscht hatte. Wenn er ihr gestattet hatte, diese Opfer zu bringen, dann nur, weil ihr Mangel an Voraussicht sie erforderlich gemacht hatte. Ihr ganzes Leben lang hatte sie dafür gekämpft, wie eine Chestny, doch ohne die Besitztümer der Chestnys zu leben und ihm alles zukommen zu lassen, was ein Chestny ihrer Ansicht nach haben sollte; aber da ihr dieser Kampf Freude bereitete, wie sie sagte, warum dann sich beklagen? Und wenn man so wie sie gewonnen hatte, wie erfreulich war es dann, auf die schweren Zeiten zurückzublicken! Er konnte ihr nicht verzeihen, dass sie den Kampf genossen und geglaubt hatte, sie habe ihn tatsächlich gewonnen.

Was sie damit meinte, war, dass sie ihn mit Erfolg großgezogen und aufs College geschickt hatte und dass er so gut geraten war – er sah gut aus (ihre Zähne waren nicht plombiert worden, damit seine gerichtet werden konnten), war intelligent (ihm war klar, dass er zu intelligent war, um Erfolg zu haben) und hatte eine Zukunft vor sich (natürlich hatte er keine Zukunft vor sich). Sie entschuldigte seine Übellaunigkeit damit, dass er noch nicht ganz erwachsen war, und seine radikalen Ideen mit dem Mangel an praktischer Erfahrung. Sie sagte, er wisse noch gar nichts vom »Leben« und habe noch keinen Fuß in die wirkliche Welt gesetzt – und dabei war er bereits so desillusioniert wie ein Fünfzigjähriger.

Die größte Ironie des Ganzen war, dass er trotz seiner Mutter so gut geraten war. Obwohl er nur auf ein drittklassiges College gegangen war, hatte er es, aus eigener Initiative, mit einer erstklassigen Ausbildung abgeschlossen. Obwohl er in seiner Jugend von einem kleinkarierten Geist beherrscht worden war, hatte er sich zu einem weltoffenen Geist entwickelt. Obwohl sie so törichte Ansichten hatte, war er selbst frei von Vorurteilen und scheute sich nicht, den Tatsachen ins Auge zu sehen. Das Allererstaunlichste aber war, dass er nicht ihr gegenüber aus

Liebe blind war, so wie sie umgekehrt ihm gegenüber, sondern dass er sich emotional von ihr befreit hatte und sie vollkommen objektiv betrachten konnte. Er wurde nicht von seiner Mutter beherrscht.

Mit einem plötzlichen Ruck hielt der Bus an, sodass er aus seinen Betrachtungen aufgerüttelt wurde. Eine Frau taumelte vom hinteren Teil mit kleinen Schritten nach vorn und wäre beinahe auf seine Zeitung gefallen, als sie sich gerade noch aufrappelte. Sie stieg aus, und ein großer Neger stieg ein. Julian hielt die Zeitung gesenkt, um freie Sicht zu haben. Es befriedigte ihn in gewisser Hinsicht, die Ungerechtigkeit im Alltag zu erleben. Es bestätigte seine Ansicht, dass es, von wenigen Ausnahmen abgesehen, im Umkreis von dreihundert Meilen niemanden gab, den zu kennen sich lohnte. Der Neger war gut angezogen und trug eine Aktentasche. Er sah sich um und setzte sich dann auf die andere Seite der Sitzbank, auf der die Frau mit den rot weißen Segeltuchsandalen Platz genommen hatte. Sofort faltete er eine Zeitung auseinander und verschwand dahinter. Julians Mutter stieß ihm mit Nachdruck den Ellbogen gegen die Rippen. »Jetzt siehst du, warum ich nicht allein mit dem Bus fahren will«, flüsterte sie.

Im selben Augenblick, als der Neger sich hingesetzt hatte, war die Frau mit den rot weißen Sandalen aufgestanden, war nach hinten gegangen und hatte sich auf den Platz der Frau gesetzt, die gerade ausgestiegen war. Julians Mutter beugte sich vor und warf ihr einen anerkennenden Blick zu.

Julian stand auf, überquerte den Gang und setzte sich auf den Platz, auf dem die Frau mit den Sandalen gesessen hatte. Von dort aus sah er gelassen zu seiner Mutter hinüber. Ihr Gesicht hatte sich zornig gerötet. Er starrte sie an, stellte sich vor, er sähe sie mit den Augen eines Fremden. Er spürte, wie sich seine Anspannung auf einmal löste, so als hätte er ihr offen den Krieg erklärt.

Er hätte gern ein Gespräch mit dem Neger begonnen, mit ihm über Kunst oder Politik oder irgendein Thema gesprochen, das über den Horizont der Leute in ihrer Umgebung hinausging, doch der Mann war nach wie vor hinter seiner Zeitung verschanzt. Entweder ignorierte er den Platzwechsel oder er hatte ihn gar nicht bemerkt. Es gab für Julian keinerlei Möglichkeit, ihm seine Sympathie zu bekunden.

Seine Mutter sah ihm nach wie vor vorwurfsvoll ins Gesicht. Die Frau mit den vorstehenden Zähnen starrte ihn mit Stielaugen an, als sei er ein ihr bislang unbekanntes Ungeheuer.

»Haben Sie Feuer?«, fragte er den Neger.

Ohne von der Zeitung aufzusehen, langte der Mann in seine Tasche und reichte ihm eine Schachtel Streichhölzer.

»Danke«, sagte Julian. Einen Augenblick lang behielt er die Streichhölzer ratlos in der Hand. Ein RAUCHEN VERBOTEN-Schild über der Tür sah auf ihn herab. Das allein hätte ihn nicht abgehalten, aber er hatte gar keine Zigaretten. Ein paar Monate zuvor hatte er mit dem Rauchen aufgehört, weil er es sich nicht leisten konnte. »Tut mir leid«, murmelte er und gab die Streichhölzer zurück. Der Neger ließ die Zeitung sinken und sah ihn ärgerlich an. Er nahm die Streichhölzer an sich und hob die Zeitung wieder hoch.

Julians Mutter sah ihn nach wie vor an, doch sie nutzte sein momentanes Unbehagen nicht aus. Ihr Blick wirkte immer noch verstört. Ihr Gesicht war unnatürlich rot, als sei ihr Blutdruck gestiegen. Julian erlaubte sich nicht, auch nur einen Schimmer von Mitgefühl in seiner Miene zu zeigen. Er wollte den Vorteil, den er erzielt hatte, unbedingt behalten und noch weiter ausbauen. Er hätte ihr gern eine Lektion erteilt, die sie nicht so schnell vergessen würde, doch es schien keine Möglichkeit zu geben, die Sache fortzusetzen. Der Neger wollte partout nicht hinter seiner Zeitung hervorkommen.

Julian verschränkte die Arme und sah stur geradeaus, schaute ihr ins Gesicht, aber so, als sähe er sie nicht, als existierte sie für ihn nicht länger. Er malte sich eine Szene aus, wie er, wenn der Bus an ihrer Haltestelle angelangt wäre, sitzen bliebe, und wenn sie ihn fragte: »Steigst du denn nicht mit aus?«, würde er sie ansehen, als wäre sie eine Fremde, die ihn ziemlich unbedacht angesprochen hätte. Die Ecke, an der sie immer ausstiegen, war meist menschenleer, doch sie war gut beleuchtet, und es würde ihr nicht schaden, die vier Blocks bis zum Zentrum allein zu gehen. Er beschloss zu warten, bis es so weit war, und dann zu entscheiden, ob er sie allein gehen lassen wollte oder nicht. Um sie nach Hause zu bringen, würde er um zehn am Y sein müssen, aber er konnte sie im Unklaren lassen, ob er auftauchen würde oder nicht. Es gab keinen Grund für sie zu glauben, dass sie sich immer auf ihn würde verlassen können.

Wieder zog er sich in den sparsam mit schweren antiken Möbeln ausgestatteten Raum mit der hohen Decke zurück. Einen Moment war ihm wohler, doch dann wurde er sich bewusst, dass seine Mutter ihm gegenübersaß, und die Vision verschwand. Er musterte sie kühl. Ihre Füße in den kleinen Stöckelschuhen reichten nicht ganz bis zum Boden und baumelten herab wie die eines Kindes. Sie sah ihn übertrieben vorwurfsvoll an. Er fühlte sich völlig losgelöst von ihr. In diesem Augenblick hätte er sie mit Vergnügen ohrfeigen können, so wie er ein ihm anvertrautes, besonders unbotmäßiges Kind geschlagen hätte.

Er fing an, sich verschiedene unwahrscheinliche Möglichkeiten auszudenken, wie er ihr eine Lektion erteilen könnte. Er könnte sich mit einem Neger anfreunden, einem distinguierten Professor oder Anwalt, und ihn für einen Abend zu sich nach Hause einladen. Das wäre sein gutes Recht, doch ihr Blutdruck würde auf dreihundert steigen. Er konnte es nicht so weit treiben, dass sie einen Schlaganfall bekam, und außerdem war es ihm nie gelungen, sich mit einem Neger anzufreunden. Er hatte versucht, im Bus Bekanntschaft mit Leuten von der besseren Sorte zu schließen, Leuten, die aussahen, als könnten sie Professoren, Pfarrer oder Anwälte sein. An einem Morgen hatte er sich neben einen distinguiert wirkenden dunkelbraunen Mann gesetzt, der seine Fragen mit sonorer Feierlichkeit beantwortet hatte, sich jedoch als Leichenbestatter entpuppt hatte. Ein anderes Mal hatte er sich neben einen Zigarre rauchenden Neger mit einem Diamantring am Finger gesetzt, aber nach dem Austausch einiger Höflichkeitsfloskeln hatte der Neger den Klingelknopf gedrückt, war aufgestanden und hatte Julian zwei Lotterielose zugesteckt, als er über ihn hinweggeklettert war.

Er stellte sich vor, seine Mutter sei auf den Tod krank und er könne nur einen Negerarzt für sie auftreiben. Eine Zeit lang spielte er mit dieser Idee, ließ sie dann wieder fallen und stellte sich einen Moment vor, er nehme als

Sympathisant bei einem Sitzstreik teil. Das war zwar denkbar, doch er verweilte nicht lang bei dem Gedanken. Stattdessen näherte er sich der entsetzlichsten Vorstellung von allen. Er brachte eine schöne, verdächtig negroid aussehende Frau mit nach Hause. Wappne dich, sagte er, da kannst du gar nichts dagegen machen. Das ist die Frau, die ich mir gewählt habe. Sie ist intelligent, distinguiert, ja sogar gut, und sie hat gelitten, wenn auch nicht mit Freuden. Also verfolge uns, ja, geh los und verfolge uns. Vertreib sie von hier, aber vergiss nicht, dann vertreibst du auch mich. Seine Augen waren schmal geworden, und er hatte sich in eine solche Empörung hineingesteigert, dass er seine Mutter auf der anderen Seite des Gangs mit hochrotem Kopf sitzen sah, geschrumpft zu den zwergischen Proportionen ihrer moralischen Natur, wie eine Mumie unter dem lächerlichen Banner ihres Huts.

Als der Bus hielt, wurde er wieder aus seinen Phantasien katapultiert. Die Tür öffnete sich mit einem schmatzenden Zischen, und aus dem Dunkeln stieg eine korpulente, bunt gekleidete und mürrisch wirkende Farbige mit einem kleinen Jungen ein. Das Kind, das ungefähr vier sein mochte, trug einen kurzen karierten Anzug und einen Tirolerhut mit einer blauen Feder. Julian hoffte, das Kind würde sich neben ihn setzen und die Frau sich neben seine Mutter zwängen. Eine bessere Verteilung konnte er sich nicht vorstellen.

Während sie auf ihre Busmarken wartete, taxierte die Frau die verfügbaren Plätze – er hoffte, sie würde sich dorthin setzen, wo sie am wenigsten erwünscht war. Irgendetwas an ihr kam Julian vertraut vor, aber er kam nicht dahinter, was es war. Sie war ein Riesenweib. Ihre Miene besagte, dass sie nicht nur damit rechnete, auf

Widerstand zu stoßen, sondern dass sie ihn geradezu herausforderte. Die nach unten gezogene breite Unterlippe war wie ein Warnsignal: *Leg dich nicht mit mir an!* Ihre üppigen Formen waren in ein Kleid aus grünem Krepp eingepackt, und ihre Füße quollen aus roten Schuhen. Sie hatte einen grauenhaften Hut auf. Eine dunkelrote Samtkrempe war auf der einen Seite nach unten gebogen und stand auf der anderen in die Höhe; alles andere war grün und sah aus wie ein Kissen ohne Füllung. Sie hatte eine riesige rote Handtasche, überall so ausgebeult, als sei sie mit Steinen gefüllt.

Zu Julians Enttäuschung kletterte der kleine Junge auf den Sitz neben seiner Mutter. Seine Mutter bezeichnete alle Kinder, schwarze und weiße, pauschal als »niedlich«, und sie fand kleine Neger im Allgemeinen noch niedlicher als kleine Weiße. Sie lächelte dem Jungen zu, als er auf den Sitz kletterte.

Inzwischen steuerte die Frau den leeren Platz neben Julian an und zwängte sich zu seinem Ärger in den Sitz. Er sah, wie sich die Miene seiner Mutter veränderte, als die Frau neben ihm Platz nahm, und er stellte befriedigt fest, dass sie das unangenehmer fand als er. Ihr Gesicht wirkte beinahe grau, und in ihren Augen schien eine dumpfe Erkenntnis auf, als sei ihr aufgrund einer schrecklichen Konfrontation übel geworden. Julian erkannte, dass es daran lag, dass sie und die Frau in gewisser Weise ihre Söhne getauscht hatten. Auch wenn seine Mutter die symbolische Bedeutung dieses Vorgangs nicht wahrnehmen würde, würde sie sie doch spüren. Dass ihn das belustigte, war ihm deutlich anzusehen.

Die Frau neben ihm murmelte etwas Unverständliches. Er merkte, dass etwas neben ihm gewissermaßen das Fell sträubte, hörte ein gedämpftes Fauchen wie von einer wütenden Katze. Er konnte nichts sehen außer der roten Tasche auf dem prallen grünen Schenkel. Er erinnerte sich, wie die Frau dagestanden und auf ihre Busmarken gewartet hatte – die mächtige Gestalt, von den roten Schuhen über die strammen Hüften, der Mammutbusen und das hochmütige Gesicht bis zu dem grün roten Hut.

Seine Augen weiteten sich.

Die Vision der beiden identischen Hüte überfiel ihn wie ein blendend heller Sonnenaufgang. Sein Gesicht strahlte auf einmal vor Freude. Er konnte nicht glauben, dass das Schicksal seiner Mutter eine solche Lektion erteilt hatte. Er kicherte laut, damit sie ihn anschaute und sah, dass auch er es gesehen hatte. Langsam wandte sie ihm den Blick zu. Das Blau ihrer Augen schien sich in ein gekränktes Dunkelrot verwandelt zu haben. Einen Augenblick lang hatte er ein unbehagliches Gefühl bei dem Gedanken an ihre Unschuld, aber es dauerte nur eine Sekunde, bevor das Prinzip ihm zu Hilfe kam. Die Gerechtigkeit erlaubte ihm zu lachen. Sein Grinsen wurde breiter, bis es ihr so deutlich sagte, als würde er es aussprechen: Deine Strafe passt genau zu deinem kleinlichen Denken. Das sollte dir auf Dauer eine Lehre sein.

Ihr Blick wanderte zu der Frau. Sie schien es nicht ertragen zu können, ihn anzusehen, und offenbar war ihr der Anblick der Frau lieber. Wieder spürte er das leise Fauchen an seiner Seite. Die Frau grollte wie ein Vulkan kurz vor dem Ausbruch. Ein Mundwinkel seiner Mutter begann zu zucken. Enttäuscht sah er auf ihrem Gesicht erste Anzeichen, dass sie sich wieder erholte, und er erkannte, dass sie das Ganze plötzlich komisch finden und es ihr keinesfalls eine Lektion sein würde. Sie blickte die

Frau unverwandt an, und ein amüsiertes Lächeln stahl sich in ihr Gesicht, als wäre die Frau ein Affe, der ihren Hut gestohlen hätte. Der kleine Junge sah mit großen, faszinierten Augen zu seiner Mutter hoch. Er hatte schon seit einiger Zeit versucht, sie auf sich aufmerksam zu machen.

»Carver!«, sagte die Frau auf einmal. »Komm hierher!«

Als Carver sah, dass er endlich im Scheinwerferlicht war, zog er die Füße hoch, drehte sich zu Julians Mutter um und kicherte.

»Carver!«, sagte die Frau. »Hast du mich nicht gehört? Komm her!«

Carver rutschte von seinem Sitz hinunter, blieb aber mit dem Rücken gegen den unteren Teil hocken und wandte den Kopf verstohlen Julians Mutter zu, die ihn anlächelte. Die Frau streckte die Hand über den Gang hinweg und riss den Jungen an sich. Er richtete sich auf, hing rücklings von ihrem Schoß und grinste Julians Mutter an. »Ist er nicht niedlich?«, fragte sie die Frau mit den vorstehenden Zähnen.

»Ja, ich denk schon«, sagte die Frau ohne rechte Überzeugung.

Die Negerin zog ihn in die Höhe, doch er entwand sich ihrem Griff, schoss quer über den Gang und kletterte unter wildem Gekicher auf den Platz neben seiner Angebeteten.

»Ich glaube, er mag mich«, sagte Julians Mutter und lächelte die Frau an. Es war das Lächeln, das sie aufsetzte, wenn sie besonders leutselig gegenüber einem Menschen von niedrigerem Stand war. Julian erkannte, dass alles verloren war. Die Lektion war an ihr abgeglitten wie Regen von einem Dach.

Die Negerin stand auf und zog den Kleinen so heftig vom Sitz, als wollte sie ihn vor Ansteckung schützen. Julian fühlte, wie sie innerlich vor Zorn raste, weil sie keine Waffe hatte wie das Lächeln seiner Mutter. Sie gab dem Jungen einen heftigen Schlag gegen das Bein. Er heulte auf, bohrte ihr dann den Kopf in den Magen und trat mit den Füßen gegen ihre Schienbeine. »Benimm dich!«, sagte sie hitzig.

Der Bus hielt, und der Neger, der die Zeitung gelesen hatte, stieg aus. Die Frau rutschte zur Seite und ließ den kleinen Jungen zwischen sich und Julian plumpsen. Sie hielt ihn fest am Knie gepackt. Im Nu legte er die Hände vors Gesicht und spähte zwischen den gespreizten Fingern zu Julians Mutter.

»Ich kann dich seehen!«, sagte sie, legte gleichfalls die Hand vors Gesicht und spähte zu ihm hinüber.

Die Frau schlug seine Hand beiseite. »Hör auf mit dem Quatsch«, sagte sie, »sonst hau ich dich windelweich.«

Julian war froh, dass der nächste Halt der ihre war. Er langte hoch und zog an der Schnur. Die Frau langte ebenfalls hoch und zog gleichzeitig. Ach du meine Güte!, dachte er. Ihn überkam die schlimme Ahnung, seine Mutter würde, wenn sie zusammen den Bus verließen, ihren Geldbeutel öffnen und dem kleinen Jungen einen Nickel geben. Die Geste wäre für sie so natürlich wie das Atmen. Der Bus hielt, die Frau stand auf, preschte nach vorn und zerrte das Kind mit sich, das noch bleiben wollte. Julian und seine Mutter standen ebenfalls auf und gingen hinter ihnen her. Als sie nahe der Tür waren, versuchte Julian seiner Mutter die Tasche abzunehmen.

»Nein«, murmelte sie, »ich will dem Kleinen einen Nickel geben.«

»Nein!«, zischte Julian. »Nein!«

Sie lächelte auf den Jungen hinunter und öffnete ihre Tasche. Die Tür des Busses ging auf, und die Frau packte den Jungen am Arm, platzierte ihn auf ihre Hüfte und stieg mit ihm aus. Auf der Straße setzte sie ihn dann ab und schüttelte ihn.

Julians Mutter hatte ihren Geldbeutel schließen müssen, als sie aus dem Bus stieg, öffnete ihn aber wieder, kaum dass sie Boden unter den Füßen hatte, und begann darin zu kramen. »Ich finde bloß einen Penny«, flüsterte sie, »aber er sieht ganz neu aus.«

»Lass das«, stieß Julian erbittert zwischen den Zähnen hervor. An der Ecke war eine Straßenlaterne, und sie eilte darauf zu, um besser in die Tasche schauen zu können. Die Frau ging rasch die Straße entlang und zerrte das Kind, das zu Julians Mutter zurückschaute, an der Hand hinter sich her.

»Hallo, Kleiner«, rief Julians Mutter, machte ein paar rasche Schritte auf sie zu und holte die beiden gerade hinter der Straßenlaterne ein. »Da hast du einen nagelneuen Penny«, und sie hielt ihm die Münze hin, die in dem dämmerigen Licht bronzen schimmerte.

Die riesige Frau wandte sich um und blieb einen Moment stehen, die Schultern hochgezogen und das Gesicht erstarrt in ohnmächtiger Wut, und glotzte Julians Mutter an. Dann schien sie plötzlich zu explodieren, wie ein Maschinenteil, das man einer Spur zu viel Druck ausgesetzt hatte. Julian sah, wie die schwarze Faust mit der roten Handtasche ausholte. Er schloss die Augen und krümmte sich, als er die Frau schreien hörte: »Er nimmt von niemand keinen Penny nicht!« Als er die Augen öffnete, verschwand die Frau gerade am Ende der Straße, und der kleine Junge sah mit großen Augen über ihre Schulter zurück. Julians Mutter saß auf dem Gehsteig.

»Ich hab dir gesagt, du sollst es nicht tun!«, sagte Julian wütend. »Ich hab es dir doch gesagt!«

Einen Moment blieb er zähneknirschend vor ihr stehen. Sie hatte die Beine von sich gestreckt, den Hut auf ihrem Schoß. Er ging in die Hocke und sah ihr ins Gesicht. Es zeigte keinerlei Regung. »Du hast genau das gekriegt, was du verdient hast«, erklärte er. »Jetzt steh auf.«

Er hob ihre Tasche auf und legte wieder hinein, was herausgefallen war. Er hob den Hut von ihrem Schoß auf. Ihm fiel der Penny auf dem Gehsteig ins Auge, und er hob auch ihn auf und ließ ihn vor ihren Augen in die Geldbörse fallen. Dann erhob er sich, beugte sich zu ihr hinunter und streckte die Hände aus, um ihr aufzuhelfen. Sie rührte sich nicht von der Stelle. Er seufzte. Auf beiden Seiten von ihnen ragten schwarze Mietshäuser auf, hin und wieder mit hellen Rechtecken gemustert. Am Ende des Blocks kam ein Mann aus einer Tür und ging in die entgegengesetzte Richtung. »Okay«, sagte Julian. »Und was ist, wenn jetzt jemand zufällig vorbeikommt und wissen will, warum du auf dem Gehsteig sitzt?«

Sie ergriff seine Hand, zog sich, heftig atmend, daran hoch und blieb dann einen Moment schwankend stehen, als umkreisten sie die Lichtflecken aus der Dunkelheit. Ihr Blick, umschattet und verwirrt, blieb schließlich auf seinem Gesicht haften. Er versuchte nicht, seine Verärgerung zu verbergen. »Ich hoffe, das wird dir eine Lehre sein«, sagte er. Sie beugte sich nach vorn und musterte sein Gesicht. Sie schien feststellen zu wollen, wer er überhaupt war. Dann ging sie, als könnte sie nichts Vertrautes an ihm erkennen, Hals über Kopf in die falsche Richtung.

»Willst du nicht zum Y?«, fragte er.

»Nach Hause«, murmelte sie.

»Etwa zu Fuß?«

Statt zu antworten, ging sie weiter. Julian folgte, die Hände auf dem Rücken verschränkt. Er sah keinen Grund, warum er die Lektion, die ihr erteilt worden war, nicht mit einer Erklärung untermauern sollte. Sie musste doch endlich begreifen, was ihr gerade passiert war. »Glaub nicht, dass das bloß eine unverschämte Negerin war«, sagte er. »Das war die ganze farbige Rasse, die deine geschenkten Pennys nicht mehr annehmen will. Das war deine schwarze Doppelgängerin. Sie kann den gleichen Hut tragen wie du, und auf jeden Fall«, fügte er überflüssigerweise hinzu (weil er es für komisch hielt), »stand er ihr besser als dir. Und das alles bedeutet, dass es die alte Welt nicht mehr gibt. Die alten Sitten und Gebräuche sind überholt, und deine herablassende Freundlichkeit ist keinen Pfifferling wert.« Er dachte voll Bitterkeit an das Haus, das für ihn verloren war. »Du bist nicht die, die du zu sein glaubst«, sagte er.

Sie stapfte weiter, ohne ihn zu beachten. Ihre Frisur hatte sich auf der einen Seite gelöst. Sie ließ ihre Tasche fallen und nahm keine Notiz davon. Er bückte sich, hob sie auf und reichte sie ihr, doch sie nahm sie nicht entgegen.

»Du brauchst nicht so zu tun, als sei dies das Ende der Welt«, sagte er, »denn das ist es nicht. Von jetzt an musst du in einer neuen Welt leben und zur Abwechslung einigen Realitäten ins Auge schauen. Kopf hoch, es wird dich nicht umbringen.«

Ihr Atem ging rasch.

»Lass uns auf den Bus warten«, sagte er.

»Nach Hause«, sagte sie mit belegter Stimme.

»Ich mag es nicht, wenn du dich so aufführst«, sagte er. »Wie ein Kind. Ich hätte mehr von dir erwartet.« Er beschloss, da stehen zu bleiben, wo er war, damit auch sie stehen blieb und auf den Bus wartete. »Ich gehe keinen Schritt weiter«, sagte er und blieb stehen. »Wir nehmen den Bus.«

Sie setzte ihren Weg fort, als hätte sie ihn nicht gehört. Er machte ein paar Schritte, ergriff sie beim Arm und hielt sie fest. Er blickte ihr ins Gesicht, und ihm stockte der Atem. Er sah in ein Gesicht, das er noch nie zuvor gesehen hatte. »Sag Großvater, er soll mich holen«, sagte sie.

Erschrocken starrte er sie an.

»Sag Caroline, sie soll mich holen«, sagte sie.

Ganz benommen ließ er sie los, und sie stapfte weiter, und es sah so aus, als sei ein Bein kürzer als das andere. Eine dunkle Flut schien sie von ihm fortzutragen. »Mutter!«, rief er. »Liebes, Schätzchen, warte doch!« Sie brach zusammen und fiel auf das Pflaster. Er rannte hinter ihr her, fiel neben ihr hin und rief: »Mama, Mama!« Er drehte sie um. Ihr Gesicht war völlig verzerrt. Ein großes, starrendes Auge bewegte sich langsam zur Seite, als hätte es sich gelöst. Das andere Auge blieb fest auf ihn gerichtet, musterte wieder sein Gesicht, fand darin nichts und schloss sich.

»Warte, warte hier!«, rief er, sprang auf und rannte Hilfe suchend einem Lichtbündel entgegen, das er vor sich in der Ferne sah. »Hilfe, Hilfe!«, schrie er, doch seine Stimme war dünn, kaum mehr als ein Geräuschfaden. Die Lichter entfernten sich immer weiter, je schneller er rannte, und seine Füße bewegten sich, als wären sie taub und würden ihn nirgends hintragen. Die dunkle Flut schien ihn zu ihr zurückzuschwemmen, sodass sein Eintritt in die Welt von Schuld und Leid von einem Augenblick zum andern vertagt wurde.

DIE LAHMEN WERDEN DIE ERSTEN SEIN

Sheppard saß auf einem Hocker an der Theke, die die Küche teilte, und aß seine Frühstücksflocken direkt aus der Schachtel. Er aß mechanisch, die Augen auf das Kind gerichtet, das in der holzverkleideten Küche von einem Schrank zum anderen wanderte und die Zutaten für sein Frühstück zusammensuchte. Es war ein stämmiger blonder Junge von zehn Jahren. Sheppard fixierte ihn unverwandt mit seinen stahlblauen Augen. Dem Jungen stand seine Zukunft ins Gesicht geschrieben. Er würde Bankier werden. Nein, schlimmer. Er würde ein kleines Kreditinstitut betreiben. Sheppard wollte nur, dass der Junge gut und selbstlos würde, und beides war unwahrscheinlich. Sheppard war ein junger Mann, dessen Haar bereits weiß war. Es stand wie ein schmaler borstiger Heiligenschein über seinem empfindsamen rosafarbenen Gesicht.

Der Junge ging auf die Theke zu, das Glas Erdnussbutter unter dem Arm, einen Teller mit dem Viertel eines kleinen Schokoladenkuchens in der einen, die Ketchupflasche in der anderen Hand. Er schien keine Notiz von seinem Vater zu nehmen, kletterte auf einen Hocker und fing an, den Kuchen mit Erdnussbutter zu bestreichen. Seine großen runden Ohren standen so weit ab, dass sie seine Augen ein wenig auseinanderzuziehen schienen. Sein grünes

Hemd war so verblichen, dass der Cowboy, der über die Brust hinwegstürmte, nur noch schemenhaft zu erkennen war.

»Norton«, sagte Sheppard, »gestern habe ich Rufus Johnson gesehen. Weißt du, was er getan hat?«

Das Kind sah ihn an, nicht richtig aufmerksam, den Blick auf ihn gerichtet, aber noch nicht interessiert. Seine Augen waren nicht so blau wie die seines Vaters, sondern wirkten verblichen wie sein Hemd, und das eine Auge schielte fast unmerklich zum äußeren Winkel.

»Er stand in einer Seitengasse«, sagte Sheppard, »und hatte die Hand in einer Mülltonne. Er hat versucht, etwas Essbares herauszuholen.« Er unterbrach sich, um das Gesagte wirken zu lassen. »Er hatte Hunger«, sagte er und versuchte, mit seinen Blicken das Gewissen des Kindes zu wecken.

Der Junge nahm sich das Stück Schokoladenkuchen und begann daran zu knabbern.

»Norton«, sagte Sheppard, »kannst du dir vorstellen, was es bedeutet, etwas mit jemand zu teilen?«

Ein winziger Moment der Aufmerksamkeit. »Du kriegst was davon ab«, sagte Norton.

»*Er* kriegt was davon ab!«, sagte Sheppard mit Nachdruck. Es war hoffnungslos. Fast jeder andere Charakterfehler wäre besser gewesen als Egoismus – Jähzorn, sogar ein Hang zum Lügen.

Das Kind drehte die Ketchupflasche um und fing an, Ketchup auf den Kuchen zu gießen.

Sheppards Blick wurde immer gequälter. »Du bist zehn, und Rufus Johnson ist vierzehn«, sagte er. »Aber ich bin mir sicher, deine Hemden würden Rufus passen.« Rufus Johnson war ein Junge, dem er im vergangenen Jahr in der Besserungsanstalt zu helfen versucht hatte. Vor zwei Monaten war er entlassen worden. »Als er noch in der Anstalt war, hat er einen ganz guten Eindruck gemacht, aber als ich ihn gestern gesehen habe, war er nur noch Haut und Knochen. Er hat nicht Kuchen mit Erdnussbutter zum Frühstück gegessen.«

Das Kind hörte auf zu kauen. »Er ist trocken«, sagte es. »Deshalb muss ich was drauftun.«

Sheppard wandte das Gesicht zum Fenster am Ende der Theke. Der Rasen neben dem Haus, flach und grün, senkte sich zu einem etwa fünfzig Fuß entfernten Vorstadtwäldchen. Als seine Frau noch lebte, hatten sie oft draußen auf dem Gras gegessen, sogar gefrühstückt. Damals war ihm nie aufgefallen, dass das Kind selbstsüchtig war. »Hör mir zu«, sagte er und drehte sich wieder zu dem Jungen um, »schau mich an und hör zu.«

Der Junge sah ihn an. Immerhin war sein Blick auf ihn gerichtet.

»Ich habe Rufus einen Schlüssel fürs Haus gegeben, als er aus der Anstalt rausgekommen ist. Um ihm zu zeigen, dass ich Vertrauen in ihn habe und damit er einen Platz hat, wohin er gehen kann und wo er immer willkommen ist. Er hat ihn nie benutzt, aber jetzt wird er ihn, glaube ich, benutzen, weil er mich gesehen hat und hungrig ist. Und wenn er ihn nicht benutzt, suche ich nach ihm und bringe ihn hierher. Ich kann es nicht mit ansehen, wenn ein Kind aus Mülltonnen isst.«

Der Junge runzelte die Stirn. Allmählich dämmerte ihm, dass etwas, was ihm gehörte, bedroht war.

Angewidert verzog Sheppard den Mund. »Der Vater von Rufus ist noch vor seiner Geburt gestorben«, sagte er. »Seine Mutter ist im Zuchthaus. Sein Großvater hat ihn großgezogen in einer Hütte ohne Wasser und Strom, und der alte Mann hat ihn jeden Tag geschlagen. Wie würde es dir gefallen, zu so einer Familie zu gehören?«

»Weiß nicht«, sagte das Kind lahm.

»Vielleicht denkst du irgendwann einmal darüber nach«, sagte Sheppard.

Sheppard war Direktor der städtischen Freizeiteinrichtungen. Samstags arbeitete er als Berater in der Besserungsanstalt, und die einzige Befriedigung, die ihm zuteilwurde, war es, zu wissen, dass er Jungen half, um die sich sonst keiner kümmerte. Johnson war der intelligenteste Junge, mit dem er je zu tun gehabt hatte, und der am meisten benachteiligte.

Norton drehte das übrig gebliebene Stück Kuchen um, als wollte er es nun nicht mehr essen.

»Vielleicht kommt er ja nicht«, sagte das Kind, und seine Miene hellte sich etwas auf.

»Denk an all das, was du hast und er nicht!«, sagte Sheppard. »Stell dir mal vor, du würdest in Mülltonnen nach was Essbarem wühlen müssen! Stell dir vor, du hättest einen furchtbar geschwollenen Fuß, und beim Gehen würde die eine Seite von dir tiefer runterhängen als die andere!«

Der Junge sah ihn ausdruckslos an, offenbar unfähig, sich so etwas vorzustellen.

»Du hast gesunde Glieder«, sagte Sheppard, »und du hast ein anständiges Zuhause. Man hat dich nichts als die Wahrheit gelehrt. Dein Papa gibt dir alles, was du brauchst und willst. Du hast keinen Großvater, der dich schlägt. Und deine Mutter ist nicht im Zuchthaus.«

Das Kind schob seinen Teller von sich. Sheppard seufzte laut.

Ein Wulst bildete sich unter dem plötzlich verzerrten Mund des Jungen. Sein Gesicht wurde zu einer Art Klumpen, die Augen wurden zu Schlitzen. »Wenn sie im Zuchthaus wär«, greinte er, »dann könnt ich sie besuuuchen.« Tränen strömten ihm über das Gesicht, Ketchup tropfte auf sein Kinn. Er sah aus, als hätte man ihm eine Maulschelle verpasst. Er hielt nicht mehr an sich und plärrte los.

Sheppard blieb hilflos sitzen; er fühlte sich elend, wie jemand, der von einer Naturgewalt überwältigt wird. Das war kein normaler Kummer. Es war pure Selbstsucht. Die Mutter war seit über einem Jahr tot, und der Kummer eines Kindes sollte nicht so lange dauern. »Du bist beinahe elf«, sagte er vorwurfsvoll.

Das Kind stieß nun durchdringend schrille Töne aus.

»Wenn du aufhörst, nur an dich zu denken, und an das denkst, was du für andere tun kannst«, sagte Sheppard, »dann hörst du auch auf, deine Mutter zu vermissen.«

Der Junge verstummte, aber seine Schultern zuckten immer noch. Dann entgleisten seine Gesichtszüge, und er begann wieder zu heulen.

»Glaubst du nicht, dass auch ich mich ohne sie einsam fühle?«, fragte Sheppard. »Glaubst du nicht, dass ich sie vermisse? Sie fehlt mir, aber ich sitze nicht herum und blase Trübsal. Ich tu was für andere Leute. Siehst du mich je herumsitzen und über meine Probleme nachdenken?«

Der Junge saß in sich verkrochen da, als wäre er erschöpft, doch neue Tränen flossen ihm übers Gesicht.

»Was hast du heute vor?«, fragte Sheppard, um ihn abzulenken.

Das Kind fuhr sich mit dem Arm über das Gesicht. »Samen verkaufen«, murmelte es.

Ständig verkaufte er irgendetwas. Er hatte vier Einweckgläser voller Nickel und Dimes gespart, holte sie alle paar Tage aus seinem Schrank und zählte sie nach. »Wozu verkaufst du Samen?«

»Ich will einen Preis gewinnen.«

»Was für einen Preis?«

»Eintausend Dollar.«

»Und was würdest du machen, wenn du tausend Dollar hättest?«

»Sie behalten«, sagte das Kind und wischte sich die Nase an der Schulter ab.

»Das glaub ich wohl«, sagte Sheppard. »Hör zu« – und er senkte die Stimme beinahe beschwörend –, »stell dir vor, du hättest Glück und würdest tausend Dollar gewinnen. Würdest du sie nicht gern für Kinder ausgeben, die weniger Glück haben als du? Würdest du nicht gern dem Waisenhaus ein paar Schaukeln und Recks spenden? Würdest du nicht gern dem armen Rufus Johnson einen neuen Schuh kaufen?«

Der Junge wich von der Theke zurück, lehnte sich dann plötzlich nach vorn und beugte sich mit offenem Mund über seinen Teller. Sheppard stöhnte erneut auf. Alles kam hoch, der Kuchen, die Erdnussbutter, das Ketchup – ein dünner, süßlich riechender Brei. Das Kind hing würgend über dem Teller, es kam noch mehr, und mit offenem Mund wartete es, über den Teller gebeugt, als rechnete es damit, dass als Nächstes sein Herz hochkäme.

»Das macht nichts«, sagte Sheppard, »das macht nichts. Du kannst nichts dafür. Wisch dir den Mund ab und leg dich hin.«

Das Kind saß noch eine Weile da. Dann hob es den Kopf und sah mit blinden Augen zu seinem Vater hin.

»Geh schon«, sagte Sheppard. »Geh und leg dich hin.«

Der Junge zog den Zipfel seines T-Shirts hoch und wischte sich den Mund damit ab. Dann kletterte er vom Hocker und verließ die Küche.

Sheppard blieb sitzen und betrachtete die Pfütze aus halb verdautem Essen. Der säuerliche Geruch stieg ihm in die Nase, und er wich zurück. Sein Magen hob sich. Er stand auf und trug den Teller zur Spüle, machte den Hahn auf und schaute grimmig zu, wie die Bescherung den Ablauf hinuntergespült wurde. Johnsons traurige dünne Hand wühlte in Mülltonnen nach Essbarem, während sein eigenes Kind, selbstsüchtig, herzlos, gierig, so viel zu essen hatte, dass ihm schlecht wurde. Er drehte heftig den Hahn zu. Johnson besaß eine rasche Auffassungsgabe, und ihm war von Geburt an nichts geschenkt worden. Norton war durchschnittlich begabt oder noch nicht einmal das und hatte nur Vorteile genossen.

Sheppard ging wieder an die Theke zurück und aß sein Frühstück zu Ende. Die Flocken waren in der Schachtel weich geworden, aber er achtete nicht auf das, was er aß. Johnson lohnte jede Mühe, weil er das Potenzial hatte. Das hatte Sheppard schon beim ersten Gespräch erkannt, als der Junge in sein Büro gehumpelt war.

Sheppards Büro in der Besserungsanstalt war eine enge Kammer mit einem Fenster, einem kleinen Tisch und zwei Stühlen. Er hatte nie in einem Beichtstuhl gesessen, stellte sich aber vor, dass sich alles ganz ähnlich wie hier abspielte, nur dass er nicht die Absolution erteilte, sondern Erklärungen abgab. Seine Qualifikation war weniger fragwürdig als die eines Priesters: Er war für seine Arbeit ausgebildet worden.

Als Johnson zum ersten Gespräch zu ihm gekommen war, hatte er sich die Akte des Jungen angesehen: sinnlose

Zerstörung, eingeschlagene Fenster, städtische Abfalleimer in Brand gesteckt, Reifen aufgeschlitzt – die Art von Verhalten, die er von Jungen kannte, die plötzlich vom Land in die Stadt verpflanzt worden waren, so wie dieser hier. Er war auf Johnsons I. Q. gestoßen: 140. Überrascht hob er den Blick.

Der Junge lümmelte sich auf der Stuhlkante und ließ die Arme zwischen den Oberschenkeln baumeln. Das Licht aus dem Fenster fiel auf sein Gesicht. Seine zusammengekniffenen Augen, stahlfarben und unbewegt, blickten starr geradeaus. Das dünne dunkle Haar fiel ihm in einer flachen Strähne seitlich über die Stirn, nicht nachlässig wie bei einem Jungen, sondern grimmig wie bei einem alten Mann. Seinem Gesicht war eine Art fanatischer Intelligenz anzumerken.

Sheppard lächelte, um die Distanz zwischen ihnen zu verringern.

Die Miene des Jungen hellte sich nicht auf. Er lehnte sich in seinem Stuhl zurück und hob einen monströsen Klumpfuß hoch zum Knie. Der Fuß steckte in einem schweren, ramponierten schwarzen Schuh mit einer etwa zehn Zentimeter dicken Sohle. Das Leder war zum Teil schon abgegangen, und die Spitze einer leeren Socke ragte hervor wie die graue Zunge aus einem abgetrennten Kopf. Für Sheppard war der Fall sofort klar. Die Missetaten des Jungen waren die Kompensation für den Fuß.

»Also, Rufus«, sagte er, »ich ersehe aus deiner Akte, dass du nur ein Jahr hier absitzen musst. Was planst du zu tun, wenn du wieder rauskommst?«

»Ich mach keine Pläne nicht«, sagte der Junge. Sein gleichgültiger Blick schweifte zu irgendetwas hinter Sheppards Fenster, weit in der Ferne.

»Das solltest du aber vielleicht tun«, erwiderte Sheppard und lächelte.

Johnson blickte weiterhin an ihm vorbei.

»Ich möchte erleben, dass du von deiner Intelligenz so gut wie möglich Gebrauch machst«, sagte Sheppard. »Was ist dir am wichtigsten? Lass uns über das reden, was dir wichtig ist.« Unwillkürlich fiel sein Blick auf den Fuß.

»Schaun Sie ihn sich genau an, bis Sie sich sattgesehn haben«, sagte der Junge in schleppendem Ton.

Sheppard wurde rot. Der deformierte schwarze Klumpen schien vor seinen Augen größer zu werden. Er ignorierte die Bemerkung und das höhnische Grinsen des Jungen. »Rufus«, sagte er, »du hast dich in eine Menge unnötiger Schwierigkeiten gebracht, aber ich glaube, wenn du kapierst, warum du solche Sachen anstellst, wird es dir leichter fallen, es sein zu lassen.« Er lächelte. Sie hatten so wenige Freunde, sahen so wenige freundliche Gesichter, dass die Hälfte seines Erfolgs daher rührte, dass er sie anlächelte. »Es gibt eine Menge Dinge an dir, die ich dir, glaube ich, erklären kann.«

Johnson sah ihn mit steinernem Gesicht an. »Ich hab um keine Erklärung nicht gebeten«, sagte er. »Ich weiß selber, warum ich das tu, was ich tu.«

»Umso besser!«, sagte Sheppard. »Und wie wär's, wenn du mir erzählst, warum du so was getan hast?«

Ein schwarzer Glanz erschien in den Augen des Jungen. »Satan«, sagte er. »Er hat mich in seiner Gewalt.«

Sheppard sah ihn unverwandt an. Dem Gesicht des Jungen war nicht anzusehen, ob er das im Spaß gemeint hatte. Der schmale Mund verriet Stolz. Sheppards Blick wurde härter. Einen Augenblick lang spürte er dumpfe Verzweiflung, als sähe er sich einer elementaren Fehlentwicklung der Natur gegenüber, die vor so langer Zeit passiert war, dass sie inzwischen nicht mehr korrigiert werden konnte. Die Fragen, die sich dieser Junge über das Leben stellte, waren von Schildern beantwortet worden, die man an Kiefern genagelt hatte: HAT SATAN DICH IN SEINER GEWALT? TU BUßE, SONST BRENNST DU IN DER HÖLLE. JESUS ERLÖST DICH. Bestimmt kannte er die Bibel, ob er sie gelesen hatte oder nicht. Seine Verzweiflung verwandelte sich in Entrüstung. »Unsinn!«, sagte er höhnisch. »Wir leben im Raumzeitalter! Du bist zu schlau für so eine Antwort.«

Johnson verzog leicht den Mund. Er wirkte verächtlich, aber auch amüsiert. Seine Augen funkelten herausfordernd.

Sheppard musterte sein Gesicht. Wenn einer intelligent war, war alles möglich. Er lächelte wieder, ein Lächeln, das den Jungen gleichsam einlud, ein Klassenzimmer zu betreten, dessen Fenster alle weit geöffnet waren, um das Licht einzulassen. »Rufus«, sagte er, »ich werde dafür sorgen, dass du mich einmal in der Woche triffst. Vielleicht gibt es eine Erklärung für deine Erklärung. Vielleicht kann ich dir deinen Teufel erklären.«

Danach hatte er das ganze Jahr lang jeden Samstag mit Johnson gesprochen. Er redete einfach drauflos, eine Art Unterhaltung, wie es der Junge vermutlich noch nie erlebt hatte. Er sprach über Dinge, die ein bisschen zu hoch für Johnson waren, damit er sich anstrengen musste. Von schlichter Psychologie und den Winkelzügen des menschlichen Geists schweifte er zur Astronomie und zu den Raumkapseln, die schneller als der Schall um die Erde rasten und bald die Sterne umkreisen würden. Instinktiv konzentrierte er sich auf die Sterne. Er wollte, dass der

Junge nach etwas anderem greifen konnte als nach den Besitztümern des Nachbarn. Er wollte seinen Horizont erweitern. Er wollte, dass er das Universum *sah*, sah, dass selbst dessen dunkelste Teile durchschaut werden konnten. Er hätte alles darum gegeben, wenn er Johnson ein Fernrohr hätte in die Hand drücken können.

Johnson sagte wenig, und wenn er etwas sagte, war er aus Stolz anderer Meinung oder widersprach sinnlos, und immer hob er dabei den Klumpfuß wie eine griffbereite Waffe hoch bis zum Knie. Aber Sheppard ließ sich nicht täuschen. Er beobachtete Johnsons Augen, und von Woche zu Woche sah er, wie sich etwas darin aufzulösen begann. An seiner Miene, unnachgiebig und doch schockiert, gegen das Licht abgeschirmt, das ihn heimsuchte, erkannte Sheppard, dass er ins Mark getroffen hatte.

Jetzt konnte sich Johnson nach Belieben aus Mülltonnen ernähren und seine alte Ignoranz wiederentdecken. Diese Ungerechtigkeit machte Sheppard wütend. Der Junge war zu seinem Großvater zurückgeschickt worden; wie schwachsinnig der alte Mann war, konnte man bestenfalls ahnen. Vielleicht war ihm der Junge mittlerweile davongelaufen. Sheppard hatte schon früher daran gedacht, Johnsons Vormund zu werden, aber wegen des Großvaters war das nicht möglich. Nichts erregte ihn so sehr wie die Vorstellung, was er für so einen Jungen alles tun könnte. Zuerst würde er ihm einen neuen orthopädischen Schuh machen lassen. Bei jedem Schritt krümmte sich Johnsons Rücken zur Seite. Dann würde Sheppard bestimmte geistige Interessen bei ihm fördern. Er dachte an das Fernrohr. Er könnte ein gebrauchtes kaufen und es oben vor dem Dachfenster aufstellen. Fast zehn Minuten lang saß er da und überlegte, was er tun könnte, wenn Johnson bei ihm leben würde. Was an Norton verschwendet war, würde bei Johnson gedeihen. Als er ihn gestern mit der Hand in der Mülltonne gesehen hatte, hatte er gewinkt und war auf ihn zugegangen. Johnson hatte ihn gesehen, für den Bruchteil einer Sekunde gestutzt und war dann, blitzschnell wie eine Ratte, verschwunden, doch nicht bevor Sheppard gesehen hatte, wie sich sein Gesichtsausdruck veränderte. Etwas war in den Augen des Jungen aufgeflammt, dessen war er sich sicher, irgendeine Erinnerung an das verloren gegangene Licht.

Er stand auf und warf den Flockenkarton in den Müll. Bevor er das Haus verließ, schaute er in Nortons Zimmer, um sich zu vergewissern, dass dem Kind nicht mehr übel war. Es saß im Schneidersitz auf dem Bett, hatte das Kleingeld aus den Einweckgläsern ausgeleert, zu einem großen Haufen vor sich aufgestapelt und sortierte es in Nickel, Dimes und Vierteldollarmünzen.

An diesem Nachmittag war Norton allein zu Hause. Er hockte in seinem Zimmer auf dem Boden und sortierte Tütchen mit Blumensamen in Reihen um sich herum. Regen peitschte gegen die Fensterscheiben und prasselte durch die Dachrinnen. Im Zimmer war es dunkel geworden, doch alle paar Minuten wurde es erhellt vom Wetterleuchten, sodass die Samentütchen auf dem Boden farbenfroh aufschimmerten. Reglos saß er wie ein dicker blasser Frosch inmitten dieses künftigen Gartens. Auf einmal wurde sein Blick hellwach. Der Regen hatte mit einem Mal aufgehört. Die Stille lastete schwer, als wäre der Wolkenbruch gewaltsam zum Schweigen gebracht worden. Der Junge blieb reglos sitzen, nur die Augen bewegten sich.

In der Stille war deutlich zu hören, wie sich ein Schlüssel klickend im Haustürschloss drehte. Das Geräusch klang sehr entschieden. Es machte auf sich aufmerksam und hielt die Spannung fest, als würde es weniger von einer Hand gelenkt als von einem Verstand. Das Kind sprang auf und versteckte sich im Wandschrank.

Schritte bewegten sich in der Diele, gezielt und unregelmäßig, ein leichter, dann ein schwerer Schritt, dann wiederum Stille, als wäre der Besucher stehen geblieben, um seinerseits zu horchen oder sich etwas genauer anzusehen. Gleich darauf knarrte die Küchentür. Die Schritte durchquerten die Küche bis zum Kühlschrank. Der Wandschrank war zugleich die Wand der Küche. Norton hielt das Ohr dagegengepresst. Die Tür zum Kühlschrank ging auf. Eine Weile herrschte Stille.

Norton zog die Schuhe aus, verließ den Schrank und stieg auf Zehenspitzen über die Samentütchen. Mitten im Zimmer blieb er wie erstarrt stehen. Ein dünner Junge mit knochigem Gesicht und in einem nassen dunklen Anzug stand unter der Tür und versperrte ihm den Fluchtweg. Der Regen hatte ihm das Haar an den Schädel geklebt. Er stand da wie eine durchnässte zornige Krähe. Sein Blick ging wie eine Nadel durch das Kind, sodass es wie gelähmt dastand. Dann wanderten seine Augen über alles, was sich im Zimmer befand – das ungemachte Bett, die schmutzigen Vorhänge vor dem einen großen Fenster, die Photographie einer jungen Frau mit breitem Gesicht inmitten des Durcheinanders oben auf der Kommode.

Auf einmal brach es aus dem Kind heraus: »Er hat dich erwartet, er schenkt dir einen neuen Schuh, weil du aus Mülltonnen essen musst!« Es klang wie das spitze Piepsen einer Maus.

»Ich esse aus der Mülltonne, weil ich gern aus der Mülltonne essen«, sagte der andere langsam und ließ das Kind nicht aus den Augen. »Kapiert?«

Das Kind nickte.

»Und ich weiß, wie ich mir selber einen Schuh beschaffe. Kapiert?«

Das Kind nickte wie hypnotisiert.

Der Junge kam hereingehinkt und setzte sich auf das Bett. Er legte sich ein Kissen unter den Rücken und streckte sein kurzes Bein so aus, dass der große schwarze Schuh unübersehbar auf einer Falte des Lakens lag.

Nortons Blick blieb daran hängen, unbeweglich. Die Sohle war dick wie ein Backstein.

Johnson wackelte leicht mit dem Fuß und lächelte. »Wenn ich jemand auch bloß ein einziges Mal damit trete, kapiert er, dass man mir nicht blöd kommt.«

Das Kind nickte.

»Geh in die Küche«, sagte er dann «und mach mir ein Sandwich mit Roggenbrot und Schinken und bring mir ein Glas Milch«, sagte er.

Norton zog los wie ein mechanisches Spielzeug, das man in die gewünschte Richtung angestoßen hat. Er machte ein großes, fettiges Sandwich, aus dem der Schinken zu beiden Seiten heraushing, und goss ein Glas Milch ein. Dann ging er wieder in das Zimmer, das Glas Milch in der einen, das Sandwich in der anderen Hand.

Johnson saß auf dem Bett, hoheitsvoll gegen das Kissen gelehnt. »Danke, Herr Ober«, sagte er und nahm das Sandwich.

Norton stand neben dem Bett, das Glas in der Hand.

Der Junge biss kräftig in das Sandwich und aß es in aller Ruhe auf. Dann nahm er das Glas Milch. Wie ein Kind hielt er es mit beiden Händen, und als er es absetzte, um Atem zu schöpfen, hatte er einen weißen Rand um den Mund. Er reichte Norton das leere Glas. »Und jetzt bring mir eine von den Orangen da, Herr Ober«, sagte er mit heiserer Stimme.

Norton ging wieder in die Küche und kam mit der Orange zurück. Johnson schälte sie mit den Fingern und ließ die Schalen aufs Bett fallen. Er aß sie ganz langsam und spuckte die Kerne aus. Als er fertig war, wischte er sich die Hände am Laken ab und sah Norton eine ganze Zeit lang anerkennend an. Der Dienst, den er ihm erwiesen hatte, schien ihn milder gestimmt zu haben. »Ganz klar bist du sein Sohn«, sagte er. »Du hast das gleiche dumme Gesicht.«

Das Kind blieb unbewegt stehen, als hätte es nichts gehört.

»Er kann seine rechte Hand nicht von der linken unterscheiden«, sagte Johnson, und man hörte der heiseren Stimme die Genugtuung an.

Das Kind wandte den Blick ein Stück weit von dem Gesicht des Jungen ab und starrte auf die Wand.

»Nix als Geschwafel«, sagte Johnson, »weiter nix.«

Die Oberlippe des Kindes öffnete sich einen Spalt, aber es erwiderte nichts.

»Nix als Geschwafel«, sagte Johnson, »bloß Geschwafel.«

Nortons Gesicht nahm einen vorsichtig widerspenstigen Ausdruck an. Er wich ein Stück zurück, als wäre er darauf gefasst, von einem Augenblick auf den andern den Rückzug antreten zu müssen. »Er ist ein guter Mensch«, sagte er. »Er hilft Leuten.«

»Ein guter Mensch!«, sagte Johnson schroff. Er reckte

den Kopf nach vorn. »Hör gut zu«, zischte er. »Es ist mir egal, ob er gut ist oder nicht. Mit ihm stimmt was nicht.«

Norton war sprachlos.

Die Küchentür mit dem Fliegengitter knallte, und jemand kam ins Haus. Johnson richtete sich sofort auf. »Ist er das?«, fragte er.

»Es ist die Köchin«, antwortete Norton. »Sie kommt immer nachmittags.«

Johnson stand auf, humpelte durch die Diele zur Küchentür, und Norton folgte ihm.

Das farbige Dienstmädchen stand vor dem Schrank und zog seinen knallroten Regenmantel aus. Sie war schlank und hellhäutig, ihr Mund wie eine große Rose, die dunkel geworden und verblüht war. Das Haar war in Schichten aufgesteckt und zur Seite geneigt wie der schiefe Turm von Pisa.

Johnson pfiff leise durch die Zähne. »Schau an, eine richtige Niggermami.«

Das Mädchen hielt inne und warf den beiden Jungen einen herablassenden Blick zu. Sie hätten genauso gut Staub auf dem Fußboden sein können.

»Mal schaun«, sagte Johnson, »was ihr außer einer Niggermami sonst noch alles habt.« Er machte die erste Tür zu seiner Rechten auf, die von der Diele abging, und blickte in ein rosa gefliestes Badezimmer. «Ein rosa Abort!«, murmelte er.

Er schnitt eine komische Grimasse und sah das Kind an. »Sitzt er da drauf?«

»Das ist für Besuch«, sagte Norton. »Aber manchmal sitzt er drauf.«

»Er sollte seinen Kopf drin ausleeren«, meinte Johnson.

Die Tür zum nächsten Zimmer stand auf. Es war der

Raum, in dem Sheppard seit dem Tod seiner Frau schlief. Ein spartanisches Eisenbett stand auf dem nackten Fußboden. In einer Ecke lag ein ganzer Haufen von Little-League-Baseball-Monturen. Papiere waren auf einem großen Rollschreibtisch verstreut, an verschiedenen Stellen beschwert von seinen Pfeifen. Stumm besah sich Johnson den Raum. Er zog die Nase kraus. »Das ist natürlich sein Zimmer«, befand er.

Die Tür zum nächsten Zimmer war geschlossen, doch Johnson öffnete sie und streckte den Kopf in das Halbdunkel im Inneren. Die Rollläden waren heruntergelassen, und es roch muffig und ganz schwach nach Parfum. Ein breites altmodisches Bett stand darin und ein riesiger Toilettentisch mit einem Spiegel, der im Dämmerlicht schimmerte. Johnson knipste den Lichtschalter neben der Tür an, ging zu dem Spiegel und schaute sich prüfend an. Ein silberner Kamm und eine silberne Bürste lagen auf dem leinenen Tischläufer. Er nahm den Kamm und fuhr sich damit durchs Haar. Erst kämmte er es sich in die Stirn, dann wischte er es zur Seite, à la Hitler.

»Lass ihren Kamm liegen!«, sagte Norton. Er stand unter der Tür, blass und schwer atmend, als wäre er Zeuge eines Frevels an einem heiligen Ort.

Johnson legte den Kamm hin, nahm die Bürste und fuhr sich durchs Haar.

»Sie ist tot«, sagte das Kind.

»Ich hab keine Angst nicht vor Toten ihren Sachen.« Johnson machte die oberste Schublade auf und langte mit der Hand hinein.

»Nimm deine dreckigen fetten Pfoten weg von den Sachen von meiner Mutter«, sagte das Kind mit hoher, erstickter Stimme.

»Mach dir bloß nicht ins Hemd, Bubi«, murmelte Johnson. Er holte eine zerknitterte, rot gepunktete Bluse hervor und warf sie dann wieder zurück. Dann zog er ein grünes Seidenkopftuch heraus, wirbelte es über seinem Kopf und ließ es zu Boden schweben. Seine Hand wühlte tiefer in der Schublade herum. Nach einer Weile tauchte sie auf mit einem verblichenen Korsett mit vier herabhängenden metallenen Strumpfhaltern. »Das ist bestimmt ihr Sattel gewesen«, bemerkte er.

Er hob es vorsichtig hoch und schüttelte es. Dann legte er es sich um die Taille und hüpfte auf und ab, sodass die Strumpfhalter tanzten. Er schnalzte mit den Fingern und wiegte sich in den Hüften. »*Gonter rock, rattle and roll*«, sang er. »*Gonter rock, rattle and roll. Can't please that woman, to save my doggone soul.*« Er bewegte sich im Zimmer hin und her, stampfte mit dem gesunden Fuß auf und schleuderte den Klumpfuß seitwärts. Er tanzte zur Tür hinaus, vorbei an dem bestürzten Kind, und zur Diele in Richtung Küche.

Eine halbe Stunde später kam Sheppard nach Hause. Er ließ seinen Regenmantel auf einen Stuhl in der Diele fallen, kam bis zur Wohnzimmertür und blieb dort stehen. Sein Gesicht war plötzlich wie verklärt, strahlte vor Freude. Johnson saß, eine dunkle Gestalt, in einem rosa gepolsterten Sessel mit hoher Lehne. Die Wand hinter ihm war vom Boden bis zur Decke mit Büchern vollgestellt. Johnson las. Sheppards Augen verengten sich. Es war ein Band der Encyclopœdia Britannica. Der Junge war so darin vertieft, dass er nicht aufblickte. Sheppard hielt den Atem an. Das war genau der richtige Rahmen für den Jungen. Er musste ihn hierbehalten, musste es irgendwie schaffen.

»Rufus!«, sagte er, »schön, dich zu sehen, mein Junge!« Und mit ausgestrecktem Arm eilte er auf ihn zu.

Johnson sah mit ausdrucksloser Miene hoch. »Oh, hallo«, sagte er. Er ignorierte die Hand so lange wie möglich, doch als Sheppard sie nicht zurückzog, ergriff er sie widerwillig.

Auf diese Reaktion war Sheppard gefasst. Es gehörte zu Johnsons Attitüde, niemals Begeisterung zu zeigen.

»Wie geht's denn so?«, fragte er. »Wie behandelt dich dein Großvater?« Er setzte sich auf die Kante des Sofas.

»Er ist tot umgefallen«, sagte der Junge gleichgültig.

»Was du nicht sagst!«, rief Sheppard. Er stand auf und setzte sich auf den Couchtisch, in die Nähe des Jungen.

»Nein«, sagte Johnson, »ist er nicht. Schön wärs.«

»Wo ist er dann?«, murmelte Sheppard.

»Er ist rauf in die Berge. Er und noch ein paar andre. Sie wollen ein paar Bibeln in einer Höhle vergraben und zwei von verschiedenen Sorten Tiere und so was mitnehmen. So wie Noah. Bloß ist es das nächste Mal Feuer, nicht Wasser.«

Sheppard verzog den Mund zu einem ironischen Lächeln. »Verstehe«, sagte er. Und dann: »In anderen Worten: Der alte Narr hat dich im Stich gelassen?«

»Er ist kein Narr«, sagte der Junge empört.

»Hat er dich im Stich gelassen oder nicht?«, fragte Sheppard ungeduldig.

Der Junge zuckte die Achseln.

»Wo ist dein Bewährungshelfer?«

»Ich muss nicht auf ihn aufpassen«, sagte Johnson. »Er muss auf mich aufpassen.«

Sheppard lachte. »Wart mal einen Moment«, sagte er. Er stand auf, ging in die Diele und nahm den Regenmantel vom Stuhl, um ihn im Wandschrank aufzuhängen. Er brauchte Zeit zum Überlegen, um zu entscheiden, wie er den Jungen zum Bleiben bewegen konnte. Dazu konnte er ihn nicht zwingen. Es musste freiwillig passieren. Johnson tat, als könne er ihn nicht leiden, nur um seinen Stolz zu wahren, aber er würde ihn auf eine Weise fragen müssen, die seinen Stolz nicht verletzte. Sheppard machte den Schrank auf und nahm einen Kleiderbügel heraus. Noch immer hing ein alter grauer Wintermantel seiner Frau dort. Er wollte ihn beiseiteschieben, doch das ging nicht. Er versuchte es mit Gewalt und zuckte zusammen, als hätte er eine Larve in ihrem Kokon gesehen. Norton stand aufrecht im Schrank, das Gesicht blass und verschwollen, wirkte elend und wie betäubt. Sheppard starrte ihn an. Plötzlich kam ihm eine Idee. »Raus mit dir«, sagte er. Er packte ihn an der Schulter und schubste ihn energisch in den Salon und zu dem rosa Sessel, in dem Johnson immer noch saß, die Enzyklopädie auf dem Schoß. Er würde alles auf einmal riskieren.

»Rufus«, sagte er, »ich habe ein Problem. Ich brauche deine Hilfe.«

Argwöhnisch blickte Johnson auf.

»Hör zu«, sagte Sheppard, »wir brauchen noch einen Jungen hier im Haus.« Er klang echt verzweifelt. »Norton hier hat noch nie im Leben etwas mit jemand teilen müssen. Er weiß gar nicht, was das heißt: teilen. Und ich brauche jemand, der ihm das beibringt. Wie wär's, könntest du mir dabei helfen? Bleib eine Weile bei uns, Rufus. Ich brauche deine Hilfe.« Vor lauter Erregung klang seine Stimme dünn.

Das Kind erwachte plötzlich zum Leben. Sein Gesicht wurde rot vor Zorn. »Er ist in ihr Zimmer gegangen und hat ihren Kamm benutzt«, schrie er und zerrte an Sheppards Arm. »Er hat ihr Korsett angezogen und mit Leola getanzt, er – «

»Hör auf!«, sagte Sheppard scharf. »Ist das alles, was du kannst – petzen? Ich habe dich nicht gefragt, wie sich Rufus benommen hat. Ich habe dich gebeten, dass du dazu beiträgst, dass er sich hier wohlfühlt. Hast du verstanden?« Und dann, an Johnson gewandt: »Siehst du, was los ist?«

Norton kickte heftig gegen das Bein des rosa Sessels und traf um ein Haar Johnsons Klumpfuß. Sheppard zerrte ihn zurück.

»Er hat gesagt, du redest nichts als Quatsch!«, kreischte das Kind.

Verstohlen zeigte sich ein Ausdruck von Schadenfreude auf Johnsons Gesicht.

Sheppard ließ sich davon nicht irritieren. Diese Beleidigungen gehörten zu den Abwehrmechanismen des Jungen. »Wie wär's, Rufus?«, fragte er. »Möchtest du eine Weile bei uns bleiben?«

Johnson sah starr geradeaus und antwortete nicht. Er lächelte ein wenig und schien eine Zukunftsvision zu betrachten, die ihm behagte.

»Ist mir egal«, sagte er und blätterte eine Seite der Enzyklopädie um. »Ich halts überall aus.«

»Wunderbar«, sagte Sheppard, »ganz wunderbar.«

»Er hat gesagt, du kannst deine linke Hand nicht von der rechten unterscheiden«, sagte das Kind in einem kehligen Flüstern.

Nun herrschte Schweigen.

Johnson befeuchtete den Finger und blätterte eine weitere Seite der Enzyklopädie um.

»Ich habe euch beiden etwas zu sagen«, erklärte Sheppard in neutralem Ton. Seine Augen wanderten von einem zum andern, und er sprach langsam, als würde er das, was er zu sagen hatte, nur ein einziges Mal sagen und sie würden gut daran tun, zuzuhören. »Wenn es mir das Geringste ausmachen würde, was Rufus von mir denkt, dann würde ich ihn nicht bitten, bei uns zu wohnen. Rufus wird mir helfen, und ich werde ihm helfen, und wir beide werden dir helfen. Es wäre schlicht egoistisch von mir, wenn das, was Rufus von mir denkt, beeinflussen würde, was ich für ihn tun kann. Wenn ich jemand helfen kann, dann will ich das auch tun. Ich stehe über solchen Belanglosigkeiten.«

Keiner der beiden Jungen gab einen Ton von sich. Norton starrte das Kissen auf dem Sessel an. Johnson besah sich etwas Kleingedrucktes in der Enzyklopädie genauer. Sheppard schaute auf die Köpfe der beiden. Er lächelte. Schließlich hatte er doch gewonnen. Der Junge würde hierbleiben. Er streckte die Hand aus, zauste Nortons Haar und klopfte Johnson auf die Schulter. »Jetzt setzt euch beide hin und lernt euch kennen«, sagte er heiter und ging zur Tür. »Mal sehen, was Leola zum Abendessen gekocht hat.«

Als er weg war, hob Johnson den Kopf und sah Norton an. Das Kind sah mit verzweifelter Miene zurück. »Herrgott, Kleiner«, sagte Johnson mit brüchiger Stimme. »Wie hältst du das bloß aus?« Sein Gesicht war starr vor Wut. »Er glaubt, er ist Jesus Christus!«

II

Sheppards Dachboden war ein großer, unfertiger Raum mit offener Balkendecke. Es gab kein elektrisches Licht. Sie hatten das Fernrohr auf einem Stativ in einem der Mansardenfenster aufgestellt. Nun war es zum dunklen Himmel gerichtet, wo eine dünne Mondscheibe, so fragil wie eine Eischale, gerade hinter einer Wolke mit einem leuchtenden silbernen Rand aufgetaucht war. Im Raum warf eine Kerosinlampe, abgestellt auf einem Koffer, ihrer beider Schatten nach oben, wo sie sich leicht schwankend mit den Dachfugen über ihren Köpfen kreuzten. Sheppard saß auf einer Kiste und sah durch das Fernrohr, während Johnson neben seinem Ellbogen darauf wartete, dass er drankam. Sheppard hatte das Fernrohr vor zwei Tagen in einer Pfandleihe für fünfzehn Dollar gekauft.

»Jetzt lassen Sie mich doch auch mal ran«, sagte Johnson.

Sheppard stand auf, und Johnson setzte sich auf die Kiste und hielt sein Auge an das Instrument.

Ein paar Fuß weiter weg ließ sich Sheppard auf einem Stuhl mit gerader Lehne nieder. Sein Gesicht war vor Freude gerötet. Dieses Stück seines Traums war Wirklichkeit geworden. Innerhalb einer Woche war es ihm geglückt, dass der Blick dieses Jungen sich durch einen schlanken Kanal bis zu den Sternen erhoben hatte. Hochzufrieden betrachtete er Johnsons gebeugten Rücken. Der Junge hatte eines von Nortons karierten Hemden an und eine Kakihose, die er ihm gekauft hatte. Nächste Woche wäre der Schuh fertig. Er hatte den Jungen gleich am Tag nach seiner Ankunft mit in den orthopädischen Laden genommen und ihm einen neuen Schuh anmessen lassen.

Johnson war so heikel mit dem Fuß, als wäre er ein heiliger Gegenstand. Er hatte mürrisch dreingeschaut, als der Verkäufer, ein junger Mann mit hellrosa Glatze, den Fuß mit seinen profanen Händen vermessen hatte. Der Schuh würde einen Riesenunterschied im Verhalten des Jungen machen. Selbst ein Kind mit normalen Füßen liebte die Welt, wenn es ein Paar neue Schuhe bekam. Wenn Norton ein neues Paar bekam, spazierte er tagelang umher, die Augen auf seine Füße gerichtet.

Sheppard sah sich im Raum nach dem Kind um. Norton saß auf dem Boden, an einen Schrankkoffer gelehnt, mit einem Seil gefesselt, das er gefunden und mit dem er sich von den Knöcheln bis zu den Knien umwickelt hatte. Er schien so weit weg, dass ihn Sheppard genauso gut durch das falsche Ende des Fernrohrs hätte betrachten können. Er hatte ihn seit Johnsons Ankunft nur einmal schlagen müssen – am ersten Abend, als Norton begriffen hatte, dass Johnson im Bett seiner Mutter schlafen würde. Sheppard war nicht der Meinung, dass man Kinder schlagen sollte, schon gar nicht im Zorn. Diesmal hatte er sich vergessen, und es hatte geholfen. Seither hatte es keinen Ärger mehr mit ihm gegeben.

Norton hatte sich in keinerlei Weise großzügig gegenüber Johnson gezeigt, aber da er schon nichts ändern konnte, hatte er sich anscheinend abgefunden. Morgens schickte Sheppard die beiden zum Schwimmen zum YMCA, gab ihnen Geld, damit sie sich in der Cafeteria mittags etwas zum Essen kaufen konnten, und wies sie an, sich nachmittags mit ihm im Park zu treffen, um ihm beim Baseballspiel mit seiner Little League zuzuschauen. An jedem Nachmittag waren sie in den Park geschlurft, stumm, mit verschlossenen Gesichtern, jeder mit seinen eigenen Gedanken beschäftigt, so als existierte der andere gar nicht. Aber immerhin konnte er dankbar sein, dass sie sich nicht gestritten hatten.

Norton zeigte sich nicht an dem Fernrohr interessiert. »Willst du nicht raufkommen und durchs Fernrohr sehen?«, fragte Sheppard seinen Sohn. Es ärgerte ihn, dass das Kind keinerlei geistige Neugier an den Tag legte. »Rufus wird dir bald weit voraus sein.«

Norton lehnte sich geistesabwesend vor und betrachtete Johnsons Rücken.

Johnson drehte sich von dem Instrument weg. Sein Gesicht war etwas voller geworden. Der Ausdruck beständiger Entrüstung hatte sich von seinen hohlen Wangen verzogen und lag nun verstärkt um die Augenhöhlen, wie auf der Flucht vor Sheppards Freundlichkeit. »Verschwend bloß nicht deine kostbare Zeit, Kleiner«, sagte er. »Du hast den Mond schon mal gesehen, das langt.«

Sheppard amüsierten diese plötzlichen perversen Umschwünge. Der Junge widersetzte sich allem, von dem er den Verdacht hatte, es solle seiner Förderung dienen, und es gelang ihm, den Eindruck zu erwecken, er langweile sich, wenn er sich für eine Sache ganz besonders interessierte. Aber Sheppard ließ sich nicht tauschen. Insgeheim lernte Johnson, was er nach Sheppards Wunsch lernen sollte – dass sein Wohltäter immun gegen Beleidigungen war und dass es keine Risse in seiner Panzerung aus Freundlichkeit und Geduld gab, durch die man erfolgreich eine Lanze hätte stechen können. »Eines Tages landet ihr vielleicht auf dem Mond«, sagte er. »In zehn Jahren werden wahrscheinlich Menschen organisierte Reisen dorthin machen, hin und zurück. Ihr könntet womöglich Raumfahrer werden, Jungs, Astronauten!«

»Astronarren«, sagte Johnson.

»Narren oder Nauten«, sagte Sheppard, »jedenfalls ist es durchaus möglich, dass du, Rufus Johnson, zum Mond fliegen wirst.«

Irgendetwas tauchte in der Tiefe von Johnsons Blick auf. Den ganzen Tag war er schon schlecht gelaunt gewesen. »Ich flieg nicht zum Mond und komm da lebend an. Und wenn ich stirb, fahr ich zur Hölle.«

»Auf jeden Fall ist es möglich, zum Mond zu fliegen«, sagte Sheppard trocken. Am besten konnte man mit so etwas umgehen, indem man sich freundlich darüber lustig machte. »Wir können ihn sehen. Wir wissen, dass er da ist. Niemand hat bis jetzt zuverlässig bewiesen, dass es eine Hölle gibt.«

»Doch, die Bibel hats bewiesen«, sagte Johnson finster, »und wenn man stirbt und da hinkommt, brennt man im ewigen Feuer.«

Das Kind beugte sich vor.

»Und wer sagt, die Hölle gibts nicht, der widerspricht Jesus«, erklärte Johnson. »Die Toten werden gerichtet und die Bösen verdammt. Sie heulen und knirschen mit den Zähnen, während sie verbrennen, und es herrscht ewige Dunkelheit.«

Das Kind sperrte den Mund auf. Seine Augen schienen ganz leer zu werden.

»Satan regiert dort«, sagte Johnson.

Norton fuhr hoch und humpelte einen Schritt auf Sheppard zu. »Ist sie dort?«, fragte er laut. »Ist sie dort und verbrennt?« Er strampelte, um seine Beine von dem Seil zu befreien. »Brennt sie?«

»Du lieber Gott«, murmelte Sheppard. »Nein, nein, natürlich nicht. Rufus irrt sich. Deine Mutter ist nicht irgendwo. Sie ist nicht unglücklich, nein, ist sie nicht.« Es wäre einfacher für ihn gewesen, wenn er Norton nach dem Tod seiner Frau erklärt hätte, sie sei im Himmel und eines Tages werde er sie wiedersehen, aber er konnte nicht zulassen, dass das Kind im Glauben an eine Lüge aufwuchs.

Nortons Gesicht verzog sich. Auf seinem Kinn erschien ein Knoten.

»Hör zu«, sagte Sheppard rasch und zog das Kind zu sich. »Der Geist deiner Mutter lebt in anderen Menschen weiter und wird auch in dir weiterleben, wenn du so lieb und großzügig bist, wie sie es war.«

Die blassen Augen des Kindes schauten streng und ungläubig.

Sheppards Mitleid schlug um in Widerwillen. Dem Kind wäre es lieber, sie wäre in der Hölle als nirgendwo. »Verstehst du?«, fragte er. »Es gibt sie nicht.« Er legte dem Kind die Hand auf die Schulter. »Alles, was ich dir bieten kann, ist die Wahrheit«, erklärte er dann in milderem, hilflosem Ton.

Der Junge heulte nicht, sondern riss sich los und packte Johnson am Ärmel. »Ist sie dort, Rufus?«, fragte er. »Ist sie dort und verbrennt?«

Johnsons Augen glitzerten. »Wenn sie böse war, dann ja. War sie eine Hure?«

»Deine Mutter war keine Hure«, sagte Sheppard scharf. Er hatte das Gefühl, er fahre einen Wagen ohne Bremsen. »Jetzt ist aber Schluss mit diesem dummen Zeug. Wir haben über den Mond gesprochen.«

»Hat sie an Jesus geglaubt?«, fragte Johnson.

Norton sah ihn verständnislos an. »Ja«, sagte er dann, als hätte er gemerkt, dass er das sagen musste. »Ja, die ganze Zeit.«

»Hat sie nicht«, murmelte Sheppard.

»Die ganze Zeit«, sagte Norton. »Ich hab sie sagen hören, dass sie die ganze Zeit an ihn geglaubt hat.«

»Dann ist sie gerettet«, erklärte Johnson.

Das Kind blickte immer noch ratlos. »Wo?«, fragte es. »Wo ist sie?«

»Da oben«, sagte Johnson.

»Wo ist das?« Norton rang nach Luft.

»Irgendwo im Himmel«, sagte Johnson, »aber man muss tot sein, damit man hinkommt. In einem Raumschiff gehts nicht.« In seinen Augen war jetzt ein Funkeln, als sei ein Lichtstrahl direkt auf ein bestimmtes Ziel gerichtet.

»Der Mensch fliegt zum Mond«, sagte Sheppard grimmig, »das ist gerade so, wie der erste Fisch vor Abermilliarden Jahren aus dem Wasser ans Land gekrochen ist. Er hatte keinen Erdanzug. Er musste sich anpassen. Er hat Lungen ausgebildet.«

»Wenn ich tot bin, komm ich dann in die Hölle oder dahin, wo sie ist?«, fragte Norton.

»Jetzt gleich würdest du noch dahin kommen, wo sie ist«, sagte Johnson. »Aber wenn du lang genug lebst, kommst du in die Hölle.«

Sheppard erhob sich abrupt und nahm die Laterne. »Mach das Fenster zu, Rufus«, sagte er. »Zeit für uns, ins Bett zu gehen.«

Auf dem Weg die Treppe hinunter hörte er hinter sich Johnson deutlich flüstern: »Morgen erzähl ich dir alles, Kleiner, wenn der Alte weg ist.«

Am nächsten Tag sah er die Jungen, wie sie hinter der Tribüne hervorkamen und um den Rand des Spielfelds herumgingen. Johnsons Hand lag auf Nortons Schulter, er beugte sich zum Ohr des Jüngeren, und auf dem Gesicht des Kindes lag ein Ausdruck vollkommenen Vertrauens, ein Ausdruck, als dämmerte ihm gerade eine Erkenntnis. Sheppards Miene wurde zur Grimasse. Das war bestimmt Johnsons Versuch, ihn zu ärgern. Aber er würde sich nicht ärgern lassen. Norton war nicht intelligent genug, um groß Schaden zu nehmen. Er betrachtete das einfältige, vertrauensselige kleine Gesicht. Warum sollte man versuchen, etwas Besonderes aus ihm zu machen? Himmel und Hölle waren etwas für die Mittelmäßigen, und zu denen gehörte er weiß Gott.

Die zwei Jungen setzten sich jetzt kaum drei Meter von ihm entfernt auf die Tribüne, ihm gegenüber, ließen sich aber nicht im Mindesten anmerken, dass sie ihn kannten. Sheppard warf einen Blick nach hinten, zu den übers Feld verteilten Baseballspielern. Dann ging er Richtung Tribüne. Als er sich näherte, verstummte Johnsons tuschelnde Stimme.

»Was habt ihr Burschen denn heute so getrieben?«, fragte er leutselig.

»Er hat mir erzählt, dass –«, fing Norton an.

Johnson stieß dem Kind den Ellbogen gegen die Rippen. »Nix haben wir getrieben«, sagte er. Seine Miene schien wie mit einer Glasur überzogen, doch darunter zeigte sich unverhohlen eine Art frecher Komplizenschaft.

Sheppard spürte, wie ihm die Hitze ins Gesicht stieg, doch er sagte nichts. Ein Kind in der Montur der Little League war ihm hinterhergelaufen und stupste ihn jetzt von hinten mit dem Schläger gegen das Bein. Er wandte sich um, legte dem Jungen den Arm um den Hals und ging mit ihm aufs Spielfeld zurück.

Als er an diesem Abend auf den Dachboden stieg, um zu den Jungen am Fernrohr zu stoßen, traf er nur Norton an. Er saß nach vorn gebeugt auf der Kiste und sah angestrengt durch das Instrument. Johnson war nicht da.

»Wo ist Rufus?«, fragte Sheppard.

»Ich hab gefragt, wo Rufus ist!«, wiederholte er, diesmal lauter.

»Irgendwohin gegangen«, sagte das Kind, ohne sich umzudrehen.

»Wohin?«, fragte Sheppard.

»Er hat bloß gesagt, dass er irgendwohin geht. Dass er es satthat, sich Sterne anzusehen.«

»Ich verstehe«, sagte Sheppard niedergeschlagen. Er drehte sich um und ging wieder die Treppe hinunter. Er durchsuchte das Haus, ohne Johnson zu finden. Dann ging er ins Wohnzimmer und setzte sich hin. Gestern noch war er überzeugt gewesen, dass er es mit dem Jungen schaffen würde. Heute musste er sich dem Gedanken stellen, dass er scheitern könnte. Er war allzu nachsichtig, zu sehr darauf aus gewesen, dass Johnson ihn mochte. Er verspürte Schuldgefühle. Was für einen Unterschied machte es schon, ob Johnson ihn mochte oder nicht? Was bedeutete ihm das? Wenn der Junge zurückkam, würden sie ein paar Dinge klären müssen. Solange du hier wohnst, gehst du abends nicht allein aus dem Haus, hast du verstanden?

Ich muss nicht hier wohnen. Es ist mir egal, ob ich hier wohne oder nicht.

Gütiger Gott, dachte er. So weit durfte er es nicht kommen lassen. Er würde streng sein müssen, durfte die Sache aber nicht aufbauschen. Er griff nach der Abendzeitung. Freundlichkeit und Geduld waren immer angebracht, aber er war nicht streng genug gewesen. Er saß mit der Zeitung in der Hand da, las sie aber nicht. Der Junge würde ihn nicht respektieren, solange er ihm nicht mit Entschiedenheit begegnete. Es läutete an der Tür, und er ging hin, um nachzusehen. Er machte auf und trat einen Schritt zurück, einen gequälten, enttäuschten Ausdruck im Gesicht.

Ein großer, mürrischer Polizist stand auf der Schwelle und hielt Johnson am Ellbogen fest. Am Bordstein wartete ein Streifenwagen. Johnson sah kreidebleich aus. Er schob seinen Unterkiefer vor, wie um ein Zittern zu verhindern.

»Wir haben ihn erst einmal hierhergebracht, weil er so einen Zirkus veranstaltet hat«, sagte der Polizist. »Aber jetzt, wo Sie ihn gesehen haben, bringen wir ihn aufs Revier und stellen ihm ein paar Fragen.«

»Was ist passiert?«, murmelte Sheppard.

»Ein Haus ganz in der Nähe«, erklärte der Polizist. »Alles kurz und klein geschlagen, zerbrochenes Geschirr überall auf dem Boden, Möbel umgeworfen …«

»Ich hab nix damit zu tun«, sagte Johnson. »Bin einfach so rumgelaufen und hab mich nur um mein eigenen Kram gekümmert, und da kommt dieser Bulle daher und schnappt mich.«

Sheppard sah den Jungen grimmig an. Er machte sich nicht die Mühe, etwas freundlicher dreinzublicken.

Johnson wurde rot. »Ich bin bloß so rumgelaufen«, murmelte er, doch er klang nicht überzeugt.

»Jetzt komm schon, Freundchen«, sagte der Polizist.

»Sie lassen doch nicht zu, dass er mich mitnimmt?«, fragte Johnson. »Sie glauben mir doch, oder?« In seiner Stimme lag ein flehentlicher Ton, den Sheppard noch nie zuvor gehört hatte.

Das war ein entscheidender Moment. Der Junge würde

lernen müssen, dass man ihn nicht in Schutz nehmen konnte, wenn er schuldig war. »Du wirst mitgehen müssen, Rufus«, sagte er.

»Sie lassen zu, dass er mich mitnimmt, wo ich Ihnen doch sag, dass ich nix getan hab?«, rief Johnson schrill.

Sheppards Gesichtszüge wurden härter, je mehr er sich gekränkt fühlte. Der Junge hatte ihn enttäuscht, noch bevor er eine Gelegenheit hatte, ihm den Schuh zu geben. Morgen hätten sie ihn abholen sollen. Sein ganzes Bedauern richtete sich plötzlich auf den Schuh; sein Ärger beim Anblick Johnsons wuchs.

»Sie haben so getan, als würden Sie mir total vertrauen«, murmelte der Junge.

»Ich hab dir auch vertraut«, sagte Sheppard mit versteinertem Gesicht.

Johnson drehte sich um, mit dem Polizisten an seiner Seite, doch bevor er losging, traf Sheppard ein Blick voll abgrundtiefem Hass.

Sheppard blieb an der Tür stehen und sah zu, wie sie in den Streifenwagen stiegen und davonfuhren. Er versuchte, all das Mitgefühl aufzubringen, dessen er fähig war. Morgen würde er aufs Revier gehen und sehen, wie er ihm aus der Klemme helfen konnte. Die Nacht im Gefängnis würde ihm nicht schaden, und die Erfahrung würde ihn lehren, dass er nicht ungestraft jemanden so behandeln konnte, der ihm nichts als Freundlichkeit erwiesen hatte. Dann würden sie den Schuh abholen, und vielleicht würde das dem Jungen nach einer Nacht im Gefängnis noch mehr bedeuten.

Am nächsten Morgen um acht rief der Polizeisergeant Sheppard an und sagte, er könne Johnson abholen. »Wir haben einen Nigger unter Anklage gestellt«, sagte er. »Ihr Junge hat nichts damit zu tun gehabt.«

Zehn Minuten später war Sheppard auf dem Revier, mit schamrotem Gesicht. Johnson lümmelte sich auf einer Bank in einem tristen Vorraum und las ein Polizeimagazin. Sonst war niemand da. Sheppard setzte sich neben ihn und legte ihm vorsichtig die Hand auf die Schulter.

Der Junge blickte auf, die Lippen gekräuselt, und sah dann wieder in das Magazin. Sheppard war buchstäblich übel. Wie hässlich er sich verhalten hatte, dämmerte ihm plötzlich, dumpf und intensiv. Er hatte Johnson gegenüber genau in dem Moment versagt, als er ihn vielleicht ein für alle Mal auf den richtigen Weg hätte bringen können. »Rufus«, sagte er. »Ich entschuldige mich. Ich war im Unrecht und du warst im Recht. Ich habe dich falsch eingeschätzt.«

Der Junge las weiter.

»Es tut mir leid.«

Der Junge befeuchtete den Finger und blätterte eine Seite weiter.

Sheppard nahm seinen Mut zusammen. »Ich war ein Narr, Rufus«, sagte er.

Johnson verzog ganz leicht den Mund und zuckte die Schultern, ohne den Kopf von der Zeitschrift zu heben.

»Wirst du es dieses eine Mal vergessen?«, fragte Sheppard. »Es wird nicht wieder vorkommen.«

Der Junge schaute hoch, sein Blick durchdringend und unfreundlich. »Ich werds vergessen«, sagte er, »aber Sie sollten sich besser dran erinnern.« Er stand auf und stolzierte zur Tür. Mitten im Zimmer wandte er sich um, machte eine ruckartige Armbewegung in Richtung Sheppard, und Sheppard sprang auf und folgte ihm, als hätte der Junge an einer unsichtbaren Leine gezogen.

»Dein Schuh«, sagte er eifrig. »Heute ist der Tag, wo wir deinen Schuh abholen!« Gott sei Dank, dass ihm der Schuh eingefallen war.

Doch als sie zu dem orthopädischen Laden gingen, stellte sich heraus, dass der Schuh zwei Nummern zu klein war und ein neuer erst in zehn Tagen fertig wäre. Johnsons Laune besserte sich augenblicklich. Offensichtlich hatte der Verkäufer falsch gemessen, doch der Junge behauptete beharrlich, der Fuß sei größer geworden. Er verließ den Laden mit zufriedener Miene, als sei der Fuß gewissermaßen eigenmächtig gewachsen. Sheppard sah abgespannt aus.

Von nun an gab er sich noch mehr Mühe. Da Johnson das Interesse an dem Fernrohr verloren hatte, kaufte er ihm ein Mikroskop und eine Schachtel mit Präparaten auf Glas. Wenn er den Jungen nicht mit dem unendlich Großen beeindrucken konnte, wollte er es mit dem unendlich Kleinen versuchen. Zwei Abende lang schien Johnson ganz von dem neuen Gerät in Anspruch genommen, bis er abrupt das Interesse daran verlor, doch saß er anscheinend gern abends im Wohnzimmer und las in der Enzyklopädie. Er verschlang sie genauso wie sein Abendessen, ohne Unterbrechung und mit unvermindertem Appetit. Jedes Thema schien ihn zu beschäftigen, wurde geplündert und dann wieder ausgemustert. Nichts freute Sheppard mehr, als zu sehen, wie Johnson, auf das Sofa hingegossen, ohne ein Wort zu sagen, las. Nachdem sie zwei, drei Abende so verbracht hatten, glaubte er erneut an seine Vision. Er gewann sein Vertrauen wieder. Er wusste, eines Tages würde er stolz auf Johnson sein.

Am Donnerstagabend nahm Sheppard an einer Sitzung des Stadtrats teil. Er setzte die Jungen unterwegs bei einem Kino ab und nahm sie auf dem Rückweg wieder mit. Als sie zu Hause ankamen, wartete ein Wagen mit einem einzelnen roten Warnlicht über der Windschutzscheibe vor dem Haus. Als Sheppards Wagen in die Einfahrt bog, beleuchteten die Scheinwerfer die mürrischen Gesichter zweier Männer, die in dem Auto saßen.

»Die Bullen!«, rief Johnson. »Da ist irgendwo ein Nigger eingebrochen, und jetzt wollen sie mich schon wieder mitnehmen.«

»Warten wir's ab«, murmelte Sheppard. Er hielt auf der Einfahrt und schaltete die Scheinwerfer aus. »Ihr beide geht rein und geht ins Bett. Ich kümmere mich um die Sache.«

Er stieg aus, marschierte zu dem Streifenwagen und steckte den Kopf durch das Fenster. Die beiden Polizisten sahen ihn stumm und vielsagend an. »Ein Haus an der Ecke Shelton und Mills«, sagte der Mann auf dem Fahrersitz. »Sieht aus, als wär ein Zug durchgefahren.«

»Er war in der Stadt im Kino«, sagte Sheppard. »Mein Sohn war bei ihm. Er hat nichts zu tun gehabt mit der anderen Geschichte und hat nichts zu tun mit der hier. Ich verbürge mich dafür.«

»Wenn ich Sie wäre«, sagte der andere Polizist, »würde ich mich für so einen kleinen Scheißkerl wie den da nicht verbürgen.«

»Ich hab gesagt, ich verbürge mich für ihn«, wiederholte Sheppard kühl. »Ihr habt das letzte Mal einen Fehler gemacht. Tut das nicht noch einmal.«

Die Polizisten sahen einander an. »Das ist nicht unser Bier«, sagte der auf dem Fahrersitz und drehte den Zündschlüssel um.

Sheppard ging ins Haus und setzte sich ins dunkle

Wohnzimmer. Er verdächtigte Johnson nicht und wollte nicht, dass der Junge glaubte, er täte es. Wenn Johnson das nämlich glaubte, dann wäre alles verloren. Aber er wollte wissen, ob sein Alibi niet- und nagelfest war. Er dachte daran, in Nortons Zimmer zu gehen und ihn zu fragen, ob Johnson das Kino verlassen hatte. Aber das wäre noch schlimmer. Johnson würde es erfahren und stinkwütend werden. Er beschloss, Johnson selbst zu befragen, und zwar ganz direkt. Sheppard überlegte, was genau er sagen wollte, stand dann auf und ging zu Johnsons Tür.

Sie stand offen, als hätte der Junge ihn erwartet, doch Johnson war im Bett. Es fiel gerade so viel Licht aus der Diele herein, dass Sheppard seinen Umriss unter dem Laken erkennen konnte. Er betrat das Zimmer und stellte sich ans Fußende des Betts. »Sie sind weg«, sagte er. »Ich hab ihnen gesagt, dass du nichts damit zu tun hast und dass ich mich für dich verbürge.«

Vom Kissen her kam ein gedämpftes Ja.

Sheppard zögerte. »Rufus«, sagte er, »du hast doch das Kino nicht aus irgendeinem Grund verlassen, oder?«

»Sie tun so, als ob Sie mir total vertraun«, rief plötzlich eine entrüstete Stimme, »aber das tun Sie nicht! Sie vertraun mir jetzt genauso wenig wie vorher!« Diese körperlose Stimme schien jetzt viel eher aus Johnsons Innerem zu kommen, als wenn sein Gesicht zu sehen gewesen wäre. Es war ein Schrei der Anklage mit einem Anflug von Verachtung.

»Ich hab Vertrauen in dich«, sagte Sheppard eindringlich. »Ich hab vollkommenes Vertrauen in dich. Ich glaube dir und verlass mich ganz und gar auf dich.«

»Sie bespitzeln mich andauernd«, sagte die Stimme

missmutig. »Wenn Sie fertig damit sind, mir einen Haufen Fragen zu stellen, dann gehn Sie rüber zu Norton und fragen auch den.«

»Ich habe nicht die Absicht, Norton irgendetwas zu fragen, und hab ihn auch nie gefragt«, sagte Sheppard friedlich. »Und ich hab dich überhaupt nicht im Verdacht. Du hättest schließlich kaum vom Kino in der Stadt zurückkommen, in ein Haus einbrechen und wieder zurück ins Kino gehen können, in der kurzen Zeit.«

»Darum glauben Sie mir«, rief der Junge. »Bloß weil Sie denken, ich hätt es nicht schaffen können.«

»Nein, nein«, sagte Sheppard. »Ich glaube dir, weil ich glaube, dass du schlau genug bist und den Mumm hast, dir keinen Ärger mehr einzuhandeln. Ich glaube, du kennst dich inzwischen gut genug, um zu wissen, dass du solche Sachen nicht nötig hast. Ich glaube, du kannst aus dir alles machen, was du dir in den Kopf setzt.«

Johnson richtete sich auf. Ein schwaches Licht erhellte seine Stirn, doch der Rest seines Gesichts war nicht zu sehen. »Dabei hätt ich leicht in der kurzen Zeit dort einbrechen können, wenn ich hätt wollen«, sagte er.

»Aber ich weiß, dass du's nicht getan hast«, sagte Sheppard. »Daran habe ich nicht den leisesten Zweifel.«

Nun war es still. Johnson legte sich wieder hin. Dann sagte die Stimme gepresst, als kostete es sie Mühe: »Man will doch nichts stehlen und Sachen kaputt machen, wenn man schon alles hat, was man will.«

Sheppard hielt den Atem an. Der Junge dankte ihm! Dankte ihm tatsächlich! Dankbarkeit klang in seiner Stimme an, Wertschätzung. Er stand da, lächelte töricht im Dunkeln und versuchte, den Augenblick festzuhalten. Unwillkürlich ging er einen Schritt auf das Kissen zu, streckte die Hand aus und berührte Johnsons Stirn. Sie fühlte sich kühl und trocken an, wie rostiges Eisen.

»Ich verstehe. Gute Nacht, mein Sohn«, sagte er, wandte sich rasch um und verließ das Zimmer. Er schloss die Tür hinter sich und blieb stehen, von Rührung überwältigt.

Nortons Tür auf der anderen Seite der Diele stand offen. Das Kind lag auf der Seite im Bett und blickte ins Licht aus der Diele.

Von nun an würde es glattlaufen mit Johnson.

Norton setzte sich auf und winkte ihn zu sich.

Er sah das Kind, aber nach einem kurzen Moment wandte er den Blick ab. Er konnte nicht ins Zimmer gehen und mit Norton reden, ohne Johnsons Vertrauen zu verlieren. Er zögerte, blieb jedoch kurz stehen, wo er war, als sähe er nichts. Morgen war der Tag, an dem sie den Schuh abholen würden. Das würde die Beziehung zwischen ihnen deutlich verbessern. Er drehte sich rasch um und ging in sein Zimmer.

Das Kind saß noch eine Weile da und schaute zu der Stelle, wo sein Vater gestanden hatte. Schließlich schweifte sein Blick ins Leere, und es legte sich wieder hin.

Am nächsten Tag wirkte Johnson bedrückt und schweigsam, als schämte er sich, dass er aus sich herausgegangen war. Sein Blick war verschleiert. Er schien sich in sich selbst zurückgezogen zu haben und eine Krise durchzumachen, in der er sich entscheiden musste. Es konnte Sheppard nicht schnell genug gehen mit dem Abholen des Schuhs. Er ließ Norton zu Hause, weil er sich nicht ablenken lassen und Johnsons Reaktion so genau wie möglich studieren wollte. Die Aussicht auf den Schuh schien den Jungen nicht zu freuen, ja nicht einmal zu interessieren, doch wenn es dann wirklich so weit wäre, würde das gewiss eine Reaktion hervorrufen.

Der orthopädische Laden war ein kleines Gebäude aus Beton, ausstaffiert und bis oben hin vollgestopft mit den Gerätschaften für die verschiedensten Gebrechen. Rollstühle und Gehhilfen standen überall auf dem Boden, an den Wänden hingen sämtliche Sorten von Beinschienen und Krücken. Künstliche Glieder waren in den Regalen gestapelt, Beine, Arme und Hände, Klauen und Haken, Gurte und Stützkorsette und nicht identifizierbare Geräte für namenlose Missbildungen. Auf einer kleinen freien Fläche mitten im Raum stand eine Reihe gelber Stühle mit Plastikpolstern und ein Hocker zum Anprobieren von Schuhen. Johnson ließ sich träge auf einen der Stühle fallen, setzte seinen Fuß auf den Hocker und betrachtete ihn verdrossen. Ungefähr am großen Zeh hatte er ein Loch mit einem Stück Stoff geflickt, eine andere Stelle mit dem, was anscheinend die Zunge des Schuhs gewesen war. Zusammengehalten wurde er von einem Stück Schnur.

Sheppard war rot vor Aufregung, sein Herz schlug schneller als sonst.

Der Verkäufer tauchte von hinten aus dem Laden auf, den neuen Schuh unter dem Arm. »Diesmal haben wir's hingekriegt!«, sagte er. Er setzte sich rittlings auf den Hocker und hielt den Schuh in die Höhe, mit einem Lächeln, als hätte er ihn hervorgezaubert.

Es war ein formloser, glatter schwarzer Gegenstand und glänzte abscheulich. Er sah aus wie eine auf Hochglanz polierte stumpfe Waffe.

Johnson musterte ihn düster.

»Mit diesem Schuh«, sagte der Verkäufer, »merkst

du nicht mal, dass du gehst. Du wirst glauben, dass du schwebst.« Er beugte seinen kahlen hellrosa Kopf und begann vorsichtig die Schnur aufzunesteln. Mit angespannter Miene zog er den alten Schuh aus, als häutete er ein noch halb lebendes Tier. Beim Anblick des entblößten unförmigen Fußes in der schmutzigen Socke wurde Sheppard ganz mulmig. Er wandte den Blick ab, bis der neue Schuh saß. Der Verkäufer schnürte ihn rasch zu. »Jetzt steh auf und geh herum«, sagte er, »und du wirst sehen, du gehst wie auf Wolken.« Er zwinkerte Sheppard zu. »Mit dem Schuh wird er gar nicht merken, dass sein Fuß nicht normal ist.«

Sheppard strahlte vor Freude.

Johnson stand auf und ging ein paar Schritte. Sein Gang war steif, doch sah man nun fast keinen Unterschied mehr zwischen dem verkürzten Bein und dem anderen. Er blieb einen Augenblick lang mit dem Rücken zu ihnen stocksteif stehen.

»Phantastisch!«, sagte Sheppard, »phantastisch.« Es war, als hätte er dem Jungen ein neues Rückgrat geschenkt.

Johnson drehte sich um. Sein Mund war ein einziger eisiger Strich. Er setzte sich wieder und zog den neuen Schuh aus, steckte den Fuß wieder in den alten und fing an, ihn zuzuschnüren.

»Willst du ihn mit nach Hause nehmen und erst mal sehen, wie er dir passt?«, murmelte der Verkäufer.

»Nein«, sagte Johnson. »Ich werd ihn überhaupt nicht anziehn.«

»Was stimmt nicht damit?«, fragte Sheppard, und seine Stimme wurde lauter.

»Ich brauch keinen neuen Schuh nicht«, sagte Johnson. »Und wenn, dann weiß ich, wie ich selber zu einem komm.« Sein Gesicht war steinern, doch seine Augen funkelten triumphierend.

»Junge, hast du ein Problem mit dem Fuß oder mit dem Kopf?«, fragte der Verkäufer.

»Stecken Sie doch Ihren Schädel ins Wasser«, sagte Johnson. »Ihr Hirn steht in Flammen.«

Gekränkt, doch würdevoll stand der Verkäufer auf und fragte Sheppard, was er mit dem Schuh machen sollte, den er entmutigt am Schnürsenkel baumeln ließ.

Sheppards Gesicht war dunkelrot vor Zorn. Er starrte auf ein Lederkorsett mit künstlichem Arm direkt vor seinen Augen.

Der Verkäufer wiederholte die Frage.

»Packen Sie ihn ein«, murmelte Sheppard. Er sah zu Johnson hin. »Er ist noch nicht reif dafür«, sagte er. »Ich hab gedacht, er sei jetzt aus dem Alter raus.«

Der Junge grinste anzüglich. »Sie haben sich schon mal geirrt«, sagte er.

An diesem Abend saßen sie wie gewöhnlich im Wohnzimmer und lasen. Sheppard hatte sich missmutig hinter der Sonntagsausgabe der *New York Times* verschanzt. Er wollte seine gute Laune wiederfinden, doch jedes Mal, wenn er an den verschmähten Schuh dachte, war er von Neuem gereizt. Er riskierte es nicht einmal, Johnson anzuschauen. Ihm war klar, dass der Junge den Schuh nicht wollte, weil er unsicher war. Johnson hatte vor seiner eigenen Dankbarkeit Angst bekommen. Er hatte keine Ahnung, was er mit dem neuen Selbst anfangen sollte, dessen er sich allmählich bewusst wurde. Er begriff, dass etwas, was er gewesen war, bedroht war, und zum ersten Mal musste er sich mit sich und seinen Möglichkeiten auseinandersetzen. Er stellte seine eigene Identität infrage. Widerwillig spürte Sheppard, dass seine Sympathie für den Jungen langsam wiederkehrte. Nach ein paar Minuten ließ er die Zeitung sinken und sah zu ihm hinüber.

Johnson saß auf dem Sofa und schaute über den Rand der Enzyklopädie hinweg. Er wirkte wie in Trance, so als horchte er auf irgendetwas in weiter Ferne. Sheppard sah ihn unverwandt an, doch der Junge horchte nach wie vor und wandte nicht den Kopf. Das arme Kind weiß nicht mehr weiter, dachte er. Da hatte er nun den ganzen Abend hier gesessen und lustlos die Zeitung gelesen und kein einziges Wort gesagt, das die Spannung aufgebrochen hätte. »Rufus«, sagte er.

Johnson saß weiter stocksteif da und horchte.

»Rufus«, sagte Sheppard mit leiser, beschwörender Stimme, »du kannst alles werden, was du willst. Wissenschaftler oder Architekt oder Ingenieur oder was immer du dir in den Kopf setzt, und was immer du dir in den Kopf gesetzt hast, darin kannst du der Beste sein.« Er stellte sich vor, seine Stimme dringe in die dunklen Höhlen im Kopf des Jungen. Johnson lehnte sich vor, doch sein Blick wandte sich nicht ihm zu. Von draußen hörte man, wie eine Wagentür geschlossen wurde. Es war still. Dann plötzlich schrillte die Klingel.

Sheppard sprang auf, ging zur Tür und machte auf. Derselbe Polizist, der schon einmal da gewesen war, stand an der Tür. Der Streifenwagen wartete am Straßenrand.

»Ich will den Jungen sehen«, sagte der Polizist.

Sheppard trat finster zur Seite. »Er ist den ganzen Abend hier gewesen«, sagte er. »Ich kann dafür bürgen.«

Der Polizist betrat das Wohnzimmer. Johnson schien ganz in sein Buch vertieft. Nach einem kurzen Moment blickte er ungehalten hoch, wie ein wichtiger Mann, der bei der Arbeit gestört wurde.

»Was hast du dir vor einer halben Stunde in der Winter Avenue durchs Küchenfenster angeschaut, Bürschchen?«, fragte der Polizist.

»Hören Sie auf, den Jungen zu schikanieren!«, sagte Sheppard. »Ich verbürge mich dafür, dass er hier gewesen ist. Ich war mit ihm zusammen.«

»Sie habens gehört«, sagte Johnson. »Ich war die ganze Zeit hier.«

»Nicht jeder hinterlässt solche Spuren wie du«, sagte der Polizist und fasste den Klumpfuß ins Auge.

»Das können nicht seine gewesen sein«, knurrte Sheppard wütend. »Er war die ganze Zeit hier. Sie verschwenden Ihre Zeit und unsere auch.« Er hatte das Gefühl, das *unsere* besiegele seine Solidarität mit dem Jungen. »Ich hab es jetzt satt«, erklärte er. »Ihr Kerle seid verdammt noch mal einfach zu faul, um rauszufinden, wer diese Sachen anstellt. Ihr kommt ganz automatisch hierher zu uns.«

Der Polizist hörte nicht auf ihn und starrte weiterhin durch Johnson hindurch. Seine Augen waren klein und wachsam in seinem fleischigen Gesicht. Schließlich wandte er sich zur Tür. »Wir schnappen ihn uns früher oder später«, sagte er, »mit dem Kopf in einem Fenster und dem Hintern draußen.«

Sheppard begleitete ihn zur Tür und schlug sie hinter ihm zu. Seine Stimmung wurde immer besser. Das war genau das, was ihm gefehlt hatte. Mit erwartungsvoller Miene kehrte er ins Zimmer zurück.

Johnson hatte das Buch weggelegt. Er saß da und sah ihn hämisch an. »Danke«, sagte er.

Sheppard blieb stehen. Die Miene des Jungen hatte etwas Raubtierhaftes, sein Blick war unverhohlen höhnisch.

»Sie selber lügen ja auch nicht schlecht«, sagte er.

»Lügen?«, murmelte Sheppard. Konnte der Junge weggegangen und wieder zurückgekommen sein? Ihm wurde ganz schlecht bei dem Gedanken. Dann überkam ihn Zorn. »Warst du weg?«, fragte er wütend. »Ich hab dich nicht weggehen sehen.«

Der Junge lächelte nur.

»Du bist rauf auf den Dachboden, zu Norton«, sagte Sheppard.

»Nein«, sagte Johnson. »Der Junge spinnt. Will die ganze Zeit nur noch durch das blöde Fernrohr schaun.«

»Erzähl mir nichts von Norton«, sagte Sheppard scharf. »Wo bist du gewesen?«

»Ich hab ganz allein auf dem rosa Abort gehockt«, sagte Johnson. »Da hats keine Zeugen für gegeben.«

Sheppard nahm sein Taschentuch und wischte sich die Stirn. Es gelang ihm zu lächeln.

Johnson verdrehte die Augen. »Sie glauben mir nicht«, sagte er mit der gleichen brüchigen Stimme wie zwei Abende zuvor in dem dunklen Schlafzimmer. »Sie tun so, als täten Sie mir vertraun, aber das tun Sie nicht. Wenns brenzlig wird, verziehn Sie sich wie alle andern auch.« Seine Stimme klang nun übertrieben brüchig, klang komisch. Der höhnische Ton war unüberhörbar. »Sie glauben mir nicht«, sagte er weinerlich. »Sie haben kein Vertrauen nicht. Und Sie sind auch nicht schlauer als dieser Bulle. Die Sache mit den Fußspuren – das war eine Falle. Es hat gar keine gegeben. Nach hinten raus ist der ganze Hof zementiert, und ich hatte trockene Schuhe.«

Sheppard steckte langsam das Taschentuch wieder ein. Er ließ sich auf das Sofa fallen und sah auf den Läufer zu seinen Füßen. Der Klumpfuß des Jungen befand sich genau in seinem Gesichtsfeld. Der zusammengeflickte Schuh schien ihn mit Johnsons Gesicht anzugrinsen. Sheppard packte einen Zipfel des Sofakissens, und seine Knöchel wurden weiß. Eiskalter Hass überkam ihn. Er hasste den Schuh, hasste den Fuß, hasste den Jungen. Er wurde blass. Der Hass nahm ihm den Atem. Er war erschrocken über sich selbst.

Er packte den Jungen so heftig an der Schulter, als müsste er sich daran festhalten, um nicht umzufallen. »Hör zu«, sagte er. »Du hast in das Fenster reingeschaut, um mich bloßzustellen. Das war's, was du gewollt hast – meinen Entschluss, dir zu helfen, zu erschüttern, aber das hast du nicht geschafft. Ich bin stärker als du, und ich werde dich retten. Das Gute wird siegen.«

»Nicht, wenns nicht wahr ist«, sagte Johnson, »nicht, wenns nicht stimmt.«

»Mein Entschluss bleibt unerschütterlich«, wiederholte Sheppard, »ich werde dich retten.«

Johnsons Miene nahm wieder diesen verschlagenen Ausdruck an. »Sie werden mich nicht retten«, sagte er. »Sie werden mich aus dem Haus werfen. Die zwei andern Dinger, die hab ich auch gedreht, das erste genauso wie das andre, als ich im Kino hätt sein sollen.«

»Ich werde dich nicht rauswerfen«, sagte Sheppard, tonlos, mechanisch. »Ich werde dich retten.«

Johnson reckte den Kopf. »Retten Sie sich doch selber«, zischte er. »Mich kann niemand retten außer Jesus.«

Sheppard lachte trocken auf. »Mir machst du nichts vor«, sagte er. »Das hab ich dir schon in der Besserungsanstalt ausgetrieben. Zumindest davor hab ich dich gerettet.«

Johnsons Gesichtsmuskeln wurden hart. Ein Ausdruck so heftigen Widerwillens trat in sein Gesicht, dass Sheppard unwillkürlich einen Schritt zurückwich. Die Augen des Jungen waren wie Zerrspiegel, in denen er sich selbst sah, scheußlich und grotesk. »Ich werds Ihnen zeigen«, flüsterte Johnson. Er stand abrupt auf und stürzte zur Tür, als könnte er nicht schnell genug von Sheppard wegkommen, doch er ging durch die Tür zur hinteren Diele, nicht zur Haustür. Sheppard drehte sich auf dem Sofa um und sah hinter sich, wo der Junge verschwunden war. Er hörte, wie die Tür zu Johnsons Zimmer zugeschlagen wurde. Er verließ also nicht das Haus. Die Spannung war aus Sheppards Blick verschwunden, er wirkte leer und ausdruckslos, als erreichte der Schock über die Enthüllungen des Jungen erst jetzt wirklich sein Bewusstsein. »Wenn er doch nur ginge«, murmelte er. »Wenn er jetzt nur freiwillig ginge.«

Am nächsten Morgen erschien Johnson in dem großväterlichen Anzug, in dem er angekommen war, am Frühstückstisch. Sheppard tat, als würde er es nicht bemerken, doch ein einziger Blick sagte ihm, was er bereits wusste, nämlich dass er in der Falle saß, dass es jetzt nur noch einen Nervenkrieg geben konnte und dass Johnson ihn gewinnen würde. Er wünschte, er hätte den Jungen nie zu Gesicht bekommen. Dass sein Mitgefühl versiegt war, betäubte ihn. Er verließ das Haus so schnell wie möglich und fürchtete sich den ganzen Tag vor dem Heimkommen am Abend. Er hegte die schwache Hoffnung, dass der Junge verschwunden wäre, wenn er zurückkam. Der Großvateranzug mochte bedeuten, dass er fortwollte. Als

Sheppard heimkam und die Haustür öffnete, klopfte sein Herz heftig.

In der Diele blieb er stehen und blickte stumm ins Wohnzimmer. Seine erwartungsvolle Miene verschwand. Sein Gesicht wirkte auf einmal so alt wie sein weißes Haar. Die beiden Jungen saßen dicht nebeneinander auf dem Sofa und lasen im selben Buch. Nortons Wange ruhte am Ärmel von Johnsons schwarzem Anzug. Johnson bewegte den Finger unter den Zeilen, die sie lasen. Der ältere und der jüngere Bruder. Fast eine Minute lang betrachtete Sheppard die Szene mit steinernem Gesicht. Dann ging er ins Zimmer, zog den Mantel aus und ließ ihn auf einen Stuhl fallen. Keiner der beiden Jungen bemerkte ihn. Er ging weiter in die Küche.

Jeden Nachmittag ließ Leola, bevor sie ging, das Abendessen auf dem Herd, und er trug es dann zum Tisch. Sein Kopf tat weh, seine Nerven lagen blank. Er setzte sich auf den Küchenhocker und blieb so sitzen, tief in seiner traurigen Verfassung versunken. Er fragte sich, ob er Johnson so wütend machen könnte, dass er freiwillig ging. Was ihn am Vorabend so aufgebracht hatte, war die Sache mit Jesus. Doch wenn es Johnson aufbrachte, dann fand er es seinerseits deprimierend. Warum den Jungen nicht einfach wegschicken? Die Niederlage zugeben? Der Gedanke, Johnson noch einmal sehen zu müssen, bereitete ihm Übelkeit. Der Junge sah ihn an, als wäre er der Schuldige, moralisch aussätzig. Sheppard hingegen war ehrlich überzeugt, dass er ein guter Mensch war, sich nichts vorzuwerfen hatte. Jetzt konnte er seine Gefühle gegenüber Johnson nicht mehr kontrollieren. Er hätte gern Mitleid mit ihm empfunden. Er hätte gewünscht, ihm helfen zu können. Er sehnte sich nach der Zeit, wenn nur er und

Norton im Haus wären, wenn er nur mit dem einfältigen Egoismus des Kindes und seiner eigenen Einsamkeit fertigwerden müsste.

Er stand auf, holte drei Teller aus dem Regal und trug sie zum Herd. Geistesabwesend verteilte er Bohnen und Hackbraten auf den Tellern. Als das Essen auf dem Tisch stand, rief er die beiden Jungen.

Sie brachten das Buch mit. Norton schob sein Gedeck neben Johnsons Platz und seinen Stuhl neben den von Johnson. Sie setzten sich und legten das Buch zwischen sich hin. Es war ein schwarzes Buch mit rotem Schnitt.

»Was lest ihr da?«, fragte Sheppard, als er sich setzte.

»Die Heilige Schrift«, sagte Johnson.

Herr, gib mir Kraft, flüsterte Sheppard.

»Wir haben sie in einem Billigladen geklaut«, sagte Johnson.

»Wir?«, murmelte Sheppard. Er wandte sich um und warf Norton einen wütenden Blick zu. Das Kind strahlte, und seine Augen glänzten erregt. Zum ersten Mal fiel Sheppard auf, wie Norton sich verändert hatte. Er wirkte aufgeweckt. Er trug ein blau kariertes Hemd, und seine Augen waren so blau, wie er sie noch nie gesehen hatte. Ein merkwürdiges neues Leben war in ihm, Zeichen neuer, schlimmerer Laster. »Also du stiehlst jetzt?«, fragte er finster. »Du hast nicht gelernt, großzügig zu sein, aber stehlen, das hast du gelernt.«

»Hat er nicht«, sagte Johnson. »Ich bins gewesen, ich habs mitgehn lassen. Er hat bloß aufgepasst. Er darf sich nicht beschmutzen. Bei mir machts nix aus. Ich komm sowieso in die Hölle.«

Sheppard hielt den Mund.

»Außer«, sagte Johnson, »außer ich tu Buße.«

»Tu Buße, Rufus«, sagte Norton in flehentlichem Ton, »tu Buße, hörst du? Du willst doch nicht in die Hölle kommen.«

»Hör auf mit diesem Unsinn«, sagte Sheppard und sah das Kind scharf an.

»Wenn ich Buße tu, werd ich ein Prediger«, sagte Johnson. »Wenn mans schon tut, muss mans auch richtig tun.«

»Und was willst du werden, Norton?«, fragte Sheppard mit spröder Stimme. »Auch ein Prediger?«

Die Augen des Kindes glänzten vor wilder Freude. »Ein Raumfahrer!«, rief es.

»Toll«, sagte Sheppard bitter.

»Die Raumschiffe bringen dir gar nix, wenn du nicht an Jesus glaubst«, erklärte Johnson. Er befeuchtete den Finger und begann in der Bibel zu blättern. »Ich les dir die Stelle vor, wo das steht.«

Sheppard beugte sich vor und sagte mit leiser, zorniger Stimme: »Leg die Bibel weg, Rufus, und iss jetzt.«

Johnson suchte immer noch nach der Stelle.

»Leg diese Bibel weg!«, rief Sheppard.

Der Junge hörte auf zu blättern und blickte auf. Er wirkte erstaunt, aber auch erfreut.

»Dieses Buch ist etwas, hinter dem du dich verstecken kannst«, sagte Sheppard. »Es ist etwas für Feiglinge, für Leute, die Angst haben, auf eigenen Füßen zu stehen und sich ihre eigenen Gedanken zu machen.«

Johnsons Augen blitzten vor Zorn. Er rückte seinen Stuhl ein Stück weit vom Tisch zurück. »Satan hat Sie in seiner Gewalt«, sagte er. »Nicht bloß mich. Sie auch.«

Sheppard langte über den Tisch und wollte das Buch an sich nehmen, doch Johnson hielt es fest und legte es auf seinen Schoß.

Sheppard lachte. »Du glaubst nicht an dieses Buch, und du weißt, dass du nicht daran glaubst!«

»Ich glaub dran!«, sagte Johnson. »Sie wissen nicht, an was ich glaub und an was nicht.«

Sheppard schüttelte den Kopf. »Du glaubst nicht daran. Du bist zu intelligent dafür.«

»Nein, bin ich nicht«, murmelte der Junge. »Sie haben keine Ahnung von mir. Auch wenn ich nicht dran glauben tät, wär das trotzdem wahr.«

»Du glaubst nicht daran!«, wiederholte Sheppard höhnisch.

»Ich glaub dran!«, sagte Johnson atemlos. »Ich werd Ihnen zeigen, dass ich dran glaub!« Er öffnete das Buch auf seinem Schoß, riss eine Seite heraus und stopfte sie sich in den Mund, den Blick starr auf Sheppard geheftet. Seine Kiefer mahlten heftig, und das Papier knisterte, während er kaute.

»Hör auf damit«, sagte Sheppard mit trockener, tonloser Stimme. »Hör auf.«

Der Junge hob die Bibel hoch, riss mit den Zähnen eine weitere Seite heraus und zermahlte sie mit knirschenden Zähnen. Seine Augen brannten.

Sheppard langte über den Tisch und schlug ihm das Buch aus der Hand. »Du verlässt jetzt den Tisch«, sagte er kühl.

Johnson schluckte hinunter, was er im Mund hatte. Seine Augen weiteten sich, als eröffnete sich vor ihm eine glänzende Vision. »Ich habs gegessen«, flüsterte er. »Ich habs gegessen wie Ezekiel, und es war wie Honig in meinem Mund!«

»Verlass diesen Tisch«, sagte Sheppard, die Hände neben seinem Teller zu Fäusten geballt.

»Ich habs gegessen!«, rief der Junge. Sein Gesicht war vor Staunen wie verwandelt. »Ich habs gegessen wie Ezekiel, und ich will nix mehr von Ihrem Essen, jetzt nicht und nie wieder.«

»Geh jetzt«, sagte Sheppard leise. »Geh, geh.«

Der Junge stand auf, nahm die Bibel an sich und ging Richtung Diele. An der Tür blieb er stehen, eine kleine schwarze Gestalt an der Schwelle zu einer dunklen Offenbarung. »Der Teufel hat Sie in seiner Gewalt«, sagte er frohlockend und verschwand.

Nach dem Essen saß Sheppard allein im Wohnzimmer. Johnson hatte das Haus verlassen, doch er konnte sich nicht vorstellen, dass der Junge einfach gegangen war. Das erste Gefühl der Erleichterung war vorbei. Er fühlte sich matt, und er fröstelte, als würde er krank werden, und Furcht hatte sich wie ein Nebel über ihn gesenkt. Einfach wegzugehen wäre für Johnsons Geschmack zu unspektakulär. Er würde zurückkommen und etwas beweisen wollen. Vielleicht würde er nach einer Woche wiederkommen und das Haus anzünden. Nichts schien jetzt mehr zu frevelhaft.

Er griff zur Zeitung und versuchte zu lesen. Wenig später warf er sie wieder hin, ging in die Diele und horchte. Vielleicht versteckte er sich auf dem Dachboden. Er ging zur Dachbodentür und öffnete sie.

Die Laterne brannte und warf ein schwaches Licht auf die Treppe. Er hörte nichts. »Norton«, rief er, »bist du da oben?« Keine Antwort. Er stieg die schmale Treppe hoch, um nachzusehen.

Inmitten der merkwürdigen Schattenranken, die die Laterne warf, saß Norton da, das Auge am Fernrohr.

»Norton«, sagte Sheppard, »weißt du, wohin Rufus gegangen ist?«

Das Kind saß mit dem Rücken zu ihm. Es saß vorgebeugt da, konzentriert, die Schultern hochgezogen bis zu den großen Ohren. Auf einmal winkte er und beugte sich noch näher zu dem Fernrohr vor, als könnte er dem, was er sah, gar nicht nah genug sein.

»Norton!«, sagte Sheppard laut.

Das Kind rührte sich nicht.

»Norton!«, rief Sheppard.

Norton zuckte zusammen und drehte sich um. Seine Augen glänzten unnatürlich. Erst nach einer Weile schien er Sheppard zu erkennen. »Ich hab sie gefunden!«, sagte er atemlos.

»Wen gefunden?«, fragte Sheppard.

»Mama!«

Sheppard hielt sich am Türstock fest. Der Dschungel aus Schatten um das Kind wurde dichter.

»Schau her!«, rief Norton. Er wischte sich das verschwitzte Gesicht am Zipfel seines karierten Hemdes ab und hielt das Auge dann wieder an das Fernrohr. Sein Rücken wurde steif, ganz kerzengerade. Auf einmal winkte er wieder.

»Norton«, sagte Sheppard. »Du siehst durch das Fernrohr nichts außer Sternhaufen. Jetzt reicht's für eine Nacht, geh lieber ins Bett. Weißt du, wo Rufus ist?«

»Sie ist da!«, rief Norton, ohne sich von dem Fernrohr abzuwenden. »Sie hat mir zugewinkt!«

»Ich möchte, dass du in fünfzehn Minuten im Bett bist«, sagte Sheppard. Nach einer kurzen Pause sagte er: »Hast du mich gehört, Norton?«

Das Kind begann verzweifelt zu winken.

»Das meine ich im Ernst«, sagte Sheppard. »In fünfzehn Minuten komm ich wieder und schau, ob du im Bett bist.«

Er stieg die Treppe hinunter und ging wieder ins Wohnzimmer. Er ging zur Haustür und sah flüchtig hinaus. Der Himmel war voller Sterne – und er hatte törichterweise geglaubt, Johnson würde eines Tages nach ihnen greifen können. Irgendwo in dem Wäldchen hinter dem Haus ertönte das Quaken eines Ochsenfroschs, leise und hohl. Er ging zurück zu seinem Sessel und blieb ein paar Minuten sitzen. Dann beschloss er, zu Bett zu gehen. Er legte die Hände auf die Armlehnen des Sessels und beugte sich vor, als er die Sirene eines Streifenwagens hörte, wie den ersten schrillen Ton einer Katastrophenwarnung. Der Wagen näherte sich langsam dem Viertel, kam noch näher, bis das Signal vor dem Haus ächzend verstummte.

Er hatte das Gefühl, ein kaltes Gewicht laste auf seinen Schultern, als hätte man einen eisigen Umhang über ihn geworfen. Er ging zur Tür und öffnete.

Zwei Polizisten kamen den Gehweg herauf, in ihrer Mitte, mit Handschellen an sie gefesselt, ein dunkler, knurrender Johnson. Ein Reporter trabte neben ihnen her, ein dritter Polizist wartete im Wagen.

»Da haben wir Ihren Jungen«, sagte der unfreundlichste der drei. »Hab ich Ihnen nicht gesagt, wir würden ihn uns schnappen?«

Johnson versuchte heftig, seinen Arm loszubekommen. »Ich hab auf Sie gewartet!«, sagte er. »Sie hätten mich nicht geschnappt, wenn ich nicht hätte geschnappt werden wollen. Ich hab das so wollen.« Er redete auf die Polizisten ein, grinste aber anzüglich zu Sheppard hinüber.

Sheppard musterte ihn kühl.

»Warum wolltest du geschnappt werden?«, fragte der Reporter, der zu Johnson hingerannt war. »Warum hast du dich absichtlich schnappen lassen wollen?«

Die Frage wie auch der Anblick Sheppards schienen den Jungen in Rage zu bringen. »Weil ich hab zeigen wollen, dass der Typ da ein falscher Fuffzger ist«, zischte er und trat mit dem Fuß nach Sheppard. »Er denkt, er ist der liebe Gott. Ich wär lieber in der Besserungsanstalt als bei ihm, ich wär lieber im Zuchthaus! Der Teufel hat ihn in seiner Gewalt. Er kann die rechte Hand nicht von der linken unterscheiden, er hat genauso wenig Verstand wie sein übergeschnapptes Kind!« Er unterbrach sich und kam dann zu seinem phantastischen Schluss: »Er hat mir einen Antrag gemacht!«

Sheppard erbleichte. Er hielt sich an der Türverkleidung fest.

»Einen Antrag?«, fragte der Reporter begierig. »Was für einen Antrag?«

»Einen unsittlichen!«, sagte Johnson. »Was denn sonst? Aber ich hab nix damit zu tun, ich bin Christ, ich bin …«

Sheppards Gesicht war eine schmerzverzerrte Grimasse. »Er weiß, dass es nicht wahr ist«, sagte er mit bebender Stimme. »Er weiß, dass er lügt. Ich hab alles für ihn getan, was ich nur konnte. Ich hab mehr für ihn getan als für mein eigenes Kind. Ich hab gehofft, ich könnte ihn retten, und ich bin gescheitert. Aber es war ein ehrenvolles Scheitern. Ich muss mir nichts vorwerfen. Ich hab ihm keinen unsittlichen Antrag gemacht.«

»Weißt du noch, was für einen Antrag?«, fragte der Reporter. »Kannst du uns genau sagen, was es war?«

»Er ist ein dreckiger Atheist«, erklärte Johnson. »Er hat gesagt, es gibt keine Hölle.«

»Tja, jetzt haben sie's einander gezeigt«, sagte einer der Polizisten mit einem vielsagenden Seufzer. »Gehen wir.«

»Warten Sie«, sagte Sheppard. Er ging eine Stufe hinab und sah Johnson in einem letzten verzweifelten Versuch, sich zu retten, beschwörend an. »Sag die Wahrheit, Rufus«, sagte er. »Du willst doch nicht auf dieser Lüge noch herumreiten. Du bist nicht schlecht, nur völlig durcheinander. Du musst dich nicht für diesen Fuß rächen, du musst nicht –«

Johnson machte einen Satz auf ihn zu. »Hört ihn euch an!«, schrie er. »Ich lüge und stehle, weil ich gut darin bin! Mein Fuß hat nix damit zu tun! Die Lahmen werden die Ersten sein! Die Vertriebenen werden vereint werden. Wenn ich so weit bin, dass ich gerettet werde, dann wird Jesus mich retten, nicht dieser verlogene, stinkende Atheist, nicht dieser –«

»Das reicht jetzt«, sagte der Polizist und zerrte ihn zurück. »Wir haben bloß gewollt, dass Sie sehen, dass wir ihn geschnappt haben«, sagte er zu Sheppard, und dann wandten sich die beiden um und schleppten Johnson weg, der sich halb umgedreht hatte und zu Sheppard hinüberschrie.

»Die Lahmen werden die Beute hinwegtragen«, kreischte er, doch aus dem Auto klang seine Stimme nur noch gedämpft. Der Reporter kletterte auf den Vordersitz neben den Fahrer, warf die Tür zu, und die Sirene heulte in die Dunkelheit hinaus.

Sheppard blieb, wo er war, leicht vorgebeugt wie ein Mann, der angeschossen wurde, aber sich immer noch aufrecht hält. Dann machte er kehrt, ging zurück ins Haus und setzte sich wieder in seinen Sessel. Hinter geschlossenen Lidern sah er Johnson auf dem Polizeirevier, wie er, umringt von Reportern, seine Lügen ausschmückte. »Ich habe mir nichts vorzuwerfen«, murmelte er. Alles, was er getan hatte, war selbstlos gewesen, sein einziges Ziel war es gewesen, Johnson zu retten, damit ein anständiger Mensch aus ihm würde, er hatte sich nicht geschont, hatte seinen guten Ruf geopfert, hatte mehr für Johnson getan als für sein eigenes Kind. Etwas Verdorbenes umgab ihn wie ein in der Luft hängender Geruch, so intensiv, dass es schien, er selbst atme es aus. »Ich habe mir nichts vorzuwerfen«, wiederholte er. Seine Stimme klang trocken und barsch. »Ich habe mehr für ihn getan als für mein eigenes Kind.« Plötzlich überkam ihn Panik. Er hörte die jubelnde Stimme des Jungen. Satan hat Sie in seiner Gewalt.

»Ich habe mir nichts vorzuwerfen«, begann er wieder. »Ich habe mehr für ihn getan als für mein eigenes Kind.« Er hörte seine eigene Stimme, als wäre es die seines Anklägers. Stumm wiederholte er den Satz.

Allmählich wich jegliche Farbe aus seinem Gesicht. Es wurde beinahe grau unter dem weißen Heiligenschein seines Haars. Der Satz hallte in seinem Kopf wider, jede Silbe ein stumpfer Schlag. Sein Mund verzog sich, und er schloss die Augen vor dem, was ihm mit einem Mal klar wurde. Nortons Gesicht tauchte vor ihm auf, mit leerem, verlorenem Ausdruck, das linke Auge fast unmerklich zum äußeren Lidrand verdreht, als könnte es den ganzen Anblick des Kummers nicht ertragen. Sein Herz verkrampfte sich aus Abscheu vor ihm selbst, der so offenkundig, so heftig war, dass er nach Luft ringen musste. Wie ein Nimmersatt hatte er seine eigene Leere vollgestopft mit guten Taten. Er hatte sein eigenes Kind ignoriert, um die Vision zu nähren, die er von sich selbst hatte. Aus den Augen Johnsons grinste ihn höhnisch der klarsichtige Teufel an, der die Herzen ergründete. Das Bild, das er von sich selbst hatte, schrumpfte zusammen, bis alles vor ihm schwarz wurde. Wie gelähmt saß er da, fassungslos vor Schrecken.

Er sah Norton am Fernrohr, nur Rücken und Ohren, sah, wie er den Arm hochwarf und wie wild winkte. Eine Welle unerträglich qualvoller Liebe zu dem Kind überlief ihn, es war wie eine Transfusion mit Leben. Das Gesicht des kleinen Jungen erschien ihm verwandelt, das Bild seiner Erlösung, blendendes Licht. Er stöhnte vor Glück. Er würde alles wiedergutmachen. Er würde ihn nie mehr leiden lassen. Er würde ihm Mutter und Vater sein. Er sprang auf und rannte zu seinem Zimmer, wollte ihn küssen, ihm sagen, dass er ihn liebte, dass er ihn nie mehr im Stich lassen würde.

Das Licht war an in Nortons Zimmer, doch das Bett war leer. Sheppard drehte sich um, hastete die Treppe zum Dachboden hoch und blieb oben schwankend stehen wie ein Mann am Rand eines Abgrunds. Das Stativ war umgefallen, und das Fernrohr lag am Boden. Ein paar Fuß darüber hing das Kind im Dschungel der Schatten, direkt unter dem Balken, von dem aus er den Flug in den Weltraum angetreten hatte.

DAS JÜNGSTE GERICHT

Tanner hatte seine ganze Kraft für die Heimreise aufgespart. Er wollte so weit wie möglich zu Fuß gehen und dann darauf vertrauen, dass der Allmächtige ihn nach Hause brachte. An diesem Morgen und dem Morgen davor hatte er seiner Tochter erlaubt, ihn anzuziehen, und so eine Menge Energie gespart. Nun saß er auf dem Stuhl neben dem Fenster – das blaue Hemd bis zum Kragen zugeknöpft, der Mantel hing über die Stuhllehne, der Hut saß auf seinem Kopf – und wartete, dass sie ging. Er konnte nicht entkommen, solange sie nicht aus dem Weg war. Das Fenster ging auf eine Backsteinmauer und eine Gasse voller New Yorker Luft, einer Luft, die nur für Müll und Katzen taugte. Ein paar Schneeflocken schwebten am Fenster vorbei, doch sie waren zu dünn und vereinzelt für seine nachlassende Sehkraft.

Seine Tochter war in der Küche und wusch ab. Sie trödelte bei allem, was sie tat, und sprach dabei mit sich selbst. Nach seiner Ankunft hatte er ihr anfangs geantwortet, aber das war nicht erwünscht gewesen. Sie sah ihn finster an, als müsste er, alter Narr, der er war, doch noch so viel Verstand besitzen, dass er einer Frau, die mit sich selbst sprach, nicht antwortete. Sie stellte sich die Fragen in einem bestimmten Ton und beantwortete sie in einem anderen. Mit der Energie, die er gespart hatte, als er sich von ihr anziehen ließ, hatte er einen Zettel geschrieben und innen in seiner Tasche angeheftet. IM FALL DES TODES PER EXPRESS UND NACHNAHME AN COLEMAN PARRUM, CORINTH, GEORGIA, schicken. Und darunter stand: COLEMAN VERKAUF MEINE HABE UND BEZAHL DIE FRACHT FÜR MICH & DEN LEICHENBESTATTER. ALLES ÜBRIGE KANNST DU BEHALTEN. HOCHACHTUNGSVOLL T.C. TANNER. P.S.: BLEIB, WO DU BIST, UND LASS DICH NICHT ÜBERREDEN HIERHERZUKOMMEN. DAS IST KEIN RICHTIGER ORT. Es hatte ihn gut und gern eine halbe Stunde gekostet, den Zettel zu schreiben, die Schrift war zitterig, konnte aber mit Geduld entziffert werden. Er lenkte die eine Hand, indem er die andere darauflegte. Bis er es geschafft hatte, war sie vom Einkaufen zurückgekommen.

Heute war er bereit. Er brauchte nur einen Fuß vor den anderen zu setzen, bis er zur Tür gelangt und die Treppe hinuntergegangen war. Wenn er erst einmal am Fuß der Treppe wäre, würde er aus dem Viertel verschwinden. Und wenn er erst verschwunden wäre, würde er ein Taxi anhalten und zum Güterbahnhof fahren. Irgendein Penner würde ihm in einen Waggon helfen. Wäre er erst drin, würde er sich hinlegen und ausruhen. In der Nacht würde der Güterzug Richtung Süden fahren, und am nächsten Tag oder am Morgen danach wäre er zu Hause, tot oder lebendig. Tot oder lebendig. Dort zu sein, darauf kam es an, nicht darauf, ob tot oder lebendig.

Wäre er halbwegs vernünftig gewesen, hätte er sich gleich am Tag nach seiner Ankunft auf den Weg gemacht; wäre er wirklich vernünftig gewesen, wäre er erst gar nicht hergekommen. Richtig verzweifelt war er allerdings erst, seit er vor zwei Tagen gehört hatte, wie sich Tochter und Schwiegersohn nach dem Frühstück voneinander verabschiedet hatten. Sie standen unter der Tür, er brach zu einer dreitägigen Reise auf. Er fuhr einen Umzugswagen auf Fernstrecken. Sie musste ihm gerade seine lederne Kappe gegeben haben. »Du solltest dir einen Hut besorgen«, sagte sie. »Einen richtigen.«

»Und damit den ganzen Tag dasitzen«, sagte der Schwiegersohn, »so wie er da drin. Ja! Tut sonst nichts, sitzt bloß den ganzen Tag da mit diesem Hut auf. Den ganzen Tag mit diesem verdammten schwarzen Hut auf dem Kopf. In der Wohnung!«

»Aber du hast ja nicht mal einen Hut«, sagte sie. »Bloß diese Lederkappe mit Ohrschützern. Leute, die wer sind, tragen einen Hut. Die andern tragen sone Lederkappe wie du.«

»Leute, die wer sind!«, rief er. »Leute, die wer sind! Das ist ja das Letzte, wirklich das Allerletzte!« Der Schwiegersohn hatte ein dummes, muskulöses Gesicht und die dazu passende Yankee-Stimme.

»Mein Daddy bleibt hier«, sagte die Tochter. »Er macht's nicht mehr lang. Er war wer, als er noch wer war. Er hat nie im Leben für wen anders gearbeitet als für sich selber und hat Leute gehabt, andere Leute, wo für ihn gearbeitet haben.«

»Ach ja? Nigger hat er gehabt, wo für ihn gearbeitet haben. Das ist alles. Ich hab selber auch ein paarmal Nigger gehabt, wo für mich gearbeitet haben.«

»Deine waren nur Nigger aus dem Norden«, antwortete sie, und ihre Stimme wurde auf einmal leiser, sodass Tanner sich vorbeugen musste, um sie zu verstehen. »Es braucht Köpfchen, um mit nem richtigen Nigger zu arbeiten. Man muss wissen, wie man sie behandeln muss.«

»Dann hab ich also kein Köpfchen«, sagte der Schwiegersohn.

Eine seiner plötzlichen, sehr seltenen freundlichen Gefühlsanwandlungen gegenüber seiner Tochter überkam Tanner. Ab und zu sagte sie etwas, was einen auf den Gedanken bringen konnte, sie hätte sich doch ein bisschen Verstand irgendwo aufbewahrt.

»Doch, hast du«, sagte sie. »Bloß machst du davon nicht immer Gebrauch.«

»Er kriegt einen Schlag, wenn er einen Nigger hier im Haus sieht«, erwiderte der Schwiegersohn, »und da sagt sie zu mir – «

»Red nicht so laut«, sagte sie. »Nicht deshalb hat er den Schlag gekriegt.«

Eine Pause entstand. »Wo willst du ihn begraben?«, fragte der Schwiegersohn und wechselte das Thema.

»Wen begraben?«

»Den da drin.«

»Hier in New York«, sagte sie. »Wo denn sonst? Wir haben ein Familiengrab. Ich werd nicht noch mal da runterfahren, wegen keinem.«

»Ich wollte nur sichergehen.«

Als sie wieder ins Zimmer zurückkam, saß Tanner da und umklammerte mit beiden Händen die Sessellehnen. Seine Augen waren auf sie gerichtet wie die eines zornigen Leichnams. »Du hast versprochen, dass du mich da unten begräbst«, sagte er. »Du hältst dein Versprechen nicht. Du hältst dein Versprechen nicht. Du hältst dein Versprechen nicht.« Seine Stimme war so dünn, dass man sie fast nicht hörte. Er fing an zu zittern – Hände, Kopf,

Füße. »Begrab mich hier, dann brennst du in der Hölle!«, rief er und fiel in seinen Sessel zurück.

Erschrocken richtete sich die Tochter auf. »Du bist noch nicht tot!« Sie stieß einen tiefen Seufzer aus. »Du hast noch viel Zeit, dir deswegen Sorgen zu machen.« Sie drehte sich um und begann, Teile der auf dem Boden verstreuten Zeitung einzusammeln. Sie hatte graues Haar, das ihr bis auf die Schultern fiel, und ein rundes Gesicht, das erste Spuren des Alters zeigte. »Ich plage mich für dich ab«, murmelte sie, »und du führst dich so auf.« Sie klemmte das Papier unter den Arm und sagte: »Und komm mir nicht mit der Hölle. Ich glaub nicht dran. Das ist bloß ein Haufen baptistischer Unfug.« Dann ging sie in die Küche.

Er hielt den Mund fest geschlossen, sein Gebiss zwischen Zunge und Gaumen gepresst. Trotzdem flossen ihm die Tränen über die Wangen; er wischte jede einzelne verstohlen an der Schulter ab.

Ihre Stimme ertönte aus der Küche. »Genauso schlimm, wie wenn man ein Kind hat. Erst hat er kommen wollen, und jetzt, wo er da ist, gefällts ihm nicht.«

Er hatte nicht kommen wollen.

»Hat so getan, als will er nicht, aber ich kenn ihn doch. Hab gesagt, wenn du nicht kommen willst, kann ich dich nicht dazu zwingen. Wenn du nicht so leben willst wie anständige Menschen, kann ich nichts machen. Aber ich«, fuhr sie in ihrer höheren Stimmlage fort, »wenn ich sterb, dann fang ich nicht noch an, wählerisch zu werden. Sie können mich einfach in die nächstbeste Grube legen. Wenn ich diese Welt verlasse, nehm ich Rücksicht auf die, wo zurückbleiben. Ich denk dann nicht bloß an mich selber.«

»Ganz bestimmt nicht«, sagte die andere Stimme. »So egoistisch bist du nie gewesen. Du gehörst zu den Leuten, die sich auch um andere kümmern.«

»Ich versuchs wenigstens«, sagte sie, »ich versuchs.«

Er legte den Kopf an die Rückenlehne des Sessels, und der Hut rutschte ihm über die Augen. Er hatte drei Jungen und die eine Tochter großgezogen. Die drei Jungs waren nicht mehr da, zwei waren im Krieg geblieben und einer war zum Teufel gegangen, und nun gab es außer ihr niemanden mehr, der sich ihm gegenüber verpflichtet fühlte. Sie lebte, verheiratet und kinderlos, in New York City wie Madam Großkotz und war bereit, als sie ihn zu Hause besucht und gesehen hatte, wie er dort lebte, ihn mit sich zu nehmen. Sie hatte den Kopf in die Tür der Hütte gesteckt und einen Moment ausdruckslos hineingestarrt. Dann hatte sie plötzlich aufgeschrien und einen Satz rückwärts gemacht.

»Was ist das da auf dem Boden?«

»Coleman«, hatte er gesagt.

Der alte Neger schlief zusammengerollt auf einem Läufer am Fußende von Tanners Bett, ein stinkender Hautsack voller Knochen in menschenähnlicher Form. In seiner Jugend hatte Coleman ausgesehen wie ein Bär, nun, im Alter, sah er aus wie ein Affe. Bei Tanner war es umgekehrt; in der Jugend hatte er ausgesehen wie ein Affe, doch im Alter sah er aus wie ein Bär.

Die Tochter wich einen Schritt zurück auf die Veranda. Zwei Rohrstühle waren gegen die Schindeln der Verschalung gekippt, aber sie wollte sich nicht setzen. Sie entfernte sich etliche Meter vom Haus, als sei das notwendig, um dem Geruch zu entgehen. Dann hatte sie ihm die Meinung gesagt.

»Wenn du keinen Stolz hast, dann hab ich doch meinen, und ich kenn meine Pflicht, und man hat mich so erzogen, dass ich meine Pflicht tu. Meine Mutter hat mich dazu erzogen, wenn dus nicht getan hast. Sie stammte ab von einfachen Leuten, aber nicht von der Sorte, wo gern mit Niggern verkehrt.«

In dem Moment war der alte Neger aufgestanden und aus der Tür geschlichen, ein gekrümmter Schatten, den Tanner gerade noch verschwinden sah.

Sie hatte ihn bloßgestellt. Er rief, sodass beide es hören konnten: »Was glaubst du, wer kocht? Was glaubst du, wer mein Brennholz hackt und meinen Nachttopf leert? Er ist auf Bewährung entlassen. Für diesen nichtsnutzigen Halunken bin ich seit dreißig Jahren verantwortlich. Er ist kein schlechter Nigger.«

Das beeindruckte sie nicht. »Wem gehört eigentlich diese Hütte? Dir oder ihm?«

»Er und ich haben sie gebaut«, sagte er. »Geh du nur wieder da rauf. Nicht für ne Million Dollar und für keinen Sack Salz würd ich mit dir mitkommen.«

»Sie sieht auch so aus, als hättet ihr beide sie gebaut. Wem gehört das Grundstück?«

»Irgendwem, wo in Florida lebt«, sagte er ausweichend. Er hatte seinerzeit zwar gewusst, dass das Gelände zum Verkauf stand, aber gedacht, es wäre zu kümmerlich, als dass es jemand kaufen wollte. Noch am selben Nachmittag hatte er festgestellt, dass dem nicht so war. Gerade noch rechtzeitig, um mit ihr nach New York zu gehen. Hätte er es einen Tag später festgestellt, säße er vielleicht noch immer illegal dort, auf dem Grund und Boden des Doktors.

Als er an jenem Nachmittag die braune, delphinförmige

Gestalt über das Feld kommen sah, wusste er sofort, was passiert war. Das brauchte ihm niemand zu sagen. Wenn diesem Nigger die ganze Welt gehören würde mit Ausnahme eines mickrigen zerfurchten Erbsenfelds, und er würde es kaufen, dann würde er so über das Feld stolzieren: das Unkraut zur Seite hauen, mit dickem, geschwollenem Hals, sein Bauch ein Thron für seine goldene Taschenuhr samt Kette. Doktor Foley. Er war nur zum Teil schwarz. Der Rest war indianisch und weiß.

Für die Nigger war er alles – Apotheker und Leichenbestatter und Anwalt und Immobilienmakler, und manchmal hexte er ihnen den Bösen Blick weg, und manchmal hexte er ihn ihnen an. Sieh dich vor, sagte sich Tanner, als er ihn kommen sah, wenn du ihm was wegnimmst, auch wenn er bloß ein Nigger ist. Sieh dich vor, denn dein einziger Vorteil ihm gegenüber ist deine eigne Haut, und das nützt dir jetzt nicht mehr als das, was eine Schlange abwirft. Du hast keine Chance, wenn du die Regierung gegen dich hast.

Er saß auf der Veranda auf dem Stuhlrest, der an der Hütte lehnte. »Guten Abend, Foley«, sagte er und nickte dem Doktor zu, als er direkt am Rand der Lichtung haltmachte, so als hätte er ihn gerade erst in diesem Moment gesehen, obgleich ganz klar war, dass er ihn schon beim Überqueren des Feldes gesichtet hatte.

»Bin rausgekommen, um mir mein Grundstück anzuschauen«, sagte der Doktor. »Guten Abend.« Er sprach schnell und mit hoher Stimme.

Das ist es noch nicht lang, dachte Tanner. »Ich hab Sie kommen sehn.«

»Hab das hier erst kürzlich erworben«, sagte der Doktor und schickte sich an, ohne ihn noch einmal anzusehen, um die Hütte herumzugehen. Er kam gleich wieder zurück und blieb vor ihm stehen. Dann ging er forsch bis zur Tür und steckte den Kopf in die Hütte. Coleman war auch diesmal drinnen und schlief. Er sah einen Moment lang hin und drehte sich dann zur Seite. »Den Nigger kenn ich«, sagte er, »Coleman Parrum – wie lang braucht er, um seinen Rausch auszuschlafen, wenn er den Fusel getrunken hat, den ihr alle fabriziert?«

Tanner packte die Knäufe an seinem Stuhlsitz und umklammerte sie. »Die Hütte hier gehört nicht zu Ihrem Grundstück, sie steht bloß drauf, war mein Fehler.«

Der Doktor nahm die Zigarre einen Moment aus dem Mund. »Ist nicht mein Fehler«, sagte er und lächelte.

Tanner hatte nur dagesessen und geradeaus geschaut.

»Es zahlt sich nicht aus, sone Art Fehler zu machen«, sagte der Doktor.

»Hab noch nie gesehn, dass sich irgendwas auszahlt«, murmelte er.

»Alles zahlt sich aus«, sagte der Neger, »wenn man weiß, wies geht.« Und lächelnd blieb er stehen und musterte seinen illegalen Mieter von oben bis unten. Dann drehte er sich um und ging zur Rückseite der Hütte. Es war ganz still. Er suchte nach der Destille.

In dem Moment wäre noch Zeit gewesen, ihn umzulegen. In der Hütte war ein Gewehr, und er hätte es ganz leicht tun können, aber von Kindesbeinen an hatte ihm die Angst vor der Hölle diese Art von Gewalttätigkeit ausgetrieben. Er hatte nie einen von ihnen umgebracht, hatte sich beim Umgang mit ihnen immer auf seine Schläue und sein Glück verlassen. Er war bekannt dafür, dass er mit Niggern umgehen konnte, man musste nur wissen, wie. Das Geheimnis, wie man einen Nigger zu behandeln hatte, bestand darin, dass man ihm zeigen musste, dass sein Grips keine Chance gegen deinen eigenen hatte. Dann würde er dir auf den Buckel springen und wissen, dass er für den Rest seines Lebens ausgesorgt hätte. Er hatte Coleman seit dreißig Jahren auf dem Buckel.

Zum ersten Mal hatte Tanner Coleman gesehen, als er sechs Neger auf einer Sägemühle in einem gottverlassenen Kiefernwald beschäftigt hatte. Es war einer der elendsten Trupps, mit denen er es je tun gehabt hatte, von der Sorte, die am Montag schon mal gar nicht antritt. Auch sie hatten gewittert, was in der Luft lag. Sie dachten, ein neuer Lincoln wäre gewählt worden, der die Arbeit abschaffen würde. Er hielt sie in Schach mit einem äußerst scharfen Taschenmesser. Damals hatte er es an den Nieren, deshalb zitterten seine Hände, und er hatte zu schnitzen angefangen, damit man diese unsinnige Bewegung nicht sah. Er wollte nicht, dass sie merkten, wie seine Hände ganz von selbst zitterten, und er wollte es selbst auch nicht sehen oder akzeptieren. Das Messer war in seinen zittrigen Händen ständig in heftiger Bewegung gewesen, und ab und zu fielen primitive kleine Figuren auf den Boden, die er kein zweites Mal ansah, und wenn er es doch getan hätte, hätte er nicht sagen können, was sie darstellten. Die Neger hoben sie auf und nahmen sie mit nach Hause; zwischen ihnen und dem dunkelsten Afrika lag keine lange Zeitspanne. Ständig blitzte das Messer in seinen Händen. Mehr als einmal war er abrupt stehen geblieben und hatte in beiläufigem Ton zu einem Neger gesagt, der sich ausruhte, den Kopf abgewandt: »Nigger, jetzt ist das Messer in meiner Hand, aber wenn du weiter meine Zeit und mein Geld verschwendest, steckts dir demnächst zwischen den Rippen.« Und der Neger machte Anstalten aufzustehen –

langsam zwar, doch in Bewegung –, noch bevor Tanner den Satz beendet hatte.

Ein riesiger, schlaksiger schwarzer Neger, doppelt so groß wie Tanner, hing seit einer Weile in der Nähe der Sägemühle herum und sah den anderen bei der Arbeit zu, und wenn er nicht zusah, schlief er auf dem Rücken, alle viere von sich gestreckt wie ein riesiger Bär, vor aller Augen. »Wer ist das?«, hatte er gefragt. »Wenn er arbeiten will, sagt ihm, er soll herkommen. Wenn nicht, sagt ihm, er soll abhauen. Wir brauchen hier keine Faulenzer.«

Keiner der anderen wusste, wer er war. Sie wussten, dass er nicht arbeiten wollte. Sonst wussten sie nichts, nicht, woher er kam und warum, obwohl er vermutlich der Bruder von einem von ihnen und der Vetter von allen war. Einen Tag lang hatte Tanner ihn ignoriert; gegen die sechs war er bloß ein gelbgesichtiger, mickriger Weißer mit zittrigen Händen. Er war bereit, abzuwarten, bis es Ärger gab, aber nicht ewig. Am nächsten Tag kam der Fremde wieder. Nachdem Tanners sechs Arbeiter den halben Vormittag lang den Faulenzer beobachtet hatten, stellten sie die Arbeit ein und machten eine ganze halbe Stunde vor zwölf Mittagspause. Er hatte es nicht riskiert, sie zur Ordnung zu rufen. Er hatte das Übel an der Wurzel gepackt.

Der Fremde lehnte an einem Baum am Rand der Lichtung und beobachtete ihn mit halb geschlossenen Augen. Seine unverschämte Miene verbarg kaum die Wachsamkeit dahinter. Sie besagte: Das ist ein ziemlich mickriger Weißer, warum kommt er also so angeberisch daher, was hat er vor?

Tanner hatte sagen wollen: Nigger, jetzt ist das Messer in meiner Hand, aber wenn du nicht verschwindest …, aber beim Näherkommen überlegte er es sich anders.

Die Augen des Negers waren klein und blutunterlaufen. Tanner vermutete, dass er irgendwo ein Messer bei sich hatte, das er, ohne lange zu fackeln, benutzen würde. Sein eigenes Taschenmesser bewegte sich, allein geführt von einem Instinkt, der seine Hände bewegte. Er hatte keine Ahnung, was er da schnitzte, aber als er bei dem Neger ankam, hatte er schon zwei Löcher, groß wie eine Halbdollarmünze, in das Stück Rinde gebohrt.

Der Blick des Negers fiel auf seine Hände und blieb dort hängen. Sein Kiefer lockerte sich. Er wandte den Blick nicht ab von dem Messer, das blindlings an der Rinde herumschnitzte. Er sah hin, als sähe er eine unsichtbare Macht das Holz bearbeiten.

Da sah er selbst hin und erkannte verblüfft die miteinander verbundenen Ränder einer Brille.

Er hielt sie von sich weg und blickte durch die Löcher an einem Haufen Sägespäne vorbei und weiter bis in den Wald und zum Rand des Pferchs, wo sie ihre Maultiere hielten.

»Du siehst nicht besonders gut, stimmts, Junge?« Und er scharrte mit dem Fuß auf dem Boden herum, um ein Stück Draht herauszupulen. Er hob ein Stückchen Garbendraht hoch, fand gleich danach ein zweites, kürzeres Stück und hob es ebenfalls auf. Er begann, die Drahtstücke an der Rinde zu befestigen. Nun, da er wusste, was er tat, hatte er es nicht eilig. Als die Brille fertig war, gab er sie dem Neger. »Setz sie auf«, sagte er. »Ich finds furchtbar, wenn jemand nicht gut sieht.«

Es gab einen Moment, da hätte der Neger alles Mögliche tun können, die Brille nehmen und sie in der Hand zerdrücken oder ihm das Messer entreißen und es gegen ihn richten können. Er erkannte diesen Moment in den trüben, vom Alkohol glasigen Augen, als die Lust, dem Weißen ein Messer in den Bauch zu stoßen, durch etwas anderes, was, wusste er nicht, abgelöst wurde.

Der Neger griff nach der Brille, befestigte die Bügel sorgsam hinter den Ohren und schaute geradeaus. Übertrieben feierlich spähte er dahin und dorthin. Und dann sah er Tanner direkt ins Gesicht, und Tanner konnte nicht sagen, ob er grinste oder grimassierte, doch er hatte einen flüchtigen Augenblick lang den Eindruck, er sähe ein Negativbild von sich selbst, so als seien sie beide ihr Leben lang Clowns und Gefangene gewesen. Die Vision verschwand, bevor er sie sich erklären konnte.

»Prediger«, sagte er, »wozu hängst du hier rum?« Er hob noch ein Stück Rinde auf und begann, ohne hinzusehen, wieder zu schnitzen. »Heut ist nicht Sonntag.«

»Nicht Sonntag?«, fragte der Neger.

»Heut ist Freitag«, sagte er. »So ist es mit euch Predigern. Die ganze Woche betrunken, sodass ihr nicht mal wisst, wann Sonntag ist. Was siehst du durch die Brille?«

»Ich seh nen Mann.«

»Was für nen Mann?«

»Den, wo die Brille da gemacht hat.

»Ist er weiß oder schwarz?«

»Ist weiß!«, sagte der Neger, als sähe er erst jetzt gut genug, um das festzustellen. »Jawohl, weiß!«, sagte er.

»Dann behandle ihn auch wie einen Weißen«, sagte Tanner. »Wie ist dein Name?«

»Name ist Coleman«, sagte der Neger.

Und seitdem war er Coleman nicht mehr losgeworden. Mach einen von ihnen zum Affen, dann springt er dir auf den Buckel und geht sein Leben lang nicht mehr weg. Macht er dich aber zum Affen, kannst du ihn nur umbringen oder verschwinden. Und er würde nicht zur Hölle fahren, weil er einen Nigger getötet hatte. Er hörte, wie der Doktor hinter der Hütte einen Eimer umstieß. Er blieb sitzen und wartete.

Kurz danach tauchte der Doktor wieder auf, bahnte sich einen Pfad zur anderen Seite des Hauses, indem er hier und da mit dem Stock auf einzelne Büschel von Mohrenhirse eindrosch. Mitten auf dem Hof blieb er stehen, ungefähr dort, wo am selben Morgen die Tochter ihr Ultimatum gestellt hatte.

»Sie haben hier nichts verloren«, fing er an. »Ich könnte Sie anzeigen.«

Tanner blieb stumm und starrte über das Feld.

»Wo ist Ihre Destille?«, fragte der Doktor.

»Wenn es hier irgendwo eine Destille gibt, dann ist es nicht meine«, sagte er und presste dann die Lippen zusammen.

Der Neger lachte leise. »Pech gehabt, stimmts?«, murmelte er. »Haben Sie nicht mal ein kleines Stück Land gehabt, auf der andern Seite vom Fluss, und es dann verloren?«

Er hatte weiterhin den Wald vor sich betrachtet.

»Wenn Sie die Destille für mich betreiben wollen, dann würds anders aussehn«, sagte der Doktor. »Wenn nicht, können Sie auch gleich Ihr Zeug zusammenpacken.«

»Ich muss nicht für Sie arbeiten«, sagte er. »So weit sind wir noch nicht, dass die Regierung die Weißen zwingt, für die Farbigen zu arbeiten.«

Der Doktor polierte den Stein in seinem Ring mit dem Handballen. »Ich kann die Regierung so wenig leiden wie Sie«, sagte er. »Wohin wollen Sie sonst? In die Stadt in eine Swiete im Biltmore Hotel?«

Tanner sagte nichts.

»Der Tag kommt noch«, sagte der Doktor, »wo die Weißen wirklich für die Farbigen arbeiten wern, und Sie könnten gut den Anfang machen.«

»Für mich wird dieser Tag nicht kommen«, beschied ihn Tanner knapp.

»Für Sie ist er schon da. Für die andern noch nicht.«

Tanner blickte über den fernen blauen Rand der Baumlinie hinaus in den blassen leeren Nachmittagshimmel. »Ich hab ne Tochter im Norden«, sagte er. »Ich muss nicht für Sie arbeiten.«

Der Doktor zog seine Uhr aus dem Uhrentäschchen, blickte darauf und steckte sie wieder ein. Eine Weile betrachtete er seine Handrücken. Es sah aus, als hätte er die Zeit gemessen und wüsste insgeheim, wie lange es dauern würde, bis alles endlich auf den Kopf gestellt sein würde. »Die will keinen alten Daddy wie Sie. Vielleicht sagt sie das, aber wahrscheinlich ist das nicht. Nicht mal, wenn man reich ist, wolln sie einen. Die haben ihre eignen Ideen. Bei den Schwarzen ists nicht anders. Ich hab auch Kinder, und bei denen bin ich auch mich eingezogen.« Wieder sah er Tanner an. »Nächste Woche komm ich noch mal«, sagte er, »und wenn Sie dann immer noch da sind, weiß ich, dass Sie für mich arbeiten wern.« Er blieb noch einen Moment stehen, wiegte sich auf den Fersen und wartete auf Antwort. Schließlich wandte er sich um und kämpfte sich zurück auf dem überwachsenen Pfad.

Tanner hatte nach wie vor über das Feld hinweggeschaut, so als wäre sein Geist ausgesaugt und in den Wäldern verschwunden und auf dem Stuhl wäre nur noch eine leere Hülle. Hätte er gewusst, dass es darum ging – entweder den ganzen Tag in diesem schrecklichen Ort aus dem

Fenster zu sehen oder einfach eine Destille für einen Nigger zu betreiben –, hätte er die Destille für diesen Nigger betrieben. Er wäre jederzeit der weiße Nigger eines Niggers geworden. Er hörte seine Tochter hinter ihm aus der Küche kommen. Sein Herz schlug schneller, doch dann hörte er, wie sie sich aufs Sofa fallen ließ. Sie war noch nicht bereit aufzubrechen. Er drehte sich nicht nach ihr um.

Stumm saß sie eine Weile da. Dann begann sie: »Das Problem mit dir ist, dass du die ganze Zeit vor diesem Fenster sitzt, von wo es nichts zu sehen gibt. Du brauchst mal was andres, ein bisschen Anregung, eine Abwechslung. Wenn ich deinen Stuhl zum Fernseher umdrehen dürfte, würdest du aufhören, über all das krankhafte Zeug nachzudenken, über Tod und Hölle und das Jüngste Gericht. Gütiger Himmel!«

»Das Jüngste Gericht wird kommen«, murmelte er. »Die Schafe werden von den Ziegen getrennt werden. Die, wo ihre Versprechen gehalten haben, von denen, wo sie nicht gehalten haben. Die, wo das Beste aus dem gemacht haben, was sie hatten, von denen, wos nicht gemacht haben. Die, wo Vater und Mutter geehrt haben, von denen, wo sie verflucht haben. Die, wo –«

Sie stieß einen lauten Seufzer aus, der seine Worte beinahe übertönte. »Was verschwende ich bloß meinen Atem?«, fragte sie. Sie stand auf, ging wieder in die Küche und begann, lautstark mit allen möglichen Dingen zu hantieren.

Sie war so hochnäsig! Zu Hause hatte er in einer Hütte gewohnt, aber zumindest hatte es rund herum Luft gegeben. Er konnte seine Füße auf die Erde setzen. Hier lebte sie nicht mal in einem Haus. Sie lebte in einem Taubenschlag mit allen möglichen Sorten von Fremden, alle mit einem anderen Zungenschlag. Es war kein Ort für einen gesunden Menschen. Am ersten Morgen hatte sie ihn auf eine Besichtigungstour mitgenommen, und nach einer Viertelstunde war die Lage für ihn klar. Seitdem hatte er die Wohnung nicht mehr verlassen. Nie mehr wollte er einen Fuß in den unterirdischen Zug setzen oder auf die Stufen, die sich unter einem bewegten, während man still stand, oder in einen Fahrstuhl zum vierunddreißigsten Stock. Als er wieder wohlbehalten in der Wohnung war, hatte er sich vorgestellt, wie er das Ganze mit Coleman durchginge. Er musste alle paar Sekunden den Kopf drehen, um sich zu vergewissern, dass Coleman hinter ihm war. Halt dich links, sonst stoßen diese Leute dich um, bleib direkt hinter mir, sonst gehst du verloren, behalt den Hut auf, du verdammter Idiot, hatte er gesagt, und Coleman war mitgekommen, war gebeugt mitgeschlurft, hatte gekeucht und gemurrt, Was machen wir hier? Woher hast du bloß die blöde Idee gehabt, hierherzukommen?

Ich bin gekommen, um dir zu zeigen, dass das kein richtiger Ort ist. Jetzt weißt du, dass es dir gut gegangen ist, da, wo du warst.

Das hab ich schon vorher gewusst, sagte Coleman. Du bist der, wos nicht gewusst hat.

Als er eine Woche hier gewesen war, hatte er eine Postkarte von Coleman bekommen, die Hooten von der Bahnstation für ihn geschrieben hatte. Sie war mit grüner Tinte geschrieben und lautete: »Gruß Colemann – X – Wie gehtsboss.« Darunter hatte Hooten selbst geschrieben: »Treib Dich nicht dauernd in den Nachtlokalen rum und komm heim, Du Halunke. Hochachtungsvoll W.P.

Hooten.« Er hatte Coleman c/o Hooten mit einer Karte geantwortet, die lautete: »Hier ists okay, wenns einem gefällt. Hochachtungsvoll W.T. Tanner.« Da die Tochter die Karte verschicken musste, hatte er nicht geschrieben, dass er zurückkommen werde, sobald sein Rentenscheck da sei. Er hatte nicht vorgehabt, es ihr zu sagen, sondern hatte ihr eine Nachricht hinterlassen wollen. Wenn der Scheck gekommen wäre, hätte er ein Taxi bis zum Busbahnhof genommen und wäre fort gewesen. Sie wäre darüber genauso froh gewesen wie er. Sie hatte seine Gesellschaft störend gefunden und ihre Aufgabe lästig. Wenn er sich davongeschlichen hätte, dann hätte sie die Genugtuung gehabt, es zumindest versucht zu haben, und als Krönung die Genugtuung, dass er undankbar war.

Er wiederum wäre zurückgekehrt, hätte sich gesetzwidrig auf dem Grundstück des Doktors niedergelassen und seine Anweisungen von einem Nigger bekommen, der Zehn-Cent-Zigarren kaute. Und sich weniger dabei gedacht als vorher. Stattdessen war er von einem Nigger-Schauspieler fertiggemacht worden oder jedenfalls von jemand, der sich Schauspieler nannte. Er glaubte nicht, dass der Nigger ein Schauspieler war.

Auf jedem Stock des Gebäudes gab es zwei Wohnungen. Er wohnte seit drei Wochen bei der Tochter, als die Leute aus dem Verschlag nebenan auszogen. Er hatte im Treppenflur gestanden und dem Auszug zugesehen und am nächsten Tag dem Einzug. Der Flur war eng und dunkel, und er stand in einer Ecke, um nicht zu stören, nur machte er den Möbelpackern hin und wieder einen Vorschlag, der ihnen die Arbeit erleichtert hätte, wenn sie auf ihn gehört hätten. Die Möbel waren neu und billig, daraus schloss er, dass die neuen Bewohner vielleicht ein frisch verheiratetes

Paar waren, und er wollte warten, bis sie ankamen, und ihnen Glück wünschen. Nach einer Weile wuchtete ein großer Neger in einem hellblauen Anzug zwei Leinenkoffer die Treppe hinauf, den Kopf gesenkt vor Anstrengung. Hinter ihm her kam eine hellhäutige junge Frau mit leuchtendem kupferfarbenen Haar. Der Neger stellte die Koffer mit Gepolter vor der Tür zur Nachbarwohnung ab.

»Vorsicht, Liebling«, sagte die Frau. »Da ist mein Schminkzeug drin.«

Da erst dämmerte ihm, was sich gerade abspielte.

Der Neger grinste und gab der Frau einen Klaps auf die Hüfte.

»Lass das«, sagte sie, »da schaut ein alter Typ zu.«

Beide wandten sich um und sahen ihn an.

»Hallo«, sagte er und nickte. Dann verschwand er rasch in seiner eigenen Wohnung.

Seine Tochter war in der Küche. »Wer, glaubst du, hat die Wohnung gegenüber gemietet?«, fragte er mit hochrotem Gesicht.

Misstrauisch sah sie ihn an. »Wer?«, brummte sie.

»Ein Nigger!«, sagte er schadenfroh. »Ein waschechter Nigger aus Süd-Alabama. Und hat eine hellhäutige hochnäsige Rothaarige bei sich, und die zwei wern direkt neben dir wohnen!« Er schlug sich aufs Knie. »Yes siree!«, sagte er. »Wirklich und wahrhaftig!« Es war das erste Mal, seit er hierhergekommen war, dass er Grund zum Lachen hatte.

Ihre Miene verfinsterte sich auf der Stelle. »Du hörst mir jetzt gut zu«, sagte sie. »Du hältst dich fern von denen. Du gehst nicht rüber und versuchst dich mit ihm anzufreunden. Hier sind sie anders, und ich will keinen Ärger mit Niggern, hast du verstanden? Wenn du Tür an Tür mit ihnen leben musst, dann kümmerst du dich um deine Sachen, so wie sie sich um ihre kümmern. So sollten die Leute eigentlich miteinander auskommen in dieser Welt. Jeder kann es schaffen, wenn er sich bloß um seine eignen Sachen kümmert. Leben und leben lassen.« Sie rümpfte die Nase, eine dumme Angewohnheit von ihr, und sah dabei aus wie ein Kaninchen. »Hier oben kümmert sich jeder um seine eignen Sachen, und jeder kommt mit den andern aus. Mehr brauchts nicht.«

»Ich bin mit Niggern gut ausgekommen, noch bevor du geboren bist«, sagte Tanner. Er ging wieder auf den Flur und wartete. Er hätte gewettet, dass sich der Nigger gern mit jemandem unterhalten würde, der ihn verstand. Zweimal vergaß er sich, während er wartete, und spuckte vor Aufregung seinen Tabaksaft auf die Scheuerleisten. Nach einer guten Viertelstunde öffnete sich die Tür der Nachbarwohnung, und der Neger kam heraus. Er trug nun eine Krawatte und eine Hornbrille, und jetzt erst fiel Tanner auf, dass er einen kleinen, fast unsichtbaren Spitzbart trug. Ein echter Stenz. Er ging weiter und merkte offenbar nicht, dass noch jemand auf dem Gang war.

»Hallo, John«, sagte Tanner und nickte, doch der Neger eilte an ihm vorbei, ohne zu reagieren, und hastete die Treppe hinunter.

Vielleicht war er taubstumm, dachte Tanner. Er ging in die Wohnung zurück und setzte sich, doch jedes Mal, wenn er ein Geräusch im Flur hörte, stand er auf, ging zur Tür und streckte den Kopf hinaus, um zu sehen, ob es vielleicht der Neger war. Um die Mitte des Nachmittags bemerkte ihn der Neger, als er gerade um den Treppenabsatz bog, doch bevor Tanner ein Wort herausbrachte, war der Mann in seiner eigenen Wohnung und schlug die Tür zu. Noch nie hatte Tanner gesehen, dass jemand sich so schnell bewegte, außer die Polizei war hinter ihm her.

Früh am nächsten Morgen stand er im Gang, als die Frau allein aus der Tür kam, auf hohen vergoldeten Absätzen. Er wollte ihr einen guten Morgen wünschen oder auch bloß zunicken, doch sein Instinkt mahnte ihn zur Vorsicht. Sie sah nicht aus wie irgendeine Frau, schwarz oder weiß, die er je gesehen hatte, und er blieb stehen, gegen die Wand gedrückt, in erster Linie erschrocken, und tat, als wäre er unsichtbar.

Die Frau sah ihn ausdruckslos an, wandte dann den Kopf und machte einen Bogen um ihn, als ginge sie an einer offenen Mülltonne vorbei. Er hielt den Atem an, bis sie außer Sichtweite war. Dann wartete er geduldig auf den Mann.

Der Neger kam gegen acht Uhr.

Diesmal stellte sich ihm Tanner direkt in den Weg. »Guten Morgen, Prediger«, sagte er. Seiner Erfahrung nach besserte diese Anrede die Laune eines sonst eher mürrischen Negers.

Der Neger blieb abrupt stehen.

»Hab gesehn, wie Sie eingezogen sind«, sagte Tanner. »Bin selber auch noch nicht lang da. Nicht gerade ein toller Ort hier, wenn Sie mich fragen. Bestimmt wärn Sie lieber wieder in Süd-Alabama.«

Der Neger rührte sich weder noch antwortete er. Nur seine Augen bewegten sich. Sein Blick ging von der Krone von Tanners schwarzem Hut zu dem kragenlosen, oben sorgsam zugeknöpften blauen Hemd, von den verblichenen Hosenträgern zu den grauen Hosen und den Halbstiefeln und dann wieder hinauf, ganz langsam, während eine unergründliche kalte Wut ihn zu verhärten und zu schrumpfen schien.

»Ich hab gedacht, Sie wissen vielleicht, wo wir hier nen Teich finden könnten, Prediger«, sagte Tanner. Seine Stimme wurde immer dünner, doch sie klang immer noch ziemlich hoffnungsvoll.

Ein schnaubendes Geräusch kam aus der Nase des Negers, bevor er antwortete. »Ich bin nicht aus Süd-Alabama«, sagte er in einem atemlosen, keuchenden Ton. »Ich bin aus New York City. Und ich bin kein Prediger! Ich bin Schauspieler.«

Tanner gluckste. »Hat nicht fast jeder Prediger was von nem Schauspieler?«, sagte er und zwinkerte ihm zu. »Bestimmt predigen Sie nebenher.«

»Ich predige nicht!«, rief der Neger und rannte an ihm vorbei, als wäre plötzlich ein Schwarm Bienen aus dem Nichts auf ihm gelandet. Er stürzte die Treppe hinunter und war verschwunden.

Tanner blieb noch eine Weile im Flur stehen, bevor er zurück in die Wohnung ging. Den restlichen Tag saß er im Sessel und überlegte, ob er noch einmal versuchen sollte, sich mit dem Neger anzufreunden. Jedes Mal, wenn er auf der Treppe ein Geräusch hörte, ging er an die Tür und sah nach draußen, doch der Neger kehrte erst spät am Nachmittag zurück. Tanner hatte im Flur auf ihn gewartet, als er oben an der Treppe ankam. »Guten Abend, Prediger«, sagte er; er hatte vergessen, dass sich der Neger als Schauspieler bezeichnet hatte.

Der Neger blieb stehen und umklammerte das Geländer. Ein Zittern überlief ihn vom Kopf bis zu den Leisten. Dann ging er langsam auf Tanner zu. Als er nahe genug war, machte er einen Satz nach vorn und packte Tanner bei den Schultern. »Ich lass mir nichts bieten«, flüsterte er, »von einem weißen Proleten und alten Hurensohn wie dir.« Er holte Atem. Und dann klang aus seiner Stimme eine so tiefe Erbitterung, dass es sich fast wie ein Lachen anhörte. Sie klang hoch, schrill und dünn. »Und ich bin kein Prediger! Ich bin noch nicht mal Christ. Ich glaube nicht an diesen ganzen Mist. Es gibt keinen Jesus und es gibt keinen Gott.«

Der alte Mann spürte tief drinnen sein Herz, hart und fest wie das Kernholz einer Eiche. »Und du bist nicht schwarz«, sagte er, »und ich bin nicht weiß!«

Der Neger warf ihn gegen die Wand. Er zog ihm den schwarzen Hut tief über die Augen. Dann packte er ihn vorn am Hemd, schubste ihn rücklings zu der offenen Wohnungstür und stieß ihn nach innen. Aus der Küche sah die Tochter, wie er blindlings an der Kante der Tür aufschlug und taumelnd in das Wohnzimmer fiel.

Tagelang war seine Zunge wie im Mund gefroren. Als sie auftaute, war sie doppelt so groß wie sonst, und er konnte sich der Tochter nicht verständlich machen. Er wollte wissen, ob der Scheck von der Regierung gekommen war, weil er damit seine Buskarte für die Heimreise kaufen wollte. Nach ein paar Tagen verstand sie ihn. »Er ist gekommen«, sagte sie, »und er reicht grade für die Arztrechnungen der ersten zwei Wochen. Und sag mir bitte, wie du nach Hause fahren willst, wenn du nicht reden und nicht gehen und auch nicht richtig denken kannst und dein eines Auge noch ganz zu ist? Das sag mir bitte mal.«

Da hatte ihm allmählich gedämmert, in welcher Lage er war. Zumindest musste er ihr klarmachen, dass er zu Hause begraben werden musste. Sie konnten ihn in einem Kühlwagen zurückschicken, damit er sich für die Dauer der Reise hielt. Er wollte nicht, dass irgendein Leichenbestatter von hier an ihm herumpfuschte. Sie sollten ihn gleich losschicken, dann käme er mit dem Frühzug an, und sie konnten Hooten telegrafieren, damit er Coleman holte, und Coleman würde sich um das Übrige kümmern; sie müsste nicht mal selber hinfahren. Nach langen Diskussionen rang er ihr das Versprechen ab. Sie würde ihn zurückverfrachten.

Danach schlief er friedlich, und es ging ihm ein wenig besser. Im Traum spürte er, wie die kühle frühmorgendliche Luft beim Heimkommen durch die Ritzen der Kiefernkiste drang. Er sah, wie Coleman mit geröteten Augen am Bahnsteig wartete und wie Hooten mit seinem grünen Augenschirm und den schwarzen Alpakaärmeln dastand. Wenn der alte Narr nur zu Hause geblieben wäre, dort, wo er hingehörte, würde Hooten denken, dann würde er nicht in einer Kiste mit dem 6.03-Zug ankommen. Coleman hatte das geliehene Maultier samt Karren so gewendet, dass sie die Kiste direkt vom Waggon hinten auf den Karren verladen konnten. Alles war so weit, und die beiden hievten stumm den schweren Sarg in Richtung Karren. Von innen begann er am Holz zu kratzen. Sie ließen die Kiste los, als hätte sie Feuer gefangen.

Sie standen da und schauten erst sich an, dann die Kiste.

»Das ist er«, sagte Coleman. »Er höxtpersönlich.«

»Nein«, widersprach Hooten. »Da muss eine Ratte mit reingekommen sein.«

»Das ist er. Ist einer von seinen Tricks.«

»Wenns ne Ratte ist, kann sie auch drinbleiben.«

»Das ist er. Hol ne Brechstange.«

Grummelnd zog Hooten los, brachte die Brechstange und fing an, den Deckel aufzustemmen. Noch bevor er das obere Ende aufgestemmt hatte, hüpfte Coleman auf und ab, keuchend vor Aufregung. Tanner drückte mit beiden Händen gegen den Deckel und sprang in die Höhe. »Das Jüngste Gericht! Das Jüngste Gericht!«, rief er. »Wisst ihr Narren nicht, dass heute das Jüngste Gericht ist?«

Jetzt wusste er genau, was die Versprechungen seiner Tochter wert waren. Genauso gut konnte er sich auf den Zettel verlassen, den er innen an seine Jacke geheftet hatte, oder auf jeden beliebigen Fremden, der ihn tot auf der Straße oder im Güterwagen oder sonst wo fand. Von ihr war nichts zu erwarten, außer dass sie die Sachen auf ihre Art erledigte. Sie kam wieder aus der Küche, Hut und Mantel und Gummistiefel in der Hand.

»Jetzt hör zu«, sagte sie. »Ich muss in den Laden. Versuch ja nicht, aufzustehen und herumzulaufen, solange ich weg bin. Du warst im Bad und musst eigentlich nicht noch mal. Ich will dich nicht auf dem Fußboden finden, wenn ich zurück bin.«

Du wirst mich nirgends finden, wenn du zurück bist, sagte er sich. Das war das letzte Mal, dass er ihr flaches, dümmliches Gesicht sehen würde. Er hatte ein schlechtes Gewissen. Sie war gut zu ihm gewesen, und er hatte ihr nur Ärger gemacht.

»Möchtest du ein Glas Milch, bevor ich geh?«, fragte sie.

»Nein«, sagte er. Dann holte er Luft und fuhr fort: »Du hasts nett hier. Es ist nett hier oben. Tut mir leid, dass ich dir Mühe gemacht hab, weil ich krank geworden bin. Es war mein Fehler, weil ich versucht hab, freundlich zu diesem Nigger zu sein.« Und außerdem bin ich ein dreckiger Lügner, sagte er sich, um den widerlichen Geschmack im Mund loszuwerden, den dieser Satz verursacht hatte.

Einen Augenblick starrte sie ihn an, als wäre er dabei, den Verstand zu verlieren. Dann schien sie es sich noch einmal zu überlegen. »Fühlst du dich denn nicht besser, wenn du ab und zu was Freundliches sagst so wie jetzt?«, fragte sie und setzte sich auf das Sofa.

Er konnte es kaum erwarten, endlich aufzubrechen. Los, los, wütete er stumm. Jetzt geh schon.

»Es ist schön, dich hier zu haben«, sagte sie. »Ich möchte dich nirgendwo anders haben. Meinen lieben Daddy.« Sie strahlte ihn an, hob ihr rechtes Bein und begann, den einen Stiefel anzuziehen. »Nicht mal einen Hund würde ich an einem Tag wie heute aus dem Haus schicken. Aber ich muss los. Du kannst hier sitzen bleiben und hoffen, dass ich nicht ausrutsche und mir den Hals breche.« Sie stampfte mit dem gestiefelten Fuß auf den Boden und nahm sich das andere Bein vor.

Er wandte den Blick zum Fenster. Der Schnee blieb jetzt haften und gefror außen an der Scheibe. Als er sich wieder zu ihr umdrehte, stand sie da wie eine große Puppe, ausstaffiert mit Hut und Mantel. Sie zog ein Paar grüner Strickhandschuhe an. »Okay«, sagte sie. »Ich geh jetzt. Bist du sicher, dass du nichts brauchst?«

»Ja«, sagte er, »geh du nur.«

»Also bis dann«, sagte sie.

Er lüpfte den Hut gerade so viel, dass man den kahlen, mit blassen Flecken gesprenkelten Schädel sah. Die Wohnungstür schloss sich hinter ihr. Er fing an, vor Aufregung zu zittern, griff nach hinten und zog den Mantel auf seinen Schoß. Als er ihn anhatte, wartete er, bis sein Keuchen aufhörte, packte dann die Armlehnen seines Sessels und zog sich hoch. Sein Körper fühlte sich an wie eine große, schwere Glocke, deren Klöppel von einer Seite zur anderen schwang, aber kein Geräusch verursachte. Einmal aufrecht, blieb er einen Moment schwankend stehen, bis er sein Gleichgewicht fand. Angst und Hoffnungslosigkeit überkamen ihn. Er würde es nie schaffen. Er würde nie hinkommen, weder tot noch lebend. Er setzte einen Fuß nach vorn und fiel nicht hin. Seine Zuversicht kehrte zurück. »Der Herr ist mein Hirte«, murmelte er, »mir wird nichts mangeln.« Er bewegte sich auf das Sofa zu, wo er sich aufstützen konnte. Er schaffte es. Er war auf dem Weg.

Bis er an der Tür war, wäre sie die vier Stockwerke hinuntergegangen und hätte das Haus verlassen. Er kroch am Sofa vorbei, kroch die Wand entlang und stützte sich mit der Hand daran ab. Niemand würde ihn hier begraben. Er war sich dessen so sicher, als lägen die heimatlichen Wälder am Fuß der Treppe. Er gelangte zur Wohnungstür, machte sie auf und spähte in den Flur. Zum ersten Mal, seit ihn der Schauspieler niedergeschlagen hatte, schaute er hinaus. Der Treppenabsatz war leer, und es roch muffig. Das dünne schimmlige Stück Linoleum ging bis zur Tür der Nachbarwohnung, die geschlossen war. »Nigger-Schauspieler«, sagte er.

Das obere Ende der Treppe war ein paar Meter von der Stelle entfernt, wo er stand, und er konzentrierte sich stur darauf, bis dahin zu kommen, ohne die längere Strecke mit einer Hand die Wand entlang kriechen zu müssen. Er hielt die Arme ein Stück vom Körper entfernt und bewegte sich vorwärts. Er hatte es bis zur Hälfte geschafft, als plötzlich seine Beine verschwanden, zumindest fühlte es sich so an. Verwirrt sah er an sich hinunter, denn sie waren noch da. Er fiel nach vorn und hielt sich mit beiden Händen am Geländerpfosten fest. Dort hing er und starrte die steile, unbeleuchtete Treppe hinunter – länger, als er je irgendetwas angeschaut hatte, schien es ihm. Dann schloss er die Augen und ließ sich nach vorn fallen. Er landete kopfüber mitten auf der Treppe.

Jetzt spürte er, wie die Kiste sich neigte, als sie sie aus dem Zug holten und auf den Gepäckwagen luden. Noch gab er keinen Laut von sich. Mit einem Ruck fuhr der Zug wieder an. Gleich danach rumpelte unter ihm der Gepäckwagen, der ihn zurück zum Bahnhof brachte. Er hörte, wie Schritte klappernd immer näher kamen, und nahm an, dass eine Menge Leute zusammenliefen. Wart nur, bis sie das sehn, dachte er.

»Das ist er«, sagte Coleman, »einer von seinen Tricks.«

»Es ist ne verdammte Ratte drin«, sagte Hooten.

»Er ists. Hol das Brecheisen.«

Dann fiel ein Streifen grünliches Licht auf ihn. Er griff hindurch und rief mit schwacher Stimme: »Das Jüngste Gericht! Das Jüngste Gericht! Ihr Idioten habt nicht gewusst, dass heute das Jüngste Gericht ist, oder?«

Dann murmelte er: »Coleman?«

Der Neger, der sich über ihn beugte, hatte einen großen, mürrischen Mund und finstere Augen.

»Ein Kohlenmann bin ich auch nicht«, sagte er. Das musste der falsche Bahnhof sein, dachte Tanner. Diese Trottel haben mich zu früh ausgeladen. Wer ist der Nigger da? Hier ists ja noch nicht mal hell.

Neben dem Neger war noch jemand – das blasse Gesicht einer Frau mit aufgetürmtem kupferglänzenden Haar und angewiderter Miene, als wäre sie gerade in einen Haufen Kot getreten.

»Ach«, sagte Tanner, »ihr seids.«

Der Schauspieler beugte sich noch weiter vor und packte ihn vorn am Hemd. »Das Jüngste Gericht«, sagte er spöttisch. »Gibt kein Jüngstes Gericht, alter Mann. Außer dem hier. Vielleicht ist das ja dein Jüngstes Gericht.«

Tanner versuchte, einen Stab des Geländers zu packen, um sich aufzurichten, doch seine Hand griff ins Leere. Die zwei Gesichter, das schwarze und das blasse, schienen zu verschwimmen. Mit größter Willensanstrengung behielt er sie im Blick, während er seine Hand hochhielt, leicht wie ein Atemzug, und in seinem muntersten Ton sagte: »Hilf mir aufstehn, Prediger. Ich bin auf dem Weg nach Haus!«

Seine Tochter fand ihn, als sie vom Einkaufen zurückkam. Sein Hut war ihm ins Gesicht gezogen, Arme und Beine zwischen die Geländerstäbe gezerrt worden; die Füße baumelten über dem Treppenschacht wie bei einem Mann am Pranger. Sie zerrte fieberhaft an ihm und raste dann los, um die Polizei zu holen. Die schnitten ihn mit einer Säge heraus und sagten, er sei seit etwa einer Stunde tot.

Sie begrub ihn in New York, aber danach konnte sie nachts nicht schlafen. Nacht für Nacht wälzte sie sich hin und her, und deutliche Falten begannen sich in ihrem Gesicht abzuzeichnen, also ließ sie ihn ausgraben und verschickte den Leichnam nach Corinth. Nun schläft sie nachts gut und sieht auch wieder merklich besser aus.

DIE ERZÄHLERIN FLANNERY O'CONNOR

Nachwort von Willi Winkler

Im Sommer 2015 brachte die Post der Vereinigten Staaten Flannery O'Connor als Briefmarke heraus, Nennwert 93 Cent. Sie war damit in eine säkulare Ruhmeshalle aufgenommen und unters Volk gebracht, eine Ehre, nur vergleichbar mit der Aufnahme in die Klassikerbibliothek Library of America, in der sich ihre *Gesammelten Werke* bereits seit 1988 befinden. Auf der Marke schaut eine perfekt geschminkte, aber sicherheitshalber auch noch durch Photoshop nachgebesserte junge Frau den Betrachter an, eine Konkurrentin von Elizabeth Taylor womöglich, Pfauenfedern schmücken sie und eine Perlenkette, einfach schön. Aber das ist sie nicht, das ist nicht Flannery O'Connor.

Sie war anders, sie war sehr seltsam. Als wäre Schreiben nicht schon schlimm genug, musste sie auch noch katholisch sein, katholisch im überwiegend protestantischen und evangelikalen Amerika, Südstaatlerin, aber alles andere als eine Southern Belle, dafür nicht frei vom alltäglichen Rassismus ihrer Umwelt, und begabt mit einem ungeheuren Selbstbewusstsein, was ihre große Begabung betraf. Auf die Frage, warum sie schreibe, antwortete sie lakonisch: »Weil ich es so gut kann.«

Bereits mit sechs Jahren war sie berühmt; sie hatte

einem Huhn beigebracht, rückwärts zu laufen. Die Wochenschau kam, um die niedliche »kleine Mary O'Connor« aufzunehmen. Mit dem ihr eigenen Sarkasmus kommentierte sie diesen Höhepunkt ihrer Frühvollendung: »Von da an ging's bergab.« Als die Kameras fort waren, schneiderte sie ihrem Lieblingshuhn einen passenden Überzieher. Das ist Flannery O'Connor.

Das ist vor allem der alte Süden der USA, wo es gelegentlich vorkam, dass jemand Spatzen bunt anmalte, sie auf eine Heizplatte stellte und – eine Sensation auf jedem Jahrmarkt – als »tanzende Kanarienvögel« verkaufte. Der Mann begründete damit eine große Karriere: der holländische Hochstapler Andreas Cornelis van Kuijk wurde zum ur-amerikanischen Colonel Parker und der Manager von Elvis Presley, einem weiteren Geschöpf der Südstaaten.

Flannery O'Connor wurde gleichzeitig mit Elvis berühmt, doch nichts schien sie mit der lärmenden Gegenwart zu verbinden. Die Literatur der Zeitgenossen interessierte sie wenig oder gar nicht. Ihr erster Erzählungsband *A Good Man Is Hard to Find and Other Stories* erschien 1955, als in Paris die Existenzialisten regierten und Vladimir Nabokovs *Lolita* als pornographische Rarität galt. Nichts hätte ihrem eigentümlichen erzählerischen Universum ferner sein können. Die anderen mochten sich an Jack Kerouac und seinen Brüdern in der Beat Generation delektieren, sie las den katholischen Spätmystiker Teilhard de Chardin, holte sich Rat bei Karl Barth und Kierkegaard und verwies auf den mittelalterlichen Scholastiker Thomas von Aquin als ihren Leitstern. Tennessee Williams und Truman Capote, beide wie sie aus den Südstaaten und bald große Mode, waren ihr zuwider. Kafka und Freud, die neuen Heiligen in »God's Own Country«, sagten ihr nichts. Sie konnte ja nicht wissen, dass ihr ausgerechnet der weltgewandte Capote posthum »echtes Genie« bescheinigen würde, während er John Updike, dem anderen großen Kurzgeschichtenerzähler Amerikas, nur »Talent« zubilligte. Den gewaltigen Erzähler Saul Bellow las sie so wenig wie die nur scheinbar verwandte Harper Lee und wünschte sich fort ins 13. Jahrhundert, mit einer frommen Ketzerlegende womöglich.

Ihr Leben gibt dafür fast nichts her. 1925 kommt sie in Savannah im amerikanischen Bundesstaat Georgia zur Welt, dem Hafen der Konföderierten im Bürgerkrieg. Ihr Vater ist Makler und bringt es zu einigem Wohlstand. Keine arme Kindheit also, kein Missbrauch, kein prügelnder Onkel, später keine Drogen, kein Absturz und auch keine Affären. Von der Liebe hatte sie keine Ahnung und blieb ihr Leben lang so jungfräulich wie manche der Heiligen, die sie verehrte. Mit neunundzwanzig Jahren hatte O'Connor, zu Recherchezwecken vermutlich, einem Bewerber erlaubt, sie zu berühren. Für sie war es ein Experiment, und amüsiert gab sie weiter, was der verhinderte Liebhaber über sie sagte: »Ich hatte das Gefühl, ein Skelett zu küssen.« Sie vergaß es nicht, sondern bewahrte es auf, wie alles, was ihr begegnete. Später offenbarte ihr eine Freundin hoffnungsvoll, sie sei verliebt, und zwar in sie, die inzwischen berühmte Autorin. Flannery O'Connor lachte nur und nahm die Frau als besonderes Exemplar in die Sammlung wunderlicher, versponnener, einfach nur soziopathischer, krimineller oder schlicht irrsinniger Charaktere auf, die ihre Geschichten bevölkern.

Als Erstes war ihr Talent für die Karikatur aufgefallen. Sie zeichnete ungewöhnlich geschickt, war aber früh entschlossen, Schriftstellerin zu werden. Schon als Kind hatte sie die morbiden Erzählungen von Edgar Allan Poe gelesen; Nathaniel Hawthorne, für den das Übernatürliche die natürlichste Sache von der Welt sein musste, blieb ihr lebenslanges Vorbild. Das Groteske, in dem sie schwelgt, kommt also nicht nur aus dem Leben, sondern vor allem aus der Literatur.

Nach dem ersten Abschluss in Georgia ging sie an den Iowa Writers' Workshop, um Journalismus zu studieren. Obwohl sie zunächst keinen geraden Satz zustande brachte, erlernte sie das Handwerk binnen weniger Monate so gründlich, dass sie von allen anderen Teilnehmern, erst recht den Männern, neidisch bewundert wurde. Nach dem Master zog sie für ein knappes Jahr in die Schreibkolonie Yaddo im Bundesstaat New York. Dort lernte sie den genialen, aber leider auch klinisch verrückten Lyriker Robert Lowell und dessen Frau Elizabeth Hardwick kennen, gebildete Menschen, Großstädter, die über den schweren Akzent dieser Frau staunten, der ihre Herkunft sogleich verriet. Sie freundete sich mit dem Übersetzer Robert Fitzgerald und dessen Frau Sally an. Bei den Fitzgeralds vollendete sie ihren ersten Roman *Wise Blood* (deutsche Ausgabe: *Die Weisheit des Blutes*). Eine eigene Karriere wie die der scharfzüngigen Dorothy Parker, von Mary McCarthy oder Susan Sontag, schien ohne Weiteres möglich, doch schloss sich die Aussicht darauf sofort wieder.

1951 wurde auch bei ihr Lupus erythematodes diagnostiziert, jene Krankheit, an der zehn Jahre zuvor ihr Vater gestorben war. Der Lupus befällt erst die Haut und macht sich dann mit nie nachlassendem Appetit an die Knochen. Aus dem fröhlichen Mädchen, das die ersten

Bilder zeigen, wird eine junge Frau, die beständig unter starken Schmerzen leidet, aber keine Angst davor hat, mit den Krücken fotografiert zu werden, ohne die sie bald nicht mehr sein kann.

Ihre Träume, wenn sie sich überhaupt in solchen Illusionen gewiegt hatte, konnte sie vergessen, aus einer urbanen Schriftstellerexistenz mit Kollegen in Café-Reichweite wurde nichts. Sie kehrte heim auf die Farm Andalusia, die ihre Mutter in Milledgeville bewirtschaftete. Es wurde ein Arrangement, wie es mehr als hundert Jahre zuvor, allerdings mit allem Bedacht, Gustave Flaubert gefunden hatte: Flannery O'Connor brauchte sich in diesen wirtschaftlichen Verhältnissen um ihren Lebensunterhalt nicht zu sorgen, sie wurde von ihrer Mutter betreut, zu deren Aufgaben es auch gehörte, die Tochter jeden Tag zur Heiligen Messe zu fahren, und sie konnte ihr verbleibendes Leben ausschließlich dem Schreiben widmen. Die große Welt von New York, Chicago oder San Francisco nahm sie in ihrem Schreibgefängnis kaum wahr oder nicht mehr, als ihr durch Briefe und gelegentliche Besucher zugetragen wurde.

Wenn Tanner in der Erzählung *Das Jüngste Gericht* seinem Hausmeier Coleman aus New York schreibt »BLEIB WO DU BIST UND LASS DICH NICHT ÜBERREDEN HIERHERZUKOMMEN. DAS IST KEIN RICHTIGER ORT«, dann spricht da auch die Autorin, die im Süden nicht nur lebte, weil sie immer weniger mobil war, sondern sich da in ihrem eigenen literarischen Reich fühlte.

Sie lebte dort für sich allein, abhängig zwar von ihrer Mutter, von der Betreuung auch der Schwarzen, die für die Farmarbeit zuständig waren, aber ohne jeden Gruppen- und Konformitätszwang. Über hundert Pfauen zog sie, und die Esel draußen vor ihrem Fenster interessierten sie mehr als jedes literarische Leben. Dieses New York konnte ihr gestohlen bleiben, und »ich bin stolz auf mein Vorurteil, dass aus Kalifornien nichts Gutes kommen kann«, wie sie einen Briefpartner knapp beschied. Die Bürgerrechtsbewegung ließ sie so kalt wie der jugendliche Präsident John F. Kennedy, der Amerika einen Aufbruch in die Zukunft versprach. Nur mit ihren Geschichten und den vielen Briefen, die sie erhielt und fast alle auch beantwortete, blieb sie mit der Außenwelt verbunden.

Andalusia, die Farm ihrer Mutter, spielt in ihren Erzählungen eine große Rolle, auch wenn sie nur als Allerweltsort im Buch erscheint. Ständig wird das Idyll bedroht: von Landstreichern, von Betrügern, von allem, was die neue Zeit bringt. Dieses Idyll, der Alte Süden, nur wenige Jahre zuvor in Margaret Mitchells sofort verfilmtem Roman *Vom Winde verweht* glorifiziert, kann nur als ironische Überlieferung fortbestehen. Die Mutter ist fast immer dabei, manche Mutterfigur murkst sie einfach ab, Rache für das betreute Wohnen, in das sie sich fügen musste. Regina O'Connor erfuhr davon nichts, sie las die Geschichten ihrer Tochter nicht. Sie waren ihr zu düster.

Niemand konnte diese Geschichten besser erzählen, die der Süden der Vereinigten Staaten mit sich bringt, Geschichten, in denen Mörder das Land verunsichern, Kinder in aller Unschuld Feuer legen und hundertjährige Konföderiertengeneräle herumstolzieren, Geschichten, in denen Mord und Totschlag an der Tagesordnung sind. Gewalt scheint die Autorin zu faszinieren, erst recht der Tod und seine Unausweichlichkeit. Dabei ist es ihr aber nie ganz ernst, so, wenn ein Gauner einer holzbeinigen, aber sonst jungfräulichen Heidegger-Adeptin das künstliche Glied stiehlt. Jeder, der Flannery O'Connor gelesen hat, kennt die Geschichte und erzählt sie schaudernd weiter. Wer sonst hätte sich so etwas zu schreiben trauen?

Sie selber rechnete sich damit der grotesken Literatur zu, einer Märchenwelt, die nicht durch den männlichen Realismus der Nordstaatenautoren erreicht wurde, der sich eher mit einem Film wie *The Night of the Hunter* verband, und natürlich mit dem anderen großen Autor des Südens, dem Entdecker von Yoknapatawpha, William Faulkner.

Und dann ist da noch etwas: ihr Glaube, ihre unbeirrbare Frömmigkeit. So fromm, wie es die Sage will, war sie aber auch wieder nicht. Als irische Katholikin konnte sie fluchen wie eine katholische Irin. »Wenn die Oblate ein Symbol sein soll, dann zur Hölle damit.« Ja, sie fuhr 1958 nach Lourdes, aber an ein Wunder glaubte sie nicht. Sie tat es, um einer frommen Cousine nicht wehzutun, ließ sich ins heilbringende Wasser tauchen, aber dann graute es ihr doch vor den Bakterien. Zweifelnd registrierte sie eine vorübergehende Festigung ihres Knochengerüsts, sie konnte eine Zeit lang wieder ohne Krücken gehen, aber die Krankheit gab sie nicht frei. Sie hatte auch gar nicht um Heilung von ihrer Krankheit gebetet, sondern dass es mit ihrem Roman *The Violent Bear It Away* (deutscher Titel: *Die Gewalt tun*) endlich weitergehen möge.

Der Lupus kehrt verstärkt wieder, die Wallfahrt hatte doch nicht geholfen. Das Cortison muss Linderung schaffen. Ihre tägliche Arbeitsfähigkeit sinkt von drei auf anderthalb Stunden, aber sie überarbeitet ihre Geschichten wieder und wieder. Die neue elektrische Schreibmaschine empfindet sie als Segen. Wie andere Schriftsteller die Zahl der Wörter, die sie geschafft, oder der Frauen, die sie auf der letzten Lesereise ins Bett gequatscht haben, erwähnt sie in ihren Briefen die Dosis, die sie täglich braucht, um einigermaßen schmerzfrei leben zu können. Literarische, akademische Ehrungen erreichen sie, der Verleger kommt zu Besuch, erkundigt sich vorsichtig nach dem Fortschritt bei den Erzählungen – der zweite Band *Everything That Rises Must Converge* erscheint erst nach ihrem Tod –, vorsorglich wird ihr die Letzte Ölung gespendet.

Nach wie vor erreichen sie Briefe von skeptischen Pfarrern und gläubigen Nonnen, von den Fitzgeralds, aber auch von Schülern, die eine Arbeit schreiben müssen, von Lesern, die wissen wollen, was genau die Großmutter am Ende gesehen hat in der Erzählung *Ein guter Mensch ist schwer zu finden*. Aus Antofagasta in Chile meldet sich ein Student und fragt nach ihren »ideas of life«.

Dabei ist es für Flannery O'Connor doch ganz einfach: »Ebenso wenig wie die Tugend kann die Literatur in einem Klima gedeihen, in dem der Teufel nicht wahrgenommen wird, und zwar sowohl leibhaftig als auch als dramatische Notwendigkeit für den Schriftsteller.« Nicht ohne Grund rühmte ihr schon die junge Joan Didion nach, dass sie tatsächlich eine Schriftstellerin sei und nicht nur »jemand, die ein Buch schreibt«.

In ihren Geschichten entwirft sie ein protestantisches Amerika, das eben nicht »God's Own Country« ist, sondern bereits dem Teufel gehört. Im Süden besitzt dieser Teufel eine physische Präsenz. Es fehlt nicht an Zeichen, mit denen er sich meldet, etwa, wenn in der Erzählung *Ein Kreis im Feuer* von einem Übel die Rede ist, »direkt vom Teufel geschickt«.

Ihr Werk ist auch ein Ringen mit dem Lupus, den sie als weitere Heimsuchung des Teufels empfand. Aber nicht die

Krankheit hat sie fromm werden lassen, sie war es immer schon. »Wir im Süden«, so erläuterte sie ihre literarische Theologie in einer Vorlesung an dem College, das sie einst selber besucht hatte, »glauben noch an die Erbsünde und an ihren Sachwalter, der sie in die Welt gebracht hat. Wir haben uns den Sinn für das Mysterium bewahren können, weil wir so genau wissen, was das Böse ist.« Darum gelang es ihr, das Böse in seiner ganzen Fratzenhaftigkeit darzustellen. Immer aber schlägt diese finstere Theologie in die Groteske um, und sie fühlt sich schon beim Kopf eines ihrer geliebten Pfauen an den Teufel erinnert.

Am 3. August 1964 erliegt Flannery O'Connor den Folgen ihrer Krankheit. Die frömmste, zugleich die boshafteste amerikanische Schriftstellerin wurde nur neununddreißig Jahre alt.

1989, ein Vierteljahrhundert nach ihrem Tod und kurz vor seinem eigenen, schreibt der damals dreiundsiebzigjährige Schriftsteller Walker Percy (*Der Kinogeher*) einen Fan-Brief an niemand anderen als Bruce Springsteen, weil er in ihm einen Glaubensbruder erkannt zu haben glaubt. Percy war mit Flannery O'Connor befreundet und er gibt ihren Segen an Springsteen weiter, den er für einen der wenigen vernünftigen Menschen »in Ihrem Gewerbe« hält. Denn auch Springsteen liest Flannery O'Connor, zwei seiner Songs hat er nach Erzählungen der Autorin betitelt, *A Good Man Is Hard to Find* und *The River*. Auf die Frage, ob es ein einzelnes Buch gebe, das ihn zu dem gemacht habe, was er inzwischen sei, antwortet Bruce Springsteen 2014 in einem Interview: »Es ist schwer, nur eines zu nennen, aber die Kurzgeschichten Flannery O'Connors haben mich tief ergriffen. Mit der Nichterkennbarkeit Gottes, die darin zu spüren ist, mit den unerklärbaren Mysterien des Lebens, die ihre Figuren verstören, begleiten sie mich immer. Die Erzählungen enthielten das Schauerliche meiner Kindheit und gaben mir trotzdem das schöne Gefühl, in der Mitte dieses wirbelnden schwarzen Rätsels zu sitzen, über mir die tanzenden Sterne und gleich darunter die Erde.«

MIX
Papier aus verantwortungsvollen Quellen
FSC® C014496
www.fsc.org

Ungekürzte Taschenbuchausgabe
1. Auflage 2019

Umschlaggestaltung: Rudolf Linn, Köln
Umschlagmotiv: © AKG-Images – Dorothea Lange
Satz: Greiner & Reichel, Köln
Druck und Bindung: GGP Media GmbH, Pößneck
Printed in Germany
ISBN 978-3-7160-4018-8

www.arche-verlag.com
www.facebook.com/ArcheVerlag

»Wir haben beschlossen, das N-Wort in seiner ganzen Anstößigkeit im Text zu belassen, und zwar weil der Abscheu des Lesers vor diesem Wort ein wesentlicher Grund ist, warum O'Connor es überhaupt verwendet hat. In den Fünfzigerjahren des 20. Jahrhunderts fand ein Leser literarischer Fiktion das Wort sicher nicht weniger anstößig als der heutige Leser. O'Connors Sprache zu zensieren würde unterstellen, dass wir deren Anstößigkeit besser verstünden als sie selbst, oder auch, dass heutige Leser empfindlicher wären als O'Connors ursprüngliche Leser. Wir haben keinen Grund zu dieser Unterstellung, zensieren O'Connors Sprache daher nicht und warnen die Leser dieses Buchs: Sie mögen stellenweise die Sprache anstößig finden; genau so sollte es sein.«

Statt eines eigenen Kommentars zitieren wir zustimmend aus der Vorbemerkung zu Jonathan Rogers' O'Connor-Biographie *The Terrible Speed of Mercy: A Spiritual Biography*.

Die Übersetzer

»Das ist wirklich große literarische Kunst.«

Thea Dorn, Das literarische Quartett

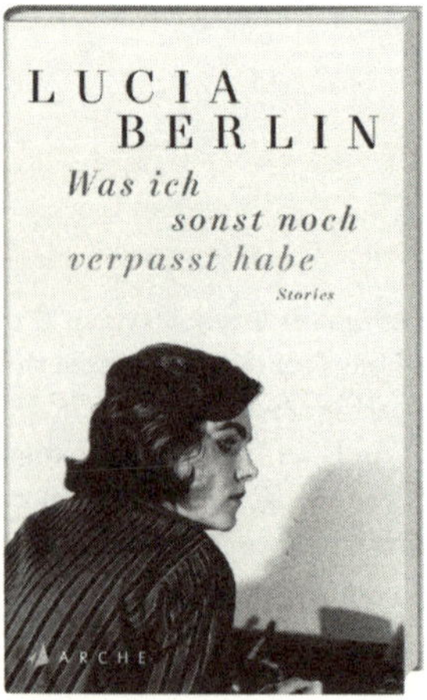

Lucia Berlin
Was ich sonst noch verpasst habe
Stories
Aus dem amerikanischen Englisch
von Antje Rávic Strubel
384 Seiten
Gebunden mit Schutzumschlag
22,99 € [D] / 23,70 € [A]
ISBN 978-3-7160-2742-4

»Lucia Berlin konnte schreiben, und wie. Ihre Stories sind atemberaubend, intensiv, gegenwärtig und voller verblüffender Wendungen.«

Sandra Kegel, Frankfurter Allgemeine Zeitung

»Ein Buch, das die Wahrnehmung schärft wie ein Tag in der Wüste.«

Denis Scheck

Albert Camus
Hochzeit des Lichts
Aus dem Französischen von Peter Gan und Monique Lang
Mit einem Nachwort von Mirko Bonné
192 Seiten
Gebunden mit Schutzumschlag
18,00 € [D] / 18,50 € [A]
ISBN 978-7160-2706-6

Die in diesem Band versammelten Essays *Hochzeit des Lichts* und *Heimkehr nach Tipasa* des großen Philosophen, Schriftstellers und Nobelpreisträgers Albert Camus sind zeitlose Liebeserklärungen an seine Heimat Algerien: Hymnen an die Sonne, das Licht und den Himmel über dieser einzigartigen Landschaft am Mittelmeer.

ARCHE